Christel Netuschil
Das kleine Café in der Rue de la Lune

Christel Netuschil, Jahrgang 1978, ist ausgebildete Krankenschwester. Sie lebt mit ihrem Mann, den drei Töchtern und mehreren Haustieren am Niederrhein und hat in der Vergangenheit Kinder und Erwachsene dabei unterstützt, sich schriftstellerisch auszudrücken. Eigenen Vorstellungen, Wünschen und Ängsten, aber auch fiktiven Begebenheiten einen literarischen Raum zu schenken ist Christel Netuschils vorrangiges Ansinnen. Nach einigen Veröffentlichungen von Kurzgeschichten und Erzählungen, schreibt sie seit 2021 vorrangig Liebesromane.

Christel Netuschil

Das kleine Café in der Rue de la Lune

Roman

PIPER

Mehr über unsere Autoren und Bücher:
www.piper.de

Wenn Ihnen dieser Roman gefallen hat, schreiben Sie uns unter Nennung des Titels »Das kleine Café in der Rue de la Lune« an empfehlungen@piper.de, und wir empfehlen Ihnen gerne vergleichbare Bücher.

Wir produzieren nachhaltig
www.piper.de

ISBN 978-3-492-50684-7

Redaktion: Julia Feldbaum
Satz auf Grundlage eines CSS-Layouts
von digital publishing competence (München)
mit abavo vlow (Buchloe)
Covergestaltung: Alexa Kim "A&K Buchcover"
Covermotiv: Shutterstock.com; Yudhistira99/depositphotos.com
Printed in Germany

Lucille

Lucille Bouton beugte sich vor und stützte sich auf ihren Oberschenkeln ab. Ihre Muskeln brannten, sie keuchte, aber ihre Gegnerin Gabriella Fortadite hatte es härter getroffen: Sie hing schlaff in den Seilen der blauen Ecke, der Kapitulation nahe. Gilbert, der sich ansonsten um die Nachwuchstalente kümmerte, übernahm heute den Part des Ringsprechers und warf Lucille einen tadelnden Blick zu. Sie winkte ab, schüttelte den Kopf und gab ihm zu verstehen, dass er sich nicht sorgen musste. Er war zwar im Vorfeld von Christophe informiert worden, dass Lucille und Gabriella nicht vorhatten, dem Publikum einen einstudierten Fight vorzuführen, doch mit so viel sportlichem Ehrgeiz hatte er nicht gerechnet.

Es war der Unterhaltungswert, der am Tag der offenen Tür bei allen Angeboten und Showkämpfen im Vordergrund stand ... der Spaßfaktor ebenso wie die Veranschaulichung gängiger Tritt- und Schlagtechniken, um neue Klubmitglieder für das Le Havre zu akquirieren. Einen Eiertanz wollten sich Gabriella und Lucille dennoch nicht liefern. Erst recht nicht, weil ihr Aufeinandertreffen als abschließendes Highlight des Tages galt. Und bislang war ihrer beider Plan aufgegangen.

Gilbert vergewisserte sich, dass Gabriella zu Atem kam, und fuhr damit fort, den Zuschauern die Raffinessen des Kickboxens zu erläutern: »Der letzte Frontkick von Lulu hatte es in sich. Der Fußballen trifft den Gegner entweder, wie hier gesehen, in den Bauch oder auf den Solarplexus, die Herzspitze oder den Kopf.«

Ein Helfer hielt Gabriella einen Becher Wasser hin und führte den Strohhalm zwischen die Polster ihres Kopfschutzes, damit sie trinken konnte. Lucille nickte ihr zu. Gabby hatte sie ordentlich traktiert. Ihre Bewegungen waren flink gewesen, mit einer Jab-Abfolge war es ihr geglückt, Lucille zur Aufgabe ihrer Deckung zu zwingen. Ein Kinnhaken hatte sie zu Boden gehen lassen, und Gilbert hatte begonnen, sie anzuzählen. Die Zurufe aus dem Publikum waren zu einem hysterischen Singsang angeschwollen, bevor Lucille ihre Kräfte mobilisiert und Gabriella mit einem Roundhousekick aus dem Konzept gebracht hatte.

Die bevorstehende Runde würde über Sieg oder Niederlage entscheiden.

Jemand bot auch Lucille etwas zu trinken an. Dankbar sog sie die eiskalte Flüssigkeit durch den Strohhalm und ließ ihren Blick durch das Zelt schweifen, das eigens für die Showkämpfe aufgestellt worden war. Christophe Magon schob sich mit stolzgeschwellter Brust durch die Menge. Selbstbewusst präsentierte er der lokalen Presse seine schiefe Nase, ein Relikt aus seinen Zeiten als aktiver Boxer und legte kumpelhaft den Arm um die Schultern der Gäste. Le Havre war sein Baby. Die Kampfsportschule lag idyllisch am Rande von Lyon in einem Grünstreifen, einen Katzensprung entfernt vom Flussufer und unweit einer Verladestelle für Industrieschiffe. Interessenten von nah und fern hatten sich heute in Fragerunden, Informationsgesprächen und Vorführungen von der modernen Ausstattung und den großzügigen Trainingsräumen überzeugen lassen. Doch dieses Zelt, das die Atmosphäre eines

30er-Jahre-Varietés versprühte, hatte sich als Besuchermagnet entpuppt. Von dem hölzernen Podest im Zentrum, auf dem der Boxring von allen Seiten einsehbar war, führte eine Treppe aus fünf Stufen auf den mit Dielen verlegten Boden. Die Zeltwände liefen kuppelartig zusammen und wurden durch Verstrebungen und Seile verstärkt, an denen Laternen aufgehängt waren, die für warmes Licht sorgten. Die rings um das Podest aufgestellten Bänke und eine kleine Tribüne, die den Abschluss der Sitzreihen bildete, waren aus dunklem Holz gefertigt und voll besetzt.

Lucille kannte man im Boxring unter ihrem Showna-men *Lulu La Blonde*. Vor sechs Jahren war sie nach Lyon gekommen und hatte sich im Le Havre vorgestellt. Vom Kickboxen hatte sie nichts verstanden, war aber von Natur aus mit einer Energie gesegnet, die ihr den Job als Bistroangestellte der Kampfsportschule schnell madig gemacht hatte. Sie hatte angefangen zu trainieren und war davon berauscht gewesen, ihren Körper bis an die Grenzen zu treiben und sich im Sparring und bei Wettkämpfen mit anderen zu messen. Sie hatte Sportauszeichnungen abgeräumt, die Trainerausbildung absolviert und sich im Ring bald einer treuen Fangemeinde erfreut. Sie liebte die Faszination, die in den Augen des Publikums glühte, wenn sie sich dem, was sie beherrschte, hingab. Natürlich nur bis zu einem gewissen Punkt. Gegen ein Quäntchen mehr von Lulu La Blonde hätten viele nichts einzuwenden, und manch einer tat das unmissverständlich kund. Doch wer ihr näherkommen durfte, entschied sie allein.

Sie warf einen Blick hinauf zur Tribüne. Vielleicht konnte sie den Kerl in der beigebraunen Lederjacke später auf einen Drink einladen. Er war ihr schon am Anfang des Kampfes aufgefallen. Der Fremde streichelte zwar hin und wieder über den Rücken seiner Begleiterin, einer rassigen Schönheit, doch seine bewundernden Blicke im Schatten seiner Baseballkappe galten Lucille.

»Wir gehen in die letzte Runde!« Gilbert schenkte Gabriella, deren Gesichtsfarbe sich wieder von der ihres dunkelroten Kopfschutzes absetzte, ein Lächeln und nickte Lucille zu. »Übertreibt es nicht!«, raunte er beiden entgegen und bezog Position.

Lucille spürte einen stechenden Schmerz unter den Rippen, aber auch die Erregung, die sich während des Boxens über ihr ganzes Sein ausbreitete. Ihre Mundwinkel zuckten, konzentriert ließ sie ihren Blick über die Statur ihrer Gegnerin schweifen. Bei aller Freundschaft – sie würde Gabby keine Chance geben, das Ruder noch herumzureißen. Mit schief gelegtem Kopf zeichnete sie gedanklich die Konturen der Muskulatur an den Oberarmen und am Nacken ihres Gegenübers nach und blieb an Gabbys Augen hängen. Vor ein paar Minuten hatte sie sie angeblitzt wie eine Raubkatze. Jetzt hatte sie Mühe, ihre Erschöpfung zu verbergen.

»Lulu, Lulu, Lulu«, ertönte es kanonartig aus dem Publikum.

Eine Glocke erklang, Gilbert sprang zur Seite, und sofort holte Lucille Schwung in den Seilen der roten Ecke und stieß sich energisch ab. Die Rufe und der Beifall erreichten donnernde Lautstärke, Anhänger beider Lager lieferten sich einen verbalen Schlagabtausch. Speicheltröpfchen sprühten umher, die Holzdielen knarzten und der Boden im Ring bebte.

Lucille überstreckte ihren Rücken und fixierte Gabriella, tänzelte auf sie zu, nahm jede Muskelzuckung wahr und las aus ihren Bewegungen wie aus einem Buch. Und doch überraschte die Boxerin sie mit einem Hieb, der zielsicher ihr rechtes Kopfpolster traf und sie straucheln ließ.

»Ein kräftiger Haken von Gabriella Fortadite trifft Lulu La Blonde!« Gilbert hüpfte um die beiden Sportlerinnen herum, bedacht darauf, keine ihrer Regungen zu verpassen.

Lucille schüttelte sich den Schweiß aus den Haaren und sog die sensationsschwangere Luft tief in ihre Lunge. Das Publikum schrie vor Begeisterung.

Gabriellas Augen blitzten. Ihre Hüfte drehte sich und mit einem Schwung, von dem niemand geglaubt hätte, dass sie ihn noch besaß, riss sie ihr rechtes Bein in die Höhe. Lucilles Atem stockte. Sie nahm die Bewegung wie in Zeitlupe wahr, wusste, dass ihr nur der Bruchteil einer Sekunde blieb, um ihre Chance zu ergreifen. Sie wich dem herabrauschenden Fuß ihrer Gegnerin aus, presste die Lippen aufeinander und spannte alle Muskeln fest an. Die Gesichter aus dem Publikum verschwommen zu einer einzigen Grimasse, Geräusche drangen nur noch wie von Weitem an ihr Ohr, ein monotones Summen übertönte das Pulsieren ihres Herzens. Lucille ließ ihre Rechte von unten hervorschnellen, ein sauber ausgeführter Uppercut, und bevor Gabriella reagieren konnte, fiel sie zu Boden und blieb auf dem Rücken liegen.

Gilbert ging neben ihr in die Hocke, wechselte ein paar Worte mit ihr und sprang zurück auf seine Füße. »Siegerin dieses letzten Showkampfes ist …«, er riss Lucilles Faust in die Höhe, »Lucille Bouton alias Lulu La Blonde!«

Ohrenbetäubender Beifall erfüllte das Zelt.

»Alors, das war phänomenal, Lucille!« Christophe holte Lucille an der untersten Stufe der Holztreppe ab und geleitete sie durch die applaudierende Menge Richtung Hinterausgang. »Du solltest wieder häufiger an Wettkämpfen teilnehmen. Es liegt dir im Blut, die Menschen lieben dich!«

Lucille antwortete nicht. Sie war sich ihres Talents bewusst und hatte Spaß beim Kickboxen. Doch was sie etablieren wollte, war der Selbstverteidigungskurs, den sie ins Leben gerufen hatte und der sich steten Zuwachses erfreute. Es gab zu viele Mädchen und Frauen auf dieser Welt, die sich im Ernstfall weder behaupten noch verteidigen konnten. Sie fielen in Stresssituationen in eine Schockstarre oder reagierten völlig unzureichend. Dass es in ihrem kleinen Bekanntenkreis Frauen gab, die sich deshalb nicht mehr allein vor die Tür wagten, erschreckte Lucille. Ihnen und anderen Betroffenen das richtige Mindset zu vermitteln und Abwehrtechniken beizubringen, hatte sich für sie zu einer Herzensangelegenheit entwickelt.

»Hey, hörst du mir überhaupt zu?« Christophe beäugte sie von der Seite.

»Ja klar. Ich denke darüber nach.« Jetzt war nicht der richtige Zeitpunkt, um Christophe zu beichten, dass sie das Gegenteil beabsichtigte.

Lucille schaute über ihre Schulter zurück zum Ring und löste den Klettverschluss ihrer Boxhandschuhe. Gabriella hatte sich im Ring aufgesetzt, ihren Kopfschutz abgelegt und winkte ihr. Sie sah erledigt aus, aber auch glücklich. Sie hatten Spaß haben wollen, darauf war es ihnen angekommen. Lucille warf ihr eine Kusshand zu und trat hinaus in die Dunkelheit. Die kühle Abendluft tat gut, aber Lucille war durchgeschwitzt und fröstelte bald. Zitternd hob sie ihr Kinn, um in den wolkenlosen Himmel zu schauen. Das Licht der Laternen, die an einer Schnur vor dem Zelt im Wind hin- und herschaukelten, verlor sich schon nach wenigen Metern, und ihre Augen gewöhnten sich an die Finsternis. Unzählige Sterne tauchten am Firmament auf.

Sie atmete tief durch und wickelte die Bandagen ab, die ihre Finger zusätzlich geschützt hatten.

Langsam strich sie sich die Nässe aus den Haaren und massierte ihren Nacken. Vereinzelt spürte sie Verhärtungen, drückte ihre Fingerkuppen zwischen die Muskelstränge, bis es schmerzte und schüttelte ihre Beine aus. Noch immer rauschte die Euphorie des Sieges durch ihre Adern, aber die Anspannung des Kampfes fiel langsam von ihr ab. Sie machte sich auf den Weg Richtung Gebäude, wo sie eine Dusche genießen und frische Sachen anziehen wollte.

Da entdeckte sie den Kerl mit der Lederjacke. Er stand neben dem Zeltausgang – ohne seine Begleiterin – und blickte in ihre Richtung.

Sie konnte nicht erkennen, ob seine Augen ihren Bewegungen folgten, dafür war die Distanz zwischen ihnen zu groß. Lucille neigte den Kopf zur Seite, lächelte und hob eine Hand. Wenn sie es war, die er beobachtete, dann würde er reagieren, oder?

Es dauerte ein paar Sekunden, bis er auf sie zusteuerte und seine Silhouette sich zu klaren Konturen zusammensetzte. Er war groß, mit breiten Schultern ausgestattet, seine Arme schwangen locker zu beiden Seiten seines muskulösen Oberkörpers. Seine Gesichtszüge waren ebenmäßig und seine Haare dunkler, als Lucille sie unter seiner Kappe vermutet hatte. Als der Schein einer wippenden Laterne seine ozeanblauen Augen erreichte, atmete sie scharf ein.

»Salut!« Seine Stimme wehte heran wie eine Sommerbrise. »Ich bin André. Schön, dass wir uns kennenlernen!« Er kam vor ihr zum Stehen, räusperte sich und streckte ihr seine Hand entgegen.

Lucille spürte seinen Händedruck. Sie mochte es, wenn ein Mann zupackte. »Mein Name ist …« Weiter kam sie nicht, weil André sich zu ihr herunterbeugte und ihr rechts und links einen Kuss auf die Wange hauchte.

»Lucille Bouton, ich weiß!« Schneeweiße Zähne strahlten ihr entgegen, gepflegte Lippen formten sich zu einem Lächeln, das jedes Frauenherz höherschlagen ließ.

»Ja, stimmt!« Lucille wies auf das Zelt und nickte. »Ich habe dich gesehen, als ich im Ring stand.«

»Tatsächlich?« Er hob seine Augenbrauen.

»Machst du dir keine Gedanken, dass deine Freundin dich vermisst?«

Andrés Blick huschte über den Platz vor dem Zelt.

Er war also einer von *dieser* Sorte. Lucille schürzte die Lippen und stemmte eine Hand in die Hüfte. Sie hatte gern Spaß, aber Untreue war ihr zuwider.

André drehte ihr sein Gesicht wieder zu, schmunzelte und fuhr sich über seinen Dreitagebart. »Sie ist nicht meine Freundin!« Er sah sie unvermittelt an. Seine Augen waren wirklich blaublaublau. »Sie ist meine …«

»Ja?« Lucille sprach gedämpft mit einem wissenden Unterton. »Was ist sie? Eine lose Bekannte? Eine schüchterne Verehrerin?«

Auf dem Kies waren Schritte zu hören. »Lucille?« Sie erkannte Christophes Stimme.

»Ich bin hier!« Sie kehrte André den Rücken und winkte ihrem Chef, der mit weit aufgerissenen Augen die Dunkelheit nach ihr absuchte.

»Das Zelt ist leer, und wir wären so weit. Kommst du?«

Sie griff sich mit der Hand an die Stirn. Das Mitternachtsmahl. Christophe hatte seine Mitarbeiter zu einem

Essen eingeladen, um den Abend gemütlich ausklingen zu lassen.

Er kam näher und starrte sie an. »Was stehst du hier allein im Dunkeln? Und du musst noch duschen?« Er warf die Hände in die Höhe und trabte von dannen. »Ich sag den anderen, dass sie sich noch gedulden müssen. Die werden begeistert sein!«

Lucille wirbelte herum und kniff die Augen zusammen. Wohin war dieser Gigolo verschwunden?

Die Temperaturen waren gesunken. Lucille kuschelte sich in ihre Sweatjacke, zog die Schultern hoch und folgte dem Stimmengewirr. Christophe hatte Windgläser aufstellen lassen, die flackernd einen Pfad markierten. Urige Kastanien, deren Stämme mit Lichterketten umwickelt waren, tauchten wie überdimensionale Schattengebilde auf der ansonsten freien Rasenfläche auf. Ihre Blütenstände, die im dichten Blätterwerk aussahen wie Kerzen, erweckten den Eindruck einer weiteren Lichtquelle. Inmitten der Baumgruppierung waren Tische aus dem Bistro des Le Havre zu einer Tafel aneinandergestellt worden. Rings herum hatten sich Lucilles Kollegen auf gepolsterten Korbstühlen niedergelassen, ihr Gelächter zeugte von heiterer Stimmung.

»Da ist sie ja!« Christophe, der am Kopf gesessen hatte, stand auf und erhob sein Glas. »Mesdames et messieurs, Lulu La Blonde ist eingetroffen. Unser Diner kann in Kürze beginnen.«

Beifall erklang, Witze wurden gerissen, und Lucille hielt sich beide Hände vors Gesicht, um die aufsteigende Röte zu verbergen. »Pardon!«, rief sie dann in die Runde und streckte die Arme wie zu einer allumfassenden Liebkosung aus. »Ihr seid die Besten. Danke, dass ihr auf mich gewartet habt. Ich war … beschäftigt.« Dieser Kerl, André, hatte sich in Luft aufgelöst und war es nicht wert, dass sie noch einen Gedanken an ihn verschwendete.

»Komm, setz dich zu uns!« Gilbert winkte ihr und wies auf den freien Platz.

Lucille umrundete den Tisch, unterhielt sich kurz mit Fanny, der Bistrokraft des Le Havre, und umarmte Gabriella, die sich für den fairen Kampf bedankte und ihr zum Sieg gratulierte.

»Bin ich also doch nicht die Letzte?« Sie setzte sich, breitete eine Fleecedecke über ihre Beine und sah Gilbert fragend an.

»Ich verstehe nicht recht …«

Sie wies auf den freien Korbsessel neben sich. »Bleibt der etwa unbesetzt?«

Gilbert lächelte, als wahrte er ein Geheimnis. »Nicht mehr lang. Christophe wird gleich etwas dazu sagen, nehme ich an.«

Lucille runzelte die Stirn, hakte aber nicht weiter nach. Sie ließ sich die Rotweinflasche herüberreichen, schenkte sich ein und lehnte sich zurück. Die Tafel war ein Augenschmaus. Das dunkle Geschirr aus dem Bistro wirkte kontrastreich zu den schneeweißen Tischdecken, das Besteck funkelte im Schein der Kerzen. Christophe hatte keine Mühen gescheut, seinen Mitarbeitern mit dieser Einladung seine Wertschätzung entgegenzubringen. Das Le Havre war nicht bloß eine Kampfsportschule. Es war eine Familie.

»Ihr Lieben!« Christophe ließ einen Löffel am Rand seines Glases klingen, woraufhin die Gespräche verebbten und sämtliche Augenpaare sich auf ihn richteten. »Ihr wart großartig heute. Allesamt.« Kollektives Klopfen auf Holz kam zur Antwort. »Bevor wir zum gemütlichen Teil übergehen und uns das Essen und den Wein schmecken lassen«, er streichelte über seinen Bauch, der in den letzten zwei Jahren runder geworden war, und lachte, »möchte ich euch jemanden vorstellen.« Christophe schaute hinter sich und winkte jemanden heran, der für die anderen noch unkenntlich blieb. »Er ist Vollblutsportler, ein Karate-Ass und hat vor Kurzem die Trainererlaubnis erhalten. Dass er unser Team bereichern wird, steht außer Frage. Begrüßt bitte mit mir ganz herzlich ...« Ein Mann in einer beigebraunen Lederjacke trat aus den Schatten und nickte in die Runde. »André Jacomande.«

Lucille verschluckte sich fast an ihrem Wein, beeilte sich aber, in den Applaus der anderen einzufallen. Amüsiert setzte sie ihre Ellbogen auf der Tischkante ab, platzierte ihr Kinn auf ihre übereinandergelegten Hände und lehnte sich vor, damit sie ihn sehen konnte. Und er sie.

»Hallo, Leute, und danke für die nette Begrüßung, Christophe.« Er fuhr sich mit den Fingern durch die Haare und mit der Zunge über seine Lippen. »Das war ein starker Einstieg heute Abend. Ich konnte den letzten Showkampf mit meiner Schwester verfolgen.« Sein Blick schweifte über die am Tisch Sitzenden und blieb an Lucille hängen. »Sie konnte zwar kaum hinsehen, aber mich hat der Kampf sofort in seinen Bann gezogen. Eine unglaubliche Professionalität wird hier an den Tag gelegt, und ich freue mich darauf, ab sofort meinen Teil dazu beitragen zu dürfen.« Noch einmal klatschte die Belegschaft, zeigte erhobene Daumen und rief André Begrüßungen sowie gute Wünsche entgegen.

Lucille betrachtete eingehend ihren Teller und lächelte.

Als André sich kurz danach neben sie setzte, nickte sie ihm zu. »So sieht man sich wieder!«

»Es war unhöflich, vorhin so plötzlich zu verschwinden. Es tut mir leid.« Er atmete hörbar aus.

»Non, du bist mir keine Erklärung schuldig. Alles in Ordnung.« Eine Pause entstand. Lucille suchte nach etwas, das ablenken würde von der Peinlichkeit der Situation, in der sie sich befanden, und wagte einen zweiten Anlauf. »Jetzt sind wir Kollegen. Ich bin hocherfreut.« Es kam ihr vor, als nähme sie an einem Benimmkurs teil und wollte dem Dozenten imponieren. Sie rollte mit den Augen und lachte. »Kannst du mir erklären, was für einen Unsinn ich da rede?«

»Nicht wirklich. Aber vielleicht ...«

»Vielleicht überspringen wir das und rücken gleich über Los!?«

Seine Augen blitzten. In das Azurblau mischten sich Sprenkel, die Lucille an Schaumkronen auf heranrollenden Wellen erinnerten. Die Luft um sie herum heizte sich innerhalb weniger Sekunden auf, sodass Lucille die Fleecedecke zurückschlug und sich ihren Atem ins Gesicht blies.

André ließ ein leises Lachen hören. »Jetzt rücken wir nicht über Los – wir spurten!« Er zog die Augenbrauen hoch und stanzte mit seiner Gabel Dellen in die Stoffserviette.

»Und du denkst nicht, dass wir beide genügend Ausdauer besitzen?« Sie nahm ihren Teller und stand auf, um sich für die Ausgabe der Mitternachtssuppe anzustellen. Seinen Blick in ihrem Rücken fühlte sie deutlich.

Es war stockdunkel geworden, und Lucille sah ihren Atem an der Luft kondensieren. Sie lehnte an einem der Bäume, hatte ein Bein angewinkelt und den Absatz ihres Schuhs in die grobe Rinde gehakt. Mit einem Glas Wein in der Hand beobachtete sie ihre Kollegen, von denen einige noch am Tisch saßen und in Gespräche vertieft waren. Andere standen abseits der Kastanien um Feuerschalen herum und trotzten den Temperaturen der Aprilnacht. Ab und an stoben Funken in den Himmel. Sie schienen die Wolkenschichten, die sich während des Tages gebildet hatten, atmosphärisch zu beleuchten. Eine Bluetooth-Box schickte Balladen und Chill-out-Klänge in den Äther.

»Du frierst.« André blieb hinter Lucille stehen. Sie hörte, wie Stoff aneinander rieb, vernahm das Knautschen von Leder. Er legte ihr seine Jacke um und übte sanften Druck auf ihre Oberarme aus. »Ist es besser so?«

Sie schaute ihn über ihre Schulter hinweg an und lächelte. Dunkelbraune Locken umrahmten sein Gesicht und verliehen ihm das Aussehen eines Jungen, der nur Flausen im Kopf hatte. Aber so war es nicht. Sie hatten sich während des Essens unterhalten und viel miteinander gelacht. Er machte einen ernsten Eindruck auf sie. Vielleicht zu ernst.

»Möchtest du tanzen?« Lucille drehte sich zu ihm um, schlüpfte in die Ärmel seiner Jacke und trat einen Schritt näher an ihn heran. Sein Duft nach Rasierwasser und Lavendel stieg ihr in die Nase. Die feine Note Vanille, die darunterlag, kitzelte ihren Gaumen. Er antwortete nicht, sondern ließ seine Hand in ihre gleiten, verschränkte seine Finger mit ihren und zog sie mit sich.

Unter den Baumkronen, die sich über ihnen zu einem Dach wölbten, verharrte er. »Ich bin froh, dass ich heute Abend hier bin.«

»Warte nur ab, bis du mit allen Bekanntschaft geschlossen hast, dann wird es dir anders ergehen«, scherzte sie. »Christophe kann einem den letzten Nerv rauben, und Gilbert ...«

»Das meinte ich nicht.«

Die feinen Härchen auf ihren Armen richteten sich auf, ein Schauer durchfuhr sie. Sie entzog ihm ihre Hand und legte sie auf seine Brust. Sein Atem beschleunigte sich, das Klopfen seines Herzens vibrierte an ihrer Haut. Langsam schritt sie um ihn herum, ließ ihre Fingerkuppen über seine Oberarme und seinen Rücken streifen. »Ich mag, wie du dich anfühlst.« Ihre Stimme war nicht mehr als ein Flüstern.

»Das ... trifft sich gut.« Seine Augen zeigten die Farbe des Ozeans an einem Sommertag, und Lucille tauchte darin ein. Sie umschlang Andrés Nacken, genoss das Gefühl seiner Berührung an ihrer Hüfte, während er sie hielt und ihren Körper zum Rhythmus der Musik wiegte. Die Stirn gegen seine Brust gelehnt, schloss sie die Lider und blendete die Geräuschkulisse aus, die zwischen den Songs anund abschwoll. Minuten schienen sich zu Stunden zu dehnen, vergessen war die Kühle der Nacht. Seine Finger streiften ihr Kinn, tasteten sich entlang ihres Kiefers bis zu ihren Ohren, wo sie sanft über ihren Hinterkopf glitten und mit ihren Haaren spielten. Er beugte sich zu ihr herunter, sein Atem glitt über ihre Wangen. »Du glühst, Lucille.«

»Nein«, raunte sie und stellte sich auf die Zehenspitzen. »Ich brenne.«

Ein Rauschen ging durch das Blätterdach der Kastanien. Weiße Blüten rieselten herab und betteten sich wie Schneeflocken auf dem Gras.

»Wollen wir ein Stück gehen?«

Andrés Lippen hatten die ihren nicht berührt. Sie fühlte sich wie ein Licht, das man vorzeitig ausgepustet hatte. Das passierte ihr nur selten. »Wenn du darauf bestehst.«

»Ich ... könnte ein wenig Abkühlung gebrauchen.«

Das Lächeln, das er aufsetzte, kaufte sie ihm nicht ab. Irgendetwas war falsch gelaufen. Oder zu schnell passiert. Sie warf einen Blick auf ihre Kollegen. Einige waren nach Hause gegangen, der Rest hatte es sich, eingewickelt in Decken, um eine der Feuerstellen gemütlich gemacht. Der Abend schien sich seinem Ende zuzuneigen. So oder so.

»Es gibt eine Bank, nicht weit von hier. Am Ufer der Rhône.«

Sie ließ André vorgehen, starrte Löcher in seinen Rücken und fragte sich, was er mit diesem jähen Abbruch ihres Flirts beabsichtigte. Bis vor ein paar Minuten hätte sie ihre Lieblingsboxhandschuhe darauf verwettet, dass sie mit ihm nach Hause gehen würde.

Sie passierten den Riesenfindling, der die Grenze des Grundstücks von Le Havre markierte, und erreichten nach der Durchquerung eines schmalen Streifens Wildwiese bereits das Wasser.

»Komm, setz dich!«, forderte sie ihn auf und klopfte neben sich aufs Holz. »Oder möchtest du, dass mir kalt wird?« Auf ihr Zwinkern reagierte er nicht, aber er kam ihrer Bitte nach. Er ließ seine Hände in den Schoß fallen und sah zum Horizont, an dem ein Blitz den Himmel beleuchtete und diffuse Lichter sich wie Geäst in den Wolkenformationen ausbreiteten.

»Ein Gewitter zieht auf.« Er legte seinen Arm auf die Lehne hinter Lucille. Daumen und Zeigefinger seiner Hand berührten ihre Schulter, sein Bizeps schmiegte sich in ihren Nacken. Warm spürte sie seinen Oberschenkel an ihrem liegen.

»André!« Sie beugte sich vor und suchte seinen Blick. »Stimmt etwas nicht?«

Er wandte sich ihr zu und legte den Kopf schief. »Ich finde dich sehr interessant!«, flüsterte er.

Interessant. Aha.

In ihrer Gesäßtasche vibrierte das Smartphone.

»Und ich würde dich gern näher kennenlernen«, fuhr er fort.

Lucilles Handy summte erneut. Ein Mal, zwei Mal, ein drittes Mal.

André setzte sich aufrecht hin und griff nach ihren Unterarmen, während ein weiterer Blitz über den Himmel zuckte und sich in seinen dunklen Pupillen spiegelte. »Ich glaube, zwischen uns …«

»Entschuldige, ich muss da rangehen!« Sie zog ihr Telefon hervor, entdeckte die Push-Nachrichten auf dem Display, und ihre Augen weiteten sich. Ihre Großtante Claire aus Paris besaß zwar ein Handy, nutzte es aber selten. Und geschrieben hatte sie ihr noch nie!

»Ist alles in Ordnung?« Andrés Stimme verriet Besorgnis.

»Es ist wichtig, dass ich das lese.«

Er stand auf und ging bis ans Ufer, seine Hände tief in seinen Hosentaschen vergraben.

Meine liebe Lucille, wie geht es dir, Chérie? Ist das nicht ein herrlicher Frühsommer? Ich sitze beinahe täglich auf dem Hof und lasse es mir bei einem Grand Crème gut gehen.

Das war nicht ihr Ernst. Sie sinnierte über das Wetter, ihre Kaffeevorlieben? Lucille zog die Stirn in Falten und schüttelte den Kopf.

Nun, ich denke, ich lasse es gut sein mit dem oberflächlichen Geplänkel, von dem wir beide wissen, wie überflüssig es ist. Zur Sache also: Als du Paris verlassen hast, sagtest du, ich könne mich jederzeit an dich wenden, sollte ich in Not geraten und nicht weiterwissen.

Lucilles Herzschlag beschleunigte sich. Sie erinnerte sich an ihren Abschied von Claire, die herzliche, nicht enden wollende Umarmung, die Worte, die Claire gefunden hatte, als Lucille ihren Koffer geschlossen und für einen Moment gezögert hatte. Den unerschütterlichen Glauben an sie, ihre Großnichte. Und an das Versprechen.

Es ist so weit, meine Gute. Ich weiß nicht, wie es vonstattengehen könnte, aber ich benötige dringend Unterstützung. Das ManiFinique steht vor dem Aus, und was das für mich alte Schachtel heißt, muss ich dir nicht erklären. Du weißt, wie viel mir all dies bedeutet. Stirbt das ManiFinique, sterbe auch ich.

Das klang ernst, trotzdem schlich sich ein Lächeln auf Lucilles Lippen. Claire liebte das Drama und war geübt darin, einem Vorhaben oder einer Situation mit starken Worten – und Gesten – Nachdruck zu verleihen.

Ich erwarte dich zurück in Paris, sobald die Umstände es zulassen. PS: Dies ist keine Bitte, Cilly. Ich brauche dich wirklich, also beweg dein hübsches Hinterteil hierher. Vite, s'il vous plaît!

Lucille drückte den Homebutton und starrte auf das Tiefschwarz des Handydisplays. Ihr Herz zog sich schmerzhaft zusammen, während Claires Worte nachhallten und in ihr ein längst vergessen geglaubtes Sehnen hervorriefen. »Ich muss gehen!«

André drehte sich abrupt zu ihr um. »Wie bitte?«

»Deine Jacke.« Sie versuchte, sie abzustreifen, riss an den Ärmeln, als es ihr nicht gelang.

»Lucille ...« Er eilte herbei, und trotz der Finsternis konnte sie es erkennen: Seine Augen schimmerten wie die aufgepeitschte See bei Nacht.

»Wirklich, ich muss gehen.« Sie machte kehrt und ließ André zurück. Auf sein wiederholtes Rufen reagierte sie nicht.

»Sie können mich hier rauslassen, Monsieur!« Sie suchte in ihrem Rucksack nach ihrem Portemonnaie und fischte die Bankkarte hervor.

»Aber bis zur Rue Rivière ist es noch ein Stück, und es wird gleich anfangen zu regnen!« Der Taxifahrer sah in den Rückspiegel, seine Augenbrauen skeptisch zusammengezogen, und reichte Lucille das EC-Kartenlesegerät.

»Das ist schon in Ordnung. Merci.« Sie musste Klarheit in ihre Gedanken bringen, ihr Gefühlschaos ordnen. Und sie hoffte, einige Schritte zu laufen würde ihr dabei helfen. Unmöglich könnte sie jetzt sofort ins Bett gehen und einschlafen. Zumal die Wahrscheinlichkeit hoch war, dass Claire sie mit weiteren Nachrichten bombardierte.

Sie nahm den Beleg für die Zahlung entgegen, schlug die Autotür zu und schloss den Reißverschluss ihrer Sweatjacke. Die Windstärke hatte nochmals zugelegt, für einen Augenblick erhellte das Wetterleuchten das siebte Arrondissement Lyons, bevor es wieder dunkel wurde. Nieselregen setzte ein, verdichtete sich zu einem feinen Nebelvorhang und küsste Lucilles Gesicht. Sie dachte an André, an den schönen Abend mit ihm und daran, dass sie prinzipiell nicht abgeneigt gewesen wäre, ihn fortzuführen. Wenn der Kerl nur nicht so gefühlsduselig geworden wäre ... Claires Nachricht war im genau richtigen Moment eingetrudelt.

Langsam setzte sie sich in Bewegung, ihre Beine schwer wie Blei. Jeder Schritt war eine Anstrengung.

Gedankenverloren bog sie vom belebten Boulevard D'Artagnan in die Rue Formentaire ab, die mit Eichen aus dem letzten Jahrtausend gesäumt war, unter denen der stärker werdende Niederschlag ihr zunächst nicht viel anhaben konnte. Als sie am Ende der Straße in den prasselnden Regen hinaustrat, schlug die Glocke von St. Pierre, der kleinen gotischen Kirche, deren Läuten sie täglich bis in ihre Wohnung vernahm, zur halben Stunde.

Lucille wechselte die Straßenseite, sodass sie einen ungestörten Blick auf das Gotteshaus hatte, und nahm Platz auf einer der aufgestellten Bänke. Dass ihre Jeans sich innerhalb Sekunden voll Wasser sog, machte ihr nichts aus. Für den Moment fühlte sie sich am genau richtigen Ort. Ergriffen blickte sie an der Fassade aus Kalkstein empor, ließ ihren Blick über die eindrucksvoll gestaltete Rosette oberhalb des Portals gleiten und folgte der Architektur, die traditionell dem Licht entgegenstrebte. Die sich nach oben auffächernde Bauweise gipfelte in zwei filigranen Türmen, von denen einige groteske Steinfiguren auf das Viertel herabblickten.

Lucille schloss ihre Augen. Sie vermisste Paris und Notre-Dame. Wie oft sie mit Claire in ihrer Kindheit an der oberen Balustrade der Kathedrale entlangflaniert war und sich im Antlitz der Chimären in ihre Fantasiewelten verloren hatte, konnte sie nicht zählen.

»Wenn du nicht mehr weiterweißt«, hatte ihre Großtante ihr damals oft geraten, »und du meinst, die ganze Welt sei gegen dich, dann suche Rat bei den Chimären. Sie hören dir zu, sie verraten keines deiner Geheimnisse und manchmal ...« Claire hatte den Finger an die Lippen gelegt und Lucille aus ihren großen, warmen Augen angeblickt. »Manchmal flüstern sie dir die Lösung für deine ärgsten Sorgen in dein Herz. Und dann geht das Leben einfach weiter.«

Lucille strich sich die triefenden Strähnen aus der Stirn und fuhr mit der Zunge über ihre Lippen. In den Duft des Frühlingsschauers mischten sich, so meinte sie, feine Nuancen eines Geruchs, der sie gedanklich in das kleine Café ihrer Großtante entführte, wo die Aromen von Macarons und Madeleines durch die Räume schwebten und jedem ein Lächeln ins Gesicht zauberten. Dass sich daran etwas ändern sollte, war unvorstellbar! Lucille wischte sich mit dem Jackenärmel über die Wangen und stand auf. Claire hatte sie um Hilfe gebeten, und nichts auf der Welt war jetzt von größerer Bedeutung, als nach Paris zurückzukehren und ihrer geliebten Großtante beizustehen.

Tiago

Orangerot türmten sich Wolken wie Gebirgsketten am Horizont, wo sich die Reihen unterschiedlich großer Bäume konturlos verloren. Schicht um Schicht ergossen sich Farbnuancen ineinander, bis eine samtigwarme Komposition das Dunkel der Nacht verscheucht hatte und der Morgen begann. Seine nackten Füße berührten den sandigen Untergrund kaum, schwebten darüber, als wäre er ein Geist. Staubkörner schoben sich zwischen seine Zehen, Steinchen drückten unter seinen Sohlen, doch unbeirrt setzte er seinen Weg fort durch die Vertrautheit der Senke zwischen den Hügeln des Mandelhains. Ein schneidender Wind bauschte sein Hemd auf, riss an den Knöpfen. Er zitterte. Gegen die Märzkälte ankämpfend, zog er die Jacke um seinen Körper, verschränkte die Arme vor der Brust und versteckte die Hände in seinen Achselhöhlen. Einzelne Strähnen seines pechschwarzen Haares wehten ihm in die Stirn, ließen sich nicht zähmen, nicht hinter seinen Ohren feststecken.

Er hob das Kinn, biss die Zähne aufeinander und ließ seinen Blick über das karge Land und entlang der knorrigen Bäume schweifen, die sich wie Gerippe vor dem erwachenden Licht des Himmels absetzten. Eine heranrollende Sandwolke trübte seine Sicht für ein paar Wimpernschläge, und er kniff die Augen zusammen, bis die Böe zur Ruhe gekommen war. Dann verließ er den ausgetretenen Pfad, der den Hügel hinaufführte, auf dem er sonst Nachlaufen mit den

Hunden spielte, um zu dem ältesten der Mandelbäume zu gelangen. Andächtig legte er seine Hände an die Rinde, befühlte die Oberfläche, ließ seine Fingerkuppen in die Unebenheiten einsinken. Er streckte seine Finger aus, umfasste einen der Zweige, bog ihn zu sich herunter und streichelte über jedes einzelne Blättchen der zartrosa Blüte. Er liebkoste die feine Dolde in der Mitte, spürte, wie Blütenstaub ihn kitzelte, und schloss seine Augen. Der Wind fuhr ihm erneut ins Haar, übertönte das Wispern, das die winterschlafenden Gräser von sich gaben, und entließ ein holziges, erdendes Aroma in die Weite des Hains.

Der Ruf seiner Großmutter erreichte ihn.

Tiago griff in die seidenen Laken seines Bettes, versenkte seine Fingerspitzen in den Stoff, der sich als wulstige Falte in seine Handinnenfläche presste. Die Traumbilder des Mandelhains seiner Großeltern paarte sich mit einer Ahnung von Bedrohung. Sein Herzschlag beschleunigte sich, sein Atem strich keuchend über seine Lippen. Er wollte nicht fort von seiner Kindheit. Er wollte nicht aufwachen, weil dann jede Empfindung, die er mit seinem damaligen Leben abgespeichert hatte, nichts weiter sein würde als eine Erinnerung.

Nur noch einen Moment zurück in die Traumwelt fliehen, nur noch einen kleinen Moment …

»Tiago, mein Bester!« Großmutter war die Stufen hinabgestiegen, die aus ihrem Haus führten, und mit einem Mal stand sie neben ihm. Ihr graues Haar umwehte sie wie ein Schwarm Schmetterlinge den Flieder in ihrem Garten. »Du hast dich wieder hinausgeschlichen.« Kein Hauch von Tadel war zu hören.

Tiago nickte, ließ die Mandelblüte los und wandte sich seiner Großmutter zu. Seinen Kopf an ihre Schulter gebettet, schmiegte er sein Gesicht in die tiefe Halsbeuge und roch den Duft nach frisch gebackenen Biscotti alla mandorle.

»Komm!« Seine Großmutter legte ihre Hände um Tiagos kaltes Gesicht. »Ich werde dich eine Weile halten, damit du wieder warm wirst.«

Tiago schlug die Augen auf und starrte an die stuckverzierte Zimmerdecke seiner Pariser Wohnung. Er führte die Hände an seine Schläfen und erwartete fast, dass seine Finger sich mit denen seiner Großmutter verschränkten. Als sie ins Nichts griffen, wollten sich seine Augen mit Tränen füllen, das Gefühl der Sehnsucht gewann an Wucht. Tiago legte beide Hände auf die Brust, um sein Herz, das unter seinen Rippen hämmerte, zu beruhigen. Mit seinen Lippen formte er ein stummes O und atmete bewusst langsam aus. Er durfte sich nicht von seinen Emotionen dominieren lassen, musste sich auf die tatsächlich greifbare Wirklichkeit konzentrieren.

Im Traum nur mit einem Pyjamahemd bekleidet durch einen Mandelhain zu spazieren, dabei fast zu unterkühlen und von der längst verstorbenen Oma geherzt zu werden, war nicht darauf zurückzuführen, dass er seine Heimat vermisste. Vielmehr waren seine Reaktionen ausschließlich äußeren Reizen geschuldet. So hatte Doktor Conrad, den er im ersten Jahr nach seiner Ankunft in Frankreich regelmäßig aufgesucht hatte, es ihn gelehrt.

Tiago sah sich um. Das Schlafzimmerfenster hatte die ganze Nacht sperrangelweit offen gestanden. Der süßlich-warme Duft nach Mandeln steckte in den Kleidungsstücken, weil er ständig in Backstuben unterwegs war. Eine tiefer gehende Bedeutung sollte Träumen nicht zugesprochen werden. So einfach war das.

Tiagos Atmung fand zu einem gesunden Rhythmus zurück, und sein Blick fiel auf seinen Laptop, der auf der Kante des Nachtisches balancierte. Gestern Abend, unmittelbar bevor er das Licht gelöscht hatte, war er die Notizen durchgegangen, die er für den Termin mit François und Robert am Vormittag brauchen würde. Er musste Ergebnisse liefern – Onkel Salve hatte ihn nachdrücklich darum gebeten, die beiden Patissiers in die Mangel zu nehmen und mit ihnen über das Pilotprojekt zu sprechen. Auch wenn es bis zum Frühlingsfest der Rue de la Lune noch einige Wochen hin war.

Er schlug die Decke zurück und schwang seine Beine über die Bettkante. Mit ein paar Schritten hatte er das offene Fenster erreicht, zog die Vorhänge zur Seite und trat einen Schritt auf den kleinen Balkon im zweiten Stockwerk hinaus. Die Hände auf dem Geländer abgelegt, hielt er die Nase in den Wind und genoss erste Sonnenstrahlen, die sich über die Mansardendächer der gegenüberliegenden Gebäude stahlen. Die Bilder seines Traums verblassten, während er seinen Blick über die zusammenhängenden Wohnblöcke, die aus cremefarbenem Kalkstein erbaut waren, schweifen ließ. Beinahe jedes der bodentiefen Fenster war mit Geländern aus schwarzem Eisen ausgestattet, manche mit kleinen Vorbauten oder Balkonen, an denen im Sommer Pelargonien und Petunien in üppigen Kaskaden herabwuchsen. Die Rue Dégrasse war gesäumt von Wohnhäusern aus dem neunzehnten Jahrhundert. Natürlich hatten sich auch hier in den Erdgeschossen der Wohnblöcke zunehmend Büros oder Geschäfte angesiedelt, doch im Gegensatz zum berühmten Boulevard de la

Chanson, der an die Rue Dégrasse anschloss, ging es hier eher gemächlich zu.

Tiago lehnte sich ein Stück über das Geländer und warf einen Blick auf die Einkaufsstraße. Ihre Bauten ragten höher in den Himmel, waren mit etlichen Türmchen und Rundbögen geschmückt und die Fassaden durch geschwungene Blumenornamente aus aufgesetztem Beton gestaltet. Erste Geschäfte öffneten ihre Pforten, Inhaber von Bistros und Cafés wischten taubedeckte Tische trocken. Bald schon würden Einheimische und Touristen die Straße mit Leben füllen.

Tiago atmete tief ein, lächelte und steuerte das geräumige Wohnzimmer an. Ein beinahe ehrfürchtiger Ausdruck huschte über sein Gesicht, nachdem er die Haube seines Linn-Sondek-Plattenspielers, ein Geschenk seines Onkels, aufgeklappt hatte. Der Tonarm ließ sich auf die Rille der Langspielplatte nieder, und die ersten Klänge des John Coltrane Quartets ertönten. Die Liebe zum Jazz hatte er seinem Vater zu verdanken. Tiago seufzte und genoss die Entspannung, die die Musik durch seinen Körper schickte.

Er tänzelte über Teppiche, in denen seine Füße versanken, und Holzdielen, deren Maserung im erwachenden Tageslicht zur Geltung kam, in Richtung Küche.

»Bonjour, Clementine, gut geschlafen?«

Seine Katze gab ein forderndes Miauen von sich.

»Natürlich, du hast Hunger!«, antwortete er ihr und ließ sich von dem Tier in die Küche begleiten, wo er eine Dose Nassfutter in einen Napf aus Porzellan leerte.

Nachdem er geduscht, in Jeans und Poloshirt geschlüpft war und ein Croissant vertilgt hatte, warf er einen letzten Blick in den Spiegel. Seine Haare machten, was sie wollten, kein Gel dieser Welt hielt sie im Zaum. Tiago zuckte mit den Schultern und fuhr Clementine durch das Fell. »Bis später!«

Tiago seufzte. Der Versuch, ungesehen durch den Hausflur und an der gläsernen Doppelschwingtür vorbei durch den Hinterausgang zu entkommen, war gescheitert. Onkel Salve gestikulierte hektisch winkend durch die Silhouette des weinroten *Chez Gibaldi*-Schriftzugs, der auf der Eingangstür prangte. Und seinem Gesichtsausdruck nach zu urteilen, duldete er weder Aufschub noch Widerspruch. Tiago betrat das Foyer und begrüßte Arlette, die Empfangsdame. »Bonjour! Wie ist die Lage heute?« Er nickte in Richtung des Büros, in das sein Onkel gerade verschwunden war.

Arlettes Blick schweifte vom Bildschirm ihres Computers zu ihm herüber. »Du hast gesehen, dass er telefoniert? Mit zwei Telefonen?« Ihre Brauen hoben sich bedeutungsschwanger.

»Ich verstehe!« Tiago atmete hörbar aus und zog die Schultern nach hinten. »Auf in den Kampf!«

Setz dich!, formten sich Salvatore Gibaldis Lippen zu einem lautlosen Befehl, kaum dass Tiago den Raum betreten hatte und auf den überdimensionalen Schreibtisch zuging, hinter dem sein Onkel thronte. Er legte eines der Smartphones zur Seite und presste das andere an sein Ohr. »Muss ich Ihnen erklären, wie Sie Ihre Arbeit zu verrichten haben?«

Tiago schluckte. Wer auch immer Onkel Salves Gesprächspartner war, derjenige war im Begriff, eine satte Abreibung zu erfahren.

»Heute Nachmittag! In meinem Büro!« Onkel Salve ließ das Handy auf den hochglanzpolierten Schreibtisch knallen und schnaubte. Dann sah er auf, schien das Telefonat gedanklich ad acta zu legen und inspizierte Tiago von Kopf bis Fuß. »Hast du die Abholung deiner Anzüge aus der Wäscherei verpasst?«

»Wie bitte?«

»Jeans und so ein ... unförmiges Shirt ...« Onkel Salve machte eine Handbewegung, die Tiagos Erscheinungsbild erfassen sollte. »Ist das jetzt angesagt im gehobenen Geschäftsbereich?«

Tiago rang sich ein Lächeln ab. »Für den Termin mit François und Robert ist es genau richtig.«

Onkel Salve presste die Lippen aufeinander und betätigte die Gegensprechanlage. »Arlette, einen Kaffee für meinen Neffen!«

»Ich habe gerade gefrühstückt, danke, Arlette!«, rief Tiago hinterher und hob das Kinn, als sein Onkel ihn aus zusammengekniffenen Augen anfunkelte.

»Nun gut. Aber *ich* könnte einen Espresso brauchen. Und einen Happen zu essen. Umgehend!« Er ließ den Schalter los und lehnte sich in seinem lederbezogenen Schreibtischsessel zurück. »Du bist also auf dem Weg zu François und Robert? Richte ihnen aus, ich erwarte, dass sie sich mit den kleinen Unannehmlichkeiten, die das neue Projekt mit sich bringen wird, professionell auseinandersetzen.«

»Onkel Salve, ich finde immer noch, eine vorübergehende Schließung des Cafés wäre praktischer. Es sind sicher nur ein paar Tage, bis ...«

Salvatore Gibaldis Faust rauschte auf den Schreibtisch hinab. »Inakzeptabel! Völlig inakzeptabel!« Er stand so ruckartig auf, dass sein Stuhl an die Wand schoss. »Ich glaube nicht«, er hob seinen Zeigefinger und richtete ihn auf Tiago, »dass ich dir beigebracht habe, es könnte irgendwie von Nutzen sein, ein gut gehendes Geschäft zu schließen.«

»Vorübergehend!«, wiederholte Tiago.

»Porca puttana! Auch das nicht!«

»Wie du wünschst, Onkel.« Tiago nickte langsam, entgegen seiner inneren Überzeugung.

Onkel Salve war verbissen, wenn es ums Geschäft ging. Dabei gab es keinen Grund, sich zu beschweren. Die Patisserie-Kette Chez Gibaldi erfreute sich einer stetig wachsenden Kundschaft, viele der Gäste kamen regelmäßig, die Touristen kehrten gern ein. Vier Cafés hatte Onkel Salve allein in den vergangenen drei Jahren aufgekauft, renoviert und modernisiert. Die Expansion über die Grenzen Paris' war geplant. Alles lief bestens.

»Ich greife auf Erfahrungswerte zurück, mein Junge! Und ich weiß, was das Beste ist, für mich, für die Firma ... und auch für dich!« Er setzte sich wieder an seinen Schreibtisch und legte die Fingerkuppen seiner Hände aneinander. »Ah, sehr gut«, lobte er Arlette, die einen Espresso und ein paar Cornichons servierte und ihn an den nächsten Termin erinnerte.

Tiago spürte ein kurzes Lodern in seiner Brust, unterdrückte es aber und hoffte inständig, dass er jetzt gehen konnte.

»Willst du?«, fragte Onkel Salve und reichte ihm die Servierschale. Tiago rümpfte die Nase. Er mochte die französische Küche, aber mit den sauer eingelegten Gurken hatte er sich nie anfreunden können. Onkel Salve dafür umso mehr. Kein Tag verging, an dem er nicht nach ihnen griff, egal zu welcher Uhrzeit. Tiago wollte sich nicht vorstellen, welch immensen Vorrat Arlette in der Küche angelegt haben musste.

»Ich habe nicht viel Zeit. Pünktlichkeit ist eine Tugend, das weißt du doch, Onkel.«

»Es gibt etwas Wichtiges zu besprechen, und dafür muss Zeit sein!« Onkel Salve tupfte sich mit einer schneeweißen Stoffserviette die Mundwinkel ab und sah Tiago mit ernster Miene an.

»Nun denn. Ich höre.« Tiago schlug ein Bein über das andere und wippte mit dem Fuß.

»Warum zappelst du so?« Onkel Salve legte Wert auf Manieren.

»Ich bin nur ... neugierig!« Ob es um eine Frau ging? Salvatore Gibaldi, so hieß es, war vor dem Tod seiner Frau Marlène ein recht umgänglicher Mensch gewesen. Die Krankheit Marlènes, ein schnell wucherndes Krebsgeschwür in ihrem Magen, das Sterben über Monate, all das hatte ihn verändert.

Als Tiago ein halbes Jahr nach Marlènes Beerdigung in Paris angekommen war, hatte er seinen Onkel so kennengelernt, wie er jetzt war: herrisch und mitunter skrupellos. Auch wenn er für Tiago alles getan hatte.

Eine neue Liebe würde vielleicht alles verändern ...

»Es gibt ein Objekt, das ich übernommen habe.« Er faltete die Hände im Schoß und legte die Unterarme auf den verchromten Lehnen des Stuhls ab.

Tiago sah ihn überrascht an. Bei jedem der Cafés, die inzwischen zum Chez-Gibaldi-Imperium gehörten, hatte Onkel Salve sich auf ihn und sein Verhandlungsgeschick verlassen. Noch nie hatte er ihn mit einem Fait accompli konfrontiert. »So?« Tiago lehnte sich ein Stück vor. »Um welches Objekt handelt es sich? Und wieso erfahre ich erst jetzt davon?«

Onkel Salve grinste. »Du erfährst erst jetzt davon, weil ich der Chef bin und nicht du!«

»Und weil ich diejenige bin, die ihn dabei unterstützt!«

Tiago drehte sich um und beobachtete die junge Frau mit den langen Beinen, die gerade den Raum betreten hatte und jetzt einen Stapel Dokumente auf dem Schreibtisch seines Onkels ablegte. Charlize Mollez hatte es geschafft, sich dank ihres Engagements und der Geradlinigkeit, die sie an den Tag legte, den Posten als stellvertretende Geschäftsführerin zu sichern. Tiago war mit dieser Entwicklung mehr als einverstanden gewesen.

»Ich weihe dich gern in die Einzelheiten ein.« Ihre Hand ruhte auf seinem Unterarm. »Bei einem Kaffee? Ich wollte eh gleich Pause machen.«

Tiago atmete hörbar ein und hielt die Luft einige Sekunden lang an. Charlize war eine sehr schöne Frau und wusste, die volle Aufmerksamkeit auf sich zu lenken.

»Ein anderes Mal bestimmt, aber ich muss los. François und Robert warten.« Er warf einen Blick auf seine Armbanduhr und schielte anschließend zu seinem Onkel, der den Moment mit größtem Wohlwollen zu beobachten schien. Er lächelte und sah dann zum Fenster hinaus. »Herrliches Wetter. Und in der Rue Collier hat ein neues Bistro eröffnet. Kulinarische Köstlichkeiten en masse. Ihr beiden würdet euch sicher wohlfühlen dort.« Das einfallende Sonnenlicht wurde vom Schneeweiß seines Oberhemdes reflektiert und verlieh seiner Gestalt die Würde einer Heiligenfigur.

Tiago blinzelte Charlize an, bemerkte ihr zustimmendes Lächeln. Sie war wirklich ein Bild von einer Frau, hoch gewachsen, schlank und doch kurvig. Und dass sie Interesse an ihm hatte, schmeichelte ihm. Vielleicht sollte er sie tatsächlich zum Dinner einladen ...

»Wollen wir fortfahren?«, erinnerte Onkel Salve und blickte offensichtlich amüsiert zwischen Tiago und Charlize hin und her.

»Sehr gern!« Charlize nahm ihre Hand von Tiagos Arm, nicht aber, bevor ihr Daumen fast unmerklich über seine Haut gestreift war. »Die Immobilie befindet sich auf der Rue de la Lune ... in exzellenter Lage.«

Tiagos Augen weiteten sich. »Du sprichst nicht vom ManiFinique, oder?« Er schluckte. Das ManiFinique stand nicht zum Verkauf. Es war nicht mal geschlossen.

»Die Inhaberin hat das Geschäft ganz offensichtlich nicht mehr im Griff«, fuhr Charlize fort und zog sich einen Sessel heran. »Die Räumlichkeiten sind in einem desolaten Zustand, in die Jahre gekommen ist nicht mehr als ein sehr diskret formuliertes Urteil. Das betrifft im Übrigen auch Mademoiselle Finiques Backkünste.« Sie schlug die Beine übereinander, wobei ihr Rock höher rutschte und makellose, schmale Knie entblößte. Tiago zwang sich, den Blick abzuwenden.

»Es ist mir ein Rätsel, wie sie überhaupt so lang überleben konnte.« Onkel Salve schnalzte mit der Zunge, was er immer tat, wenn er sich einer wie auch immer gearteten Überlegenheit bewusst war. »Macarons ... Wie man sich damit über Wasser halten kann, ist mir unverständlich!«

Tiago verzichtete darauf, Onkel Salve darauf hinzuweisen, dass auch jedes Chez Gibaldi das süße Mandelgebäck anbot, das sich bei den Franzosen seit Jahrzehnten größter Beliebtheit erfreute. »Ich verstehe nicht ganz. Es gibt dort nicht ausschließlich Macarons!« Er kehrte gern ins ManiFinique ein, die Besitzerin Claire Finique war gewissermaßen eine Legende im Viertel, wenn nicht gar im gesamten siebten Arrondissement. Ihr Café war ein lebendiges, ein atmendes Kunstwerk. Tiago konnte sich nicht vorstellen, warum Claire aufhören sollte. So alt war sie noch nicht. War sie etwa krank? Davon hatte Tiago bei seinem letzten Besuch nichts bemerkt. Aber Onkel Salve musste nicht Kenntnis darüber besitzen, wie gern er im ManiFinique war, für ihn wäre das so etwas wie ein Verrat. Also schwieg er und sah ihn aufmerksam an.

»Ganz recht. Es werden nicht ausschließlich Macarons angeboten. Aber viel mehr auch nicht!« Onkel Salve lächelte. »Nun, zumindest in den letzten Jahren, wie ich hörte. Wenn du mich fragst: Von intelligenter Geschäftsführung und Zukunftsorientierung hat die Dame – und diese Bezeichnung verdient sie eigentlich ebenso wenig – keine Ahnung. Ganz im Gegenteil zu mir.« Sein Grinsen wurde diabolisch. »Oder dir. Ich habe dich gut ausgebildet!«

Tiago nickte verhalten. Onkel Salve erinnerte ihn regelmäßig daran, dass er in ihn, seinen Neffen, investiert hatte. Von Anfang an. Er hatte ihn damals aufgenommen, aber es war nicht nur ein Handel aus einer verwandtschaftlichen Fürsorge heraus gewesen. »Ich gebe dir recht«, sagte er ruhig, »es zeugt von einer gehörigen Portion Optimismus, sich auf nur eine Handvoll Spezialitäten zu fokussieren.«

»Wohl eher von unglaublicher Dummheit!« Onkel Salve schüttelte den Kopf und stimmte in Charlizes glockenhelles Lachen ein.

Tiagos Blick blieb an ihren geschminkten Lippen hängen. »Welche Summe hast du ihr gezahlt? Ist die Übernahme bereits vollständig abgeschlossen?« Tiago öffnete den Verschluss seiner Tasche und zog seinen Laptop hervor. Die Details aus dem Verkauf würde er später an die Buchhaltung weitergeben.

»Zur Übernahme ist es noch nicht gekommen.« Onkel Salve betrachtete eingehend seine Fingernägel, als hätte er sie gerade lackiert. »Mademoiselle Finique muss noch einwilligen.«

Tiago sah auf. »Aber sagtest du nicht gerade, dass das Café bereits dir gehört?«

Onkel Salves dunkle Augen blitzten. »Si. Denn ich habe keinerlei Zweifel daran, dass es so sein wird, mein Junge!« Er erhob sich, steuerte die Tür seines Büros an und sah sich um. »Charlize, ich erwarte Sie in zehn Minuten im Konferenzraum!«

»Oui, Monsieur!« Charlize schenkte Tiago ein Lächeln und verschwand dann im Foyer.

»Erwähnte sie nicht vorhin, dass sie in die Pause gehen würde?« Tiago konnte sich die Frage nicht verkneifen, auch wenn ihm schwante, dass sein Onkel, wie so oft, völlig aus der Luft gegriffen reagiert hatte. Es war durchaus an der Tagesordnung, dass er seine Untergebenen schikanierte, wenn seine Laune zu wünschen übrig ließ.

»Sagtest du etwas?« Der Blick seines Onkels sprach Bände.

Tiago seufzte und schaute ihm nach. Er war Onkel Salve zu Dank verpflichtet, wahrscheinlich sein Leben lang. Er hatte sich um ihn gekümmert, ihm eine Ausbildung ermöglicht und ihm zu Füßen gelegt, was man sich nur vorstellen konnte. Manchmal kam es Tiago vor, als hätte Onkel Salve in ihm ein Projekt gesehen, dass es umzusetzen galt. Fehlerfrei. Gewinnbringend.

»Also gut!« Tiago folgte ihm ins Foyer. »Was genau hast du mit der Inhaberin bisher besprochen? Gibt es etwas, woran ich im Gespräch anknüpfen kann?«

Onkel Salve wandte sich zu ihm um, und ein Lächeln legte sich auf seine Lippen, das seine Augen nicht erreichte. »Sie hat mich hinausgeworfen, diese ... diese ... unmögliche Kreatur.« Er gestikulierte wild und schüttelte seinen Kopf. »Sei vorsichtig im Umgang mit dieser Frau, Tiago. Sie ist seltsam.«

Tiago verzog seinen Mund. »Eine *Kreatur*?« Onkel Salve urteilte voreilig und oft völlig grundlos. Die Art, wie er über andere sprach und in jedem zuerst das Schlechte sah, machte ihn zu einem Mann, dem er unter anderen Umständen wohl nie Sympathien entgegengebracht hätte. »Onkel, du hast meine Fragen nicht beantwortet.« Er sah ihn an, erwartete genaue Anweisungen, wie er es von ihm gewohnt war.

Doch Onkel Salve legte nur seine Hand auf Tiagos Schulter und nickte. »Ich vertraue auf dich und deine Überzeugungskunst.« Der Druck seiner Hand ließ nach. Für einen Moment schien es, als würde er noch etwas sagen wollen, doch er schwieg. Ohne seinem Neffen noch einmal in die Augen zu schauen, verschwand er im Konferenzraum.

Tiago hob die Schultern und ließ sie in Resignation fallen. Onkel Salve baute auf sein Urteil, zählte auf seine Loyalität. Nicht umsonst agierte Tiago als seine rechte Hand im Unternehmen, noch vor Charlize.

Er verabschiedete sich von Arlette, die ihm freundlich zuwinkte, verließ das Gebäude und trat hinaus in den sonnigen Vormittag. Zum vereinbarten Termin mit François und Robert würde er nun zu spät kommen, was bedeutete, dass die Informationsweitergabe zum geplanten Pilotprojekt nicht in der Ausführlichkeit stattfinden konnte, die Tiago angestrebt hatte. Er fluchte leise. Er behielt gern den Überblick, plante, wenn möglich, weit voraus. Zumindest in dieser Hinsicht waren sein Onkel und er sich sehr ähnlich.

Auf seinem Weg zum Chez Gibaldi, das von den Gebrüdern François und Robert Culotte geführt wurde, ging er in Gedanken noch einmal seine Aufzeichnungen vom vorherigen Abend durch. Der Umsatz würde sich durch das neue Projekt steigern lassen, das bevorstehende Frühlingsfest von Erfolg gekrönt sein, und im Anschluss könnten die anderen Patisserien nachziehen.

Er erreichte die Terrasse des Cafés. Schon jetzt waren alle Plätze besetzt. Das anhaltend gute Frühlingswetter lockte die Gäste nach draußen, lud sie ein zu verweilen und zu entspannen. Von Strapaze, Aufgeregtheit und Eile sollten sich die Menschen hier befreit wissen. Onkel Salve war es wichtig, dass seine Angestellten entsprechend den Attributen, die für ihn elementar waren, handelten und bedienten. Es galt, den Kunden exquisite Köstlichkeiten der Feinbäckerei zu bieten, in gediegener und doch zwangloser Atmosphäre. Und so lag zwar ein stetes Gemurmel in der Luft, die Szenerie ließ aber vor allem das Bild von Gelassenheit und Genuss aufkommen, genau so, wie Onkel Salve es wünschte. In formstabilen Sesseln aus Korbgeflecht, ausgestattet mit feiner Polsterung und breiten Armlehnen, saßen die Leute an polierten Tischen. Sie hatten die Beine überschlagen oder die Füße weit von sich gestreckt. Manche lasen Zeitung, andere tranken Kaffee, einen Tee oder eine süße Schokolade aus schneeweißen Tassen mit goldenem Griff. Auf passenden Tellern waren Gebäckstücke angerichtet, deren Duft nach Marzipan, Mocca und Marmelade die Sinne berührte.

Über der kompletten Front des Cafés spendete eine Markise aus lichtundurchlässigem, dickem Tuch Schatten. Das Weinrot des Chez-Gibaldi-Schriftzuges fand sich in den Stuhlpolstern, Servietten und im Interieur wieder. Eine Kellnerin, gekleidet in einen knielangen schwarzen

Rock und eine weiße Bluse, lächelte zuvorkommend, als sie sich durch die Zwischenräume schlängelte, Bestellungen aufnahm oder Getränke und Gebäck servierte.

Tiago warf den Gästen einen freundlichen Blick zu und betrat durch die weit geöffnete Eingangstür das Café. Einen Moment mussten sich seine Augen an die veränderten Lichtverhältnisse gewöhnen, dann nahm er Kurs auf die breite Glastheke, hinter deren Scheiben in goldglänzenden Schalen und auf weißen Porzellantellern Zitronenkuchen, Tarte Tatins, Macarons und allerlei Gebäck aus Brand- und Blätterteig präsentiert wurden.

»Tiago, wie schön, dich zu sehen!« François sah auf seine Armbanduhr und zog die Augenbrauen hoch.

»Es tut mir leid, dass ich so spät komme. Ich ... wurde aufgehalten!« Tiago dachte an sein Gespräch mit Onkel Salve und an dessen Erwartungshaltung. »Ist es euch trotzdem möglich, etwas Zeit zu erübrigen? Dann könnten wir über ein paar Angelegenheiten reden.«

François überprüfte, womit die Kellnerin gerade beschäftigt war, und wischte sich die Hände an einem weinroten Geschirrtuch ab. »Es ist recht viel zu tun, wie du siehst.«

Tiago lächelte verständnisvoll. Wäre er zeitiger vor Ort gewesen, hätte sich dieses Problem nicht ergeben, aber das war nun nicht zu ändern. »Ist Robert nicht hier?«

»Mais oui, naturellement. Er müsste in der Backstube sein.« François wandte sich an eine andere Mitarbeiterin, die bis gerade Kundschaft bedient hatte. »Annabelle, würdest du nach meinem Bruder Ausschau halten?« Er drehte sich zurück zu Tiago. »Ein paar Macarons für dich? Die sind ganz frisch.« Tiago betrachtete die Auslage. »Lieber ein Stück von der Sahnetorte.« Um nichts in der Welt würde er zugeben, dass er sich Macarons später im Mani-Finique gönnen würde.

»Einen Café au Lait dazu?«

»Gern, danke, François!«

»Ganz hinten ist ein Tisch frei. Sei so gut und geh schon vor. Wir sind in einer Minute bei dir!«

Neue Gäste waren eingetroffen, und solange François allein hinter der Theke stand, musste er sich darum kümmern, dass niemand zu warten hatte. Ein weiteres der höchsten Gebote, wenn man in einem von Salvatore Gibaldis Cafés angestellt war. Der Kunde war nicht nur König, er war Kaiser.

Tiago nahm das Stück Kuchen entgegen und kehrte der Verkaufstheke den Rücken. In den glänzenden Bodenfliesen spiegelten sich die Lampen, die von der cremeweißen Decke hingen. An den Wänden, bis auf halber Höhe mit weinroter Seidentapete bestückt, darüber in einem hellen Rosa gestrichen, waren golden gerahmte Fotografien französischer und italienischer Sehenswürdigkeiten angebracht. Vorbei am Arc de Triomphe und der Notre-Dame bog Tiago am Panthéon in den hinteren Teil des Cafés ab. Hinter der Kathedrale von Palermo und dem Diana-Brunnen von Syrakus fand er jene Tischgruppe, von der François gesprochen hatte.

Er hatte sich gerade auf der gepolsterten Bank niedergelassen und seinen Laptop ausgepackt, da hörte er das Lachen der Culotte-Brüder. Die beiden waren ihm von allen Angestellten der Chez-Gibaldi-Cafés am liebsten.

»Lass es dir schmecken!« François setzte sich auf den Stuhl zu Tiagos linker Seite. »Ich hole dir gern noch etwas nach!«

Robert nahm auf der anderen Seite Platz.

»Ich glaube, fürs Erste bin ich versorgt, danke!« Tiago öffnete eine Excel-Tabelle und fuhr mit dem Cursor der Maus über Einträge, die den Umsatz der letzten drei Monate zeigten. Es war an der Zeit, das Gespräch auf geschäftliche Inhalte zu lenken.

»Ihr leistet sehr gute Arbeit!« Mit einem Lob zu beginnen war immer der richtige Einstieg. »Die Gäste machen einen durchweg entspannten Eindruck, wenn sie sich hier aufhalten. Die Kundschaft an der Verkaufstheke scheint überaus zufrieden. Bravo!«

François und Robert stießen mit einem Glas sprudelndem Wasser an.

Tiago nickte, um seinen Worten Nachdruck zu verleihen, führte die gut gehäufte Gabel zum Mund und lächelte. Dann räusperte er sich. »Aber ich bin überzeugt, wir könnten noch einiges mehr erreichen.« Dass die Zahlen der letzten Monate konstant geblieben waren, deutete nichts Schlechtes an. Aber Onkel Salves Hunger nach Erfolg und Ansehen war bei Weitem nicht gestillt.

»Das sagtest du vor zwei Wochen schon einmal.« François runzelte die Stirn. »Stimmt irgendetwas nicht? Ist dein Onkel unzufrieden?«

»Nein, überhaupt nicht!« Tiago setzte sein diplomatischstes Lächeln auf. Nichts war hinderlicher in diesem Business als Mitarbeiter, denen die Motivation abhandenkam. »Wir haben uns jedoch Gedanken gemacht ... um die etwas verloren wirkende Ecke an der linken Fensterseite. Daraus ließe sich etwas ganz Wunderbares machen.«

Die Brüder schauten sich um, verstanden aber nicht, worauf Tiago hinauswollte.

Er schmunzelte, schob sich in aller Ruhe das letzte Stück seines Kuchens in den Mund. »Was haltet ihr davon, wenn wir dort eine kleine Theke einbauen lassen würden?«, fuhr er schließlich fort. »An der Wand könnte man Regale, Spiegel und eine Spüle anbringen, die Fenster gleich daneben sind zu öffnen, sodass sogar der Ausschank nach draußen möglich wäre.« Er schaute in fragende Gesichter. »Eine kleine Weinbar!« Er untermalte seinen Ausruf mit einer Geste, die dem Hervorzaubern eines Kaninchens aus einem Zylinder nahekam.

»Wein?« François schien nicht überzeugt, aber in Roberts Augen entdeckte er ein Leuchten. Er war derjenige, der für Neuerungen am zugänglichsten war. Deshalb hatte Onkel Salve sich entschieden, das Pilotprojekt genau hier zu platzieren. Nicht, dass er sich um ein mögliches Widerstreben seiner Angestellten geschert hätte. Aber gute Mitarbeiter waren heutzutage schwer zu bekommen. Und an dieser Stelle hatten sich die Brüder Culotte bisher stets genügsam gezeigt, obwohl am Personalschlüssel seit Längerem gespart wurde.

»Nun, es ist natürlich nicht so, dass die Installation einer Weintheke etwas völlig Neues wäre!«, gab Tiago zu. »Aber ich bin überzeugt, dass es, insbesondere im Sommer, ein absolutes Plus für das Café bedeuten würde.« Er wartete einen Moment, um François und Robert Zeit einzuräumen, über das Gesagte nachzusinnen.

»Alors, ich finde, das klingt einleuchtend.« Robert saß im Boot, während sein Bruder noch immer die Lippen kräuselte und sich nachdenklich übers Kinn strich.

Tiago beugte sich vertrauensvoll vor. »Am wichtigsten ist, dass *ihr* dahintersteht. Ihr sollt euch schließlich wohlfühlen!« Dass Onkel Salve den Umbau längst beschlossen hatte und die Materialien schon bestellt waren, verschwieg er. Den Culotte-Brüdern das Gefühl zu geben, sie wären an Entscheidungen beteiligt, stabilisierte das Verhältnis. Zufriedene Angestellte bedeuteten zufriedene Kunden. Tiago war das ganz klar, Onkel Salve nicht.

»Also gut!« François erhob sich und schob den Stuhl unter die Tischplatte. »Ich gehe davon aus, dass Monsieur Gibaldi uns weiteres Personal zur Verfügung stellen wird? Das ist mehr als überfällig, du weißt das!«

Tiagos Lächeln gefror. »Selbstverständlich!«, sagte er schnell. Schneller als beabsichtigt. Über die Umsetzung seines Versprechens würde er zeitnah mit Onkel Salve diskutieren müssen.

»Eine neue Herausforderung, très chic!« Robert klopfte seinem Bruder auf die Schulter.

»Wundervoll. Dann gebe ich den Umbau in Auftrag. Zum Frühlingsfest sollte alles fertig sein.« Tiago nickte. Der Anfang war gemacht, und das Fest würde unter einem guten Stern stehen. Zwei Fliegen mit einer Klappe! Tiago schloss die Datei, klappte seinen Laptop zu und verstaute ihn wieder in seiner Tasche.

Draußen atmete er tief durch. Das Gespräch war exzellent gelaufen, und er bemerkte, dass er sogar ein wenig beschwingt war. Die weitaus schwierigere Aufgabe stand ihm noch bevor.

Er überquerte das Kopfsteinpflaster einer Kreuzung und folgte dem breiten Gehweg, der vorbei an einigen Bekleidungsgeschäften, einem Damen-Coiffeur und einem Laden für Souvenirs führte. Es waren viele Touristen unterwegs, Fröhlichkeit und Unbekümmertsein schwängerten die Luft, die Portemonnaies saßen locker und griffbereit. Champs de Mars, die riesige Grünfläche, die zu Spaziergängen einlud und für Picknicks genutzt wurde, lag in unmittelbarer Nähe. Den Eiffelturm erreichte man im Nu, die Avenue de Champs-Élysées zu Fuß innerhalb einer halben Stunde. Das ManiFinique lag in der Tat günstig, die Übernahme würde sich als lukrativ herausstellen, wenn das Café erst mal renoviert und modernisiert wäre. Was das betraf, musste Tiago seinem Onkel beipflichten.

Er erreichte das alte dreistöckige Gebäude aus hellem Kalkstein, der an manchen Stellen eine leicht grünliche Färbung angenommen hatte, und blickte prüfend an der Fassade empor. Die Holzrahmen der beiden Schaufenster würden ersetzt werden müssen. Das Blechschild über dem Eingang zeigte einige Dellen, der Schriftzug des Cafés in einst geschwungenen dunkelgrünen Lettern war verblasst. Eine modernere Variante, natürlich beleuchtet, würde vonnöten sein. Längst hatte Tiago eine gedankliche To-do-liste angelegt, deren Punkte er, je nach Dringlichkeit, vor seinem inneren Auge hin- und herschob.

Er trat durch die geöffnete Tür wie in eine andere Welt.

Mademoiselle Finique führte das ManiFinique seit dem Ende der 60er-Jahre, was man unschwer an der Inneneinrichtung feststellen konnte, die seitdem im Wesentlichen nicht verändert worden war.

Im Vorbeigehen strich Tiago über dunkle Holzmöbel und begutachtete die Tapeten oberhalb der Holzvertäfelung. Von den psychedelischen Mustern wurde ihm jedes Mal, wenn er hier war, eine kurze Zeit schwindelig. Frauenbüsten auf verspielten Regalen, farbenfrohe Deko, gleichermaßen aus Naturmaterialien oder grellem Kunststoff, sowie Schlingpflanzen, die sich unter der Decke von einer Hängevorrichtung aus Makramee zur nächsten hangelten, prägten das Bild. Auf den Polstern aus Samt und den Gardinen an den Fenstern fanden sich große Blüten und Blätter, und auf einigen Beistellmöbeln ließen Lavalampen bunte Fantasiegebilde aus Wachs auf- und absteigen. Klaren Linien und moderner Eleganz begegnete man in Claire Finiques Patisserie kaum, die Einrichtung der Chez-Gibaldi-Cafés konnte gegensätzlicher nicht ausfallen. Tiago legte einen Finger an seine Lippen und den Kopf schief. Vielleicht war genau dies der Grund, warum er sich im ManiFinique so wohlfühlte. Dekadenz und Entsagung existierten nebeneinander, überall gab es etwas zu entdecken, und doch konnte der Geist entspannen. Etwas an oder in diesen Räumlichkeiten war imstande, Erinnerungen, die schmerzten, in ein schönes Licht zu tauchen. Zwar nie von Dauer, und doch war das Café für Tiago zu einer kleinen Insel geworden.

Er lächelte und hielt Ausschau nach Claire, die ihm aus der angrenzenden Backstube zuwinkte. »Un grand crème«, rief er ihr zu und steuerte einen der runden Tische in der Mitte des Gastraumes an, wo von der großflächigen Bodenmalerei, die das Holzparkett einst geziert hatte, nicht mehr viel zu erkennen war.

Tiago setzte sich und stützte seine Ellbogen auf dem wackeligen Tisch ab. Als er versuchte, seinen Stand auszugleichen, bemerkte er eine angetrocknete klebrige Masse unter seinen Fingern und Reste aufgequollenen Gebäcks unter dem Tischrand. Er betrachtete die winzigen Krümel, die durch das Aneinanderreiben seiner Hände auf den mit Flecken übersäten Boden fielen. Dieser war von einem Schleier überzogen, der entweder durch die Verwendung von zu viel oder zu wenig Putzmittel entstanden sein musste. Tiago tippte auf Letzteres. Das ManiFinique lebte vom Glanz der vergangenen Jahre und der einst schillernden Persönlichkeit der Inhaberin – aber, und das musste er zugeben: mehr schlecht als recht.

Er sah sich um. Ob es sinnvoll wäre, den Platz zu wechseln? Genug freie Kapazitäten gab es schließlich. Nur ein weiterer Tisch war besetzt. Ein älterer Herr, der in regelmäßigen Abständen seine Hand nach den Leckereien ausstreckte, die auf einem Servierteller angerichtet waren, hielt sich seine Tageszeitung vors Gesicht und war darin vertieft. Den Straßenlärm, der durch die geöffnete Tür in den Raum wehte, schien er kaum wahrzunehmen. Typisch Franzose. Tiago beneidete diese Besonnenheit. Viel zu selten war es ihm möglich, den Moment zu genießen, ständig war er in Gedanken beim nächsten Termin oder in ein laufendes Projekt vertieft. Onkel Salve nannte es Produktivität, Tiago Stress.

Das Klappern von Geschirr riss ihn aus seinen Überlegungen. Er drehte den Kopf in Richtung Backstube, wo Claire gerade ein Kännchen dampfenden Wassers in einen Filteraufsatz aus Porzellan goss. Die Kunst der Kaffeezubereitung beherrschte sie, und sie ließ sich durch nichts aus der Ruhe bringen. Doch dann verzog sie kurz das Gesicht, stellte das Kännchen zur Seite und griff nach einem Geschirrtuch. Vorsichtig tupfte sie über ihr Handgelenk, gab etwas Speichel auf die Stelle und pustete. Dann blies sie sich die dicken graublonden Locken aus der Stirn und fuhr mit ihrer Arbeit fort.

Tiago schätzte Claire auf Ende sechzig. An ihrer Attraktivität hatte der Zahn der Zeit nur wenig genagt. Sicherlich hatte sie ein paar Pfund mehr auf den Hüften. Aber sie strahlte immer noch eine Schönheit aus, die Tiago faszinierte. In ihren besten Zeiten, so hieß es, war es hoch hergegangen im ManiFinique. Razzien durch die Polizei waren keine Seltenheit gewesen.

»Et voilà!« Mademoiselle Finique jonglierte den Kaffee, dessen durchdringender Duft ausgiebig gezogenen Kaffeemehls längst in Tiagos Nase gestiegen war, und lächelte, als sie bei ihm angekommen war. »Schön, Sie wieder einmal begrüßen zu dürfen, mein Lieber.«

»Danke. Die Arbeit ... Es gibt viel zu tun!« Tiago nahm die knallgelbe Porzellantasse, deren Rand eine Kirsche zierte, entgegen.

Mademoiselle Finiques Hände zitterten leicht. »Ach ja, wem sagen Sie das?!«

»Aber wo ist denn Ihre nette Bedienung, die sie so tatkräftig unterstützt?« Tiago hatte sich diese Frage schon letzte Woche gestellt, aber angenommen, dass die Kellnerin erkrankt sei.

Auf Claires Gesichtszüge legte sich ein Schatten. »Ich ... muss leider zukünftig auf sie verzichten, so leid es mir tut. Die Zeiten ändern sich, man muss sich anpassen.« Sie presste die Lippen aufeinander, und eine tiefe Falte erschien über ihrer Nasenwurzel. Die Augen, die mit mehreren Schichten Schminke gekonnt in Szene gesetzt waren, schimmerten.

Tiago fragte nicht weiter nach, aber er konnte die Bitterkeit dieser Situation beinahe auf seiner Zunge schmecken. Onkel Salve hatte mit seiner Einschätzung recht behalten, und diese Erkenntnis wurmte ihn. Er nippte an seinem Kaffee, stellte die Tasse ab und sah auf. Claire stand immer noch da und sah ihn durchdringend an. »Ich hatte eben das Gefühl, Sie wollten mir etwas Wichtiges mitteilen.«

Tiago schluckte. Er erinnerte sich an die Worte eines Gastes, der vor einigen Wochen gleich neben ihm gesessen hatte. »Sie schaut Ihnen direkt in die Seele«, hatte er über Claire gesagt, und er, Tiago, hatte darüber gelacht.

Jetzt hämmerte sein Herz in der Brust. Claire Finiques Blick schien über jeden Quadratzentimeter seines Gesichts zu gleiten. »Sie lesen mir wirklich jeden Wunsch von den Augen ab!« Sein Lachen klang sogar in seinen eigenen Ohren hohl. »Eigentlich sollte ich verzichten, aber Ihre Macarons sind einfach unwiderstehlich. Würden Sie mir ein paar für zu Hause abpacken?«

Claire holte tief Luft, als würde sie zu einer Gegenargumentation ausholen. Sie schien bemerkt zu haben, dass ihn tief greifendere Angelegenheiten beschäftigten, doch sie ließ ihren Atem entweichen, ohne ein Wort zu sagen. Der dunkle Ausdruck in ihren Augen verflüchtigte sich. »Es ist wichtig, sich an Kleinigkeiten zu erfreuen, n'est-ce pas?« Und damit steuerte sie die kleine Verkaufstheke an, in deren schlecht beleuchteter Auslage besagte Mandelkekse neben ein paar Madeleines und Eclairs lagen.

»Das Geld habe ich passend, ich nehm sie mir gleich. Vielen Dank, Mademoiselle. «

Claire Finique legte äußersten Wert auf das *Mademoiselle,* auch wenn es etwas aus der Zeit gefallen war. Die ältere Dame schob die verpackten Macarons über die Theke und verschwand in ihrer Backstube.

Tiago atmete auf. Einer persönlichen Durchleuchtung seiner Gedanken hätte er unter Umständen nicht standgehalten. Einer Diskussion um Verkaufsmodalitäten noch viel weniger.

Lucille

Als Lucille den Gare du Nord verließ und auf den Place Napoléon trat, atmete sie ein paar Mal tief durch. Es kam ihr vor, als sei sie aufgetaucht aus einem Ozean, dessen Wellen sie viel zu lang unter der Wasseroberfläche gehalten hatten. Ihre Fingerspitzen kribbelten vor Aufregung.

Lächelnd drehte sie sich um und betrachtete die Fassade des Bahnhofgebäudes. Altehrwürdig blickten die riesigen steinernen Frauenstatuen, die das Bauwerk schmückten, über die Stadtgrenzen hinweg, wiesen den Weg in die Ferne, lotsten den Suchenden und lockten den Abenteurer. Lucille entsendete eine Kusshand in die luftigen Höhen, dankbar für die Route, auf die ihr Schicksal sie geführt hatte, als sie selbst vor Jahren Paris verließ.

Ihr Blick schwenkte zur Uhr, die in dem riesigen verglasten Bogen der Bahnhofsfassade eingelassen war. Das Grummeln, das ihr leerer Magen von sich gab, war berechtigt. Sie hatte seit Stunden nichts mehr gegessen. Ob Claire sie mit einem warmen Abendessen begrüßen würde? Kochen gehörte zu ihren vielen Talenten, ihr Pot-au-feu war legendär. Bei dem Gedanken an die Kombination aus zartem Rindfleisch und knackigem Gemüse lief Lucille das Wasser im Mund zusammen. Sie beschleunigte ihre Schritte, während sie nach einem Taxi Ausschau hielt.

Und als würde die Stadt sie mit offenen Armen empfangen, hielt im nächsten Moment ein Wagen gleich neben ihr am Straßenrand. Der Fahrer stieg aus, um Lucille mit ihrer überschaubaren Menge Gepäck behilflich zu sein.

»Bonjour!« Der Mann hievte den Koffer in den Laderaum und hielt Lucille anschließend die Tür auf.

»Je vous remercie!«, gab Lucille zurück. »Sehr freundlich von Ihnen!« Sie ließ sich in die Polster des Rücksitzes sinken, strich über das dunkle Kunstleder und nahm ein Gemisch aus verschieden Gerüchen wahr, wobei der herbe Duft eines Herrenparfums dominierte.

»Sie besuchen jemanden?« Der Fahrer war eingestiegen, schaute in den Rückspiegel und lächelte. »Ihren Freund? Ihre Eltern?«

»Nein!« Kühl begegnete Lucille seinem Blick.

Der Fahrer hob die Augenbrauen, grinste und fädelte sich in den Verkehr ein. »Wohin darf ich Sie bringen?«

»Rue de La Lune, s'il vous plaît.« Lucille schloss für einen Moment die Augen, öffnete sie aber gleich wieder. »Bitte, könnten Sie eine Route wählen, die mir einen Blick auf Notre-Dame ermöglicht?«

Der Fahrer legte den Kopf schief und überlegte kurz. »Dann nehme ich den Weg über die Pont Saint Michel.«

Den Umweg und die damit verbundenen Mehrkosten nahm Lucille gern in Kauf. »Das ist in Ordnung. Merci beaucoup!«

Als sie wenig später die Brücke überquerten und Lucille die Kathedrale sah, spürte sie einen wohligen Schauer über ihre Arme laufen. Die beiden Türme der aus Naturstein erbauten Kirche ragten in den blau-violetten Spätnachmittagshimmel, und ohne sich besonders anzustrengen, war es Lucille möglich, die Chimären zu entdecken, die entlang der oberen Balustrade auf Paris hinabschauten.

Lucille spürte den neugierigen Blick des Fahrers über den Rückspiegel. »Was gefällt Ihnen am besten an Notre-Dame?«

Sie lächelte zurück. »Die Chimären«, sagte sie und spürte, wie ihr Herz warm wurde.

»Ah!«, machte der Fahrer. »Haben Sie sie schon mal aus der Nähe betrachtet? So manch eine von den Figuren kann einem das Gruseln lehren.«

Lucille lachte. »Mich nicht! Schon als Kind hatte ich eher das Gefühl, dass sie mich beschützten und beruhigten.« Und vielleicht tun sie das immer noch, dachte sie und legte sehnsüchtig ihre flache Hand an die Scheibe des Autofensters, als könnte sie so in einen stillen Kontakt mit den Fabelwesen treten. Für einen Wimpernschlag erinnerte sie sich an das erste Mal, als sie mit Claire die Türme der Kathedrale bestiegen und die steinernen Figuren in Augenschein genommen hatte. Es gab Greifvögel und Hunde, Reiher und drachenähnliche Gestalten. Manche von ihnen erweckten den Eindruck, als würden sie nachdenklich über die Stadt wachen, andere übertrafen sich gegenseitig in der Scheußlichkeit ihrer Fratzen. Lucille war, neben der Stryga, der wohl bekanntesten der Figuren, besonders angetan gewesen von jenen Dämonen, die die Zähne fletschten und die Mäuler aufrissen, bereit zur Verteidigung und zum Widerstand. Auf ihre kalten Steinkörper hatte sie damals ihre kleinen Hände gelegt und sich auf eine seltsame Weise behütet gefühlt. Es war Liebe auf den ersten Blick gewesen.

»Wir überqueren übrigens gerade die Seine«, informierte der Fahrer. »Aber das wissen Sie bestimmt.«

Lucille lächelte, nickte und sog die Schönheit des glitzernden Gewässers in sich auf.

Die Seine hatte immer schon etwas Tröstliches für sie bereitgehalten, die Hoffnung auf einen Neuanfang, seit sie dem Fluss im zarten Alter von sechs Jahren die Asche ihrer geliebten Katze Millefleur übergeben hatte. Fast wie einst bei Jeanne d'Arc, hatte Claire befunden und Lucille dann mit geschichtsträchtigem Blick angesehen. Lucille hatte damals nicht verstanden, zu wem ihre Tante einen Vergleich zog, zumal die gute Jeanne – so wusste Lucille es Jahre später aus dem Unterricht am Gymnasium – weit heldenhafter und mutiger gewesen war als die scheue Millefleurs. Aber dies hatte damals nichts zur Sache getan. Das Einzige, was gezählt hatte, war, dass Tante Claire eine Lösung gefunden hatte, Lucille einen unvergesslichen Abschied von ihrer Katze zu ermöglichen. Ganz im Gegensatz zu ihren Eltern, die das Tier im Müll hatten entsorgen wollen.

Lucille strich sich die Haare hinters Ohr, während der Fahrer die Île de la Cité verließ und sie sich auf die Ankunft bei Claire und damit im Strudel der Vergangenheit vorzubereiten versuchte.

»Ma chérie!« Claire kam ihr mit ausgebreiteten Armen entgegen, als Lucille über den verwilderten Innenhof schritt und die wenigen Stufen ins Wohnhaus ihrer Tante erklomm.

Sie hob den Blick, und eine Woge des Glücks erfasste sie. Ungestüm schlossen sich Claires warme Arme um sie und drückten Lucille so fest, dass sie für einen Moment kaum Luft bekam. »Du duftest nach …«, begann Lucille und versenkte ihre Nase im Kragen von Claires kanariengelber Chiffonbluse. Das teuerste und herrlichste Parfum konnte diesem Geruch nicht das Wasser reichen.

»Macarons, naturellement!«, rief Claire aus und entließ Lucille aus ihrer Liebkosung. »Sie müssten gleich fertig sein. Ich habe sie extra für dich gebacken.«

Also kein Pot-au-feu.

Claire nahm Lucille an beiden Händen und betrachtete sie eingehend. »Gut siehst du aus, mein Herz!« Ein breites Lächeln trat auf ihre Lippen, übertrug sich auf die vielen Fältchen rund um Nase und Mund und erreichte schließlich die funkelnden dunkelbraunen Augen. Claire hatte sich kaum verändert. Immer noch orientierte sie sich an der Mode der 60er- und 70er-Jahre, immer noch schminkte sie sich wie Brigitte Bardot zu ihren besten Zeiten, und immer noch war sie von einer bemerkenswerten Schönheit, der das zunehmende Alter nichts hatte anhaben können. Sie strahlte von innen heraus, und ihr Leuchten setzte sich in ihrem Äußeren fort.

»Ich habe dich vermisst, Claire!« Lucille drückte die weichen Finger, die fest mit ihren verschränkt waren, und genoss das Gefühl tiefer Verbundenheit.

Ihre Großtante zog die Brauen bis unter die losen Haarsträhnen, die ihr in die Stirn fielen und das gesamte Gesicht wie ein Kunstwerk einrahmten. »Ja, Lyon ist zwar durchaus einen Besuch wert, aber dich mal wieder hier bei mir zu haben, ist einfach wunderbar!«

Lucille schlug für einen Moment die Augen nieder. »Du hast recht.«

Claire schüttelte den Kopf und lachte. Erneut zog sie Lucille in eine innige Umarmung. »Ich bin froh, dass du hier bist. Darauf kommt es jetzt an!« Lucille kam es vor, als hörte sie ein kurzes Aufschluchzen, doch als sie sich ihr zuwandte, konnte sie keine Tränen in Claires Augen schimmern sehen.

»Wollen wir?«, fragte Claire und wies Lucille in den schwach beleuchteten Flur, der sich im hinteren Teil des Gebäudes befand und durch eine steile Holztreppe das Erdgeschoss samt Backstube und Café mit der darüber liegenden Wohnetage und dem kleinen Studio im Dach verband. »Stell deinen Koffer an die Stufen! Nachher bringen wir alles hoch. Aber jetzt komm erst mal ins Café!«

Lucille sah ihrer Tante hinterher. Sie hatte zugenommen, seit sie sich zuletzt gesehen hatten. Die ausgewaschene Jeans mit dem weiten Schlag schmiegte sich gefährlich an die ausladenden Hüften, und vorhin schon war Lucille aufgefallen, dass der Reißverschluss ein paar Zentimeter offen stand.

»Wo bleibst du denn?«

Lucille lachte und folgte Claire. »Ich bin gleich hinter dir.«

Sie betrat die kleine Backstube und wurde auf der Stelle in ihre Jugend zurückkatapultiert.

»Es sieht beinahe so aus wie damals!«, sagte sie. Aber eben nur beinahe. Die einst hellgrün gemusterten hellen Kacheln, die den Raum komplett auskleideten, hatten einen gräulichen Schimmer angenommen, sodass sie das Licht der schon immer viel zu dunklen Lampe, die mitten im Raum an einem staub- und spinnwebenumgarnten Kabel baumelte, nur wenig reflektierten. An der Wand zu ihrer Rechten standen zwei aneinandergeschobene Arbeitstische, auf denen sich dreckiges Geschirr türmte, das aussah, als würde es nicht erst seit heute dort liegen. Links von ihr fand sich neben dem alten Ofen, aus dessen Ritzen an der Luke nicht nur Dampf, sondern auch der charakteristische Geruch nach Mandelgebäck hervorquoll, ein fahrbares Gestell mit vielen Ablageflächen. Außer vertrockneten Krümeln, Abdrücken fettiger Finger und einer Schüssel mit labbrigen Teigresten hatte das Gefährt nichts zu bieten.

Lucille verzog den Mund. Als Zehnjährige hatte sie Claire schon dabei geholfen, Brandteig umzufüllen, damit daraus Eclairs gespritzt werden konnten. Aber das Hantieren mit klebrigen Teigen hatte sie nie gemocht, und es schüttelte sie heute noch, wann immer sie damit zu tun hatte.

»Mince! Das darf doch wohl nicht wahr sein!« Claire hatte sich ein paar Handschuhe übergestreift und machte sich gerade daran, ein Blech Macarons aus dem Ofen auf die Arbeitsfläche zu befördern, die sich mitten im Raum befand und kaum größer als einen guten Quadratmeter war. »Ah!«, rief sie. »Gerade noch rechtzeitig!«

»Glück gehabt!« Lucille bewunderte die feinen Leckereien, die ihren Speichelfluss im Nu anregten. »Sonst hätten ...«, sie schielte durch die halb offene Schiebetür nach nebenan ins Café, »... deine Gäste und wir nichts zum Kaffee gehabt.«

Claire zuckte die Achseln, zog die Handschuhe aus und stützte sich auf dem Holztisch ab. »Ich bin so vergesslich geworden! Neulich habe ich mich darüber gewundert, dass bis zum frühen Nachmittag kein einziger Gast aufgetaucht war. Bis mir plötzlich auffiel, dass die Vordertür noch abgesperrt war. Das ist noch nie vorgekommen, Cilly!« Sie hielt sich die Hand ans Herz und rieb über den durchscheinenden Stoff ihrer Bluse. »Vielleicht ist es besser, Abschied zu nehmen! Für immer!«

Lucille zog die Augenbrauen hoch. Claires Hang zur Theatralik hatte sich auch nicht geändert.

»Na ja ...«, begann Lucille. Liebevoll bugsierte sie ihre Tante zu einem Stuhl und setzte sich dann neben sie. »Abschied zu nehmen – und dann auch noch für immer –

erscheint mir doch etwas verfr... Nun, es ist sicher nicht nötig!«

Gedankenverloren schob Claire ein paar Macarons auf dem Backblech hin und her. Krümel lösten sich von den kleinen Gebäckstücken und zerfielen zu Mandelstaub. »Asche zu Asche«, sagte sie und schüttelte den Kopf. »Nichts ist mehr, wie es einst war, Cilly! Vielleicht muss ich der Tatsache einfach in ihr hässliches Gesicht schauen.«

Zärtlich strich Lucille ihrer Tante über den Rücken. »Willst du mir sagen, in welchen Schwierigkeiten du steckst?«

Aus dem Café war ein lautes Räuspern zu hören. »Mademoiselle Finique?«

Claire sah erschrocken auf. Sie hatte Tränen in den Augen. »Der Kaffee kommt sofort, Monsieur Jaques!«

»Bleib sitzen, ich mach das schon!« Lucille sprang auf und zog einen Kessel blubbernden Wassers von einer Kochstelle.

Neben einer Tasse auf der Ablage stand schon der vorbereitete Filteraufsatz aus Porzellan und wartete auf seinen Einsatz. Vorsichtig übergoss sie das duftende Kaffeemehl, sah zu, wie das Wasser die Masse vollständig durchtränkte und anschließend durchrann. Erst dann schüttete sie noch einmal nach.

Claire war aufgestanden, fächelte sich prüfend den intensiven Geruch des Kaffees in die Nase und schloss die Augen. »Exactement!«

Lucille griff nach einem feuchten Tuch, wischte zwei Tröpfchen Kaffee von der Untertasse und fischte einen kleinen Löffel aus der Schublade.

»Ein Tablett?«, fragte sie und sah sich um.

Claire nickte und wies auf ein Wandregal, in dem sich silberne Servierteller stapelten. »Danke, Liebes.«

Lucille breitete die schmale Stoffserviette auf dem Tablett aus und stellte die dampfende Tasse Kaffee darauf. »Ich bin sofort bei Ihnen!«, rief sie, schob sich das Tablett auf die flache Hand und balancierte es in den Gastraum, als hätte sie nie etwas anderes getan. Sie hatte nicht nachfragen müssen, an welchen Tisch sie die Bestellung bringen musste – es war nur ein einziger Gast anwesend.

»Un allongé, Monsieur.« Mit einer anmutigen Bewegung stellte Lucille die Tasse auf dem kleinen Tisch ab und nickte dem Herrn zu, der in etwa das gleiche Alter wie Claire haben dürfte.

»Merci!«, sagte er und nahm Lucille in Augenschein. »Sie sind die neue Kellnerin? Hat die gute Claire sich also doch wieder Hilfe geholt. Sehr vernünftig!«

Lucille wollte zuerst antworten und klarstellen, dass sie nicht hier arbeitete, doch Monsieur Jaques fuhr bereits fort. »Claire behandelt ihre Angestellten vorbildlich. Das hat sie immer getan. Ich bewundere sie seit Jahren. Und ihre Stimme …« Er schien in angenehmen Erinnerungen zu schwelgen, sein Blick schweifte in die Ferne. »Wenn sie *Alone Again* von Gilbert O'Sullivan anstimmte …« Er sah Lucille an und zog die Augenbrauen kraus. »Kennen Sie Gilbert O'Sullivan?«

Lucille schüttelte den Kopf. »Ich fürchte, nein, Monsieur.«

»Natürlich …« Monsieur Jacques zwinkerte ihr zu. »Die Musik der frühen 70er ist nichts für euch junge Hüpfer.« Er lachte. »Jedenfalls lagen Claire die Männer zu Füßen, und das nicht nur, wenn sie sang. Es war eine besondere Zeit …« Er kostete seinen Kaffee und nickte anerkennend.

»Fragen Sie sie doch einmal danach. Sie weiß so viel zu erzählen.«

»Das werde ich, Monsieur.« Lucille wartete einen Moment und studierte den sehnsuchtsvollen Ausdruck in den Gesichtszügen des Herrn. »Haben Sie noch einen Wunsch?«

Doch Monsieur Jaques schüttelte den Kopf und vertiefte sich wieder in seine Zeitung.

Als Lucille in die Küche zurückkehrte, sah Claire sie mit wässrigen Augen an. »Es entgleitet mir!« Sie flüsterte, und ihre Unterlippe bebte. Lucille schloss die Schiebetür ein Stück weiter und setzte sich zu ihrer Tante an den Tisch.

»Aber was denn genau?« Zärtlich nahm sie Claires Hände in die ihren und drückte die Finger.

Claire holte tief Luft und atmete hörbar aus. »Na, all das hier! Das ManiFinique ist dem Untergang geweiht.« Sie langte nach einem weiteren Macaron, drehte das Gebäckstück ein paar Sekunden zwischen den Fingern und steckte es sich dann in den Mund. Lucille spähte noch mal durch den Türspalt und seufzte. Das wenige Tageslicht, das durch die ungeputzten Fenster fiel, erhellte den Verkaufs- und Gastraum kaum. Etwas verloren stand das Sammelsurium aus Stühlen und Sesseln an den leeren Tischen. »Seit wann läuft es so ... schleppend? Es sieht aus, als hättest du schon länger geschlossen und dieser Gast hätte sich lediglich hierher verirrt.«

Claire sah auf, und mit einem Mal funkelte es angriffslustig in den Tiefen ihrer fast schwarzen Augen. »Geschlossen? Niemals. Der Betrieb läuft ... nun, sagen wir, er läuft reduziert. Doch steht meine Tür immer offen, und ich empfange jeden Gast persönlich.«

»Aber du sagtest doch gerade selbst, dass das ManiFinique beinahe am Ende ist. Wenn nicht die ...« Lucille zog die Mundwinkel nach unten und wägte innerlich ab, ob die angedachte Formulierung das Problem erfassen würde. »Wenn nicht die bescheidene Anzahl deiner Gäste verantwortlich ist, was ist es dann? Was ist hier passiert?«

Claire strich sich imaginäre Falten aus der Bluse und richtete die Cups des dunklen BHs, der darunter hindurchschimmerte. »Alors ...«, begann sie, fuhr sich durch die Locken und befühlte den Sitz ihrer hochsteckten Haare. »Ich habe einer ... Bekannten ... einer guten Bekannten etwas ... Geld geliehen.«

»Und sie ist damit auf und davon, vermute ich.« Lucilles Geduldsfaden stand mindestens unter der gleichen Spannung wie der Reißverschluss an der Hose ihrer Tante. Wie vor einem Kampf knetete Lucille ihre Hände, zog an einzelnen Fingern, sodass ihre Gelenke unüberhörbar knackten, und schob dann den Stuhl in einer energiegeladenen Bewegung nach hinten. Sogleich legte Claire einen Finger an die Lippen und zeigte Richtung Café, doch Lucille achtete nicht darauf. »Weißt du, das ist wieder so typisch für dich. Anstatt Hintergründe zu prüfen, gewährst du Vertrauensvorschüsse. Du hast also ... irgendjemandem ... so viel Geld geliehen, dass dadurch das ManiFinique zu einer einzigen Katastrophe verkommen konnte?« Sie baute sich vor Claire auf und blitzte sie aus zusammengekniffenen Augen an.

»Sie war nicht irgendjemand!« Die Stimme ihrer Tante war nicht mehr als ein Hauchen. Doch dann drückte sie die Knie durch und streckte ihren Rücken. »Und wie kannst du es wagen, mein Café als Katastrophe zu bezeichnen?«

Lucille hob die Schultern und wies mit ausgestreckten Händen in die Räumlichkeiten. »Wie könnte ich nicht?«

Claires Gesicht nahm eine fleckige dunkelrote Färbung an, die so gar nicht zum grellen Gelb ihres Oberteils passen wollte. Zielsicher griff sie zur Anrichte hinter sich, nestelte in einem Korb und fischte mit zittrigen Fingern eine Packung Zigaretten daraus hervor. »Entschuldige mich bitte!«, sagte sie kühl und ohne Lucille anzusehen, machte auf dem Absatz ihrer hohen Schuhe kehrt und verließ die Backstube.

»Zahlen bitte!«, rief Monsieur Jaques von vorn, und Lucille beeilte sich, dem Wunsch nachzukommen.

Dann sah sie nach ihrer Großtante und lehnte sich an die Außenmauer neben der Tür zum Hof. Claire hatte sich, den Rücken ihr zugewandt, unter die Balsampappel auf einen klapprigen Gartenstuhl gesetzt und rauchte. Sie sah ein bisschen verloren aus zwischen den Hauswänden der umliegenden Gebäude, die den Bereich zu dieser Tageszeit bereits in Schatten tauchten.

»Ich habe das Café geschlossen, Claire. Es ist nach sechs. Das ist doch richtig so, n'est-ce pas?«

Claire nickte stumm.

»Worauf hast du Lust?« Lucille trat auf den Hof und schlenderte auf ihre Tante zu. »Ich könnte uns etwas kochen.«

Ihre Tante drehte sich um und brach in schallendes Gelächter aus. »Willst du mich vergiften?«

Lucille blieb stehen und grinste. »Also so schlimm ist es nun auch wieder nicht!«

»Ich fürchte schon. Es sei denn, du kannst mittlerweile eine Karotte von einer Gurke unterscheiden.«

»Die eine ist orange, die andere grün.« Lucille ging vor Claire in die Hocke und sah ihr zu, wie sie hustend an der

Zigarette zog. »Und du meinst, ich würde dich umbringen?!« Lucille wartete, bis Claire wieder atmen konnte und lächelte sie an. »Vielleicht kochen wir zusammen etwas. Komm, dann können wir in Ruhe über alles sprechen. Was denkst du?«

Claire streckte ihre Hände aus und legte sie zärtlich auf Lucilles Wangen. »Das klingt vernünftig, Cilly. Aber die Zubereitung des Essens überlässt du besser mir!«

»Wo soll ich meinen Koffer abstellen?« Lucille stolperte und verfluchte den düsteren Treppenaufgang nicht zum ersten Mal. Sie war froh, als Claire einen Schalter betätigte und der orangefarbene Schein einer Stehlampe den oberen Flurbereich erhellte.

»In dein Zimmer, naturellement!«

»*Mein* Zimmer? Das gibt es noch?« Lucille starrte Claire ungläubig an.

»Du erwartest nicht wirklich eine Antwort darauf, nehme ich an!« Claire schüttelte den Kopf und ging voran in den größeren Raum der Wohnung, der von jeher als Wohn- und Esszimmer genutzt worden war.

Lucille senkte den Kopf und betrat den gemusterten Teppich, der einst ein Geschenk von Claires Vater, der als Arzt in Afrika gearbeitet hatte, an seine Tochter gewesen war. Lucille hatte sich als Kind gern darauf gerekelt und sich vorgestellt, in der Savanne nach Löwen und Tigern Ausschau zu halten. Mittlerweile war das gute Stück an so mancher Stelle abgewetzt, die Ränder zeigten Ausriffelungen, und an einer Ecke klaffte ein Riss.

»Ja, ich weiß«, murmelte Claire, als sie durch den Raum ging, um ein Fenster zu öffnen, »er ist nicht mehr der Schönste, aber ich kann mich einfach nicht von ihm trennen!«

»Er hat nostalgischen Wert. Deine Liebe zu ihm ist berechtigt.« Im Vorbeigehen fuhr Lucille mit der Hand über einen Elefanten aus Mahagoni, der auf einem opulenten gläsernen Beistelltisch thronte, gleich neben einer halb gefüllten Porzellankanne mit buntem Blumenmuster. Sie räumte die Kissen auf dem dunkelroten Sofa zur Seite und ließ sich in die Polster sinken. »Es ist ... schön, wieder hier zu sein.«

Claire lächelte und verschwand in die angrenzende Küche. »Warte nur ab, Cilly, es wird noch viel schöner!«

Lucille gähnte herzhaft und ließ ihren Blick durch das Zimmer schweifen. Auch hier oben hatte sich kaum etwas verändert. Tante Claires Einrichtungsstil war so undefinierbar wie ihr Wesen, ihr Charakter, ihr Kleidungsstil und ihre Weltanschauung. In Claires Leben genoss alles und jeder eine Daseinsberechtigung – Kunstobjekte und antike Möbel, Deko aus sämtlichen Jahrzehnten und Menschen aller Couleur. Lucille stand auf und steuerte auf das Bücherregal zu, das die ganze Längsseite des Raumes einnahm. »Kann ich dir helfen?«, rief sie über die Schulter in Richtung Küche, in der Claire mit diversen Töpfen klapperte.

»Nein, kannst du nicht! Du darfst deine Sachen in dein Zimmer bringen, dich frisch machen und mir noch ein paar Minuten Zeit geben!«, schallte es vergnügt zurück.

Lächelnd überflog Lucille die Titel unzähliger Atlanten und Bildbände, ließ ihre Fingerspitzen über den Buchrücken einer uralten Fassung der Heiligen Schrift gleiten und betrachtete gleich angrenzend eine Buchstütze aus Messing: eine nackte Tänzerin, die sich lasziv in den Schritt packte und den Kopf in höchster Ekstase in den Nacken warf.

»Claire, wo hast du die extravagante Buchstütze her?«, rief sie.

»Du bist ja immer noch hier!« Claire kam ins Wohnzimmer und machte auf dem Tisch, auf dem mehrere Stapel Magazine und Zeitschriften herumlagen, ein wenig Ordnung. Dann wendete sie sich Lucille zu, die die Figur aus Messing in den Händen hielt und andächtig betrachtete.

»Ich habe sie von einer unglaublich gut aussehenden Tänzerin geschenkt bekommen. Aber das ist schon Jahre her.« Claire griff sich ans Dekolleté. »Stell dir vor, ihre Maman war tatsächlich mit Josephine Baker befreundet! Sagt dir das was, Cilly?«

»Allerdings!« Lucille nickte anerkennend. Natürlich war ihr die exotische Nackttänzerin, die mit ihren Darbietungen in der Zeit vor dem Zweiten Weltkrieg regelmäßig für Schlagzeilen gesorgt hatte, ein Begriff.

Claire lachte, und ihre Locken tanzten um ihr Gesicht. »Das Essen ist gleich fertig. Jetzt geh und bring endlich deinen Koffer in dein Zimmer!«

Lucille nahm ihre Sachen und ließ eine Tür, hinter der sich das kleine Bad befand, und eine weitere, hinter der sich Claires Schlafzimmer verbarg, links von sich liegen, bis sie das Ende der Diele erreicht hatte.

»Was, um alles in der Welt, ist ... das?« Lucille war abrupt stehen geblieben und starrte auf eine Gestalt aus – war es Gips? –, die gleich neben dem Eingang zu ihrem Zimmer in der Ecke stand.

»Ach, du meinst Humbert?« Claire betrat hinter ihr den Flur und wackelte mit den Augenbrauen.

Lucille lachte laut. Wie gut es tat, hier zu sein! »Was macht ... Humbert ... hier und wieso trägt er diesen ... Zierrat?« Sie blieb vor der lebensgroßen Statue eines nackten Mannes stehen und begutachtete die Schleife, die um sein beeindruckendes bestes Stück gebunden war.

Claire trat näher und sah Lucille an, als verstünde sie ihre Frage nicht. »Na, Ehre, wem Ehre gebührt!«, sagte sie. Der Hauch einer Sehnsucht war in ihren Augen zu lesen. »Ich habe die Skulptur vor zwei oder drei Jahren einem Künstler im Quartier du Montparnasse abgeschwatzt, als ich auf der Suche nach einem Unikat für den Eingangsbereich des Cafés war.« Sie legte eine Hand auf die Brust der Figur und ließ sie sehr langsam hinabgleiten. »Humbert hatte für ihn Modell gestanden. Ich lernte ihn später bei einer Vernissage kennen. Wir verstanden uns prächtig. Wirklich ganz prächtig.«

»Und deshalb die Schleife?« Lucille dachte an die Frauenporträts und Frauenbüsten, die das ManiFinique schmückten. »Ich habe nicht gewusst, dass du ... Männern so viel abgewinnen kannst.«

»Oh«, sagte Claire, und ein vielsagendes Lächeln huschte über ihre Gesichtszüge, »es geht nicht unbedingt darum, ob ich dem Mann an sich etwas abgewinnen kann, Schätzchen.« Sie spitzte ihre roten Lippen, umfasste die stattlichen Hüften der Gipsfigur und zog dann die Schleife in Form. »Doch hin und wieder lohnt es sich, sich mit einigen seiner Attribute einzulassen.« Sie zwinkerte Lucille zu.

»Will ich Details erfahren?« Lucille schüttelte lachend den Kopf.

»Du kannst es dir ja überlegen! Das Essen ist gleich fertig.« Claire hob erneut die Brauen und lächelte unschuldig, bevor sie sich umdrehte und zurück in die Küche ging.

Später wehte kühle Nachtluft durch das geöffnete Fenster in den Raum, erfüllt von einem Duft nach Waldflammenblumen, die Lucille nur aus den Gärten am Ufer der Rhone kannte. Das Pot-au-feu war köstlich gewesen, sie hatten gemeinsam gegessen, die Küche aufgeräumt und saßen nun zusammen auf dem üppigen Sofa. Kurz dachte Lucille an Lyon, an das Leben, das sie sich fernab von Paris aufgebaut hatte, an ihre Kollegen im Le Havre, und für einen Moment auch an ... André.

Claire schenkte ihr und sich ein Glas Wein ein und saß schweigend da. Hin und wieder öffnete sie den Mund, als wollte sie etwas sagen, doch kein Wort kam über ihre Lippen.

Lucille setzte den Weinkelch ab, zog ihre Beine an die Brust, umschlang sie mit beiden Armen und legte ihren Kopf auf die Knie. Sie war es gewohnt, ihr Gegenüber genau zu studieren, Aktion und Reaktion gegeneinander abzuwägen und den passenden Moment für eine Handlung abzuwarten. Sie hatte Claire ihre überschwängliche Begrüßung gelassen und ihre Macarons gekostet. Nach der kurzen Meinungsverschiedenheit in der Backstube hatte sie ihr Freiraum eingeräumt und das gemeinsame Essen genossen. Sie wusste, mit welcher Hingabe Claire das Pot-au-feu zubereitet hatte, und sie hatte diese kostbaren Stunden vertrauter Zweisamkeit nicht stören wollen. Doch jetzt war es an der Zeit zu erfahren, warum Claire sie aus Lyon nach Paris zitiert hatte.

»Wie lange möchtest du mich noch hinhalten?«

Claire seufzte. Ein zartes Lächeln umspielte ihre Mundwinkel. »Woher du nur diese Direktheit hast ...?«

»Jedenfalls nicht von Maman und Papa!« Lucille grinste. »Ich habe deutlich mehr Zeit bei dir verbracht, fürchte ich.«

»Das klingt, als würdest du diese Tatsache bereuen.« Claire setzte ihr Glas an die Lippen und nahm einen ordentlichen Schluck, während Lucille die Augen verdrehte.

»Willst du eine Antwort darauf? Das ManiFinique war meine Insel und du …«

»Robinson Crusoe?« Claire lachte und wischte sich über ihre Augenlider.

Weinte sie etwa? »Die Rolle des Schiffbrüchigen oblag wohl eher mir«, flüsterte Lucille und rückte ihren Sessel ein Stück näher an Claires. Behutsam legte sie ihre Finger um deren geballte Fäuste. »Aber vielleicht bin nun ich diejenige, die dich retten kann?«

Claire sah auf und lächelte mit zusammengepressten Lippen. »Ja, deswegen habe ich dich gebeten herzukommen.« Ihr Brustkorb hob und senkte sich in deutlicher Anstrengung, als kostete das, was sie zu erzählen hatte, sie ungeheure Kraft.

Lucille stand auf, hockte sich auf die breite Lehne von Claires Sessel und strich ihr über die angespannten Schultern.

»Vor einigen Tagen, ich wollte das Café gerade schließen, stand ein Mann vor meiner Tür. Um die fünfzig, gut aussehend, aber irgendwie … schmierig«, begann Claire. »Er bat mich um ein Gespräch.« Sie zuckte mit den Schultern und schüttelte den Kopf. »Ich konnte nicht sagen, ob ich ihn schon einmal gesehen hatte, aber irgendetwas ließ mich aufhorchen, als er seinen Namen nannte.«

»Wie hieß er denn? Vielleicht kenne ich ihn ja.«

»Er stellte sich mir als Salvatore Gibaldi vor und sagte, er wolle mir ein Angebot unterbreiten.« Wieder nahm sie ihr Weinglas zur Hand und trank es in einem Zug leer. »Ich bat ihn ins Café, wo er sich interessiert umsah, doch konnte ich ihm ein gewisses … Missfallen anmerken.«

»Und was wollte er?« In Gesprächen kam Lucille lieber schnell zum Wesentlichen. Bei den meisten anderen Angelegenheiten eigentlich ebenso.

Claire schluckte und starrte in die Dunkelheit des Wohnzimmers. »Er will das ManiFinique kaufen!«

Lucille runzelte die Stirn. »Er will …«

»Ja, du hast richtig gehört, Chérie. Er will mir mein Café wegnehmen!« Entrüstet griff sie nach einer Packung Taschentücher und tupfte sich vorsichtig die geschminkten Augen. »Monsieur Gibaldi ist der Besitzer der Patisserie-Kette Chez Gibaldi.«

Lucille runzelte die Stirn und trank einen Schluck. Sie erinnerte sich daran, von Gibaldi gehört zu haben, kurz bevor sie Paris verlassen hatte. »Er kauft Boulangerien und Patisserien auf, die entweder nicht mehr gut laufen oder deren Eigentümer erkrankt oder verstorben sind, richtig?«

Claire nickte. »Ich habe ihm selbstverständlich gesagt, dass der Verkauf meines Cafés nicht zur Debatte steht!« Sie richtete sich in ihrem Sessel auf und straffte die Schultern. »Das ManiFinique ist mein Lebenswerk. Wo kämen wir denn hin, würde ich es diesem geldgierigen Italiener in den Rachen werfen? Auf gar keinen Fall! Das wird nicht passieren! Ich habe ihn natürlich hinausgeworfen.« Demonstrativ verschränkte sie die Arme vor der Brust und hob triumphierend das Kinn.

»Aha.« Langsam stand Lucille auf und kehrte zu ihrem Sessel zurück.

»Aha?« Claire lehnte sich vor und starrte Lucille an, als hätte sie mit ihr in einer fremden Sprache kommuniziert.

»Ja«, murmelte Lucille, »ich nehme doch an, dass du diese Entscheidung weise getroffen hast. Dass du weißt, was du tust.«

»Bist du etwa anderer Meinung?« Claire sah sie empört an.

»Ich meine nur, dass du vor ein paar Stunden noch angedeutet hast, dass du in ernst zu nehmenden finanziellen Schwierigkeiten steckst.« Sie sah Claire in die Augen, in denen es gefährlich loderte.

»Ich kann nicht glauben, dass das Einzige ist, woran du dabei denkst!«

»Claire, bitte, ich fasse doch lediglich zusammen, was du mir mitgeteilt hast.« Lucille holte tief Luft und schlug die Beine übereinander.

Claires Brustkorb bebte, sie brauchte einen Augenblick, um sich zu sammeln. »Ich habe das ManiFinique übernommen, als es noch La belle Finique hieß«, begann sie schließlich. »Es wurde von meinem Vater mehr schlecht als recht geführt. Das Café war ein Wetteinsatz gewesen, und mein Vater hatte gewonnen. Er liebte die Vorstellung, ein eigenes Café zu besitzen, doch schlug sein Herz in Wahrheit für etwas anderes.«

Lucille nickte. Sie kannte die Geschichte des ManiFinique, wollte Claire aber nicht unterbrechen.

»Er war Arzt mit Leib und Seele, das weißt du ja, und das La belle Finique verkam immer mehr, während er in Afrika seiner Berufung nachging und ich immer noch in England bei Papas Schwester lebte.« Claire tupfte sich erneut die Augen. »Ich war zwanzig, als ich nach Paris zurückkehrte, weil mein Vater mir dieses Haus vermacht hatte. Es war sein letzter Wunsch gewesen, ausgesprochen auf seinem Sterbebett, dass ich als seine einzige Tochter aus diesem Ort eine Begegnungsstätte für Menschen jeglicher Herkunft und jedes Standes machen sollte. Und ich versprach es ihm hoch und heilig.« Sie trank einen Schluck und hob den Blick.

»Du hast es zu dem gemacht, was es ist«, flüsterte Lucille.

»Ganz recht!« Claire nickte eifrig. »Es war nicht immer einfach, gerade als selbstständige, alleinstehende Frau, aber ich habe alles gemeistert. Nie habe ich aufgegeben, niemals habe ich gezweifelt. Und ich werde nicht jetzt damit anfangen!«

Lucille nahm Claires Hände in die ihren und drückte sie. Dankbar für Lucilles stille Teilnahme lächelte Claire. Doch dann leckte sie sich über die Lippen und kniff die Augen ein paar Mal zusammen. Sie stand unter Druck und würde gleich eine Bombe platzen lassen. Lucille konnte die Energie, die plötzlich in der Luft knisterte, deutlich spüren.

»Was würdest du davon halten, wenn ich dir das ManiFinique überschreibe?«

Lucille stockte der Atem. Ein unangenehmes Kribbeln bahnte sich seinen Weg von ihrem Nacken hoch zu ihrem Scheitel, wo es explodierte und als dumpfes Pochen über ihre Schläfen rann.

Claire rückte näher, platzierte ihre Hände auf Lucilles Schultern, und in ihren Augen loderte ein neu entfachtes Feuer. »Du bist schon durch das Café gelaufen, da konntest du gerade deinen Namen sprechen. Du hast Macarons zum Frühstück, zum Abendessen, ja, sogar mitten in der Nacht verspeist und bist ihrer nie überdrüssig geworden. Du weißt, wie das Leben in einer Patisserie wie dieser vonstattengeht, kennst die Abläufe, weißt, wie wichtig es ist, mit den Gästen zu plaudern und ihnen zuzuhören. Ihnen *wirklich* zuzuhören. Du bist stark, lebensfroh und besitzt den nötigen Kampfgeist. Niemandem würde ich zutrauen, das ManiFinique in meinem Sinne zu führen ... niemandem, außer dir.«

In Lucilles Kopf drehte sich alles. Bilder aus ihrer Kindheit rauschten vor ihrem inneren Auge in einer nicht enden wollenden Abfolge vorbei. Eine Erinnerung drängte sich ihr auf, in der ihr jüngeres Ich auf einer Dreitrittleiter in Claires Backstube stand und der Tante beim Backen zusah. Im Umgang mit dem Spritzbeutel war Claire nie auch nur der kleinste Fehler unterlaufen. Jedes Gebäckstück hatte exakt die gleiche Größe und war im Ofen zu einem wundervoll fluffigen Keks gebacken. Nicht jedes Blech Macarons glich dem anderen, das hatte Lucille von ihrer Großtante gelernt, manche brauchten eine Minute länger, die anderen ein paar Sekündchen weniger. Und Claire hatte immer, wirklich immer die schönsten und leckersten Macarons gezaubert, die Lucille je in ganz Paris gegessen hatte. Claire war mit ihrer Patisserie verbunden, wie sie niemals mit einem Menschen eine Verbindung hätte eingehen können. Sie hatte für das ManiFinique gelebt und tat es immer noch. Lucille hingegen ... nicht.

Sie stand auf, hangelte sich an der schmalen Fensterbank entlang, auf der üppige Grünlilien und winzige Usambaraveilchen zwischen afrikanischen Essschalen und Tiermasken aus Ton Platz gefunden hatten.

»Meine Ersparnisse sind überschaubar«, begann sie zögerlich. »Wie sollte ich es fertigbringen, das ManiFinique aus dem Engpass herauszumanövrieren, in dem es offensichtlich steckt?«

»Ich habe mit der Bank gesprochen und um einen Kredit gebeten. Übermorgen soll ich zu einem weiteren Termin erscheinen. Alles wird gut, ganz bestimmt.«

Lucille sah zum Fenster hinaus, zählte die beleuchteten Zimmer des gegenüberliegenden Gebäudes. »Wenn die Bank dir Geld leiht, kannst doch du das Café weiterführen.«

Aus dem Augenwinkel sah sie, wie Claire abwinkte und dann aufstand. Energisch kam sie auf sie zu, griff nach ihren Oberarmen und drehte ihren Körper, sodass Lucille sie anschauen musste.

»Ich werde nicht jünger! Selbstverständlich möchte ich weiter meine Arbeit tun, dir zur Hand gehen und dich unterstützen. Aber wer weiß, wie lange das noch geht?«

Lucille sah auf. Claire übertrieb gern, und das war meist unterhaltsam und mitreißend. Aber jetzt wirkte ihre Verzweiflung echt.

»Ich bin davon überzeugt, dass das ManiFinique deine Bestimmung ist, Cilly. Du weißt, welche Geschichten diese Wände erzählen, welche Geheimnisse sie hüten. Dir ist bewusst, wie viel Seele in diesem Gemäuer steckt und mit welcher Liebe ich das Café aufgebaut und geführt habe. Du bist ein Teil von all dem!« Sie ließ von Lucille ab, breitete die Arme aus und umschrieb den Raum, die Wohnung, das ganze Haus und ihr gesamtes Leben mit einer allumfassenden Geste. »Du gehörst hierher, Chérie!«

Lucilles Mund war staubtrocken, kein Tropfen Speichel benetzte mehr ihre Schleimhäute, ihre Zunge klebte am Gaumen und ihre Kiefergelenke schmerzten, weil sie die Zähne so fest zusammenpresste.

»Was ist mit meinem Job in Lyon?«

Claire antwortete nicht, doch Lucille deutete den Ausdruck in den Augen ihrer Tante als das, was es war: ein Flehen. Ja, sie hatte versprochen, ihr zur Seite zu stehen, wann immer sie sie um Hilfe bitten würde. Sie hatte zugesagt, für sie da zu sein, wenn etwas sie plagen oder sie in eine Notlage geraten würde. Claire hatte sich jederzeit gekümmert und ihr eine Zukunft ermöglicht, die unter Umständen anders ausgesehen hätte, wäre sie bei Maman und Papa geblieben.

»Ich muss darüber nachdenken«, flüsterte sie und schluckte hart. »Gib mir ein wenig Bedenkzeit.«

Tiago

»Das war exzellent!« Charlize nickte Tiago zu und erhob ihr Weinglas.

Er tat es ihr gleich und beobachtete, wie die dunkelrote Flüssigkeit ihre Lippen berührte, den ausgeprägten Amorbogen benetzte und durch einen schmalen Spalt in ihren Mund rann.

»Und dieser Wein ... Haben wir tatsächlich eine ganze Flasche geleert?« Sie lachte. Der goldgelbe Schein der Tischleuchte spiegelte sich in ihre Augen und ließ sie aufblitzen. »Was guten Geschmack betrifft, irrt dein Onkel sich wirklich nie.«

Das Memento Vivere auf der Rue Collier war alles andere als das »neue Bistro«, als das Onkel Salve es angepriesen hatte. Es war ein Restaurant der gehobenen Klasse, welches die Nouvelle Cuisine zelebrierte und mit seiner gediegenen Ausstattung zahlreiche Gäste ins teuerste der zwanzig Arrondissements lockte. Trotzdem wirkte es nicht überfüllt. Zwischen den Tischen, von denen die meisten von Paaren besetzt und nur einige zu Gruppen zusammengeschoben waren, war ausreichend Platz, sodass man sich bedenkenlos unterhalten konnte. Nach oben hin sorgte die offene Bauweise für ein Gefühl der Luftigkeit, und die sanften Pianoklänge, die aus versteckten Lautsprechern das Ohr des Gastes wie beiläufig erreichten, untermalten die Stimmung erstklassig.

Charlize nahm die weiße Stoffserviette von ihrem Schoß, fuhr mit den Fingerkuppen über die mit Goldfaden aufgenähte Sonne – das Logo des Restaurants – und sah wieder auf. »Das gedämpfte Gemüse war ein einziger Genuss, der Fisch auf den Punkt gebraten und das Dessert …« Sie schloss für eine Sekunde die Augen und flüsterte dann mit einem Kichern: »Ich hoffe, mein Kleid spannt gleich nicht zu sehr.«

»Ich glaube kaum, dass du Grund zur Sorge hast.« Tiago zwinkerte und tupfte sich mit seiner Serviette die Mundwinkel. »Und ich bin ganz deiner Meinung. Das Menü war formidable. Aber ehrlich gesagt: Ich habe nichts anderes erwartet!«

»Beim nächsten Mal sollten wir das Rinderfilet kosten. Das soll ganz ausgezeichnet sein.« Charlize schenkte ihm einen Blick, in dem er keinen Wunsch, sondern eine Erwartung las. Seine Mundwinkel zuckten, während seine Daumen über das kühle Leinen der Tischdecke strichen, doch er sagte nichts. Charlize war fleißig und intelligent und dank ihres Engagements in der Firma würde sie es weit bringen. »Sie weiß, worauf es ankommt«, pflegte Onkel Salve zu sagen. Und, bei Gott, er hatte recht.

»Alles in Ordnung?«, erkundigte sie sich und riss ihn damit aus seinen Gedanken. Sie hatte ihren Blick auf ihn geheftet, als erwartete sie immer noch sein Beipflichten, was ein weiteres Date betraf.

»Ich habe gerade überlegt, ob wir uns noch einen Digestif genehmigen wollen.«

»Ich bestehe darauf!« Ihr selbstbewusstes Lachen wehte zu ihm herüber. »Du wolltest diesen Abend doch noch nicht beenden.«

Er zögerte einen Augenblick, unsicher, was er entgegnen sollte. Oder was er entgegnen *wollte.*

»Nun, nach dem hochprozentigen Aperitif und diesem ausgezeichneten argentinischen Cabernet Sauvignon muss ich zugeben, mein Kopf schwirrt ein bisschen.« Ob dies tatsächlich am Alkohol lag, vermochte er nicht zu sagen.

Charlize lehnte sich vor, stützte die Ellbogen auf der Tischplatte ab und verschränkte ihre schlanken Finger. »Das kann sein. Aber vielleicht ist es auch einfach so, dass ...« Sie fuhr sich mit der Zunge über die Lippen und fixierte ihn. »Die Chemie zwischen uns ... Es harmoniert, findest du nicht auch?«

Tiagos Finger legten sich um den Kelch seines leeren Weinglases. Er sah ihr in die Augen, entdeckte die Glut, die darin schwelte.

Dies war kein Geschäftsessen.

»Oh, ich wollte dich nicht in Verlegenheit bringen!« Charlize schob ihre Hände über den Tisch und umfasste die seinen, drückte sie für ein paar Sekunden und ließ sie dann wieder los. »Bitte entschuldige mich für einen Moment.« Sie griff hinter sich, um ihre Clutch hervorzuholen, und schob den champagnerfarbenen Sessel zurück. Tiago stand auf, deutete den Hauch einer Verbeugung an. »Aber sicher. Treffen wir uns an der Garderobe?« Damit war der Abschluss des Diners besiegelt. Etwas in Tiago atmete auf, ein anderer Teil sorgte für das Ansteigen seiner Körpertemperatur.

»Wie du meinst. Aber wenn du denkst, ich lass dich nun einfach so gehen, täuschst du dich!« Sie drehte sich um und durchquerte den Saal in Richtung Damentoilette.

Tiago schaute ihr nach und legte den Kopf schief, während sein Blick über den tiefen Rückenausschnitt ihres Kleides glitt. Wie eine zweite Haut schmiegte sich der leicht glänzende Stoff an ihren Körper, betonte die festen

Rundungen. Tiago zog die Augenbrauen zusammen und räusperte sich. Er faltete seine Serviette, legte sie links neben seinem Teller ab und schob das benutzte Besteck in die Zwanzig-nach-vier-Position, um dem Kellner zu bedeuten, dass abgeräumt werden durfte.

»Es hat abgekühlt«, stellte Charlize fest, als sie den überdachten Vorplatz des Memento Vivere verließ und auf das regennasse Trottoir trat. Sie zog die Schultern an die Ohren und versuchte umständlich, den knapp geschnittenen Bolero über ihrer Brust zu schließen.

»Wir sollten uns ein Taxi nehmen. Das sieht nicht gut aus.« Tiago warf einen Blick in den wolkenverhangenen Nachthimmel, seufzte und legte Charlize seinen Kurzmantel über die Schultern. »Du wirst dich erkälten.«

»Nicht, wenn du mich so umsorgst.« Sie hakte sich bei Tiago unter und sah ihn von der Seite an. »Es ist doch nicht weit bis zu mir.« *Sie* hatte also beschlossen, dass der Abend weitergehen würde.

Er nickte.

»Und falls doch ein Platzregen auf uns niedergehen sollte, habe ich genügend flauschige Handtücher für uns beide, keine Sorge.«

Die Beleuchtung des Restaurants spiegelte sich in den Pfützen, und das Licht, das durch die bodentiefen Fenster des Gebäudes auf die Rue Collier fiel, malte verschwommene Muster auf den Asphalt. Doch nichts von all dem konnte mit dem Glitzern in ihren Augen konkurrieren. Ein Glitzern, das – Tiago konnte sich dessen nicht erwehren – eine gewisse Wirkung auf ihn ausübte. »Vor dir hat selbst der Wettergott Respekt, nehme ich an.«

Und damit überquerten sie die Rue Collier und schlugen nach ein paar Metern den Weg zum Boulevard de la Chanson ein, auf dem das Pariser Nachtleben noch in vollem Gange war. Touristen wie Einheimische drängelten sich unter den Marquisen der Bistros, wo Lichterketten im Wind schaukelten und Kerzen in Gläsern tanzten. Lautstarke Unterhaltungen, schallendes Gelächter und mit Rotwein gefüllte Gläser, wo man nur hinsah. Aus den im Freien aufgestellten Boxen eines kleinen Lokals tönte Whitney Houstons *I Wanna Dance With Somebody*, was Charlize dazu veranlasste, zwei Schritte vorzulaufen, sich zu Tiago umzudrehen und ihn an beiden Händen zu nehmen.

»Ich liebe dieses Lied!«, stieß sie aus, ließ sich von ihm in eine Drehung manövrieren und lächelte, als sie, seine Hand auf ihrer Hüfte, vor ihm zum Stehen kam.

Tiago studierte ihre Gesichtszüge, und ein feines Stirnrunzeln legte sich über seine Brauen. »So übermütig kenne ich dich gar nicht.«

Ihr Lachen war glockenhell. »Ich habe viele Seiten, die du noch nie gesehen hast, Tiago.«

Das stimmte womöglich. Und trotzdem erschien es ihm, als würde sie austesten, womit sie ihm eine Reaktion entlocken konnte, die über ihre geschäftliche Beziehung hinausging. Etwas, das den Status quo widerspiegelte.

Sie gingen ein Stück und schwiegen. Der Lautstärkepegel fiel, je weiter sie sie sich von den vielen Cafés und Bars entfernten, und als sie in eine Seitenstraße abbogen, verebbten das Stimmengewirr und die Musik gänzlich. Nur noch die Absätze ihrer hohen Schuhe klackerten auf dem Asphalt.

»Da wären wir.« Tiago hob den Blick und ließ ihn entlang der Häuser schweifen, die die Rue Hollaire säumten. »Und wir sind tatsächlich nicht nass geworden.«

»Ich bekomme immer, was ich will. Das solltest du mittlerweile wissen, Tiago.«

Er ließ ein leises Lachen hören. »Das klingt ... ein bisschen überheblich.« Und es machte ihn an, er kam nicht umhin, das zuzugeben.

»Zielstrebig, würde ich sagen! Ich habe Interessen, und die verfolge ich. Das ist alles!« Sie beschleunigte ihr Schritttempo, öffnete im Gehen ihre Clutch und klimperte bald darauf mit einem Schlüssel. »Kaffee?«

»Wie bitte?« Er hatte gerade darüber nachgedacht, ob er Charlize beleidigt hatte und wie er sich entschuldigen konnte.

»Möchtest du einen Kaffee?«, wiederholte sie. »Ich könnte dir auch einen Cognac anbieten. Sofern du den noch verträgst.« Sie schloss die Tür auf und grinste ihn an.

Tiago fuhr sich mit einer Hand über das Kinn und zupfte an einem störrischen Barthaar, das sich der Rasur entzogen hatte.

»Zieh die Tür fest zu, bitte. Sie hakt manchmal.« Charlize war längst im Hausflur verschwunden, betätigte den Lichtschalter und drehte sich dann zu Tiago um. Sie hatte einen Fuß auf der untersten, den anderen auf der darüberliegenden Stufe platziert und ihre Hüfte nach vorn geschoben. Das grelle Licht der Deckenlampe im Erdgeschoss fiel auf ihre makellosen Beine.

»Ich denke, ein Kaffee wäre jetzt genau das Richtige. Merci!« Tiago trat über die Schwelle.

»Danke noch mal für deinen Mantel«, sagte sie, als sie ihre Wohnung betraten und sie sich nach rechts wandte, wo eine Garderobe aus schwarz-glänzenden Metallverstrebungen eine schneeweiße Wand zierte.

Tiago nickte und beobachtete, wie Charlize sein Sakko auf einen schweren Kleiderbügel drapierte und weghängte. »Das war doch selbstverständlich!« Er folgte ihr in eine schlauchförmige Diele, begutachtete im Vorbeigehen die schwarz gerahmten Kunstdrucke an den Wänden und zog sich ein paar Flusen vom Hemd, die ihm im Schein unerbittlicher Halogenstrahler aufgefallen waren.

Charlize schaute über ihre Schulter. »Wenn du magst, zieh die Schuhe aus.« Sein Blick fiel auf den Boden aus glänzenden weißen Fliesen in Übergröße.

»Ich bekomme schnell kalte Füße ... also ...«

Charlize zog die Augenbrauen hoch und lachte, kommentierte seine zweideutige Aussage aber nicht. Stattdessen winkte sie ihn ins Wohnzimmer, das von einer dunklen Ledercouch und einem gläsernen Schreibtisch auf einem Metallgestell dominiert wurde. Ein weißer Schrank mit ausschließlich geschlossenen Fächern, zwei Beistelltische und eine mannshohe Skulptur aus – er berührte sie vorsichtig – einem steinähnlichen Material vervollständigten das Bild. Aufgeräumt war ein weit untertriebener Begriff für die penible Ordnung und Sauberkeit, die hier überall herrschte. Bis auf ein paar Dokumente auf einer der Armlehnen der Couch und einem Notebook auf dem Schreibtisch gab es nichts, das herumlag. Von üppiger Deko, Zimmerpflanzen, Gardinen und Kissen schien Charlize nicht viel zu halten – ganz im Gegensatz zu ihm. Aber das sollte jetzt nicht von Belang sein.

»Ich bin gleich bei dir. Mach es dir bequem!« Sie schlüpfte aus ihren Pumps und verschwand in einem Raum, der vermutlich die Küche war und aus dem wenig später die Geräusche eines Kaffeevollautomaten drangen. Tiago ließ sich in das weiche Leder der Sofalandschaft sinken und schloss für einen Moment die Augen.

»Du hast recht«, hörte er ihre Stimme, »den Kaffee hast du bitter nötig. Schlafen können wir später.« Sie fischte Untersetzer aus einer versteckten Schublade des Glastisches und stellte zwei Tassen dampfenden Inhalts darauf ab. Als sie sich neben ihn setzte, roch er ihr Parfum. Eine Zitrusnote, einen Hauch Rose, im Hintergrund Jasmin. Ein fruchtig-frisches Aroma, das Tiago schon im Memento Vivere anregend in die Nase gestiegen war.

»Ich bin nur ein wenig erschöpft«, gab er zu. »Andererseits ...« Vorsichtig ließ er seine Hand auf Charlizes Knie gleiten und wartete ihre Reaktion ab. Ihre Lippen öffneten sich, und ein betörendes Lächeln bahnte sich seinen Weg.

»Andererseits?«, wiederholte sie, als wüsste sie nicht, wovon er sprach. Sie rückte an ihn heran, ihre Finger kitzelten ihn am Nacken, und ihr Mund kam dem seinen verführerisch nahe.

Der Stapel Papiere rutschte von der Couch und breitete sich fächerartig auf den Bodenfliesen aus. Charlize seufzte.

»Ich mach das schon!« Tiago bückte sich, sammelte die Dokumente ein und ordnete sie zu einem Stapel, bevor er sie neben seiner Kaffeetasse ablegte. Es war nicht seine Absicht gewesen, genauer hinzusehen, aber ein Name, der mehrfach auf dem obersten Blatt Papier stand, erregte seine Aufmerksamkeit.

»Du hast mit meinem Onkel eine Vereinbarung für Mademoiselle Finique ausgearbeitet?«, fragte er und deutete auf die Dokumente.

Der intime Moment war verflogen, was auch Charlize bemerkte.

Peinlich berührt rückte sie ein Stück von Tiago ab. »Wir bieten ihr Wohnrecht auf Lebenszeit an, unentgeltlich. Ich nehme die Papiere morgen früh mit ins Büro, damit Monsieur Gibaldi sie unterzeichnen kann. Danach kannst du sie für das Gespräch mitnehmen.« Sie nahm den Stapel zur Hand und sortierte ihn neu. »Monsieur Gibaldi will das Café unbedingt. Er verspricht sich große Erfolge, allein schon der Lage wegen.«

»Aber zwei Chez Gibaldis auf ein und derselben Straße? Das Café von François und Robert ist nur einen Katzensprung entfernt ...« Tiago rieb sich über den Bauch. Die Gier seines Onkels würde ihm irgendwann ein fettes Magengeschwür bescheren, dessen war er sich sicher.

»Wo ist das Problem?!«, entgegnete Charlize, stand auf und legte die Vereinbarung auf den Schreibtisch. »Es gibt schließlich auch mehrere Coiffeure oder Restaurants auf einer Straße. Das hat noch nie jemanden gestört. Mal davon abgesehen, dass ein zweites Chez Gibaldi auf der Rue de la Lune das enorme Gästeaufkommen bei François und Robert entzerren würde.« Sie nahm wieder neben ihm Platz und trank einen Schluck.

Tiago runzelte die Stirn. Die Übernahme des ManiFinique war also unabwendbar, obwohl er das entscheidende Gespräch mit Claire Finique noch gar nicht geführt hatte – wovon selbstverständlich niemand in der Firma wusste.

»Wohnrecht auf Lebenszeit ...« Tiago schüttelte seinen Kopf. »Ob sie das überzeugt?«

Charlizes Lachen schallte durch den hohen Raum, wurde von der Einrichtung zurückgeworfen wie ein Echolot und ließ Tiagos Herz krampfen. »Tiago, du kannst die Welt nicht retten! Die Zusatzvereinbarung wird sie in ihrer Entscheidung nur bekräftigen. Im siebten Arrondissement zu wohnen kann sich nicht jeder leisten.«

Tiago schluckte und verzog den Mund. Ein tiefer Atemzug bebte über seine Lippen, und er verfluchte sich für sein Unvermögen, abseits geschäftlicher Situationen emotionale Regungen zu verbergen.

Charlize registrierte seine Reaktion in der gleichen Sekunde, seufzte und setzte ihre Kaffeetasse auf dem Glastisch ab. Es klirrte gefährlich. »Ich kann nicht glauben, dass wir uns jetzt und hier über diese alte Schrulle und ihr heruntergekommenes Hippienest unterhalten, aber gut …« Sie wandte sich ihm zu und nickte. »Spuck es aus, Tiago, ich merke doch, dass hier etwas falsch läuft!«

Er hob den Kopf und schaute Charlize in die Augen, konnte sich bildlich vorstellen, wie sie seinem Onkel bei nächster Gelegenheit mitteilen würde, dass drastischere Schritte vonnöten sein würden, um Claire Finique zu einer Einwilligung zu bewegen. Onkel Salve kannte kein Erbarmen, wenn es ums Geschäft ging, und Tiago musste verhindern, dass sich sein Zorn gegen die liebenswerte Besitzerin des ManiFinique richtete.

»Mach dir keine Gedanken, Charlize!« Beschwichtigend legte er erneut eine Hand auf ihr angewinkeltes Bein. Ihr Blick fiel herab, sie schien zu überlegen, ob es sich lohnen könnte, dort anzusetzen, wo sie aufgehört hatten. Und er musste zugeben, er tat dies auch. »Es ist alles besprochen. Claire Finique hat eingesehen, dass der Verkauf ihre einzige Chance ist zu überleben. Sie wird unterschreiben. Gleich am Montag. Ich bin am Nachmittag mit ihr verabredet.« Seine Finger streiften über ihre warme Haut, übten einen leichten Druck aus, der bewirkte, dass sich feinste Härchen aufrichteten.

Charlize klimperte mit ihren langen Wimpern und kicherte. »Ich glaube, dein Onkel wäre sogar bereit, der Alten einen Lift einbauen zu lassen, um das Angebot noch reizvoller zu machen.« Das Funkeln in ihren Augen vertiefte sich, als sie eine Hand ausstreckte und sie auf seine legte. »Vielleicht einen Lift mit … gewissen Defekten.«

Tiago stockte für einen Moment der Atem. In seinem Kopf machte sich ein Summen bemerkbar, das hinter seinen Schläfen zu einem Schreien wurde. Langsam, sehr langsam, zog er seine Hand von ihrem Bein zurück und warf wie beiläufig einen Blick auf seine Armbanduhr. »Ich sollte gehen. Es ist spät.«

Tiagos Schritte verlangsamten sich, als das ManiFinique in sein Blickfeld rückte. Seit Stunden verspürte er ein stetiges Grummeln in seinem Magen, das sich als Kribbeln seine Speiseröhre hinauf fortsetzte. Ein eigenartiger Geschmack hatte sich auf seiner Mundschleimhaut verbreitet, als hätte er am Abend zuvor zu viele Zwiebeln gegessen und danach vergessen, sich die Zähne zu putzen. Er konnte nur hoffen, dass sich dieser Geschmack nicht als tatsächlicher Geruch manifestierte. Mademoiselle Finique nähme Reißaus vor ihm, noch bevor sie den Grund für seinen Besuch erahnen könnte. Vielleicht wäre das aber auch besser, dachte er und befühlte zum hundertsten Mal den einwandfreien Sitz seiner Krawatte. Heute würde Claire ihm sicherlich keinen Grand Crème servieren.

Gerade wollte er auf die Eingangstür der Patisserie zusteuern, da vernahm er Stimmen, die über den Innenhof zu ihm drangen. Aufgebrachte Stimmen. Es lag ihm fern zu lauschen, doch als er einzelne Wörter aufschnappte, horchte er unweigerlich hin.

»Du kommst hierher… und meinst, mir gleich Vorschriften machen zu können?«

»Claire, *du* warst diejenige, die mich herzitiert hat. Weil du meine Hilfe wolltest.«

Stille.

»Und das bedeutet, du stülpst mir deine Sicht der Dinge über und erwartest, ich sei damit einverstanden? Bin ich jemals so mit dir umgesprungen?«

Nervöses Scharren auf sandigem Boden, ein tiefer Seufzer.

»Wann ist der Termin bei der Bank?«

»Morgen Nachmittag um vier.« Die beiden Frauen schienen sich zu beruhigen. Eine Nachfrage folgte, fast schüchtern gestellt: »Du begleitest mich also, Cilly?«

Schweigen.

Tiago entschied, dass es besser war, den Horchposten aufzugeben. Er musste mit Mademoiselle Finique reden, daran führte kein Weg vorbei. Also schlich er ein paar Schritte zurück, richtete sein Sakko und stampfte über das kurze Stück Kopfsteinpflaster, das durch den schlichten Torbogen führte und bald in sandigen Untergrund überging. Er holte tief Luft, setzte ein freundliches Lächeln auf, bog um die Hausecke und bremste unmittelbar ab. Auf den Stufen vor einem Hintereingang saß eine junge Frau im Licht der Nachmittagssonne. Den Rücken ihm zugewandt schien sie Tiago trotz seiner Anstrengungen nicht bemerkt zu haben. Ihre ärmellose Bluse lenkte Tiagos Blick unweigerlich auf gebräunte, schlanke und doch muskulöse Oberarme. Kurze blonde Haare kräuselten sich im Nacken, an dem Tiago eine Kette aufblitzen sah. Die enge Jeans der jungen Frau legte schmale Fußgelenke frei. Schuhe trug sie keine. Tiago verharrte. Ein samtiger Geruch, Mandel, vielleicht Amaretto, untermalt von frischen Nuancen nach Zitrone, erreichte seine Nase. Verströmte der einzige Baum auf diesem Hof diesen betörenden Duft oder war es ihr Parfum? Seine Aufmerksamkeit kehrte zurück zu der Fremden, die sich jetzt reckte, den Kopf zu beiden Seiten überstreckte und anschließend an einzelnen Haarsträhnen zupfte. Tiago betrachtete ihre langen Finger.

Er räusperte sich laut.

Die junge Frau drehte sich um. »Bonjour. Kann ich behilflich sein?« Sie stand auf und kam auf Tiago zu.

»Ja, bestimmt.« Er hob sein Kinn und zwang sich, nicht weiter auf die geschwungenen Linien der Lippen im Gesicht der attraktiven Frau zu starren. »Mein Name ist Gibaldi. Tiago Gibaldi. Mein Onkel war vor einiger Zeit zu Gast bei …« War Mademoiselle Finique eine Tante dieser Frau? Tiago versuchte, sich an die Gesprächsfetzen von vorhin zu erinnern.

»Meiner Großtante. Ja, das weiß ich.« Sie blieb stehen, musterte Tiago von Kopf bis Fuß, ein Muskel an ihrem Kiefer zuckte. »Obwohl *zu Gast sein* wohl nicht der richtige Ausdruck für das rüpelhafte Auftreten Ihres Onkels ist.«

Tiago stieß einen Atemzug aus und schlug die Augen nieder. Wieso nur hatte Onkel Salve ihm nicht von Anfang an die Verhandlungen überlassen? Jetzt müsste er hinter ihm aufräumen. Wie so oft schon. Er nickte, während er die junge Frau wieder ansah und ihr die Hand hinhielt. »Bitte verzeihen Sie! Ich bin sicher, er hatte lediglich einen schlechten Tag.«

Die Frau blickte auf seine Hand hinunter, schien kurz zu überlegen und sich dann einen inneren Ruck zu geben. »Lucille Bouton.«

Ihr Händedruck war fest. Tiago beobachtete das Spiel der Sehnen an ihren Unterarmen, die kurz geschnittenen Fingernägel, eine schorfbedeckte Verletzung am Daumen. »Ihre Tante nannte sie Cilly. Ein hübscher Kosename, finde ich.« Tiago erstarrte. Hatte er das gerade wirklich gesagt?

»Sie haben unsere Diskussion …?« Lucille Bouton zeigte über eine Schulter hinter sich und schüttelte den Kopf. »Sie haben gelauscht?«

»Verzeihen Sie!« Tiago spürte, wie ihm die Röte über die Brust kroch und sich wie eine Würgeschlange um seinen Hals legte.

»Ganz schön viele Entschuldigungen!«, knurrte Lucille Bouton und fuhr sich mit der Zunge über ihre Lippen. »Da Sie anscheinend schon im Bilde sind, stellt sich mir die Frage ...«

Tiago winkte ab, doch sein Gegenüber ließ ihn nicht zu Wort kommen.

»Was wollen Sie? Ihr Onkel hat unmissverständlich klargemacht, dass er beabsichtigt, das ManiFinique an sich zu reißen. Er war deutlich in seinen Ausführungen, die keinen anderen Schluss erlauben, als dass ein Größenwahnsinniger einer alten, rechtschaffenen Dame ihre Existenz rauben will. Und bereit ist, über Leichen zu gehen!« Mademoiselle Boutons Hände ballten sich zu Fäusten, sie kam einen Schritt näher, beugte sich vor, sodass Tiago sich gedrängt fühlte, den Rückzug anzutreten. »Bitte ...«

»Verzeihen Sie?«, äffte Lucille Bouton ihn nach.

»Lucille!« Claire Finique stieg langsam die Stufen aus dem Haus herab. Ihr Atem ging schwer, Schweiß perlte auf ihrem Nasenrücken, und fast wäre sie auf der dünnen Schicht Kies, die den sandigen Boden des Hofes bedeckte, ausgerutscht. »Bitte entschuldigen Sie das Benehmen meiner Nichte!« Sie warf der jungen Frau einen Blick zu, der einem Blitz in einer Gewitternacht ohne Weiteres Konkurrenz gemacht hätte. Dann jedoch kniff Claire Finique die Augen und zog ihre Stirn in Falten, während ihr ein stummer Laut des Erstaunens über die leicht geöffneten Lippen wich.

»Sie sind doch ...«, begann sie, und ein Lächeln huschte über ihre Züge.

Tiagos Herz zog sich schmerzhaft zusammen. Es gab kein Zurück mehr. »Ganz richtig, wir kennen uns«, krächzte er und klopfte sich sofort auf die Brust, um seiner Stimme hoffentlich wieder mehr Stärke zu verleihen. »Ich komme sehr gern ins ManiFinique. Ihr Kaffee ist der Beste weit und breit.«

Claire nickte. »Ich danke Ihnen. Aber ... wollen Sie nicht den Vordereingang benutzen? Ich wäre dann gleich bei Ihnen.«

»Er ist nicht hier, um deinen Kaffee zu genießen, Claire!« Lucille Bouton verzog ihren Mund, als sei sie von Tiagos Präsenz geradezu angeekelt. »Er ist mit diesem Halsabschneider verwandt, von dem du mir erzählt hast.«

Mademoiselle Finique fixierte Tiago einen langen Moment, bevor sie reagierte. »Gibaldi?« Ihr Tonfall war von Zweifeln durchsetzt.

»Er ist ...«

Bevor Tiago antworten konnte, gab Mademoiselle Bouton ein Geräusch von sich, das einem Knurren ähnelte. »Er ist sein Onkel, Claire!« Lucille Bouton verschränkte demonstrativ die Arme vor ihrer Brust und stellte ein Bein vor, sodass ihre Hüfte zur Seite knickte.

Tiago vernahm ein Stöhnen aus Claires Mund. Dann passierte für ein paar Sekunden rein gar nichts, und er biss sich auf die Unterlippe. »Wenn ich ungelegen komme ...«, versuchte er, den Moment zu entschärfen, und hoffte beinahe, dass Mademoiselle Finique zustimmte. Dann würde er ihr einen anderen Termin vorschlagen. Einen Termin ... am Sankt-Nimmerleins-Tag.

»Nun, in Anbetracht der Umstände«, begann Claire, und ihr Blick sprang zwischen ihrer Nichte und Tiago hin und her, »ist es wohl angebracht, wenn wir uns zusammensetzen. Lucille und ich waren gerade dabei, die weiteren Schritte zu besprechen. Es käme mir entgegen, wenn Sie darüber Bescheid wüssten und ihrem Onkel Bericht erstatten könnten. Dann bliebe mir dieser Weg erspart.«

»Er weiß ja eh schon alles!«, brummte Lucille.

»Ich habe ein paar Wortfetzen mitbekommen, als ich …« Tiago verstummte, als er bemerkte, dass er sich erneut entschuldigte.

»Kommen Sie!«, sagte Mademoiselle Finique und ging voraus. »Kommen Sie mit hinein! Ich werde die Vordertür absperren, damit uns niemand stört. Heute wird sich wahrscheinlich eh niemand mehr zu mir verirren.«

Tiago nickte verhalten. Er konnte sich vorstellen, dass Claire Finique ihn am liebsten zum Mond schießen würde. Lucille Bouton kickte derweil verächtlich in den Sand.

Tiago schaute sich unauffällig in der Backstube um. Mit denen der Chez-Gibaldi-Kette war sie nicht zu vergleichen – und das lag nicht nur an der veralteten Einrichtung und dem unmodernen Mobiliar. Tiago versuchte, per Augenmaß die Größe des Raumes zu messen. Viel mehr als fünfzehn, vielleicht zwanzig Quadratmeter konnten es nicht sein.

»Cilly, sei so gut und arrangiere ein paar der Macarons auf einem Servierteller, ja? Der Kaffee ist auch gleich so weit, Monsieur Gibaldi.«

Tiago nickte. Die Inhaberin des ManiFinique bemühte sich um einen friedlichen Umgangston. Damit war nach dem offensichtlichen Desaster, das Onkel Salve angerichtet hatte, nicht wirklich zu rechnen gewesen. Aber die Dame verhielt sich auffallend bedacht. Wahrscheinlich wollte sie in ruhiger Atmosphäre ihre Ansichten ein letztes Mal zum Besten geben und hoffte dann, nie mehr von den Gibaldis aufgesucht zu werden.

Tiagos Blick folgte Mademoiselle Boutons Tun, als diese der Aufforderung ihrer Tante – widerwillig, das war ohne Weiteres ersichtlich – nachkam. Die Bewegungen der jungen Frau schienen dennoch von zielgerichteter Eleganz. Ihre Haltung war aufrecht, die Körpermitte fest und die Muskulatur um die Schulterblätter definiert. Noch immer war sie barfuß, ihre Zehennägel waren kurz geschnitten und unlackiert. In ihrem Gesicht konnte er keinerlei Make-up entdecken. Ihre Wangen schimmerten in einem natürlichen Rosé, das satte Grün ihrer Augen leuchtete wie Baumkronen, wenn das Licht des Sommers sich darin verfing. Lange dunkle Wimpern standen in malerischem Kontrast zum hellen Blond der Haare und Augenbrauen.

Ein Porzellanteller wurde geräuschvoll auf die Tischplatte gesetzt und holte Tiago aus seinen eingehenden Beobachtungen.

»Merci«, antwortete er und nahm die vor ihm liegenden Macarons in Augenschein.

»Greifen Sie zu!«, wies Mademoiselle Finique ihn an und zeigte auf den Teller. »Sie sind etwas dunkel geworden, aber sie schmecken. Wissen Sie, ich backe nicht mehr so viel wie noch vor einigen Jahren«, gab sie zu und lächelte. »Ein paar der Märkte in der Umgebung nehmen mir regelmäßig Gebäck ab. Und fürs Café brauche ich natürlich auch immer noch Nachschub. Aus der Übung bin ich also nicht.«

Tiago bedankte sich, nahm einen der Mandelkekse, biss hinein und ließ ihn auf der Zunge zerbröseln.

»Wirklich gut!«, lobte er und lächelte. Dann versuchte er, den Bogen zu spannen. »Mademoiselle Finique, da ich immer mal wieder hier einkehre, weiß ich ...« Er überlegte. Verhandlungen gehörten umsichtig geführt. »Mir ist aufgefallen«, setzte er erneut an, »dass der Cafébetrieb stagniert und der Verkauf ihrer Feinbackwaren sich verringert hat.«

Lucille Bouton packte sich genervt an die Stirn, sagte aber nichts.

»Nun«, begann Claire und räusperte sich, »Sie haben recht, es ist ruhig geworden, aber ...«

»Das ist nur eine Phase!«, fiel ihre Nichte ihr ins Wort. »Es ist eine große Umstrukturierung geplant. Ich bin hier, um ...« Sie schien zu überlegen, nach den richtigen Worten zu suchen. »Ich bin hier, um meine Großtante zu unterstützen. Der Startschuss wird morgen fallen, sobald ... gewisse Instanzen ihre finale Zustimmung gegeben haben.« Lucille fixierte Tiago und kniff die Augen zusammen.

Aus Claire Finiques Richtung war ein unüberhörbares Aufatmen zu vernehmen. Ihre Aussage überraschte ganz offensichtlich selbst die Tante.

»Ah, oui«, antwortete Tiago, nippte an seinem Kaffee und spülte die Krümel des Macarons damit hinunter. »Dann gehen Sie also von einer Zusage für den Kredit aus?«

Mademoiselle Finique verschluckte sich an ihrem Kaffee und riss die Augen auf. »Woher wissen Sie von ...?«

»Er hat uns belauscht, Claire. Ich sagte es doch!« Lucille war aufgestanden, die Arme in Abwehrhaltung. »Er ist ein Spitzel, der unsere Schwachstellen zu identifizieren sucht. Aber Schwachstellen gibt es hier keine!« Ihre Stimme hatte an Lautstärke zugelegt, während sie triumphierend ihr markantes Kinn hob und lächelte.

Tiago setzte seine Tasse vorsichtig auf den Unterteller ab und schob beides in die Tischmitte. Er konnte nachfühlen, wie schwer es den beiden fallen musste, sich mit den

Gegebenheiten abzufinden. Claire Finique schien überfordert, und dass sich in letzter Zeit kaum noch Gäste im ManiFinique eingefunden hatten, war eine Tatsache, die Tiago nicht schönreden konnte. Eine Übernahme durch seinen Onkel drängte sich nahezu auf und erschien darüber hinaus als die einzig lohnenswerte Option, die Mademoiselle Finique noch blieb.

»Ich verstehe Sie. Wirklich! Es ist sicherlich kein leichtes Unterfangen, etwas so Kostbares aufzugeben. Aber ich bitte Sie …«, er richtete sich nun direkt an Mademoiselle Finique, legte die Hand auf ihren Unterarm und ließ Lucille für einen Moment außer Acht, »denken Sie an Ihre Zukunft! Der Verkauf der Räumlichkeiten würde Ihnen sorglose Jahre bescheren. Und Sie könnten die obere Etage für sich nutzen, das darüberliegende Studio ebenso.« Er dachte an die Vereinbarung auf Charlizes Schreibtisch.

Mademoiselle Finique atmete schwer ein und aus, senkte den Blick in den Schoß und nestelte an den zahlreichen Ringen, die an ihren Fingern steckten.

»Was erlauben Sie sich?«, zischte Lucille Bouton und beanspruchte Tiagos Aufmerksamkeit wieder ganz für sich. Sie hatte bis gerade im Türrahmen zum Flur gelehnt, jetzt schlich sie wie ein Panther auf den Tisch zu, den Henkel der Tasse in ihrer Hand so krampfhaft umfassend, dass die Knöchelchen weiß hervortraten. »Merken Sie denn nicht, was Sie ihr gerade antun?«

Ihre Stimme war geschwängert von einer Fassungslosigkeit, die Tiago durch Mark und Bein fuhr. Er musste den Überblick behalten, durfte sich nicht von seiner Empathie – oder seinem Temperament – überrumpeln lassen. Der Auftrag seines Onkels war eindeutig, das Bestreben dahinter logisch. Jedenfalls aus kaufmännischer Sicht. »Mademoiselle Bouton«, Tiago stand auf und atmete tief durch, »ich habe nicht die Absicht, Ihrer Tante irgendeinen Schaden zuzufügen.« Er warf Mademoiselle Finique einen bestätigenden Blick zu und wandte sich dann wieder an Lucille. »Für die Art und Weise, wie mein Onkel hier aufgetreten ist, möchte ich mich entschuldigen.« Lucille rollte mit den Augen, und Tiago musste schlucken. »Aber, und das müssen Sie beide zugeben, die Lage ist prekär: Das ManiFinique kommt einem sinkenden Schiff gleich. Retten Sie sich, springen Sie in das Boot, das wir Ihnen bereitstellen!«

Lucille stieß einen Laut aus, der dem Knurren eines Wolfs ähnelte, und baute sich gebieterisch vor Tiago auf. Etwas Kämpferisches trat in den Ausdruck ihrer Augen, etwas, von dem Tiago kurzzeitig fasziniert war.

»Sie hören sich wohl selbst gern reden! Aber ich muss sie enttäuschen: Mich und meine Tante beeindrucken Sie damit überhaupt nicht. Ganz im Gegenteil! Je länger ich Sie in diesem Raum ertragen muss, desto widerlicher empfinde ich Ihre Präsenz!«

Tiago spürte, wie sein Puls sich beschleunigte und seine Atemfrequenz anstieg. Ein Kribbeln in seinen Fingerspitzen dehnte sich aus, kroch seine Arme hinauf und befiel wie ein Schwarm angriffslustiger Wespen seinen gesamten Körper.

»Leute wie Sie kann ich nur als gefühllosen Abschaum bezeichnen. Für Sie zählt nur der Profit, immer mehr muss es werden, mehr und mehr.«

Sie umschrieb mit den Händen eine nicht enden wollende Anhäufung und meinte damit, so schlussfolgerte Tiago, wahrscheinlich Berge von Reichtümern.

»Doch ich versichere Ihnen, Monsieur Gibaldi«, und dabei spie sie den Namen aus wie eine giftige Substanz,

»an mir und meiner Tante werden Sie sich Ihre goldenen Zähne ausbeißen! Mit uns …«

»Stopp!« Tiago streckte seine flache Hand aus. »Sie haben keinen Grund, mich derart anzugehen. Hören Sie sich selbst einmal zu!«

»Wie bitte?«, keifte Lucille und ließ ihre Tasse mit solch einer Wucht auf die Tischplatte niedergehen, dass der restliche Kaffee wie eine Fontäne hervorspritzte.

In Tiagos Ohren schwoll ein anfängliches Tönen zu einem Kreischen heran. »Man kann vieles wollen, Mademoiselle Bouton, aber mit Klugheit hat das oft wenig zu tun. Manchmal ist es besser, klein beizugeben und sich einer Situation, die unausweichlich ist, unterzuordnen!«

Lucille lachte gehässig. »Reden Sie von uns?« Sie zeigte auf sich und ihre Tante. »Oder geht es in Ihrer Ansprache um Sie selbst?«

Tiago wollte Luft holen, um seine Ausführungen zu vervollständigen, doch mit einem Mal schien sein Brustkorb in sich zusammenzufallen, als hätte jemand ein Ventil geöffnet.

»Raus!« Lucille Boutons beugte sich zu ihm herunter, und er konnte das Blitzen ihrer Augen durch den Vorhang aus Haaren, der ihr ins Gesicht gefallen war, deutlich erkennen. »Und lassen Sie sich hier nicht mehr blicken!«

Lucille

Eine winzige Welle plätscherte melodisch ans Mauerwerk, gurgelte, tränkte das Moos auf den Steinen und schwappte zurück ins große Ganze der Seine. Lucille drehte ihren Kopf und schielte zu Claire, die neben ihr saß und die Beine über die abgerundete Sitzfläche der Holzbank baumeln ließ.

»Alles in Ordnung?«, fragte sie leise und versuchte, in den Augen ihrer Tante zu lesen. Claire schaute geradeaus, sie blinzelte kaum und schien mit ihren Gedanken weit weg zu sein. Lucille legte ihre Hand auf Claires und streichelte sanft über die Erhebungen der einzelnen Fingergelenke, die von fortgeschrittener Arthrose gezeichnet waren.

Claire veränderte ihre Position, rückte ein Stück nach vorn und begutachtete eingehend ihre bordeauxroten fast kniehohen Stiefel, die das Licht der Sonne reflektierten.

»Weißt du, Cilly«, begann sie, und ihre Mundwinkel bewegten sich verschmitzt nach oben, »ich glaube, der Bankangestellte hat angenommen, ich sei verrückt, als ich ihm von meinem Vorhaben erzählte, das gesamte Arrondissement mit Macarons zu versorgen, um wieder verstärkt auf mich und mein Café aufmerksam zu machen.« Sie kicherte und zog die Schultern bis zu den Ohren. »Ich bin es wohl auch!« Sie sah Lucille an und lachte.

Lucille war sich nicht sicher, ob sie Claire beipflichten sollte. Auch sie hatte am Verstand ihrer Tante gezweifelt, als sie vorhin allen Ernstes von dieser Idee geschwärmt hatte. Dem netten Herrn Bankangestellten war jedenfalls das professionelle Lächeln umgehend aus dem Gesicht gefallen. »Du bist eben außergewöhnlich, Claire! Und außergewöhnliche Menschen vollbringen oft außergewöhnliche Dinge.« Lucille lachte und drückte die Hand ihrer Tante. Dann verstummte sie. »Wobei ich ihm leider recht geben muss: Das Ruder herumzureißen wird verdammt schwer! Und mit deiner Macaron-Aktion wirst du nicht viel erreichen.«

Claire seufzte und lehnte sich wieder zurück. »Ohne das nötige Kleingeld jedenfalls nicht.«

Lucille nickte und dachte zurück an das Gespräch, in das ihre Tante letzte Hoffnungen gesetzt hatte. Man war freundlich zu ihnen beiden gewesen, hatte sich alles angehört und interessante Zwischenfragen gestellt. Aber die Absage für den Kredit war zumindest für Lucille nicht überraschend gekommen. Das ManiFinique warf schon seit Langem nicht mehr viel ab, hatte sich in den letzten Jahren gerade noch selbst tragen können. Doch es waren Instandsetzungen nötig, die weit über angedachte Renovierungen im Innenbereich hinausgingen. Allein die Anschaffung einer neuen Gastherme und die Reparaturen am Dach würden Unsummen verschlucken. Geld, das Claire nicht besaß und das in absehbarer Zeit auch nicht eingenommen werden würde. An dieser Stelle lag Lucille ein Sinn für schnörkellosen Realismus einfach im Blut, während Claire ...

»Eines ist klar«, meldete sich ihre Tante plötzlich zu Wort und legte den Kopf weit in den Nacken, um in den frühlingsblauen Himmel zu sehen, »sollte dieser Schnösel von Bankkaufmann demnächst ins ManiFinique einkehren und Macarons kaufen wollen: Von mir wird er nicht einen einzigen bekommen. Ich vergesse niemals ein Gesicht!«

Lucille lachte laut auf. Es war ihr ein Rätsel, wie Claire aus jeder Katastrophe einen Witz machen konnte. Und manchmal war es genau das, was die Menschen brauchten. Trotzdem wünschte Lucille, ihre Tante würde den Ernst der Lage, die Ausmaße des Debakels, endlich erkennen und aufhören, in jede Niederlage einen Sieg hineinzuinterpretieren.

Sie schwiegen eine Weile miteinander und ließen sich von der Spätnachmittagssonne verwöhnen, bis selbige hinter aufziehenden Wolkenfeldern verschwand und Lucille darauf drängte, den Nachhauseweg anzutreten.

»Soll die Bank und deren Geld uns doch gestohlen bleiben!« Claire warf die Arme in die Luft und knöpfte sich ihre mit einem Plüschkragen besetzte Strickjacke zu. »Das Wichtigste ist: Du bleibst an meiner Seite, Cilly. Wir beide werden das ManiFinique schon wieder auf Touren bringen, daran habe ich keinen Zweifel.«

»Ich fürchte, ganz so einfach wird es nicht!« Lucilles Einwand war nicht mehr als ein Flüstern, hatte aber zur Folge, dass Claire ihr einen ungläubigen Seitenblick zuwarf, während sie sich auf den Weg nach Hause machten.

»Du glaubst, ich sei naiv!«

»Das ist es nicht, Claire!«

»Was dann?«

»Ich möchte ehrlich zu dir sein.« Lucille blieb stehen, ergriff die Schultern ihrer Tante und klaubte ein Haar von ihrer Jacke. »Du weißt, ich habe mich selbst nie in einer Patisserie gesehen, weder in der Backstube mit den Händen im klebrigen Teig«, sie schüttelte sich und ihre Tante schmunzelte wissend, »noch mit einem ständigen Lächeln auf den Lippen, während ich Kundschaft im Café bediene. Dies ist deine Welt, nicht meine!«

Damit schlug sie Claires Angebot, ihr die Führung des ManiFinique zu überlassen, eigentlich aus.

Aber Claire nickte nur verhalten und wandte sich zum Gehen. »Und doch ist ungewiss, wohin dich dein Weg lenken wird.«

»Ich bin sehr zufrieden mit dem Leben, das ich führe!«

»Du willst also für immer und ewig Angestellte in einer Kampfsportschule sein?«

»Warum denn nicht?« Lucilles Antwort kam ihr patziger über die Lippen, als sie beabsichtigt hatte.

»Chérie!« Claires Kieferknochen mahlten. »Deine Eltern ...«

Lucilles Kopf wirbelte herum, den Zeigefinger hatte sie drohend erhoben. »Hör auf!«

»Ich wollte doch nur sagen, dass sie in dir etwas sahen, das ... auch ich sehe!«

»Eine angesehene Frau Doktor?« Lucille hatte ihre Schritte beschleunigt und musste nun unweigerlich auf ihre Tante warten, deren Tempo deutlich langsamer war.

»Dass ich dich immer ermuntert habe, deinen eigenen Weg zu gehen, abseits der Vorstellungen deiner Eltern, muss ich nicht erwähnen.« Claire fischte eine Packung Gauloises aus ihrer Umhängetasche und steckte sich eine Zigarette an.

»Du bekommst kaum Luft!«, tadelte Lucille, erntete aber lediglich ein genervtes Aufstöhnen, bevor Claire fortfuhr. »Aber in einem muss ich ihnen recht geben: Du hast das Zeug, dein eigener Herr zu sein, etwas wirklich Großes zu erreichen und völlig unabhängig zu leben.«

Lucilles Augen zogen sich zu Schlitzen zusammen. »Ich soll dein abgewracktes Café übernehmen, Claire. Was das mit Größe zu tun hat, weiß ich beim besten Willen nicht!«

Claires Gesicht wurde blass, sodass sie sich schnaufend an eine Mauer lehnte, um zu Atem zu kommen.

»Es ist, wie es ist, Claire. Sieh dich doch an!«

»Ich weiß nicht, wovon du sprichst. Aber diesen Tonfall kannst du dir gleich wieder abgewöhnen!«

Lucille legte den Kopf schief und nickte schuldbewusst. »Bitte entschuldige!« Respektlosigkeit hatte ihre Tante nicht verdient.

»Du könntest dein Temperament anderweitig einsetzen.« Claire hustete und warf den Zigarettenstummel wenig später zu Boden.

Lucille strich ihr sanft über den Rücken. »Du hast doch einen Stock, auf den du dich stützen könntest. Wo ist der abgeblieben?«

»Ganz recht, Cilly, den besitze ich. Und dort, wo ich ihn aufbewahre, ist er sehr dekorativ, glaube mir!«

»Du bist unverbesserlich, weißt du das?« Lucille grinste, doch es blieb ein fahler Beigeschmack.

Sie überquerten die Rue Glossard und bogen in den Zubringer zur Rue de la Lune ein. Claires Schritte wurden immer langsamer, ihr Atem ging schwer. Sie hielt sich an Lucilles Arm fest, und das zusätzliche Gewicht war nicht zu verachten. Lucille überlegte ernsthaft, ob sie auf den letzten Metern ein Taxi herbeiwinken sollte.

»Schaffst du es noch?«, fragte sie und sah ihre Tante durchdringend an. »Ich habe den Eindruck, du bist für heute am Ende deiner Kräfte.«

»Und mich verlässt das Gefühl nicht, du willst mir etwas mitteilen.« Claire erwiderte Lucilles Blick und wartete ein paar Sekunden. »Etwas, von dem du annimmst, ich könnte damit nicht umgehen.«

»Lass uns doch erst nach Hause kommen. Ich koche uns einen Kaffee, und dann reden wir!«

»Sag, was du zu sagen hast! Ich spüre doch, dass dir die Worte auf der Zunge liegen. Schluck sie nicht hinunter, spuck sie aus!«

Lucille lächelte, strich Claire über die Oberarme und nickte. »Du kennst mich zu gut!«

Ihre Tante hakte sich erneut in Lucilles Armbeuge und humpelte im Schneckentempo weiter. »Das will ich doch meinen!«

»Wir sind gleich da. Nur noch ein Stück, siehst du?« Die Fassade des ManiFinique war in schwindendes Nachmittagslicht getaucht, Lucille konnte die Risse, die sich durch den Außenputz zogen, mühelos auf diese Distanz erkennen.

»Le temps est un grand maître, dit-on. Le malheur est qui'il tue ses élèves«, sagte Claire, die Lucilles Beobachtungen genau verfolgt hatte.

»Man sagt, die Zeit sei ein großer Lehrer. Das Üble dabei ist, dass sie ihre Schüler tötet. Berlioz, ich weiß. Und das ist der springende Punkt!« Lucille blieb stehen und hielt den Kopf gesenkt. Die Worte, die sie aussprechen musste, schnürten ihr die Kehle zu, bevor sie sie formulierte. Jede Silbe schmerzte, jeder einzelne Buchstabe hinterließ verbrannte Erde. »Vielleicht ...«, begann sie und suchte nach Worten, den richtigen Worten, Worten, die ihre Tante nicht so verletzen und enttäuschen würden. Aber sie fand sie nicht. Weil es sie nicht gab. »Ich werde das Café nicht übernehmen. Und ich glaube auch nicht, dass es sinnvoll wäre, wenn du das ManiFinique weiterführen würdest.« Atemlos und mit augenblicklich einsetzendem Widerspruch rechnend wandte Lucille sich Claire zu, suchte in deren Gesicht nach einer Regung. Ihre Tante hielt die Lippen verschlossen, den Blick so starr nach vorn gerichtet, als würde sie durch Lucille hindurch etwas betrachten, das ihre volle Aufmerksamkeit einforderte. War überhaupt bei ihr angekommen, was Lucille gerade gesagt hatte? »Claire, bitte verzeih mir, dass ich ...« Nein, sie wollte sich nicht entschuldigen. Ihre Tante hatte ihre Ehrlichkeit immer zu schätzen gewusst, selbst wenn sie unangenehm gewesen war. Und es gab keinen Grund, diese gestandene Frau in Watte zu packen. Sie hatte alles erlebt, was es in einem einzigen Leben zu erleben gab. Claire Finique konnte die Wahrheit ertragen – sie *musste* sie ertragen. »Ich kann nicht sagen, dass mir der Vorschlag des jungen Monsieur Gibaldi gestern zusagte«, wagte Lucille sich weiter vor und beobachtete Claire, die immer noch keinen Ton von sich gab. »Aber je länger ich darüber nachdenke, muss ich zugeben, es erscheint mir als akzeptable Lösung. Weißt du, Claire ...«, sie nahm beide Hände ihrer Tante in die ihren, streichelte die runzelige Haut, die sich kalt und leblos anfühlte. »Dass du weiterhin in deiner Wohnung bleiben könntest, in deinem gewohnten Umfeld, wäre ein riesiger Pluspunkt.« Ein Zucken durchlief Claires Kiefermuskulatur. In ihre dunklen Augen stahl sich ein Blitzen. »Ich meine, stell dir nur vor: Das ManiFinique bleibt das, was es seit Jahrzehnten war, ein wundervoller Ort der Begegnung. Gäste werden ein- und ausgehen, die Arme beladen mit feinen Köstlichkeiten, jeder Platz im Café wird besetzt sein; angeregte Gespräche, lautes Lachen, wo man nur hinhört. Das Leben wird wieder Einzug halten.« Lucille lächelte, bemühte sich, Claire die nötigen Veränderungen im besten Licht zu präsentieren. »Eigentlich würde alles so sein, wie du es dir immer gewünscht hast, wie du es vorgelebt hast. Und du könntest deine neu gewonnene Freiheit genießen. Keine Verpflichtungen mehr, deine Zukunft wäre abgesichert. Ich weiß doch, du erlaubst dir nicht viel, also würde das Geld, welches du für den Verkauf des Hauses erhältst, reichen bis …«

»Wage es nicht! Sprich es nicht aus, Lucille Frédérique Bouton!«

Lucille hasste es, bei ihrem vollen Namen genannt zu werden – und Claire war sich dessen voll und ganz bewusst. Ihre Augen hatten sich verengt, der Ausdruck darin war feindselig. Sie stampfte mit ihrem Fuß so hart auf, dass es Lucille nicht gewundert hätte, wäre ihnen der Stiefelabsatz um die Ohren geflogen. Ihre Hände zu Fäusten geballt, das Pulsieren ihres Herzens am Hals deutlich sichtbar, ging Claire einen Schritt auf Lucille zu. »Du denkst also, ich könnte ruhigen Gewissens meinen Lebensabend genießen, wenn ich das, woran ich geglaubt, das, wofür ich all die Jahre hart gearbeitet habe, jemandem wie Gibaldi überlasse? Einem Wolf, der nicht satt wird, sich an den Schafen zu laben, obwohl sein Bauch längst fett und rund ist?« Sie näherte sich einen weiteren Schritt, erhob ihre Hände drohend. »Meinst du, ich könnte getrost ein Liedchen vor mich her pfeifen, im Wissen, dieser aufgeblasene italienische Gigolo macht aus meinem Café eine Maschinerie, die ausschließlich durch Geld und noch mehr Geld angetrieben ist?«

»Claire, ich …«, begann Lucille, doch es war zwecklos. Hatte Claire sich einmal in Rage geredet, fand sie so schnell den Absprung nicht. Ganz im Gegenteil: Es waren eben jene Momente, in denen sie der Theatralik verfiel.

»Ich sag dir etwas, Lucille! Ich sterbe lieber, als das ManiFinique an Gibaldi zu verkaufen!« Ihre Tante trat vom

Gehweg herunter und steuerte ihr Haus an. Mitten auf der Straße blieb sie stehen, scherte sich nicht um die Autos, die ihr Tempo drosseln und schließlich anhalten mussten, überhörte das Hupen und Keifen. Sie drehte sich zu Lucille, warf die Hände in die Höhe und knurrte: »Auf dem Innenhof stehen noch ein paar Schaufeln herum. Vielleicht magst du schon damit beginnen, mir mein Grab auszuheben!«

Es war fast neun, als Lucille sich wiederholt in ihrem Bett herumwälzte. Sie hatte sich noch nicht umgezogen, denn sie war nicht müde. Sie war erschöpft. Erschöpft von den Geschehnissen der letzten Tage, von der Rückkehr in ihre Heimat und vor allem von der Diskussion mit Claire. Obwohl, eine tatsächliche Diskussion hatte es nicht mal gegeben. Lucille hatte ihren Standpunkt verdeutlicht, und Claire den ihren. Das Problem war vielmehr, es gab keinen gemeinsamen Nenner. Und wie es aussah, würde es einen solchen auch nie geben. Es sei denn, Lucille erklärte sich bereit, die Patisserie zu übernehmen oder Claire, in das Verkaufsangebot der Gibaldis einzuwilligen. Beides schien gleichermaßen aussichtslos.

Lucille legte sich auf den Rücken, platzierte ihre Hände auf der Stirn und starrte an die dunkle Zimmerdecke. Sie hatte die Vorhänge der Fenster, die zur Straße hinausgingen, zwar zugezogen, doch tanzten wilde Schatten über die Wände. Ab und zu drangen Stimmen zu ihr hinauf, wenn Leute die Rue de la Lune wählten, um die nahe gelegenen Sehenswürdigkeiten anzusteuern und sie bei Nacht zu bestaunen oder eines der Bistros aufsuchen, die zuhauf in der Umgebung zu finden waren. Paris schlief niemals. Nicht dieser Teil.

Lucille streckte sich und schwang ihre Beine über die Bettkante. Sie schlüpfte in ihre Sneaker, zog sich eine Sweatjacke über ihre Bluse und legte einen dünnen Schal um. Die Temperaturen waren nach wie vor ungewöhnlich mild, und entgegen ihren Befürchtungen vom Nachmittag hatte kein Regen eingesetzt. Trotzdem lief es Lucille ununterbrochen kalt über den Rücken, sodass sie fest über ihre Oberarme rieb. Vielleicht würde etwas Bewegung guttun. Bei einem Spaziergang könnte sie sich warmlaufen und käme hoffentlich auch auf andere Gedanken. Das Dilemma, in das sie sich manövriert hatte, als sie ihrer Tante Unterstützung zugesagt hatte, kratzte an ihren Nerven, und als sie an ihrer ausgepackten Reisetasche vorbeiging, überkam sie der dringliche Wunsch, den Kleiderschrank und die Ablage im Bad zu leeren und sich sofort ein Zugticket nach Lyon zu besorgen. Zurück in ihr altes Leben, wo ein Job auf sie wartete, den sie liebte und der ihr erlaubte, die Zukunft zu leben, von der sie träumte. Sie war nicht nach Paris zurückgekehrt, um sich erneut Fußfesseln anlegen zu lassen. Daran hatten sich bereits Maman und Papa die Zähne ausgebissen, als sie sie nach ihren Wünschen formen wollten. Auf keinen Fall würde Lucille zulassen, dass sich die Geschichte wiederholte. Doch angenommen, sie würde abreisen, könnte sie mit dem Wissen umgehen, Claire allein und im Stich gelassen zu haben?

Lucille schüttelte den Kopf und verließ ihr Zimmer.

Der Schein des angeschalteten Fernsehers im Wohnzimmer setzte Humbert nebst seinem beachtlichen Anhängsel in Szene. Erst jetzt fiel Lucille auf, dass die Gipsfigur sich auf einen Gehstock stützte. Auf Claires Gehstock. Lucilles Mundwinkel zuckten.

»Ich schnappe etwas frische Luft«, sagte sie in den offenen Raum hinein und schloss den Reißverschluss ihrer Jacke.

Claire, die in einem der beiden bunten Sesseln saß, drehte sich ein Stück zu ihr um, sodass Lucille ihre Gesichtszüge vage erkennen konnte. Traurigkeit lag darin. Eine Verzweiflung, die wie eine Geisterhand ihre Krallen nach Lucille ausstreckte und sich kalt und erbarmungslos um ihren Hals legte.

»Ich bleibe nicht lang.« Auch Lucilles Nachsatz blieb unbeantwortet.

Sie war kaum durch den Torbogen des ManiFinique gelaufen, da summte ihr Smartphone. Lucille seufzte und checkte ihren Messenger, fest in der Annahme, dass Claire sie zu einem Gespräch zurückbat. Es entsprach nicht ihrer Art, in einer Streitsituation zu verharren.

Doch es war Gilbert. Aus Lyon. *Alles klar bei dir?*

Ihn über die Sorgen, die sie derzeit plagten, zu unterrichten, wäre zwecklos. Also tischte sie ihm eine Lüge auf. *Natürlich! Und bei dir?*

Alles bestens. Aber es gibt hier jemanden, der ... etwas ratlos ist.

Lucille verdrehte die Augen. Als ob sie sich nicht auch schon gefragt hätte, ob und wie es mit ihr und André weitergehen würde. Sie tippte: *Es ist kompliziert!*

Er ist da anderer Meinung! Aber den Vermittler zu mimen soll nicht meine Aufgabe sein. Vielleicht ist es besser, ich gebe ihm deine Nummer?

Gilbert wusste, dass Lucille es hasste, wenn jemand ihre Kontaktdaten ungefragt weitergab.

Besser nicht. Ich muss mich gerade um anderes kümmern.

Wie du meinst! Es bleibt dabei, dass du am 22.5. wieder hier bist? Solltest du um eine Woche verlängern wollen, muss ich das jetzt wissen …

Sie war sich nicht sicher, ob es Sinn machte, das geplante Ende ihres Urlaubs zu bestätigen. Und tat es dennoch: *Selbstverständlich!*

Er antwortete mit einem Smiley und ging offline.

Lucille wollte das Handy schon in ihre Hosentasche schieben, da hielt sie inne und öffnete den Chat noch einmal. *Richte ihm bitte aus, dass …* Dass sie an ihn dachte? Ihn vermisste? Lucille verzog den Mund und gab einen schnaubenden Laut von sich. Es war ihr nach wie vor nicht möglich, ihre Gefühle einzuordnen. Weder bezüglich dem, was zwischen ihr und André vorgefallen war, noch dem, was daraus hervorgehen könnte. Sie wusste nur, sich ihm zu öffnen, würde sie in Gefahr bringen. Sie vervollständigte ihre Nachricht: *Richte ihm bitte aus, dass ich mich melde.*

Lucille blieb stehen und lehnte sich an die rückwärtige Hauswand eines Bürogebäudes. Die Rue de la Lune hatte sie längst hinter sich gelassen, der Boulevard de la Chanson war nicht weit. Vielleicht sollte sie sich einen Drink genehmigen, ein lockeres Gespräch mit einem Fremden beginnen, sehen, was der Abend für sie bereithielt … Aber die Gedanken an Lyon, ans Le Havre und letztlich an André bereiteten ihr Kopfschmerzen, sodass sie sich die Schläfen massierte und ihren Nacken weit zu beiden Seiten überstreckte. Wie um alles in der Welt sollte sie ruhigen Gewissens in ihr normales Leben, in ihren Alltag, ihre Freiheit, zurückkehren, wenn mit Claire und dem ManiFinique alles zum Scheitern verurteilt war?

»Springen Sie in das Boot, das wir ihnen bereitstellen!« Bei der Erinnerung an die Worte Tiago Gibaldis rumorte es lautstark in Lucilles Bauch, Magensäure drohte in ihre Speiseröhre zu schwappen, und Übelkeit kündigte sich durch die Beschleunigung ihres Pulses an. Dieser aufgeblasene Mistkerl! Wie geschwollen er dahergeredet hatte, überzeugt davon, Leuten wie ihm läge die gesamte Menschheit zu Füßen, sobald er mit dem Finger schnipste. Pah!

Doch etwas an ihm hatte sie stutzig gemacht. Sie hatte es sich zu jenem Zeitpunkt nicht eingestehen wollen – und wenn sie ehrlich war, wollte sie auch jetzt nicht darüber nachdenken –, aber seine Anteilnahme hatte stellenweise durchaus überzeugend gewirkt. Womöglich war er ein guter Schauspieler. Aber sie entsann sich des Ausdrucks in seinen Augen, warm und tief, als er Claire seinen Vorschlag unterbreitet hatte. Was er ihr hatte mitteilen müssen, hatte ihn selbst gequält.

Irgendwo in den tiefsten Windungen ihres Hirns fing ein Gedanke damit an, Wellen zu schlagen. Lucille schüttelte sich, um den absurden Überlegungen Einhalt zu gebieten, doch es nützte nichts.

Sie starrte auf das schwarze Display ihres Handys, von dem sie nicht wusste, wann sie es hervorgeholt hatte. Den Atem anhaltend tippte sie den Code für die Entsperrung des Bildschirms ein, öffnete den Browser und schrieb einen Namen ins Suchfeld. Als das Internet ihr augenblicklich sowohl die gewünschte Festnetznummer als auch eine Adresse präsentierte, schluckte sie. Was tat sie hier, verdammt?!

Als Tiago Gibaldi ihr die Tür öffnete, war das Erste, das sie registrierte, sein dunkler Haarschopf. Dicke, widerspenstige Strähnen legten sich in unregelmäßigen Wellen um sein Gesicht und fielen ihm in die Stirn. Fast hätte sie ihn gefragt, welcher Friseur für dieses Durcheinander verantwortlich war.

»Bonsoir«, flüsterte er.

Lucille wunderte sich über den schüchternen Unterton in seiner Stimme. Am Telefon hatte er selbstsicher gewirkt. Er schien nicht mal überrascht gewesen zu sein über den Umstand, dass sie ihn anrief. Gerade so, als hätte er fest damit gerechnet, dass sie vor ihm im Staub kroch. Das taten sie doch alle, diese reichen Mistkerle.

»Danke, dass Sie mich zu so später Stunde noch empfangen, Monsieur Gibaldi«, säuselte sie. »Ich weiß das sehr zu schätzen.«

Er winkte ab und hielt ihr die Tür auf. »Bitte, kommen Sie herein. Ich habe uns im Essbereich meines Wohnzimmers ein Eckchen vorbereitet.« Er biss sich auf die Unterlippe und hielt inne. »Entschuldigen Sie, das klang ... nicht nach dem, was ich im Sinn hatte.«

Lucille hob die Augenbrauen und ballte ihre Hände zu Fäusten. Was bildete der Typ sich nur ein? Er glaubte tatsächlich, seine Aussage bedürfte der Aufklärung. Als ob sie etwas anderes angenommen hätte.

»Merci beaucoup, ich habe nicht vor, Sie lange aufzuhalten.« Sie reichte ihm ihre Jacke und positionierte sich ein Stück abseits, um ihm den Vortritt zu lassen. Er quittierte ihre Reaktion mit einem Nicken und wies ihr den Weg den Flur hinunter. Flüchtig betrachtete sie ein in Holz gefasstes Bild an der Wand: Felsformationen, zum Teil bewachsen, warmes Licht und das türkisfarbene Meer. Vielleicht seine Privatinsel. Die Gibaldis schwammen schließlich im Geld.

»Bitte, nehmen Sie doch Platz.« Tiago Gibaldi zeigte auf zwei hellbraune Loungesessel und einen niedrigen

Couchtisch aus dunklem Holz, dessen Außenkante mit filigranen Mustern bemalt waren.

Beim Näherkommen erkannte Lucille, dass es sich um leuchtend gelbe Zitronen und schwarze Oliven handelte, zwischen denen Blätter in einem satten Grün rankten. Ihr kam die Verzierung reichlich verspielt vor für jemanden wie Tiago Gibaldi.

»Möchten Sie etwas trinken?«

Lucille ließ sich in einen der Sessel sinken und strich mit der Hand über die gepolsterte Lehne, befühlte den dicht gewebten Stoff. »Ein Glas Wasser, merci.«

Er verschwand im angrenzenden Zimmer und schloss das Schiebelement zwischen den Räumen. Für einen Moment verfolgte Lucille seine schemenhaften Bewegungen durch das Milchglas. Dann inspizierte sie ihre Umgebung. An einem Ende des Wohnzimmers stand eine Sofalandschaft, die mit dicken Kissen bestückt war und auf dessen Récamiere eine getigerte Katze schlief. Lucille schnalzte mit der Zunge. Gegenüber der Couch und von ihrer Position nicht ganz einsehbar befand sich ein Sideboard, auf dem ein Plattenspieler, ein Flachbild-Fernseher und mehrere gerahmte Fotos standen. Üppige Grünpflanzen, eine davon mitten im Zimmer, der Rest in der Nähe der bodentiefen Fenster, vervollständigten das Bild. Alles in allem, so musste Lucille zugeben, strahlte Monsieur Gibaldis Wohnung Behaglichkeit aus.

»Et voilà!« Auf seiner rechten Hand ein Tablett mit zwei Gläsern, in der linken eine Glaskaraffe mit Wasser, betrat Tiago Gibaldi den Raum und lächelte. Nachdem er ihr und sich eingeschenkt hatte, setzte auch er sich und schien zu überlegen, wie das Gespräch in Gang gebracht werden konnte.

»Am besten kommen wir gleich zur Sache!«, preschte Lucille vor. Schließlich war sie es ja auch gewesen, die um die Unterhaltung gebeten hatte. Auf unnötiges Geplänkel konnte sie verzichten. Tiago Gibaldi lehnte sich zurück, ein seltsames Lächeln auf seinen Lippen, und schlug ein Bein über das andere. »Wie ich Ihnen bereits am Telefon mitteilte«, fuhr Lucille fort und trank einen Schluck, »ist es nicht nur so, dass sich der Verkauf des ManiFinique nicht mit der Zukunftsplanung meiner Großtante vereinbaren lässt.« Sie wartete einen Moment, um ihr Gegenüber tief Luft holen und zu einer Antwort ansetzen zu lassen, nur um ihm dann erneut ins Wort zu fallen. »Es ist schlichtweg nicht möglich!«

Monsieur Gibaldi zog seine Stirn kraus. »Ah ja. Und den Grund dafür werden Sie mir sicher gleich verraten.«

Lucilles Nasenflügel bebten, doch sie zwang sich, die Ruhe zu bewahren. »Sehen Sie, meine Großtante hat ihr gesamtes Leben in diesem Haus verbracht«, sagte sie. »Sie ist mit Macarons, Madeleines und Eclairs großgeworden, ihr Duft und ihr Geschmack waren für sie Lebenselixier, weil sie sich als Kind schon mit Mehl und Puderzucker und Schokolade beschäftigte wie andere mit Puppen und Bauklötzen.« Das stimmte zwar ganz und gar nicht, doch Lucille war zufrieden mit der Dramatik, die in ihren Worten mitschwang. Natürlich kannte sie Monsieur Gibaldi nicht und konnte sich nicht sicher sein, ob es etwas bringen würde, auf Sentimentalität zu setzen. Immerhin vertraten Geschäftsleute wie er meist eine rationale Weltanschauung und ließen sich selten durch emotionsgeladene Vorträge beeindrucken. Unversucht wollte sie es trotzdem nicht lassen.

Monsieur Gibaldi nippte an seinem Wasser. »Worauf wollen Sie hinaus? Am Telefon hatten Sie darum gebeten, in einem Gespräch unter vier Augen mit mir gemeinsam herauszufinden, wie für alle Parteien eine vertretbare Lösung gefunden werden kann.«

»Oui, so ist es!« Lucille nickte knapp.

Er schüttelte den Kopf. »Jetzt klingt es so, als wollten Sie lediglich in aller Deutlichkeit zu überzeugen versuchen – erneut! –, dass ein Verkauf des ManiFinique überhaupt nicht zur Debatte steht. Ich muss zugeben, Madame Bouton ...«

»Nennen Sie mich doch Lucille!« Es gefiel ihr zwar nicht, doch war es an der Zeit, ihm auf halben Weg entgegenzukommen. Vor allem, da er auf das theatralische Märchen von Claires Kindheit nicht eingegangen war.

Tiago Gibaldi starrte sie an, sichtlich irritiert von der persönlichen Note, die Lucille anschlug. Aber er fing sich schnell wieder. »Ich muss zugeben, Lucille, Sie verwirren mich!«

»Das glaube ich Ihnen sofort.« Lucille stützte die Ellenbogen auf ihre Oberschenkel und lehnte sich ein Stück vor. »Es fällt mir auch nicht leicht, Sie um Hilfe zu bitten.« Eine bodenlose Untertreibung.

»Das denke ich mir!«

»Und doch tu ich es!«

Monsieur Gibaldi seufzte, schenkte ihr Wasser nach. Die hitzige Diskussion und die Beleidigungen ihrer letzten Zusammenkunft hatte er offensichtlich nicht vergessen. Hätte sie doch nur nicht so ... temperamentvoll reagiert. Mit ihrem Unvermögen, bis zehn zu zählen, wenn ihr etwas gegen den Strich ging, hatte sie sie sich schon oft selbst im Weg gestanden. Aber jetzt ging es nicht um sie. Es war Claires Zukunft, ihr Seelenfrieden, der auf dem Spiel stand. Lucille schluckte und versuchte, sich –

wenigstens für den Moment – von ihrer Voreingenommenheit zu befreien und bei der Wahrheit zu bleiben.

»Meine Tante bedeutet mir unglaublich viel. Sie hat mich gerettet, mehr als hundert Mal. Und es würde zu weit führen, Ihnen alles zu erklären, aber eines ist sicher: Ich kann sie nicht sich selbst überlassen. Ich kann nicht zusehen, wie ihr alles genommen wird, wofür sie lebt. Sie würde sterben. Buchstäblich!«

Tiago Gibaldi schluckte. Er schien ergriffen von der Intensität, mit der sie ihre Großtante verteidigte. Hatte sie seinen Schwachpunkt identifiziert? Er machte nicht den Eindruck, als wäre er der Familienmensch schlechthin.

»Das Dilemma ist leider«, fuhr Lucille fort, »dass sie das ManiFinique nicht wird weiterführen können. Auch nicht mit meiner Unterstützung.« Sie atmete geräuschvoll aus und lehnte sich in den Sessel zurück.

»Der Kredit …«, hakte Monsieur Gibaldi nach.

»Abgesagt! Aber das wäre nur einer der Sargnägel.« Sie erhob sich, begann, im Raum auf und ab zu gehen. Sein Blick folgte ihr. »Ich wollte ihr ja glauben, verstehen Sie?« Als stünde sie vor Gericht, verlieh sie ihrer Stimme Nachdruck. »Ich wollte glauben, dass es möglich sein könnte. Erst recht, nachdem Sie das Gegenteil behauptet haben.« Sie war stehen geblieben und merkte zu spät, dass sie mit dem Finger auf ihn zeigte. Kein kluger Schachzug, wie sich herausstellte.

Er schnellte in die Höhe und stemmte die Hände in die Hüften. »So habe ich das nie gesagt!«

»Aber Sie meinten es so.« Das Kind war längst in den Brunnen gefallen, also brauchte sie sich nicht mehr darum zu scheren, ein falsches Bild aufrechtzuerhalten.

Er reagierte prompt. »Ich möchte nochmals darauf hinweisen, dass …«

»Sie für meine Tante nur das Beste wollen? Ich bitte Sie!« Lucille zog eine Grimasse und zupfte an ihren Haaren.

Tiago Gibaldi presste die Lippen aufeinander und zuckte mit den Schultern. »Warum sollte ich mich bereit erklären, mit Ihnen eine Lösung zu erörtern, wenn mein Onkel und ich …«, er räusperte sich, »wenn *ich* lediglich darauf aus wäre, ihre Großtante um ihren Besitz zu bringen?«

»Sagen Sie es mir!«

»Madame Bouton … Lucille …«

Lucille stieß ihren angehaltenen Atem geräuschvoll über die Lippen aus. »Alors, ich soll also davon ausgehen, dass Sie meiner Großtante wirklich helfen möchten?«

»Andernfalls könnten wir das Treffen umgehend beenden und beide eine Menge Zeit und Energie sparen!« Er setzte sich wieder hin und sah sie an.

Lucille suchte im Ausdruck seiner Augen nach etwas, das ihn als Schurke enttarnen würde, fand aber nichts dergleichen. Und obwohl das für ihn sprach und erst recht für seine Absichten – es ärgerte sie. »Dass der Kredit nicht genehmigt wurde, war nur einer der Gründe, weshalb ich von meiner Meinung, meine Tante könne weiterhin ihr Café betreiben, abrückte«, fuhr sie fort.

»Es gibt also einen weiteren«, schlussfolgerte Tiago Gibaldi, und Lucille nickte.

»Sie schafft es auch körperlich nicht mehr. Dass sie es fertigbringt, regelmäßig ein paar der Großmärkte mit ihren Macarons zu beliefern und das Café halbwegs offen zu halten, um sich ihre Existenz zu sichern, ist mir schon Rätsel genug, wenn ich ehrlich sein soll. Das Problem ist, sie wird nicht aufgeben. Sie ist eine Löwin, wissen Sie?« Lucille lächelte. »Sie würde ihr Café auch dann nicht in fremde Hände geben, wenn sie es über den Abgrund gewirtschaftet hätte. Was eigentlich bereits der Fall ist.« Gibaldi schwieg. »Sie war nie verheiratet, hat keine Kinder, keine weiteren Angehörigen, zumindest keine, mit denen sie Kontakt pflegt. Ich sehe, dass sie am Ende ihrer Kräfte ist. Dennoch kann ich nicht zulassen, dass man ihr nimmt, wofür sie atmet. Es muss einen anderen Weg geben. Vielleicht sogar einen, der Ihnen und Ihren Zielen gerecht wird. Deshalb bin ich heute hier, Monsieur Gibaldi.« Lucille nahm ihr Wasserglas und trank es in einem Zug aus. »Und wenn ich Sie nun um etwas Alkoholisches bitten dürfte …«

Tiago lachte laut auf, dämpfte seine Belustigung aber gleich wieder, als Lucille ihn erstaunt ansah. »Ich glaube, ich habe Grappa da, einen Moment bitte.« Er stand auf und wollte in die Küche verschwinden, da drehte er sich auf halber Strecke noch mal um. »Und Sie würden mir einen Gefallen tun, wenn Sie das *Monsieur Gibaldi* vergessen. Es klingt, als stünden Sie meinem Onkel gegenüber.« Er verbeugte sich leicht und lächelte. »Nennen Sie mich bitte Tiago! Ist es für Sie in Ordnung, wenn ich das Fenster weit öffne? Ich glaube, es ist recht mild.«

Er wartete Lucilles Antwort nicht ab, und als kurz darauf ein erster lauer Windhauch die Gardinen aufbauschte, holte sie tief Atem. Ein Duft nach Sandelholz, im Vordergrund süßlich, dahinter erdig und sehr versteckt mandelartig, wehte aus Tiagos Richtung zu ihr heran.

»Sie sind wahrscheinlich nicht so viel an der frischen Luft?«, fragte Lucille, als er an den Tisch zurückgekehrt war, kostete an ihrem Grappa und langte nach den Käsewürfeln, die Tiago dazugestellt hatte.

»Wie kommen Sie darauf?«

»Sie sind Geschäftsmann!«

»Und das bedeutet?«

»Dass Sie die meiste Zeit in geschlossenen Büros verbringen, sich hinter Dokumentenbergen verstecken und ihre vom ständigen Telefonieren blutenden Ohrläppchen kraulen.«

Tiago gluckste, offenbar amüsiert, während Lucille seine attraktiven Grübchen studierte.

»Wie sieht es mit Ihnen aus?«, fragte er. »Was machen Sie beruflich? Sind Sie verheiratet?«

»Das sind jede Menge Fragen.«

»Verzeihen Sie! Ich wollte nicht neugierig wirken.«

Sie ließ einen weiteren Schluck Grappa ihre Kehle herabfließen, genoss die fruchtige Komponente. »Ich bin in einem Kampfsportstudio angestellt.«

Er zog die Augenbrauen bis unter seinen Haaransatz und gab einen leisen Ton durch seine geöffneten Lippen. »Dann sind auch Sie nicht oft an der frischen Luft, nehme ich an!«

»Wie kommen Sie denn darauf?«

»Finden solche Fights nicht immer in irgendwelchen zwielichtigen Hallen statt, durch deren Fenster nie ein Sonnenstrahl dringt?«

Es lebe das Vorurteil, dachte Lucille. Er schlug sie mit ihren eigenen Waffen. Ihre Mundwinkel bewegten sich nach oben. So sehr sie sich auch wehrte, es geschah einfach. Und Tiago lächelte zurück. Seine dunklen Augen funkelten im Schein der Kerze, die auf dem Fenstersims flackerte.

Lucille wurde unruhig. »Es ist spät! Vielleicht sollten wir …«

»Zur Sache kommen?« Tiago warf einen Blick auf seine Armbanduhr, doch Lucille war sich sicher, dass er dies nur tat, um sein Grinsen zu verbergen.

»Ich bin schließlich nicht hier, um mich von Ihnen mit Snacks und Drinks versorgen zu lassen!« Das hatte hoffentlich gesessen. Lucille leerte ihr Glas und setzte es auf der Tischplatte ab.

»Nun gut«, begann Tiago. »Ich denke, mein Onkel wird in Kürze heimkehren, und es wäre bestimmt von Vorteil, wenn Sie ihm nicht begegnen. Darum: Ich sagte Ihnen ja schon am Telefon, dass ich eine Idee habe. Lassen Sie mich Ihnen meine Überlegungen mitteilen.«

»Ich bin schwer gespannt!« Das war nicht gelogen, und doch schraubte Lucille ihre Erwartung intuitiv herunter. Dass jemand, der es gewohnt war, beim Geschäftemachen weder nach rechts noch nach links schauen zu müssen, sie nun überraschen würde, erschien ihr beinahe illusorisch.

»Ich habe Ihnen einen Vorschlag zu unterbreiten, Lucille. Einen ... nun, sagen wir, etwas Unkonventionellen. Einen Vorschlag, der Sie höchstwahrscheinlich erstaunen wird.«

Da hatte sie es ja schon. Niemals würde ihr das, was er vorzubringen hatte, zusagen. »Ich bin ganz Ohr!«, gab sie trotzdem zurück.

»Ich weiß, wie man ein Geschäft führt. Ich kenne mich mit Finanzen aus, bin imstande, sinnvolle Einsparungen durchzuführen, erkenne aber auch verlässlich, welche Investitionen sich lohnen. Ich bin durchaus vertraut mit dem, was es braucht, um aus einem veralteten, wirtschaftlich am Boden liegendem Café ein lukratives Unternehmen zu machen. Der Erfolg der Chez-Gibaldi-Kette liefert Beweise, die nicht von der Hand zu weisen sind.«

Lucille stöhnte. »Ich möchte das ManiFinique nicht zu einem weiteren Baustein eines Imperiums werden lassen, mit dessen Firmenpolitik und Leitung sowohl meine

Großtante als auch ich nicht konform gehen können. Ich dachte, das hätten wir, das hätte *ich* deutlich gemacht.« Sie stand auf und schaute sich nach ihrer Jacke um.

»Wer sagt denn, dass wir meinen Onkel mit ins Boot holen müssen?« Tiago zwinkerte, als Lucille den Kopf drehte und ihn fragend ansah. »Vielleicht möchten Sie mir noch einen Augenblick zuhören?« Lächelnd ging er auf sie zu und manövrierte sie zurück zu ihrem Sessel. Als seine Hände auf ihren Schultern ruhten, spürte sie den leichten Druck seiner Fingerkuppen.

»Ich werde Ihnen erklären, wie ich es mir vorstelle. Mein Onkel wird nichts von diesem Vorhaben erfahren. Das verspreche ich Ihnen.«

Als er ihr in die Jacke half, hatte die Uhr längst eins geschlagen und sein Onkel war heimgekehrt. Lucille hatte ein Husten durch das geöffnete Fenster vernommen, und Tiago hatte ihre Vermutung bestätigt.

»Darf ich Sie bitten, die Schuhe auszuziehen?«, fragte er und schmunzelte verlegen. »Mein Onkel hat das Gehör einer Fledermaus. Ihm morgen Rechenschaft ablegen zu müssen, wäre kontraproduktiv.«

»Sie könnten ihm verschweigen, dass ich es war, die sie besucht hat! Mit der Wahrheit nehmen Geschäftsleute es ja eh nicht so genau.« Sie grinste ihn an. Dass sie ein weiteres abgegriffenes Klischee ins Spiel brachte, war ihr bewusst, und sie war sich sicher, er würde es belustigt hinnehmen.

Doch Tiagos Lächeln gefror. Ein professioneller Schleier legte sich über den warmen Ausdruck seiner Augen. »Ich wünsche Ihnen eine erholsame Nacht, Lucille. Kommen Sie gut heim.«

Tiago

Tiago betrachtete das rege Treiben der Arbeiter, die im Chez Gibaldi der Culotte-Brüder den Bereich absperrten, der für die Weinbar angedacht war. Flatterband wurde um die Lehnen mehrerer Stühle gewickelt und ergab ein Quadrat, an dem sich fortan sowohl Angestellte als auch Gäste vorbeischieben mussten. An der Wand neben den bodentiefen Fenstern, die demnächst für den Ausschank nach draußen geöffnet werden würden, schabte ein junger Mann Reste der bordeauxroten Tapete vom Putz. Ein anderer schien dafür abgestellt, jedes Fitzelchen, das davon den Boden berührte, sofort aufzukehren. Man war – und das schien Gesetz zu sein – sehr darauf bedacht, den Chic des Cafés zu wahren.

»Das sieht ja schon ganz formidable aus!« Es würde Robert und François nur verunsichern, wenn er den Sorgen, die ihm schon vor Beginn der Umbauarbeiten Kopfzerbrechen beschert hatten, jetzt Luft machen würde. Tiago spürte François' Seitenblick und las im Ausdruck seiner Augen totales Unverständnis.

»Befinden wir uns etwa in unterschiedlichen Universen?« François gab ein gequältes Lachen von sich. »Dieses Durcheinander wird allen Gästen den Garaus machen.«

»Jetzt dramatisierst du!« Tiago sah sich im Café um und zählte im Stillen die Anzahl der besetzten Tische. »Es ist viel los … für einen Mittwoch.«

»Was redest du da, Tiago? Wir haben immer gut zu tun. An jedem Wochentag. Und dass weniger Gäste kommen, seit dieses«, er rollte auf der Suche nach einem passenden Ausdruck mit den Augen, »Chaos eingesetzt hat, bilde ich mir nicht ein. Es ist in der Tat zum Davonlaufen.«

Tiago klopfte François freundschaftlich auf den Rücken. Während der zwei Jahre, in denen sie sich kannten, hatte sich eine kumpelhafte Verbindung zwischen den Brüdern und Tiago entwickelt, in der Gespräche über das Privatleben an der Tagesordnung waren und man über den Status einer reinen Geschäftsbeziehung hinaus war. Dennoch war sich Tiago seiner Stellung bewusst, wenn es um die Arbeit ging. Er konnte den Unmut der Culottes nachvollziehen, aber es war von enormer Bedeutung, ihnen ihre Bedenken auszureden und böses Blut zu vermeiden.

»Mach dir keine Sorgen! Ich wette, die Gäste sind ganz gespannt auf die Neuerung. Mit ein paar Einschränkungen werden sie sich zurechtfinden.«

François verschränkte die Arme vor der Brust und lehnte sich ein Stück näher an Tiago. »Ich fürchte, das musst du unter Wunschdenken verbuchen. Es gab bereits Beschwerden!«

»Welcher Art?«

»Natürlich der Art, die diese Geräuschkulisse betrifft. Und die Geruchsbelästigung. Den Schmutz nicht zu vergessen. Die Leute kommen hierher, um zu entspannen und in Ruhe unsere Köstlichkeiten zu genießen. Bauarbeiterkluft und das penetrante Aroma von Schweiß treiben den treuesten Stammkunden in die Flucht, glaub mir!« Er wandte sich direkt an Tiago und griff nach seinem Unterarm, zog ihn ein Stück in den Hintergrund. »Ich verstehe nicht, warum dein Onkel nicht zwei oder drei Tage der Schließung in Kauf nehmen will.« Er schüttelte seinen Kopf. »Ich hoffe wenigstens, die Aufstockung des Personals wird sehr bald vollzogen. Wir können uns schließlich nicht um alles kümmern, wenn demnächst die Weinbar eröffnet wird und sie tatsächlich den Anklang findet, von dem Monsieur Gibaldi ausgeht. Robert und ich sind erschöpft, Tiago. An die letzten Urlaubstage kann ich mich schon gar nicht mehr erinnern, so weit liegen sie zurück.«

Tiago biss sich auf die Zunge. »Ich habe Robert noch gar nicht gesehen«, versuchte er sowohl vom aktuellen Geschehen als auch von der in François' letzter Aussage implizierten Frage abzulenken. Dass seine Einwände absolut berechtigt waren, ließ sich nicht von der Hand weisen. Die Luft war von winzigen Partikeln durchsetzt, die im Licht der einfallenden Sonne tanzten, herabschwebten und Schicht um Schicht den Hochglanz des Mobiliars unter sich begruben. Dass bei der Entfernung von Tapeten und Zierleisten Dreck aufgewirbelt und Lärm gemacht wurde, blieb nicht aus. Egal, mit welchem Fingerspitzengefühl die in grellem Orange gekleidete Arbeiterkolonne sich ans Werk machte.

»Robert bedient im Außenbereich. Annabelle mussten wir heute Morgen nach Hause schicken.« François machte eine Pause und zuckte dann mit den Schultern. »Schwere Hausstauballergie. Sie konnte keinen Schritt durchs Café machen, ohne lautstark zu niesen oder in ihr Taschentuch zu prusten. Das können wir hier niemandem antun. Und Nino genießt heute seinen freien Tag, nachdem er die dritte Woche in Folge durchgearbeitet hat. Das heißt, wir sorgen mutterseelenallein dafür, dass der Laden läuft. Wenn man von Carlos absieht, von dem wir – man möge es mir nachsehen – leider nicht allzu viel erwarten können.«

Tiago nickte betreten, als er Carlos, den halbwüchsigen Aushilfskellner, dabei beobachtete, wie er benutztes Geschirr in die Küche brachte und dabei einen doch sehr überforderten Eindruck machte. Vielleicht wäre es besser gewesen, Onkel Salve mit mehr Vehemenz zu begegnen, als dieser darauf bestanden hatte, das Café zu keiner Zeit zu schließen. Das Bild, das sich ihm hier bot, konnte Tiago sich nicht schönreden.

Und trotzdem war es seine Pflicht, die Mitarbeiter bei Laune zu halten. »Ich bin sicher, das Gröbste ist bald geschafft. Und danach werden eure Gäste jeden weiteren Schritt bestaunen können. Sie sind Zeuge im Entstehungsprozess. Das hat auch etwas.« Er war sich bewusst, wie unsinnig seine Versuche der Befürwortung in den Ohren François' klingen mussten. Aber was blieb ihm anderes übrig?

»Oui, naturellement.« In François' Antwort schwang eine Resignation mit, die Tiago bewegte. Die Culotte-Brüder waren ihm ans Herz gewachsen; Menschen, mit denen er privat gern mehr Kontakt pflegen würde. Doch auf dem Schlachtschiff Gibaldi schloss man keine Freundschaften – außer sie dienten dem unmittelbaren Vorankommen der Firma.

»Kommen Sie!«, hörte Tiago eine laute Stimme und drehte sich zum Eingang des Cafés, wo er Robert entdeckte, zwei voll beladene Tabletts balancierend, und im Schlepptau …

»Hier entlang, Monsieur Gibaldi, Madame Mollez. Ich schaue gleich nach einem freien Tisch für Sie.« Robert winkte seinem Bruder hektisch zu. »Ah, Tiago!«, begrüßte er ihn im Vorbeigehen, hob die Brauen und warf einen vielsagenden Blick über seine Schulter. »Die ganze Familie, welch' Ehre!«

Das Eau de Toilette Onkel Salves, der Duft von Weltherrschaft, wehte heran, noch bevor Tiago den festen Händedruck auf seiner Schulter verspürte. »Figlio! Welch glücklicher Zufall!«

»Dem kann ich nur zustimmen!« Charlize blieb an Tiagos Seite stehen und schenkte ihm ein Lächeln.

Dass er sich zuletzt so plötzlich davongemacht hatte, schien sie ihm nicht übel zu nehmen, und das, obwohl sie sich beinahe geküsst hätten. Er konnte nicht behaupten, dass er nicht in der richtigen Stimmung gewesen wäre. Zumindest, bis ihre Bemerkung über Claire Finique gefallen war. Hatte sie ihre Worte mit Verstand gewählt oder waren sie einem Moment der Flapsigkeit entsprungen? Er kannte genügend Menschen, seinen Onkel zum Beispiel, die geschmacklose Witze rissen und dabei, bewusst oder unbewusst, ihre persönliche Sicht auf die Dinge offenbarten. Doch gehörte Charlize dazu? Wäre sie, um ein Ziel zu erreichen, in der Lage, jemandem Schaden zuzufügen? Am Ende hatte er vermutlich überreagiert ...

Tiago nickte Charlize zu und ließ seinen Blick über das Karomuster ihres körperbetonten Hosenanzugs schweifen. Wie immer war sie geschmackvoll gekleidet, ihre schmale Taille zierte ein schwarzer Ledergürtel, auf dem winzige Strassperlen im Schein der Deckenleuchten funkelten. Er sollte ihre Aussage über den manipulierten Lift vergessen und ihr eine zweite Chance einräumen.

»Hast du gut geschlafen?«

Seine Frage erhellte ihre Gesichtszüge noch um ein Vielfaches, sie schien fast dankbar für die Aufmerksamkeit, die er ihr zuteilwerden ließ.

»Eigentlich schon«, gab sie zurück, senkte den Kopf leicht und sah ihn unter ihren langen Wimpern an wie ein Schulmädchen. »Ein wenig allein habe ich mich gefühlt.« Ins Indigoblau ihrer Augen kam Bewegung, als ließe jemand einen Stein über die ruhige Oberfläche eines Sees hüpfen. Ihre Lippen öffneten sich einen winzigen Spalt, und Tiago konnte die Spitze ihrer Zunge dazwischen entdecken. Er zog seine Schulterblätter zusammen und richtete sich auf. Dies war der ganz und gar falsche Zeitpunkt, um Mutmaßungen über ein *Was wäre wenn* anzustellen.

»Einen Espresso, Monsieur?« Robert wandte sich an Onkel Salve, der, zwei Schritte entfernt, die Fotografien an der Wand eingehend betrachtete.

Tiago war überzeugt, dass er jede Silbe des kurzen Wortwechsels zwischen ihm und Charlize mit angehört hatte.

»Das wäre himmlisch. Und ein paar Cornichons.«

Tiago spürte eine leichte Übelkeit aufkommen, während sein Onkel den Tisch anvisierte, den Robert ihm zeigte, Charlize ihm dicht auf den Fersen.

»Ihr habt diese Gürkchen vorrätig?«, zischte er in François' Richtung.

»Immer!«, gab der zurück, huschte zur Theke und verschwand in der dahinterliegenden Küche.

»Es geht gut voran, n'est-ce pas?«, fragte Onkel Salve die Culotte-Brüder, als sich alle hingesetzt hatten, vor sich eine Servierschale voller Kleingebäck, mehrere Tassen mit dampfendem Inhalt und einen Dessertteller Cornichons. Tiago schielte zu Robert, der nervösen Blickes die Tätigkeiten des Hilfskellners verfolgte und betete, er möge die rhetorische Frage seines Onkels ebenso rhetorisch beantworten.

»Oui, Monsieur«, gab er zurück und senkte den Blick. Ihm lag mehr auf der Zunge, als er aussprach. Doch für Onkel Salve machte es bekanntlich keinen Unterschied, ob man seinen Mund geschlossen hielt, weil man mit seiner Meinung konform ging, oder weil man wusste, dass Widerspruch zwecklos war.

»Aber was ich dringend ansprechen muss, ist Folgendes«, meldete sich François zu Wort, und Tiago stockte der Atem. »Wir sind eingeschränkt in unseren Funktionsabläufen und arbeiten zudem in Unterbesetzung. Hinsichtlich der Eröffnung der Weinbar, auf die wir uns natürlich freuen, möchte ich anmerken, dass eine Personalaufstockung unumgänglich ist, Monsieur Gibaldi. Möglichst bald.« François atmete hörbar aus.

Onkel Salve setzte seinen Espresso ab und lächelte auf eine unheilverheißende Art. »Ich bin überrascht, dass ich Sie nicht als meinen persönlichen Berater angestellt habe, Monsieur Culotte.«

Tiago öffnete seine Lippen, die er zuvor fest um den Rand seiner Kaffeetasse geschlossen hatte, und ließ die heiße Flüssigkeit diskret zurück in das Gefäß fließen. Er zählte die Sekunden, bis Onkel Salve die beiden Brüder zu einem Gespräch unter sechs Augen zitieren würde.

»Es war die absolut korrekte Entscheidung, die Arbeiten in den laufenden Betrieb zu integrieren.« Charlize legte Tiago eine Hand auf den Unterarm, als hätte sie gespürt, womit er rechnete. Dann lächelte sie Onkel Salve zu und nickte bekräftigend. »Wir hätten den treuen Gästen ihre Oase der Ruhe genommen. Das wäre ein Fauxpas gewesen.« Sie wendete sich an François. »Was zusätzliches Personal angeht, werden wir uns besprechen. Bei Chez Gibaldi wird niemand allein gelassen.«

»Chapeau!«, raunte Onkel Salve und klopfte auf den Tisch. »Ich hätte es nicht besser ausdrücken können.«

Tiagos Herzschlag normalisierte sich. Er konnte zwar nicht mit Sicherheit sagen, welche Beweggründe sie dazu veranlasst hatten, doch dass Charlize ein Feuer gelöscht hatte, das ohne Weiteres destruktive Ausmaße hätte annehmen können, gehörte anerkannt. Dezent strich sein Daumen über eine ihrer Fingerkuppen. Nur eine, vielleicht zwei Sekunden. Doch lang genug, um Onkel Salves Aufmerksamkeit zu erregen.

»Wenn ihr mich entschuldigen würdet«, sagte Tiago und schob seinen Stuhl nach hinten. »Ich habe noch einen Termin.«

Onkel Salve, der auf seiner anderen Seite saß, ergriff seine Hand und drängte ihn dazu, wieder Platz zu nehmen. »Ja, natürlich. Unser nächstes großes Projekt wird unter Dach und Fach genommen.« Er richtete seinen Blick auf die Culotte-Brüder. »Haben Sie die Neuigkeit schon vernommen? Das ManiFinique wird in Kürze Teil des Chez-Gibaldi-Konzerns sein. Ein weiteres Element im soliden Mauerwerk des Erfolgs.«

François machte große Augen. »Ist Mademoiselle Claire etwas passiert?«

»Wenn ich Sie diesbezüglich aufklären darf ...« Charlize strich sich eine Strähne ihres goldblonden Haares zurück hinters Ohr und beugte sich ein Stück über den Tisch, damit niemand außerhalb des erwählten Kreises mit anhörte, was sie zu sagen hatte. »Claire Finique hat vor langer Zeit die Kontrolle verloren. Ihr Café verkommt immer mehr.« Sie rümpfte die Nase. »Es stinkt fürchterlich, und der Zerfall lauert in jeder Ecke.«

»Ich muss wirklich los!«, warf Tiago ein, entzog Charlize seine Hand und startete einen neuen Versuch, die Runde zu verlassen. Die nebulöse Vision, dass aus ihm und Charlize etwas werden könnte, was sein Onkel längst in ihnen sah, hatte sich aufgelöst. Charlize war intelligent, engagiert und sexy. Von einer Frau wie ihr träumten die meisten Männer. Doch ebenso hatte sie – mehrfach! – Wesenszüge offenbart, die sie in einem ganz anderen Licht erscheinen ließen und die Tiago unmöglich gutheißen oder entschuldigen konnte. Ihre Lügen beschworen Übelkeit in ihm herauf und bewiesen, dass sie bereit war, ähnlich skrupellos zu agieren wie Onkel Salve. Und was dessen Vorgehensweisen betraf, musste Tiago einräumen, dass sie ihn immer mehr anwiderten. Erst recht, seit das priorisierte Ziel die Übernahme des ManiFinique war.

»Wir sprechen später noch, nehme ich an?«, fragte er und sah seinem Onkel in die nachtschwarzen Augen.

»Ich bestehe darauf!«, gab Onkel Salve zurück und biss in ein saures Gürkchen. »Aber sag, Tiago, bevor du gehst: Wie war eigentlich euer Diner im Memento Vivere? Habt ihr euch amüsiert? Charlize fand noch keine Gelegenheit, mir davon zu erzählen. Sie arbeitet so hart.« Väterlich legte er seiner Angestellten die Hand auf den Rücken und lächelte.

Tiago spürte die Blicke aller am Tisch Anwesenden, seinem Gefühl nach sogar die der gesamten Gästeschar des Chez Gibaldi. Wie auf Kommando traten sämtliche Geräusche in den Hintergrund, und es hätte Tiago nicht gewundert, würde jemand einen Scheinwerfer auf ihn richten. Er räusperte sich, sah Charlize an und stützte sich auf eine letzte Hoffnung, in ihren Gesichtszügen vom gleichen Unbehagen zu lesen, das ihn befallen hatte. Doch es zeichnete sich nicht die kleinste Nuance von Schamesröte darin ab. Ganz im Gegenteil.

»Das Essen übertraf unsere Vorstellungen; wirklich sehr empfehlenswert.« Er rückte seinen Stuhl nach hinten und erhob sich.

»Und das ist alles?« Onkel Salve verzog seinen Mund, sein Lachen klang nach gespielter Empörung. »Damit willst du uns doch wohl nicht abspeisen!«

Tiago beschlich eine seltsame Zittrigkeit. Als hätte er zu wenig Energie und sein Kreislauf drohte zu kollabieren, stützte er sich mit einer Hand auf die Tischkante. Mit der anderen versuchte er, seine Laptoptasche unter seinem Arm festzuklemmen, damit sie nicht hervorrutschte und auf den Boden fiel. »Wir hatten Fisch. Seeteufel aus der Bretagne, wenn ich nicht irre.«

»Si, Tiago. Das Memento ist ein Restaurant der Extraklasse, das ist mir bewusst. Andernfalls hätte ich euch einen Besuch nicht ans Herz gelegt.« Onkel Salve nickte. Abwartend. Seine Hand auf Charlizes Rücken glitt in einer wiederkehrenden geschmeidigen Bewegung auf und ab. »Werdet ihr euch bald wieder verabreden?«

Tiago starrte ihn an, öffnete und schloss seinen Mund ein paar Mal. Doch ihm fehlten die Worte.

»Wir haben uns vorgenommen, jedes Gericht der Speisekarte zu kosten«, antwortete Charlize an seiner statt und lachte. »Ein oder zwei Dates werden da kaum ausreichen.«

»Si, si«, säuselte Onkel Salve und schnalzte mit seiner Zunge, »ich merke, Sie wissen ebenso wie ich, Charlize, was für meinen Neffen das Beste ist.«

»Tiago! Jetzt warte doch einen Moment!«

Ein paar der Gäste schauten kurz auf, als erst François und dann Robert Culotte hinter Tiago hereilten und ihn erreichten, bevor er den Weg zum ManiFinique einschlug.

»Was ist denn noch?«, zischte Tiago, schaute über seine Schulter und prüfte, ob nicht auch sein Onkel die Verfolgung aufgenommen hatte. Wundern würde es ihn nicht. Obwohl das, was Charlize so bereitwillig erfunden hatte, ihn besänftigt haben sollte. Für Erste.

»Was war das da eben?« François hob den Daumen und zeigte damit hinter sich.

»Du und Charlize Mollez?« Roberts Mundwinkel zuckten. »Wir waren ...«, er schaute seinen Bruder an, »nun ... wir *sind* überrascht.« Er schüttelte den Kopf und hob beide Hände wie zur Abwehr vor seinen Körper. »Nicht, dass wir uns falsch verstehen, Tiago! Sie ist eine äußerst attraktive Frau!«

Tiago verzog den Mund zu einem schwachen Lächeln. »Der Schein trügt, mes amis!«

Ohne weiter auszuführen, warum das soeben Geschehene für ihn einen Wendepunkt markierte, machte er auf dem Absatz kehrt und stürmte davon. Seine Füße trugen ihn über das Trottoir der Rue de la Lune, als sei er auf der Flucht. Sein Herz klopfte ihm bis zum Hals, wo der enge Kragen des Oberhemdes unbarmherzig über seine Haut schmirgelte. Es dauerte nur Minuten, bis das ihm wohlbekannte Pfeifen über seine Lippen strich und seine Lunge zu schmerzen begann. Schwindel überkam ihn. Die Panikattacke war unabwendbar, wenn er sich nicht auf das besann, was er gelernt hatte. Als seine Schritte sich verlangsamten, geschah dies nicht aus einem eigenen Antrieb heraus. Sein Bewusstsein schaltete auf Autopilot.

Schnaufend blieb er stehen und stützte sich auf einen Hydranten. Der eingeübte Notfallmechanismus ließ ihn beide Hände flach auf sein Herz pressen, bis sich das unregelmäßige Auf und Ab seines Brustkorbes beruhigt und sein Keuchen unter Kontrolle gebracht war.

Tiago hob den Kopf und blickte geradewegs in sein Spiegelbild. Doch in dem Schaufenster einer Edelboutique sah ihm nicht sein heutiges Ich entgegen, sondern die klägliche Version seiner selbst im Alter von sechzehn Jahren. Aus tiefen Augenhöhlen, das Gesicht voller Staub und die Haare zerzaust, starrte es ihn an, die Lippen nicht mehr als eine schmale Linie.

»Monsieur, ist alles in Ordnung? Kann ich Ihnen helfen?« Eine junge Frau stand im Eingangsbereich des Modegeschäfts und sah ihn sorgenvoll an. »Ich kann Ihnen ein Glas Wasser bringen. Oder möchten Sie sich einen Moment setzen?« Sie wies auf einen Stuhl, über dessen Lehne Seidenschals drapiert lagen.

»Merci, es geht schon wieder.« Tiago richtete sich auf und warf einen prüfenden Blick in das Schaufenster. Aber außer Kleidern und Röcken, mit denen die Torsi magerer Modellpuppen behangen waren, war nichts Außergewöhnliches zu entdecken.

Als er wenige Minuten später vor dem Café zum Stehen kam, stellte er fest, dass ein Blick ins ManiFinique von außen nicht mehr möglich war. Die schweren Vorhänge waren zugezogen. *Vorübergehend geschlossen,* hatte jemand in großen Druckbuchstaben auf ein Blatt Papier geschrieben und auf Sichthöhe an der Eingangstür aufgehängt.

Waren ihm Onkel Salve oder Charlize zuvorgekommen? Hatten sie Claire Finique den Verkauf ihres Cafés aufgezwungen und ihn nur noch nicht darüber informiert? Tiago zog in Erwägung, dass sein Hilfsangebot womöglich zu spät gekommen war, und schlich über den einsamen Hof auf die Hintertür zu. Er konnte sich nicht erinnern, ob zwischen den wild wachsenden Butterblümchen und den Unkrautteppichen bei seinem letzten Besuch ein Auto oder ein Fahrrad abgestellt gewesen war. Hätte er nicht erst vor Kurzem genau an dieser Stelle das Gespräch zwischen Mademoiselle Finique und ihrer Großnichte belauscht und wäre vor einigen Tagen nicht genau hier auf Lucille Bouton aufmerksam geworden, er würde davon ausgehen, dass niemand hier wohnte.

»Hallo?«, rief er in den Hausflur, nachdem er die angelehnte Hintertür ein Stück aufgeschoben hatte. »Mademoiselle, ich bin's, Tiago Gibaldi.« Er betrat den dunklen Korridor, stieß gegen die unterste Stufe der Treppe und fluchte leise. Dass sich die alte Dame noch kein Bein gebrochen hatte, war verwunderlich.

»Tiago, wir sind hier. Kommen Sie durch!«, ertönte eine Stimme, die Tiago Lucille zuordnete. Sein Herz stolperte. Er hoffte, dass Claire Finiques Großnichte ihm auch heute noch so wohlgesonnen war wie gestern Abend in seiner Wohnung. Ihr Gemüt war ihm von Anfang an sprunghaft erschienen, doch ihr Aufeinandertreffen am Vorabend war erfreulicher verlaufen, als er zunächst angenommen hatte.

Er durchschritt die kleine Backstube, schenkte dem Durcheinander darin wenig Beachtung und orientierte sich an dem schmalen Durchgang, der direkt ins Café führte. Durch einen Spalt zwischen zwei Vorhängen stahl sich ein Hauch Tageslicht und warf einen diffusen gelblichen Schimmer auf die Gesichter der beiden Frauen, die an einem Tisch saßen und die Hände abwartend in den Schoß gelegt hatten. Ob es eine Aura der Ratlosigkeit oder der Erwartung war, die Mademoiselle Finique und Lucille umgab, war unmöglich zu bestimmen.

»Darf ich?«, fragte Tiago und zog sich einen Stuhl heran, nachdem Claire ihm fast unmerklich zugenickt hatte. Lucilles Augenlider flatterten, als erwachte sie aus einer Trance. »Wir sind in die Vorarbeiten eingestiegen.« Ihr Kopf ruckte zur Fensterfront.

»Das habe ich bemerkt. Sie informieren die Öffentlichkeit, dass das Café vorübergehend geschlossen ist. Ich muss zugeben: eine brillante Entscheidung.« Er hielt kurz inne, weil sich eine Erkenntnis Bahn brach, deren Energien Tiago voll auskosten wollte. Tief atmete er durch, während sich die allumfassende Schwere in seinem Inneren verabschiedete und das Rumoren in seinem Bauch, die letzten Wogen seiner Panikattacke, einem Gefühl des Ankommens wichen.

»Brillant?« In Claires Augen funkelte Argwohn, den Tiago nachvollziehen konnte. Es war vonnöten, in verständliche Worte zu fassen, welche Veränderungen am Café ihm für die nächsten Wochen vorschwebten. »Von neugierigen Blicken verfolgt zu werden, Fragen beantworten zu müssen – das alles können wir jetzt nicht brauchen.« Er straffte seine Haltung und hob sein Kinn. »Wir fokussieren uns auf das Ziel. Und an dieser Stelle möchte ich darauf zu sprechen kommen, dass es von Vorteil ist, der Außenwelt zu suggerieren …«

Claire Finiques Kopf schwankte von einer Seite zur anderen. »Oui, oui«, brummte sie und trommelte mit ihren beringten Fingern auf der Tischplatte. »Sie haben sich Gedanken gemacht. Ich werde Ihnen später den Kopf dafür tätscheln. Aber warum, Monsieur Gibaldi, warum sind Sie abgerückt von Ihrer Überzeugung, das ManiFinque müsse Teil der Patisserie-Kette Ihres Onkels werden?«

»Claire, ich habe es dir doch erklärt!« Lucille ergriff die Hand ihrer Tante und sah sie mitfühlend an.

Energisch schüttelte Mademoiselle Finique die Liebkosung ab und fixierte Tiago. »Ich will es von ihm hören, nicht von dir!«

Tiago nickte, weil er begriff, dass Claire Finique eine Erklärung für seinen Sinneswandel forderte. Doch wie sollte er verdeutlichen, dass nicht sein Verstand, sondern sein Herz den entscheidenden ersten Schritt gewagt hatte? Mit einem Lächeln auf den Lippen erinnerte er sich an den Moment, als Lucille ihn am Telefon um ein persönliches Gespräch gebeten hatte. Nur fragmentartig hatte sie dargelegt, dass sie sich Hilfe von ihm erhoffe, was die unumgänglich erscheinende Schließung des ManiFinique betraf. Und obwohl er zu diesem Zeitpunkt nur eine vage Idee hatte verbalisieren können, war ihm augenblicklich klar geworden, dass er eingreifen musste. Als hätte sich irgendwo in seinem Denken ein Schalter umgelegt und Fanfaren wären erklungen, war es ihm mit einem Mal unmöglich erschienen abzulehnen. Selbst wenn er es gewollt hätte.

»Wissen Sie, in meiner Branche ist Eigenständigkeit von hoher Bedeutung«, begann er vorsichtig, weil er es unpassend fand, sein Seelenleben vor jemandem auszubreiten, der nichts über ihn wusste.

»Ach ja?«, gab Claire Finique von sich. »Ich erinnere mich, dass Ihr Onkel Sie herschickte, damit Sie eigenständig den Verkauf meines Cafés regeln. Es ist gerade mal ein paar Tage her.«

Tiago seufzte lautlos. Einen Bären konnte man Claire Finique nicht aufbinden. Ein bisschen mehr Ehrlichkeit musste er ihr zugestehen.

»Mir ist klar geworden, dass es an der Zeit ist, mich auszuprobieren, damit ich mein Potenzial entfalten kann. Sehen Sie, ich glaube, es ist wichtig, jede Sprosse der Karriereleiter zu erklimmen und keine zu überspringen. Erfolg ist schließlich etwas, das man sich erarbeiten sollte.« Jetzt klang er wie sein Onkel, was Mademoiselle Finiques Reaktion bestätigte: Ihre Mundwinkel verzogen sich, als betrachtete sie ein Insekt. Ein Insekt, vor dem es sie ekelte. Lucilles Gesichtszügen war eine ähnlich geartete Abneigung zu entnehmen, und Tiago rechnete fast damit, innerhalb der nächsten Minuten an die Luft gesetzt zu werden. Mit schwitzigen Händen fuhr er sich durch seine Haare und kratzte sich am Hinterkopf.

»Claire, was er dir zu erklären versucht, ist Folgendes ...« In Lucilles Augen las Tiago die klare und an ihn gerichtete Anweisung, ihr nicht ins Wort zu fallen. »Er will sein eigenes Ding machen. Aus dem Schatten seines Onkels heraustreten. Die Schwimmflügel abstreifen. Nenn es, wie es dir beliebt!«

Sie stand auf seiner Seite, dem Himmel sei Dank.

»Aber wieso?« Claire Finique hatte zwar ihrer Großnichte geantwortet, ihre Aufmerksamkeit richtete sich jedoch allein auf Tiago, dessen Rückgrat sich unter ihrem Röntgenblick beugte.

Lucille warf die Hände in die Höhe. »Ich nehme an, weil er erwachsen werden will!«

Tiagos Kopf schnellte hoch. Mit welchem Recht meinte Lucille, über ihn urteilen zu dürfen? Er hatte längst begriffen, dass sie eine gewisse Faszination auf ihn ausübte, die zu einem Großteil ihrer Courage geschuldet war, die Dinge beim Namen zu nennen. Indem sie ihm Unmündigkeit und Unreife unterstellte, drängte sie sich in einen Bereich seiner Persönlichkeit, den er ihr nicht geöffnet hatte – und dies ging entschieden zu weit.

Tief holte er Luft, um seinem Frust freien Lauf zu lassen und ihre falschen Behauptungen richtigzustellen: »Sie brauchen sich keinerlei Sorgen zu machen, Mademoiselle. Mein Onkel wird von all dem nichts erfahren. Ich agiere auf Basis meiner eigenen Entscheidungen.« Das entsprach nicht dem, was er hatte sagen wollen. Irgendetwas in ihm hatte sich quergestellt. Und so überspielte er seine Unsicherheit, indem er das dünne Kissen in seinem Rücken richtete und sich in seinem Stuhl zurücklehnte, als hätte er alles auf den Punkt gebracht.

»Und da sind Sie sich sicher, Monsieur Gibaldi?« Claire Finique klang wenig überzeugt. Vielmehr erweckte sie den Anschein, als wartete sie seinerseits auf eine tiefer gehende Einsicht.

Tiago stöhnte, faltete seine Finger ineinander und knibbelte an seiner Nagelhaut. »Mein Onkel ist ...« Salvatore Gibaldi war kein schlechter Mensch. Nicht durch und durch. Und dennoch ... »Er ist kein einfacher Zeitgenosse und verfügt leider nur über ein bescheidenes Maß an Feingefühl. Aber glauben Sie mir, er ist das Opfer von Umständen, die sein heutiges Verhalten erklären. Zumindest in Ansätzen.« Er atmete hörbar aus und knetete seine Hände.

Mademoiselle Finique lehnte sich nach vorn und fixierte Tiago mit einem Ausdruck der Unerbittlichkeit in ihren tiefbraunen Augen. »Ich will ehrlich sein, Monsieur Gibaldi. Meiner Meinung nach ist Ihr Onkel ein Dreckskerl, dessen Motive sich mir nicht erschließen wollen, und ich kann nur hoffen, dass seine Schamlosigkeit nicht auf Sie abgefärbt hat.«

Aus Lucilles Richtung vernahm Tiago ein Seufzen. Die Mission, seinen Onkel in einem besseren Licht erscheinen zu lassen, scheiterte gnadenlos. Jeder hatte schließlich sein Päckchen zu tragen. »Ich verstehe Sie«, gab er zurück. Alles, was er wollte, war, der ewigen Kontrolle Onkel Salves für ein paar Wochen zu entkommen, bevor er wohl oder übel zum Tagesgeschäft würde zurückkehren müssen. »Ich verstehe Sie wirklich. Aber ich bin nicht wie er!«

Ein Augenblick der Stille dehnte sich zwischen ihnen aus, schien jeden Zweifel, der Mademoiselle Finique von ihrer Zustimmung abhielt, auf Herz und Nieren zu prüfen und sein, Tiagos, Gewissen zu hinterfragen.

»Halleluja!«, rief sie schließlich aus. »Wir können starten.«

Tiago atmete auf, und auch auf Lucilles Gesichtszüge trat ein Ausdruck der Erleichterung. Sie nahm ihre Tante in den Arm und drückte ihr einen Kuss auf die Wange. Doch hinter ihrer Fassade, die sie ganz offensichtlich aufrechterhielt, um ihrer Tante ein Gefühl der Sicherheit zu suggerieren, schlummerte etwas.

Sie vertraute ihm nicht.

Sie hatten es sich in der Backstube gemütlich gemacht. Lucille hatte auf dem überladenen Tisch für Ordnung gesorgt, Claire servierte Macarons und Eclairs vom Vortag, dazu ofenwarme Croissants aus der nahe gelegenen Boulangerie. Der Duft von Kaffee und Schaffensdrang lag in der Luft.

»Womit fangen wir an, Tiago?« Claire sah ihn erwartungsvoll an, ein Leuchten in den Tiefen ihrer Augen. Sie hatten sich schnell darauf geeinigt, jedwede Förmlichkeit zu begraben und sich zu duzen. Immerhin würden sie in den nächsten Wochen ständig aufeinandertreffen, miteinander arbeiten, sich gemeinsam freuen und miteinander streiten.

»Wir sollten zuerst überlegen, wie das ManiFinique am Ende aussehen soll und wie es aus der Menge herausstechen wird.«

Lucille zog die Augenbrauen hoch. »Es gibt eine Million Cafés in Paris. Ein Alleinstellungsmerkmal zu finden wird schwer!«

»Wenn ich immer so pessimistisch wie du gewesen wäre …«, schimpfte Claire und biss in ihr Croissant, aus dem geschmolzene Butter tropfte.

»Realistisch, nicht pessimistisch!«, verteidigte Lucille sich und blickte Tiago an, als rechnete sie fest damit, er würde ihr beipflichten.

Doch er schmunzelte. »Ganz so einfach ist es natürlich nicht. Aber wir erfüllen mindestens ein Kriterium, mit dem wir trumpfen können. Auf jeden Fall, wenn es darum geht, sich von den Chez Gibaldis abzusetzen.«

»Wir verdienen unser Geld ehrlich?« Claire grunzte vor Vergnügen.

»Nun, das tut Salvatore Gibaldi ebenso. Im Großen und Ganzen jedenfalls«, konterte Tiago und zuckte mit den Schultern.

Lucille zupfte mit finsterer Miene an den Ärmeln ihrer dünnen Langarmbluse und krempelte den Stoff bis über die Ellbogen hoch. »Wenn du voll und ganz hinter uns stehen willst, wird es Zeit, die Machenschaften deines Onkels infrage zu stellen.«

»Kein Grund, in den Ring zu steigen, Chérie!« Claire stand auf, öffnete die Türe eines Hängeschranks und holte daraus eine Karaffe hervor, zweifelsfrei mit hochprozentigem Inhalt gefüllt. »Sonst noch jemand?« Sie goss sich einen kräftigen Schluck in ihren Kaffee und rührte um, nachdem sie Zucker hinzugegeben hatte.

Tiago hielt verneinend die Hand über seine Tasse, Lucille murmelte ein »Später vielleicht!« und knirschte mit den Zähnen.

»Ich wäre nicht hier, würde ich alles befürworten, was mein Onkel tut.« Tiago sah Lucille direkt in die grünen Augen, entdeckte irisierende Sprenkel darin, die ihr – wie er erneut feststellen musste – das Aussehen einer Wildkatze auf dem Sprung verliehen. »Diese Sache ist zum Scheitern verurteilt, wenn du mir und dem, was mir für dieses Café vorschwebt, nicht ein bisschen Vertrauen entgegenbringst!« Er hob seine Hände zu einer Geste der Resignation und versuchte, Lucilles angestrengte Kieferbewegungen auszublenden.

»Er hat recht, Cilly. Du musst über deinen Schatten bringen!«

Lucille schürzte die Lippen. »Ich will nur Vorsicht walten lassen, Claire, mehr nicht.«

Er war eben ein Gibaldi. An ihrer Stelle würde er wahrscheinlich ähnlich reagieren.

»Vorsicht und das reine Befolgen von Regeln haben dich nicht dahin gebracht, wo du jetzt stehst!«, gab Claire zu bedenken und hob mahnend den Zeigefinger.

Tiagos Blick hüpfte zwischen den beiden Frauen hin und her. Ihr Schlagabtausch war nicht wenig amüsant, doch die Zeit war gekommen zu planen und anzupacken. Darüber hinaus, und dieses Anliegen konnte er noch nicht wirklich deuten, wollte er unbedingt Lucilles Sympathie gewinnen.

»Ich würde gern fortfahren, wenn die Damen erlauben«, witzelte er und erntete betretenes Schweigen. »Grandissimo!«

»Also, womit soll das ManiFinique zukünftig glänzen?« Claire stützte die Ellbogen auf dem Tisch ab und legte ihr Kinn in die verschränkten Hände; ihre Wangen schimmerten in einem Rosé, das nicht ihrem Puderrouge zu verdanken war.

Tiago grinste. »Ich habe einige Ideen!«

Und dann verbrachte er die nächste halbe Stunde damit, den Frauen seine Vorstellung nahezubringen. Nicht ungefähr, sondern passgenau. Bei den meisten seiner Vorschläge leuchteten Claires Augen, bei anderen verzog sie das Gesicht. Sie diskutierten, einigten sich oder verschoben Angelegenheiten, die einer späteren Klärung bedurften. Tiago hatte sein Laptop aufgeklappt und erarbeitete Schritt für Schritt eine Agenda.

Als feststand, dass die Reparatur des undichten Daches und die Inspektion der Heizanlage, was Kosten und Dringlichkeit betraf, an erster Stelle standen, stellte Lucille eine berechtigte Frage: »Claires Ersparnisse sind so gut wie aufgebraucht, einen Kredit bekommen wir nicht, und mit der Summe, die auf meinem Konto liegt, werden wir nicht viel erreichen können. Wo also nehmen wir die erforderlichen Gelder her, um das alles zu bewerkstelligen?«

Er hatte darüber nachgedacht, gleich nachdem Lucille ihn über die ihr bekannten finanziellen Details aufgeklärt hatte. Und in Anbetracht der bemitleidenswerten Situation, in die Claire Finique sich und ihr Café manövriert hatte, war ihm nur eine einzige Option eingefallen, durch die das nötige Kleingeld herangeschafft werden konnte. Diese Tatsache mit den beiden Frauen zu besprechen erschein ihm jedoch als eher hinderlich. Am Ende würde Lucille ihm in sein Vorhaben hineingrätschen oder Claire ihm schlichtweg verbieten, solche Maßnahmen zu ergreifen.

»Ich kümmere mich darum«, sagte er deshalb. »Es wird keine Schwierigkeiten geben!«

Claire starrte ihn an, schien kurz zu überlegen, ob sie seinem Versprechen Glauben schenken dürfte, und ließ dann den angehaltenen Atem geräuschvoll über ihre Lippen entgleiten. »D'accord!«

Lucille ließ einen Pfeifton über ihre Lippen kommen, schüttelte den Kopf und verschränkte die Arme vor der Brust. »Ernsthaft, Claire? Da kommt ein italienischer Schönling daher«, sie zeigte auf Tiago, der überrascht die Mundwinkel hochzog, »und verspricht dir das Blaue vom Himmel. Als wäre er ein Prinz aus einem Märchen mit geheimen Kammern voll Gold.« Sie wandte sich an ihn und hob entschuldigend die Hände. »Nichts für ungut, Tiago! Ich weiß deinen Enthusiasmus zu schätzen, auch wenn es mir unverständlich bleiben wird, warum du das alles auf dich nehmen willst. Aber ›Ich kümmere mich darum‹ klingt für mich doch ein wenig dürftig!«

»Ich versichere euch beiden, dass ich weiß, was ich tue!«

Lucille packte sich in den Nacken und zwirbelte an ihren Haarsträhnen. Vielleicht überlegte sie, ob es das Risiko wert war, sich vollends auf sein Hilfsangebot einzulassen? Auf *ihn* einzulassen?

Claire räusperte sich, gab einen weiteren Schluck der klaren Flüssigkeit aus der Karaffe in ihren Kaffee und hob ihre Tasse an. »Ich bin mir absolut sicher, Chérie! Ich werde Tiago vertrauen.«

Lucille setzte erneut zu einer Argumentation an, hielt jedoch für einen Moment die Luft an und faltete ihre Hände. »Nun gut, es ist dein Café, dein Haus und deine

Entscheidung.« Sie nickte. »Angenommen, jedes von Tiagos mysteriösen Vorhaben wird gelingen, wie umgehen wir, dass Salvatore Gibaldi jemand anderen schickt oder sogar selbst noch einmal hier auftaucht, um zu erreichen, was zu erreichen sein auserkorenes Ziel zu sein scheint?«

»Ganz einfach!«, warf Tiago ein und schaute wiederholt in erstaunte Gesichter. »Deswegen erwähnte ich vorhin schon, dass es eine brillante Idee war, das Schild an die Eingangstür zu hängen. Dass das ManiFinique vorübergehend geschlossen werden musste, ist nämlich die Folge einer akuten Erkrankung Claires. Nichts Hochdramatisches, versteht sich. Wir wollen ja nicht, dass mein Onkel die makabre Vorstellung pflegt, die Inhaberin des ManiFinique würde alsbald das Zeitliche segnen.« Er zwinkerte Claire zu. »Ein verschleppter Infekt vielleicht, der eine ältere Dame in die Knie zwingt, sodass sie sich wohl oder übel in ärztliche Obhut begeben muss, und anschließend eine kleine Auszeit zur Rekonvaleszenz ... bei einer Freundin beispielsweise ... außerhalb von Paris.«

»Das ist gar keine schlechte Idee!«, meinte Lucille.

Claires Kopf ruckte hinüber zu ihrer Nichte, und auch Tiago glaubte, er hätte sich verhört. Ihre unangefochtene Zustimmung kam doch sehr überraschend. Er war davon ausgegangen, dass sie auch jetzt weitere Einwände auflisten würde, die Sorge um ihre Großtante und deren Zukunft war schließlich berechtigt. Stattdessen klatschte sie in ihre Hände und lächelte ein wunderschönes Lächeln.

»Es wird einfach so sein, dass Claire sich schnell erholt oder aber ihre Genesung mehr Zeit beansprucht – je nachdem, wie gut die Renovierungsarbeiten hier voranschreiten. Das ist ... genial!«

Das Strahlen in ihren Augen galt ihm, und er konnte nicht umhin: Es erwärmte sein Innerstes. Beschwingt stand er auf und ging ein paar Schritte hin und her, während er Lucilles Freude wie ein Schwamm in sich aufsog. »Ich werde meinen Onkel darüber in Kenntnis setzen.«

Claire strich sich zwar nachdenklich über ihr Kinn, zeigte jedoch keine Anzeichen von Skepsis oder Ablehnung. »Das bedeutet, dass ich mein Haus nicht werde verlassen können. Ich kann mich nicht zeitgleich bei einer Bekannten erholen und hier munter herein- und herausspazieren.«

Tiago holte tief Luft. »Das ist der einzige Nachteil. Meinst du, damit kommst du zurecht? Es ist nicht leicht, eingesperrt zu sein, obwohl alles in einem nach Freiheit verlangt. Selbst wenn es das vertraute Zuhause betrifft.«

»Oh, das muss ich wohl. Es kommen etliche Veränderungen auf mich zu, denen ich mich stellen muss.«

»Richtig. Zum Beispiel solltest du deinen frisch aufgebrühten Kaffee zukünftig teurer verkaufen!« Tiago positionierte sich an der Kopfseite des Tisches und zeigte auf den Filteraufsatz aus Porzellan, der auf der Anrichte stand. »Ich denke nicht, dass du demnächst ohne einen Kaffeevollautomaten auskommen wirst, aber deine Art der Kaffeezubereitung empfand ich von Anfang an als beeindruckend. Sie hat nostalgischen Wert. Doch was hierbei nicht vergessen werden darf: Auf einen Knopf an einer Maschine zu drücken, erfordert viel weniger Zeit. Und Zeit ist Geld. Wir müssen also verschiedene Faktoren in unseren Überlegungen berücksichtigen.« Er wartete, um den beiden Frauen Raum für Zwischenfragen zu gewähren, doch sowohl Claires als auch Lucille warteten gespannt auf seine weiteren Ausführungen. »Und damit wären wir auch schon bei dem, was das ManiFinique ausmachen sollte. Dein Café, Claire, kann zu einer Schnittstelle werden zwischen Alt und Jung, zwischen vergangenheitsverliebt und hochmodern. Die Systemgastronomie verbreitet sich wie ein Geschwür, und damit will ich nicht behaupten, sie hielte nicht beachtenswerte Vorteile bereit.« Mit einem Seitenblick registrierte er Lucilles stummen Zuspruch und lächelte für einen Moment in sich hinein. »Aber die Liebe zum Detail, das Handwerk des Patissiers und nicht zuletzt der Charme, der ein Café wie dieses charakterisiert, all das geht mehr und mehr verloren. Du, Claire, kannst dir diese Entwicklung zunutze machen, indem du dich bewusst dagegenstellst – und dein Café trotzdem in einem neuen Gewand erstrahlen lässt.« Er lehnte sich an die Spüle, genoss das wilde Pochen in seiner Brust, das die Verkündung seiner Ideen ausgelöst hatten, und fühlte eine Zufriedenheit in sich keimen, die er seit langer Zeit vermisst hatte. »Ich weiß nicht, wie es euch ergeht, aber ich bin der festen Überzeugung, dass das ManiFinique diesem Umbruch gewachsen ist.«

»Absolut!«, rief Claire aus und lief um den Tisch herum auf ihn zu. Sie streckte ihre Arme aus, zog ihn ungestüm zu sich, und bevor er realisierte, wie ihm geschah, umarmte sie ihn mit der ausufernden Herzlichkeit einer Mutter. Ihre Wärme und der Vorschuss ihres Vertrauens bewegten ihn auf eine Weise, die er mit Worten weder fassen noch erklären konnte. Er ließ es einfach geschehen.

»Ich habe noch keine Ahnung von dem, was passieren wird, aber ich weiß, es wird ... wie sagt man auf Italienisch ... bellissimo! Du hast mir Lust auf Veränderung gemacht, Tiago. Mir, einer alten Mademoiselle, die sich mit aller Kraft an Vertrautem und Vergangenem festhielt.« Sie drückte ihn fest an sich, klopfte ihm auf den Rücken und schaute dann zu ihm hoch. »Eines ist klar: Du bist in der Tat nicht wie dein Onkel!«

Aus dem Augenwinkel heraus sah Tiago Lucille neben sich stehen. Sie lächelte, sagte aber nichts. Und während Claire ihn ein weiteres Mal herzte, spürte er, leicht wie der Flügelschlag eines Schmetterlings, eine Berührung an seiner Schulter.

Lucille

»Willst du ein Wasser?«, versuchte Lucille die Lautstärke der Schleifmaschine zu übertrumpfen, die Tiago konzentriert und in einer gleichbleibenden Geschwindigkeit über das nackte Parkett des ManiFinique führte. »Ich kann dir auch etwas zu essen von oben mitbringen.«

Er reagierte nicht auf ihre Ansprache, was vermutlich daran lag, dass er ihr abgewandt arbeitete und zudem einen Ohrenschutz trug. Lucille machte einen Schritt auf ihn zu, um seine Aufmerksamkeit zu erregen und ihre Frage in seiner unmittelbaren Nähe zu wiederholen. Doch sie kam nicht weit. Unter Umständen lag es daran, dass es einfach nichts gab, auf das sie ihre Konzentration hätte lenken können. Die Wände erschienen bleich, seit sie von den alten Tapeten befreit worden waren. Alle Tische und Stühle, sämtliches Mobiliar, die Pflanzen, Lampen und Dekomaterialien hatten in einer der beiden Garagen auf dem Innenhof Platz gefunden. Das funktionsuntüchtige Auto, das darin gestanden hatte, hatte Tiago von einem Schrotthändler abholen lassen. Das Café wirkte trostlos und doch verheißungsvoll wie ein leeres Blatt. Ein Sonnenstrahl stahl sich wie ein Lichtschwert durch die Vorhänge und brachte einen atmosphärischen Schimmer hervor. Lucilles Blick auf Tiagos Rücken, bis vor einer Sekunde noch wie zufällig und mit keiner bestimmten Intention verbunden, vertiefte sich. Die Bewegungen seiner Schulterblätter und der Tanz seiner Rückenmuskulatur ließen sich unter seinem T-Shirt mehr als nur erahnen. Seine Oberarme waren nicht mit denen Andrés zu vergleichen, und doch spannte sich der Stoff attraktiv um seine Bizepse.

Lucille legte den Zeigefinger an ihre Lippen, senkte den Kopf leicht und tauchte gedanklich in die Schatten ab, die seine gewellten Haare auf seine Haut zeichneten. Die Spitzen der schwarzen Strähnen hatten sich unter seiner Kappe hervorgekringelt und umspielten seine Ohren in einer Art, die sie fast als lausbübisch bezeichnen würde. Was eigentlich nicht zu jemandem wie Tiago Gibaldi passte. Doch Lucille musste sich eingestehen: Auch heute Morgen, als er zum dritten Mal in dieser Woche in aller Frühe aufgetaucht war, um das ManiFinique für seine Neugeburt vorzubereiten, hatte er verändert auf sie gewirkt. Und diese Veränderung war nicht allein auf den Umstand zurückzuführen, dass er Anzughose und Hemd gegen zerrissene Jeans, abgetragenes Shirt und Baseballcap getauscht hatte – ein Outfit, das ihr an ihm gefiel. Auffallender war das Leuchten gewesen, das seine dunklen Iriden wie ein Kranz eingefasst hatte. Ein Glanz, der von einer tief empfundenen Freude erzählte, als gäbe es urplötzlich eine Quelle der Zufriedenheit, die aus ihm selbst entsprang. Sie hatte es nicht beabsichtigt, doch als sie ihn angesehen, wirklich angesehen, und gelächelt hatte, war ein Ruck durch sie hindurchgegangen. Und ihm war dies nicht entgangen.

»Hast du etwas gesagt?« Tiago hatte die Schleifmaschine ausgeschaltet und den Lärmschutz von seinen Ohren gezogen.

Lucille starrte ihn an. Hatte er registriert, dass sie … »Ich bin hungrig!«, antwortete sie schnell und hoffte, er würde sich bei der Zweideutigkeit dieser Aussage, gekoppelt mit ihrem sicherlich schwärmerischen Blick, nicht allzu viel denken. »Claire hat Kleinigkeiten vorbereitet: belegte Baguettes, eiskalte Limonade, bestimmt auch frisches Obst. Magst du etwas?«

Er nickte. »Eine Pause haben wir uns verdient, n'est-ce pas?«

»Unbedingt! Das ist ja schon der letzte Schleifgang. Dann können wir bald mit dem Aufbringen des Ornaments beginnen.«

»Und morgen versiegeln wir alles mit Lack. Der ganze Raum wird erstrahlen, allein durch die Aufwertung des Parketts. « Sichtlich zufrieden blickte er durch das Café und strich sich den Schweiß aus der Stirn.

Die Luft im ManiFinique war zum Schneiden dick. Die Fenster öffneten sie nur zwischen den einzelnen Schleifphasen, um zu verhindern, dass die lauten Geräusche nach außen drangen. Dass hier Renovierungsarbeiten stattfanden, musste ein wohlgehütetes Geheimnis bleiben. Lucille mochte sich nicht vorstellen, was passierte, würde der Weg Salvatore Gibaldis ihn hier vorbeiführen. Ihre ganze Deckung würde im Nu auffliegen.

»Ich bin gleich wieder da!«, rief Lucille Tiago zu, der sich auf einen Stuhl gesetzt hatte und jetzt aufgeregt auf seinem Handy herumtippte.

»Hm«, brummte er geistesabwesend, sah nicht einmal auf. Was immer er tat, es fesselte seine gesamte Aufmerksamkeit.

Lucille lief ins obere Stockwerk und geradewegs in die Küche, wo Claire gerade ein Tablett mit Croissants und verschiedenen Konfitüren bereitstellte.

»Wie läuft es?«, erkundigte sie sich und drückte Lucille eine kanariengelbe Kunststoffkanne mit frisch gepresstem Orangensafts in die Hand.

»Très bien! Wenn nichts dazwischenkommt, können wir nachher das Symbol aufs Parkett malen. Ich hoffe, wir bekommen das hin, Claire. Du weißt, ich bin Grobmotorikerin.« Sie boxte ein paar Mal in die Luft, lachte und griff nach einem Papierausdruck, der auf dem Tisch lag. »Was bedeutet dieses Zeichen eigentlich? Ich meine, es hat bereits Jahrzehnte deinen Holzboden geziert. Warum suchst du dir nicht etwas Neues aus? Hat es solch einen Wert für dich?« Sie drehte und wendete die Zeichnung, die drei stark vereinfachte Spiralen zeigte, von denen sich jede in eine eigene Richtung ausdehnte und doch fest mit einem Zentrum in der Mitte verbunden blieb.

»Einen ungebrochenen Wert sogar!« Claire lächelte geheimnisvoll. »Ich erzähle euch nachher davon.«

Lucille nickte und war schon fast wieder auf der Treppe, da kam Claire ihr hinterher und lehnte sich in den Türrahmen. »Als ich vorhin fragte, wie es läuft, dachte ich weniger an euren Arbeitsfortschritt, sondern vielmehr an ... nun ja ... sagen wir Zwischenmenschliches.«

Lucille runzelte die Stirn.

»Versteht ihr euch gut? Du und Tiago?« Claire schmunzelte und inspizierte ihre Fingernägel, die in allen Regenbogenfarben schimmerten.

»Du bist unmöglich!«, rief Lucille und balancierte zuerst das Tablett bis in die Backstube, bevor sie erneut ins Obergeschoss lief, um den Saft zu holen. Ihr Herz klopfte wild und ihr war bewusst, je mehr Aufsehen sie um Claires Frage veranstaltete, desto eher würde ihre Tante sich in dem, was sie annahm, bestätigt fühlen. Und trotzdem musste sie sagen, was gesagt werden musste. »Ich habe keine Ahnung, was du meinst. Aber ich kann dir versichern, da ist nicht das Geringste. Wie schlagen uns nicht die Köpfe ein, das ist alles.« Damit machte sie erneut kehrt und verschwand, ohne Claire die Möglichkeit für einen weiteren Kommentar einzuräumen.

Sie saßen im Schneidersitz auf dem aufgerauten Boden und langten beherzt bei den Croissants zu, als Tiago plötzlich losjubelte. »Che fortuna! Sie gehören mir!« In freudiger Erregung klickte und wischte er auf seinem Smartphone herum, legte es dann beiseite und warf einen prüfenden Blick auf seine Armbanduhr.

»Wovon redest du bitte?« Lucille stützte sich auf die Hände, die sie hinter ihrem Rücken aufgestellt hatte, und reckte sich. Ihr enges Top spannte sich über ihre Bauchmuskeln und gab den Blick auf ihren Nabel frei. Tiago schien für einen Moment irritiert und neigte seinen Kopf zur Seite. Ob ihm gefiel, was er sah?

»Ich habe Stühle und Tische für den Außenbereich ersteigert. Zu einem Spottpreis.« Seine Verwirrtheit verflüchtigte sich, und in seinen Gesichtszügen strahlte jungenhafter Stolz. »Ich fürchte, du musst mich begleiten. Allein wird es ewig dauern, alles aufzuladen.« Tiago raffte sich in die Höhe und schlug sich den Staub aus der Jeans.

Lucille sah zu ihm auf und verzog den Mund. Was es bedeutete, wenn jemand, der sich um Geld nicht scheren musste, von einem Spottpreis sprach, gehörte dringend erörtert.

Offensichtlich erriet er ihren Gedankengang. »Ich kann den Betrag, der fehlt, vorstrecken. Und es ist völlig egal, in welchem Zeitraum du oder Claire ihn mir zurückzahlt.«

Lucille schüttelte den Kopf. Bereits vorgestern, als ein Heizungsinstallateur sich die Gastherme angesehen hatte, war ihr nicht wohl dabei gewesen, als Tiago ihn am Ende aus eigener Tasche dafür entlohnte. Sie konnten von Glück sprechen, dass die Anlage nicht ausgetauscht werden musste, doch der Heizungsbauer hatte mehr als zwei Stunden an den Apparaturen gewerkelt, und Lucille machte sich nichts vor: Die Reparatur hatte definitiv Kosten verursacht, bei deren Begleichung Claire und ihr selbst der Angstschweiß ausgebrochen wäre.

»Es war nur ein winziger Fehler, eigentlich nicht der Rede wert, und wir kennen uns«, hatte Tiago ihr zugeraunt, während der Installateur die Direktüberweisung auf seinem Handy überprüfte. Die Rechnung hatte Tiago unverzüglich in seiner Hosentasche verschwinden lassen, und sein Zwinkern hatte Lucille weder beruhigt noch überzeugt.

»Was ist mit dem Dach?«, fragte sie jetzt forsch. »Ist der Dachdecker etwa auch ein Kumpel von dir?«

Tiago räuspert sich und schluckte. Ein Ausdruck von Bedauern huschte über sein Gesicht. »Lucille, bitte!«

»Ich will nicht in deiner Schuld stehen!« Sie wollte in niemandes Schuld stehen. Sie war frei und unabhängig.

»Es ist doch alles geregelt«, beschwichtigte er. »Die Tapete, der Kleister, die Farben ... Das alles haben wir von deinen Ersparnissen bezahlt.«

Lucille atmete durch. »Was ist mit dem Lack für den Boden?«, stieß sie aus und stemmte die Hände in die Hüften.

»Diese Ausgaben sind zu Lasten von Claires Konto gegangen«, gab er zurück, und sie vernahm einen leicht genervten Unterton in seiner Stimme. »Ebenso die Leihgebühr für die Schleifmaschinen. Und sei beruhigt, es ist immer noch ein Restbetrag vorhanden.«

Woher wusste er das? Hatte Claire ihn etwa vertrauensvoll in den Stand ihrer Finanzen eingeweiht? Lucille gab ein Schnauben von sich.

»Dein Misstrauen mir gegenüber ist fehl am Platz, Lucille. Es kostet dich unnötig Kraft.«

Er kam auf sie zu, und einen kurzen Moment dachte sie, er wolle sie in seine Arme ziehen. Instinktiv wich sie vor ihm zurück. »Ich sage Claire Bescheid, dann können wir los.«

Während sie den Boulevard Saint Germain entlangfuhren, das Verkehrsaufkommen war gewohnt hoch, und sie kamen nur schleppend voran, betrachtete Lucille die vielen Edelboutiquen, Buchläden und die bekannten Cafés mit ihren einladenden Terrassen. Die berühmte Einkaufsmeile hatte viel zu bieten, und so wuselte es überall von Menschen, die, meistens gut gelaunt und plaudernd, viele mit Taschen oder Tüten behängt, ihre Errungenschaften nach Hause oder in das nächste Hotel trugen. Die Sonne schien von einem wolkenlosen Himmel, die Luft über dem Straßenbelag flirrte. Lucille streckte ihre rechte Hand aus dem Fenster des Kleintransporters, von dem sie nicht wusste, wo Tiago ihn innerhalb kürzester Zeit aufgetrieben hatte, und lenkte den Fahrtwind ins Wageninnere. Schwülwarm fuhren die Böen ihr ins Haar, spielten mit den etwas längeren Strähnen, die sie hinter ihre Ohren geklemmt hatte, und ließen sie wild tanzen. Sie schaute in den Außenspiegel und zog die Augenbrauen kraus. Sie musste zugeben, dass ihr mürrisch dreinschauendes Spiegelbild sie an eine todbringende Medusa erinnerte – und beinahe musste sie darüber lachen. Doch erst, als Tiago sich in den Stau vor der Pont de Sully einreihte, erhellte sich Lucilles Miene. Die gusseiserne Brücke führte über die Île Saint-Louise, eine der drei Binneninseln der Seine, und verband ihr linkes und rechtes Ufer miteinander. Die zahlreichen Verstrebungen reflektierten das Sonnenlicht, das sich wie in Blitzen gebündelt auf der Wasseroberfläche der Seine entlud. Ein spektakuläres Schauspiel. Aber was Lucilles faszinierte, war der Ausblick, den die Brücke bot. Lucille erkannte die scharfen Umrisse einiger Chimären von Notre-Dame, die gebieterisch auf Paris herabblickten und sich deutlich vom Königsblau des Himmels absetzten. Sie spürte dasselbe Sehnen in ihrem Herzen, welches sie schon befallen hatte, als das Taxi sie vom Gare du Nord zu Claire kutschiert hatte.

Seit sie zurück in der Stadt war, hatte sie es noch nicht ein Mal geschafft, den Chimären einen Besuch abzustatten. Das musste sie dringend erledigen, bevor sie in etwas mehr als einer Woche die Stadt wieder verlassen würde.

»Du lächelst ja!«

Lucille spürte Tiagos Blick, fand, dass sie fürs Erste genug darüber gegrübelt hatte, ob ihm ganz und gar zu vertrauen war oder nicht, und nickte. »Warst du schon einmal dort oben?«

»Auf Notre-Dame?« Er lachte, wenn auch verhalten. »Mais oui. Die Kathedrale war eines der ersten Ziele, die mein Onkel mit mir ansteuerte, nachdem ich hier angekommen war.«

Lucille sah ihn an, doch er hatte seine Aufmerksamkeit wieder auf die Straße gelenkt, den Ausdruck in seinen Augen konnte sie nicht deuten. »Wann war das?«

»Ich war sechzehn.« Kurz schaute er zu ihr herüber, bemerkte, dass sie mit seiner Antwort nichts anfangen konnte, und sagte: »Das war vor fast zehn Jahren.«

Er war also in etwa so alt wie sie.

»Dein Onkel lebte schon vorher in Paris?«

»Er verließ uns, als ich noch ein Kind war. Auf Sizilien hielt ihn nichts.« Seine Kiefermuskulatur malte. »Er strebte stets nach Höherem.«

»Haha, und das haben wir jetzt davon!« Lucille schlug sich eine Hand vor den Mund. »Pardon!« Er hatte zwar angedeutet, dass er nicht jede Vorgehensweise seines Onkels guthieß, doch blieb er immerhin sein nächster Verwandter. Er schien seine Eltern genauso aus seinem Leben auszuklammern, wie sie es tat. Aus welchem Grund auch immer, es ging sie nichts an, und doch war es ihr aufgefallen.

Tiago lachte und klang losgelöst von der Anspannung, die seine Gesichtszüge verdunkelt hatte. »Es muss dir nicht leidtun. Ich weiß, dass er mitunter den Eindruck vermittelt, er sei ... direkt der Hölle entstiegen.«

Lucille grinste, verbot sich aber jedwede Bestätigung seiner Aussage und wandte sich stattdessen erneut zum Fenster, um über das Gehörte nachzusinnen. Sie dachte an das gerahmte Bild, welches sie in Tiagos Wohnung entdeckt hatte, und an ihre – höchstwahrscheinlich völlig haltlosen – Gedanken dazu. Viel mehr, als dass Tiagos Heimat die größte Insel des Mittelmeeres darstellte, zu Italien gehörte und sich dort der Ätna befand, wusste sie nicht. Nun, und dass ihre Einwohner als äußerst leidenschaftliche Liebhaber galten.

Sie tat das als Gerücht ab.

»Wie sieht es bei dir aus?«, fragte er, wechselte die Spur und folgte der Uferstraße, die ihnen ein schnelleres Vorankommen ermöglichte. »Ich habe mitbekommen oder besser gesagt«, frech grinste er sie an, »gehört, dass deine Großtante dich nach Paris ›zurückzitiert‹ hat. Wo warst du zu diesem Zeitpunkt?«

Lucille erinnerte sich an den Moment, da sie Tiago zum ersten Mal begegnet war. Es kam ihr vor, als läge es eine Ewigkeit zurück, dass er auf dem Innenhof des ManiFinique aufgetaucht war und sie ihn der Spitzelei beschuldigt hatte. Sie schämte sich heute dafür – auch wenn ein gewisses Maß an Skepsis geblieben war. Wer könnte es ihr verübeln, dass sie Vorsicht walten ließ und nicht jedem das Café, die Zukunft, ja, das Leben ihrer geliebten Tante anvertraute.

»Ich bin in Paris geboren und aufgewachsen, habe die Stadt aber verlassen, sobald sich mir die Gelegenheit dazu bot«, antwortete sie.

Lucille hatte sofort das Le Havre vor Augen, sah sich in ihrer Kampfsportmontur das Gebäude durchqueren, die Trainingsräume aufsuchen und den Boxsack bearbeiten. Sie roch ehrlichen Schweiß und ließ sich berauschen vom Gefühl der Selbstbestimmung. Das Kickboxen hatte für sie schon früh eine viel tiefer gehende Bedeutung angenommen als die rein physische Ertüchtigung. Sie hatte sich nicht länger als Opfer äußerer Umstände fühlen wollen, die Verteidigung dessen, was ihr am Herzen lag, war immer mehr in den Vordergrund gerückt, und sie hatte alles verbannt, was sie von ihrem Glück – ihrem selbst gewählten Glück – abhalten wollte. In Lyon hatte sie gefunden, was für sie von Belang war. Über ihre Vergangenheit in Paris zu sprechen, noch dazu mit Tiago Gibaldi, erschien ihr wie das Wühlen in einem vergangenen Leben und daher völlig abwegig.

Er hingegen ließ nicht locker. »Das heißt, du lebst dort ... allein?« Er schaute sie fragend an. Lucille unterdrückte ein Augenrollen und biss sich auf die Unterlippe.

»Ja, allein«, antwortete sie dann doch und schielte zu Tiago hinüber. Irrte sie sich, oder hatte sie ein Aufblitzen in seinen Augen wahrgenommen?

»Und du sagtest, du arbeitest in einem Kampfsportstudio«, bohrte er weiter.

Eigentlich hatte sie ihm schon während ihres Treffens in seiner Wohnung Rede und Antwort hinsichtlich solch belangloser Hintergrundinformationen gestanden. Neuerdings schien ihm etwas daran zu liegen, ihren Status auf ein freundschaftlicheres Niveau anzuheben.

»Mein Steckenpferd ist das Kickboxing. Ich trainiere gemischte Gruppen, aber auch eine im Bereich der Selbstverteidigung, die sich nur Frauen widmet. Ab und zu sieht man mich als *Lulu La Blonde* im Boxring, aber das ist eigentlich bloß Zeitvertreib.«

»Wow!« In seiner Reaktion tönte ebenjene Überraschung, die sie bei den meisten heraushörte, wenn sie über ihr Metier sprach. Leider gab es immer noch viel zu viele Menschen, die bei der Vorstellung von Kampfsportlern ausschließlich männliche, maskierte und lediglich im Untergrund agierende Schlägertrupps vor Augen hatten. Maman und Papa hatten definitiv diese jeder Grundlage entbehrenden Ansichten geteilt und waren nie von ihrer Überzeugung abgerückt.

»Als ich dich sah, war mir übrigens sofort klar, dass du«, sie überlegte kurz, ob die Bezeichnung *Schnösel* ihn beleidigen würde, und korrigierte ihren Gedankengang. »Ich fand, du sahst nach einem Banker aus. Oder einem Vertriebler. Vielleicht für Staubsauger.« Ein freches Grinsen konnte sie sich nicht verkneifen.

»Du hast dir also Gedanken über mich gemacht. Soso!« Er lächelte verschmitzt, und wieder blitzte etwas in seinen

Augen auf, das vermuten ließ, er hätte einen Sieg davongetragen.

»Das musste ich nicht. Du versprühst diesen besonderen Charme.« Sie überließ es ihm, sich darauf einen Reim zu machen, und war gespannt, ob er sich den Schuh anzog, den sie ihm angeboten hatte.

»Was bin ich froh darüber, dass du dich eines Besseren belehren lässt.« Sein Lächeln war breiter geworden. Um passende Antworten war er nicht verlegen.

»Wie lang brauchen wir noch?« Sie hatte bemerkt, dass sie den Außenring von Paris verlassen hatten und sich auf der Autobahn befanden.

»Gleich geht's auf die Route nationale 4. Ich denke, in einer guten halben Stunde sind wir am Ziel. Hältst du die mit mir aus?«

»Ja!« Ihre direkte Antwort ließ ihn straucheln, was mühelos an seinem Gesichtsausdruck zu erkennen war. Vermutlich hatte er mit einer weiteren Spitze ihrerseits gerechnet, doch irgendetwas an ihm und seiner Art, ihrer Bissigkeit gekonnt Paroli zu bieten, seinem Bestreben, ein wie auch immer beschaffenes Band zwischen ihnen zu knüpfen, drängte sie dazu, das Kriegsbeil zu begraben. Sie seufzte tief. Dass es mit Anstrengung verbunden war, sich auf einen fremden Menschen einzulassen, hatte ihr die kleine Liaison mit André zuletzt noch bewiesen. Und inwiefern sich dieser Kraftaufwand gelohnt hatte, würde sich erst noch zeigen müssen. Sofern sie dazu bereit wäre, wenn sie nach Lyon zurückgekehrt war.

»Ist es nicht wunderschön hier?«, schwärmte Tiago und riss Lucille aus der Trübheit ihrer Überlegungen. »Diese Weite. Ganz anders als in der Stadt.« Sein Blick schweifte über die Felder, die die Nationalstraße links und rechts säumten. Grüner Weizen, durch den ein sanfter

Wind strich, wechselte sich ab mit ganzen Landstrichen, in denen der Raps goldgelb leuchtete. Eine Idylle, die vorgab, man würde das Gemälde eines Künstlers betrachten.

»Hättest du eine Wahl, du würdest nicht in Paris bleiben, oder?« Es war unübersehbar, dass er etwas – oder jemanden – schmerzlich vermisste.

Er zögerte. »Das ist eine schwierige Frage. Und ich muss zugeben, dass ich es vermeide, darüber nachzudenken.«

»Darf ich den Grund dafür erfahren?«

»Alors, es geht mir nicht übel hier. Ich habe einen sicheren Arbeitsplatz mit einer vielversprechenden Zukunft. Zumindest, sofern sich die Pläne meines Onkels verwirklichen.« Er lächelte, doch der Glanz in seinen Augen war einer Finsternis gewichen.

»Und was ist es, das *du* willst, Tiago?«

Er antwortete nicht. Es lag im Bereich des Möglichen, dass er schlicht und ergreifend keine Antwort darauf hatte. So wie Jugendliche, die man nach ihren Berufswünschen fragte oder von denen man erfahren wollte, ob sie sich ein Jahr im Ausland oder das Leben in einem Mehrgenerationenhaus vorstellen könnten. Lucille fand es nachvollziehbar, dass sich nicht jedem Achtzehn- oder Neunzehnjährigem bereits erschlossen hatte, wie der Rest des Lebens oder der nächste Abschnitt ihres Weges aussehen sollte. Aber einem Mann wie Tiago, mit Mitte zwanzig, traute sie eine Vorstellung dessen durchaus zu. Dass er sich stumm und mit starrem Blick am Lenkrad festkrallte und sein Brustkorb sich bebend hob und wieder senkte, musste Gründe haben. Unentschlossenheit zählte sicherlich nicht dazu.

Die restliche Fahrtzeit verging, ohne dass sie ein Wort wechselten.

Erst als sie von der Nationalstraße in ein Waldgebiet abgebogen waren und wenig später die Ortseinfahrt einer verschlafenen Kleinstadt passierten, schien Tiago aus seiner Verschlossenheit aufzuwachen.

»Ich bin gespannt, wie sich die Möbel auf dem Innenhof machen werden. Natürlich müssen wir vorab noch eine Menge Arbeit erledigen. Das ganze Unkraut muss weg, und wir sollten Kübel oder Balkonkästen mit Pflanzen bestücken, die den ganzen Sommer und bis in den Herbst hinein blühen. Die Gäste sitzen auch im späten Oktober noch gern draußen, wenn das Wetter es zulässt. Eventuell besorgen wir demnächst noch ein paar wärmende Decken. Aber das hat Zeit, so weit sind wir ja noch nicht.« Er lachte und das Feuer seines Enthusiasmus' schien neu entfacht.

In dieser Hinsicht, so fiel es Lucille auf, waren sie sich nicht unähnlich. Aufzugeben war auch für sie nie eine Option gewesen. Selbst nicht, als Maman und Papa ihr die sprichwörtliche Pistole auf die Brust gesetzt und sie anschließend vor die Tür gesetzt hatten, weil sie nicht parierte.

Ihr Telefon klingelte. Als sie den Anruf entgegennahm, hallte Claires aufgeregte Stimme sofort durch die gesamte Fahrerkabine, ohne dass das Gespräch dafür auf Lautsprecher umgeschaltet werden musste.

»Er ist völlig hinüber«, rief sie, »ich weiß nicht, warum das gerade jetzt passieren musste. Dabei habe ich alles wie immer gemacht. Und plötzlich begann er zu qualmen, und ein fürchterlicher Gestank breitete sich aus. Ich kann es nicht fassen, Cilly. C'est une tragédie. Geradezu filmreif.«

»Claire«, versuchte Lucille die Lage zu erfassen, »wer oder was ist hinüber?«

»Ich sitze in völliger Dunkelheit. Die Sicherungen sind rausgeflogen, nichts regt sich mehr. Ich weiß nicht, ob ich den Hauptschalter einfach wieder umlegen kann. Nicht, dass mir das Ding um die Ohren fliegt. Verdammt noch mal, wie viel Pech kann man haben?«

»Beruhige dich! Ich weiß immer noch nicht, wovon du sprichst. Atme durch!«

Claires Keuchen drang an ihr Ohr, verlor sich in einer heftigen Hustenattacke und endete in einem Heulen, das jedem Wolf Konkurrenz gemacht hätte. »Dafür ist kein Geld da. Wir sind verloren ... am Ende!«

Lucille warf Tiago, der den Transporter rückwärts in einer schmalen Auffahrt geparkt hatte, einen flehenden Blick zu und flüsterte: »Sie dreht durch!«

»Gib sie mir!«, forderte er und öffnete die Fahrertür, damit mehr frische Luft ins Wageninnere strömte.

Lucille überlegte nicht lang, sondern reichte ihm ihr Handy.

Claire schien sich zu beruhigen, kaum dass Tiago drei Worte mit ihr gesprochen hatte, und an seiner geduldigen Stimme sowie den diplomatisch gestellten Fragen war abzulesen, dass er nicht nur das Problem begriffen hatte, sondern nicht mehr als einen Schritt von der ultimativen Lösung entfernt war. Lucille schüttelte ungläubig den Kopf.

»Du lässt alles, wie es ist, Claire!«, wies er ihre Großtante an und nickte verständnisvoll, weil offensichtlich eine erneute Tirade dramatisch aufbereiteter Sorgen und Nöte auf ihn niederprasselte.

Lucille nahm das Haus in Augenschein, vor dem sie gehalten hatten, konzentrieren konnte sie sich aber nicht.

»Wir sind in zwei Stunden wieder bei dir. Und bis dahin kümmerst du dich nur darum, dass der Qualm abzieht. Fass nichts an, lass die Sicherungen ausgeschaltet, setz dich in den Hof und genieß die Sonne.«

Als er endlich aufgelegt hatte, seufzte er zunächst. Doch dann holte er tief Luft und zuckte mit den Schultern. »Neue Herausforderungen ... und ich liebe sie!«

»Ich bitte dich, klär mich auf!« Lucille verlagerte ihr Gewicht auf eine Körperhälfte, sodass sie sich Tiago ganz zuwenden konnte.

»Der Ofen!«, gab er zurück. »Sein letztes Stündlein hat soeben geschlagen. Ich befürchte, dass irgendein Kabel durchgeschmort ist. Es brennt nichts, direkte Gefahr droht also nicht. Die Sicherungen sind raus, und der Rauch verzieht sich bereits. Dennoch gehe ich davon aus, dass eine Reparatur keine Option ist. Ich habe schon bei unserer ersten Begegnung in der Backstube gedacht, dass der Ofen dringend ausgewechselt gehört.«

»Ein neuer Ofen wird ein Vermögen kosten!« Lucille massierte ihre Schläfen und versuchte fieberhaft, einen klaren Gedanken zu fassen. Wie um alles in der Welt sollten sie die erforderlichen Summen für den Kauf und den Einbau eines neuen Ofens aufbringen? Wo doch alles schon so knapp kalkuliert war.

»Es muss nicht unbedingt ein neues Exemplar sein«, gab Tiago zu bedenken. »Claires Ofen darf schon fast als antiquarisch bezeichnet werden. Das bedeutet, jeder Ofen, der weniger als vierzig Jahre auf dem Buckel hat, kommt infrage, da moderner, einfacher zu bedienen und verlässlicher.« Sonnenlicht fiel durch die Frontscheibe des Transporters, verfing sich in Tiagos langen, dunklen Wimpern und warf Schatten auf seine leicht geröteten Wangen. Lucille betrachtete ihn, wie er tief in Überlegungen versunken war. Sie entdeckte neben ein paar entzückenden Sommersprossen auf seinem Nasenrücken eine kleine Narbe, die sich unterhalb seines rechten Auges in Richtung Ohr schlängelte und kaum zu erkennen war. Man musste schon ganz genau hinsehen.

Tiago zog sein Telefon aus der Hosentasche und scrollte in seinem Kontaktverzeichnis. Er schien gefunden zu haben, wonach er suchte, tippte auf den Eintrag eines Namens und hielt das Handy dicht an sein Ohr.

»Wen rufst du an?«, wollte Lucille wissen.

Er hob den Zeigefinger, um ihr zu bedeuten, einen Moment still zu sein, denn am anderen Ende hatte jemand abgehoben. Jemand, der viel leiser und unaufgeregter sprach als Claire.

»Hast du am Montagabend etwas vor?«, fragte Tiago nach einer Begrüßung, die nicht verriet, mit wem er sprach. »Und wenn nicht, würdest du mir einen Gefallen tun?«

Telefonierte er mit einer Frau? Lucille fiel ein, dass sie ihn bisher nicht danach gefragt hatte, ob irgendwo eine Freundin auf ihn wartete. Bei dem Gedanken daran presste sie die Lippen aufeinander, zwang sich aber sofort dazu, sie wieder zu entspannen.

»Am besten wäre, du fragst auch deinen Bruder«, fuhr Tiago fort. »Mit vereinten Kräften wird die Sache im Handumdrehen erledigt sein.«

Lucille runzelte die Stirn. Was hatte er vor? Anscheinend wollte dies auch sein Gegenüber wissen, denn Tiago beeilte sich, zu erklären. »Ich melde mich morgen am späten Nachmittag noch mal, um das genaue Prozedere mit euch durchzugehen. Nur so viel vorab: Es ist ein kleines Abenteuer und nicht ganz legal. Ach ja, noch etwas ...«, er sah Lucille an und grinste in einer Art, die sie bisher noch nie bei ihm gesehen hatte. Verwegen, vielleicht sogar eine Spur delinquent. »Auch ich bringe Verstärkung mit.«

Dann legte er auf, verstaute sein Handy wieder in seiner Jeans und wollte aus dem Wagen steigen, ohne sie aufzuklären. Das konnte er nicht ernst meinen!

Lucille streckte ihre Hand aus und griff nach seiner Schulter, die Spitzen ihrer Finger strichen über den Rand seines T-Shirts und erreichten die markante Erhebung seines Schlüsselbeins. »Verrätst du mir deinen hochkriminellen Plan und für welchen Coup du ihn entwickelt hast, Clyde? Ich darf doch wohl annehmen, dass du von meiner Wenigkeit sprachst, als du die Verstärkung erwähntest.« Sie verschränkte die Arme vor der Brust und legte eine gekonnt beleidigte Miene auf, die ihn amüsierte. Er lachte offen und entblößte makellose weiße Zähne. »Du möchtest also meine Bonnie sein?«

»Nichts lieber als das!«, gab sie überzeugt zurück und hielt inne, als sie bemerkte, dass Tiagos Lachen eingefroren war und er sie eindringlich ansah. Er fixierte sie geradezu. Als hätte sie etwas getan oder gesagt, das es erst noch in voller Bedeutsamkeit zu erfassen galt.

»Oh«, rief sie, als sie verstand. »Da bin ich wohl übers Ziel hinausgeschossen, was? Bonnie und Clyde ...«, sie klatschte sich gegen die Stirn, »ein gewagter Vergleich.«

Tiagos Erwiderung war nicht mehr als ein Flüstern, doch in Lucilles Ohren klang sie polternd wie ein Donnerschlag. »Mir gefiel er.«

Er rutschte vom Fahrersitz, um die Besitzerin der Stühle und Tische zu begrüßen.

Als sie am Abend im Schein zweier Schreibtischlampen über den Parkettboden des ManiFinique gebeugt saßen – die Möbel für den Innenhof waren sicher verstaut und

Claire hatte vor Glück ein paar Tränen vergossen –, erwischte sich Lucille wiederholt dabei, wie sie Tiago anstarrte. Sie musste kleinlaut anerkennen, dass sie sich in mehr als einer Hinsicht in dem Mann getäuscht hatte. Seine Hingabe, was die Renovierungsarbeiten für Claires Café betraf, war geradezu liebenswert. Er erfreute sich an den kleinen Erfolgen ebenso wie an den größeren, blieb dabei jedoch immer bodenständig und ruhte sich nie auf seinen – zugegebenermaßen verdienten – Lorbeeren aus. Für sein Vermögen, Probleme diplomatisch anzugehen, nach Lösungen zu suchen und Auswege aus sämtlichen Notlagen aus dem Hut zu zaubern, sollte man ihm einen Orden verleihen. Den er wahrscheinlich tugendhaft ablehnen würde, witzelte Lucille für sich und registrierte abermals, dass ihr Herz sich in Tiagos Gegenwart verräterisch erwärmte.

Claire hatte es sich in einem Sessel bequem gemacht, der einzigen Sitzgelegenheit im Raum, und verfolgte gespannt, doch mit einem Ausdruck mütterlicher Milde in ihren Augen, wie Tiago mithilfe der dafür angefertigten Schablonen das gewünschte Symbol auf den abgeschliffenen Holzboden zeichnete.

»Wolltest du uns nicht erzählen, was es mit diesem Ornament auf sich hat, Claire?« Lucille stibitzte sich einen der Macarons, die Claire nur für sie gebacken hatte, und knusperte ihn genüsslich. Bei ihrer Rückkehr hatten Tiago und sie feststellen müssen, dass Claires alter Ofen buchstäblich in Rauch aufgegangen war. Natürlich hatte Lucille Tiago nach seinen genauen Plänen befragt, was eine Neubeschaffung betraf, und auch Claires Neugierde hatte sich als kaum aushaltbar erwiesen. Doch mehr als kryptische Geheimniskrämerei und der Zusicherung, niemand müsse sich sorgen, hatte Tiago nicht preisgeben wollen. Lucille beließ es dabei, sich überraschen zu lassen.

»Wenn ihr Lust auf eine kleine Geschichte habt ...«, antwortete Claire und lehnte sich in ihrem Sessel zurück.

Tiago sah auf. »Das klingt, als würdest du gleich ein dickes, verstaubtes Märchenbuch hervorholen.«

Lucille lachte, denn genau diesen Eindruck hatte sie eben auch gewonnen. »Zwei Dumme, ein Gedanke!«

»Ihr beiden ergänzt euch wirklich ganz wunderbar, wisst ihr das?« Claire schmunzelte und sah dabei höchst zufrieden aus. Es hätte keinen Zweck, ihr ihre Überzeugung auszureden, weshalb Lucille es unterließ, eine Gegenargumentation zu formulieren. Außerdem war anzunehmen, dass sie damit Tiago erneut vor den Kopf stoßen würde, denn sein Gesichtsausdruck verriet offene Zustimmung. Was sie insgeheim freute.

»Das Symbol, das ihr neu aufmalt und so, zu meiner großen Freude, wieder Teil des ManiFinique werden lasst, ist ursprünglich keltischer Herkunft«, begann Claire, hob die Tasse Kräutertee, die sie sich aufgebrüht hatte, an die Lippen und trank einen Schluck. »Man nennt es Triskele.«

»Die Bezeichnung sagt mir etwas, aber über die Bedeutung weiß ich nichts.« Tiago nahm das Blatt Papier zur Hand, auf dem das Symbol in einer sehr viel kleineren Variante abgedruckt war, betrachtete es eine Weile und reichte es dann weiter an Lucille.

»Als ich das La belle Finique damals von meinem Vater übernommen hatte, waren es verschiedene Umbau- und Modernisierungsmaßnahmen, die ich in Kauf nehmen und für die ich aufkommen musste. Fast so, wie es jetzt der Fall ist. Ich war eine junge Frau mit einem sehr guten Schulabschluss, aber keiner abgeschlossenen Ausbildung, und über erwähnenswerte Ersparnisse verfügte ich damals genauso wenig wie heute. Ich war damit zufrieden, über die Runden zu kommen und fortan den Traum meines Vaters zu leben. Der Traum, der, ehe ich mich versah, zu meinem eigenen wurde.« Tränen füllten ihre Augen, sammelten sich am unteren Lidrand und kullerten eine nach der anderen über ihre Wangen.

Lucille war sich plötzlich nicht mehr sicher, ob es eine sinnvolle Idee gewesen war, alte Geschichten wieder aufleben zu lassen, und wollte sich erheben, um Claire ihre Anteilnahme zu signalisieren.

»Nein, Cilly, lass nur!«, winkte Claire ab, fuhr sich mit dem Handrücken übers Gesicht und lächelte. »Ich bin nur ein bisschen sentimental. Kein Grund, mich zu verhätscheln.«

Tiago ließ seinen Blick durch den Raum wandern. Er schien jede kahle Stelle, jede Delle im Putz und die gesamte Unvollkommenheit, für die das ManiFinique völlig beabsichtigt und von jeher gestanden hatte, in sich aufzuzehren. »Ich habe dich und das, was du geschaffen hast, bewundert, seit ich das erste Mal in dieses Café eingekehrte. Jeder, der über nur ein Quäntchen Einfühlungsvermögen verfügt, merkt, dass du die Seele dieses Kunstwerkes bist. Es meinem Onkel zu überlassen käme – und ich weiß, dass dies übertrieben klingt, aber ich empfinde es wirklich so – einer Entweihung nahe.«

Claire nickte, sichtlich bewegt, und entsendete einen Luftkuss in Tiagos Richtung. »Wenn es einen Himmel gibt«, sagte sie und ihre Stimme bebte, »dann bin ich sicher, er hat mir dich geschickt. Dich und natürlich meine geliebte Cilly. Und damit wären wir bei einem der Kernthemen, die sich um dieses Symbol ranken: Alles bleibt in

Bewegung, und in jedem Ende blüht die Erkenntnis eines Neuanfangs.«

Lucille hatte mit einer simplen Erklärung gerechnet, einem kleinen Ausflug in die Welt der Symbolik, untermalt mit Claires überspitzten Ausführungen. Aber ganz bestimmt nicht hiermit. Sie konnte nicht behaupten, dass Claires Worte nicht auch sie tief berührten. Ihre zitternden Hände und der Kloß, der in ihrem Hals drückte, waren Beweis genug. Doch ging etwas mit dieser Ergriffenheit einher, das Lucille Angst machte.

»Als ich damals, ganz und gar unerfahren, verzweifelt und in großer Trauer über den Tod meines Papas, dieses Café übernahm, hatte ich keinerlei Ahnung, wie ich all dies würde stemmen können.« Claire stand auf, stellte ihre Teetasse auf der Sitzfläche des Sessels ab und schritt langsam um die fertige Vorzeichnung der Triskele herum. »Nur wenige Tage nach der Beerdigung meines lieben Vaters betrat eine alte Dame das La belle Finique. Ich hatte sie noch nie in meinem Leben gesehen, und doch spürte ich eine seltsame Verbundenheit, als sie mir gegenüberstand und mir ihr Mitgefühl aussprach. In einem kurzen, jedoch sehr vertrauten Gespräch stellte sich heraus, dass die Frau Bretonin war und über einen Stammbaum verfügte, der sich weit zurückverfolgen ließ. Ihre Vorfahren hatten dieses Symbol«, sie zeigte inbrünstig auf die Malerei am Boden, »über Jahrhunderte weitergegeben. Mal in Form von Zeichnungen, oft auch als Schmuckstücke. Die Triskele trägt viele Bedeutungen in sich, doch im Grunde geht es immer um eines: Nichts bleibt für die Ewigkeit, und doch bleibt alles ewig.«

»Ist es nicht so, dass mit einer Spirale, wie sie hier gleich dreimal abgebildet ist, immer die Rückkehr zum Ursprung gemeint ist?«, fragte Tiago, erhob sich und betrachtete das vorläufige Ergebnis seiner und Lucilles Anstrengungen.

»Richtig. Aber da hier alle Spiralen miteinander verbunden sind, es also keinen Anfang und kein Ende gibt, erzählt dieses Symbol gleichermaßen von der stetigen Erneuerung des Lebens, also von Kontinuität und Beständigkeit, aber auch vom Vergänglichen, das allem innewohnt. Die alte Bretonin schenkte mir damals eine Kette mit einem Anhänger, einer Triskele, und sie versicherte mir, dass dieses Gebäude, als dieses Café, für immer Bestand haben würde, selbst wenn Phasen des Umbruchs für Unruhe sorgten.«

»Du hast mir nie von dieser Kette erzählt, Claire.« Lucille war ebenfalls aufgestanden, ging auf ihre Großtante zu und nahm sie an beiden Händen. »Hast du sie denn nicht mehr?«

Eine Spur von Wehmut huschte über Claires Gesicht, doch dann atmete sie tief durch, und alle Melancholie verflüchtigte sich. »Ich habe sie verloren, und weiß nicht mal, wann und wo. Aber da mir die Worte der alten Dame immer Zuversicht schenkten, vor allem in Zeiten, die mit Schwierigkeiten oder Groll besetzt waren, entschied ich mich, die Triskele auf den Boden des ManiFinique zeichnen zu lassen. Und ich bin überglücklich, dass ihr beiden euch hier und heute dafür einsetzt, dass sich die Magie dieses alten keltischen Symbols weiter entfalten darf.« Liebevoll streichelte Claire über Lucilles Hände und flüsterte ihr zu: »Ich weiß, dass du Angst hast, Chérie. Aber sei gewiss, du bist genau da, wo du hingehörst.« Sie zwinkerte, drückte Lucille einen Kuss auf die Wange und setzte sich dann wieder in den Sessel.

Es war spät in der Nacht und Claire war längst zu Bett gegangen, als Lucille und Tiago die Farbkanister zuschraubten und die Pinsel auswuschen. Sie hatten nicht mehr viel miteinander gesprochen, während die Triskele zu einem wahren Kunstwerk herangewachsen war. Doch in der Tat hatte sich die gesamte Zeit über ein seltsam anmutender Zauber wie eine wärmende Decke über sie gelegt. Ein Zauber, der alles verband und alles befreite.

Tiago

»Salut, Arlette. Tutto bene?« Tiago ließ die Doppeltür hinter sich zuschwingen, lehnte sich lässig an die Empfangstheke und schnappte sich die drei bordeauxroten Dekokugeln, die so verloren darauf arrangiert lagen, als hätte sie jemand dort vergessen.

»Den Italiener in dir wirst du wohl nie begraben, egal, wie lang du schon in Frankreich lebst, nicht wahr?«, stellte Arlette eine Gegenfrage und lachte.

Entsetzt hob er die Augenbrauen, fasste sich an sein Herz und setzte eine schmerzerfüllte Miene auf. »Santa Maria, Arlette! Wo denkst du hin?« Er warf die erste Kugel in die Höhe, ließ die zweite und dann die letzte folgen und jonglierte sie gekonnt durch den Vorraum.

»Schande über mein Haupt! Willst du einen Café au Lait?« Arlette hob ihre Kaffeetasse und schwenkte sie vor Tiagos Nase, sodass er sein Kunststückchen beenden musste. Er gab vor, über ihr Angebot nachdenken zu müssen, und strich sich über seine Bartstoppeln. Auf eine Antwort wartete Arlette nicht, stattdessen presste sie das klingelnde Telefon an ihr Ohr und verschwand damit in der Büroküche.

»Chez Gibaldi, Sie sprechen mit Arlette Furou, was kann ich für Sie tun?«, hörte Tiago ihre freundliche Stimme, während er sich gedanklich bereits mit Dokumenten befasste, die sie ihm – trotz seines Urlaubs – bereitgelegt hatte.

Er las in den Unterlagen und verglich Daten in seinem Smartphone. Morgen würde die Theke für das Café von François und Robert geliefert werden, was einwandfrei in den Zeitplan passte. Die Zustellung der Glasböden, auf denen die verschiedenen Weinkelche platziert werden sollten, verzögerte sich hingegen dermaßen, dass über eine Stornierung und eine Neubestellung bei einem anderen Hersteller nachgedacht werden musste. Bis zum Frühjahrsfest auf der Rue de la Lune dauerte es keine zwei Wochen mehr. Die Zeit drängte.

»Ich habe es schon gesehen«, bemerkte Arlette, als sie wieder an die Empfangstheke zurückgekehrt war und Tiagos Stirnrunzeln registriert hatte. »Dein Onkel weiß es noch nicht. Soll ich dich zu einem kurzen Briefing anmelden? Er sollte jeden Moment mit seinem Termin durch sein.«

Tiago seufzte. »Du willst mir die freudlose Aufgabe, ihn über etwas zu informieren, das nicht funktioniert, nicht zufällig abnehmen, Arlette?«

Ein überdeutliches Kopfschütteln kam zur Antwort.

»Was meinst du, muss ich mich auf schlechte oder noch schlechtere Laune einstellen, wenn ich sein Büro betrete?«

Arlette grinste. »Die Dame, mit der er gerade spricht, machte nicht den Eindruck, als käme sie mit finsteren Nachrichten zu ihm. Vielleicht hast du Glück!« Sie durchquerte den Vorraum und stellte ihm seinen Café au Lait auf den Glastisch im Wartebereich. Mit einem Blick auf die Uhr steuerte sie die Garderobe an, an der ihr Trenchcoat hing. »Ich bin in der Mittagspause, falls er fragt.«

Er winkte ihr und ließ sich in einen der weinroten Sessel sinken, blätterte in einer Illustrierten und trank von seinem Kaffee. Sein Blick schweifte durch die komplett verglaste Fensterfront auf die Rue Dégrasse, wo Regen – der erste Niederschlag seit über vierzehn Tagen – das Kopfsteinpflaster von Staub und Schmutz befreite. Tiago stand auf und schritt durch den Raum. Arlette hatte ein paar der Halogenleuchter in der Decke angeschaltet gelassen, sodass die glänzenden cremeweißen Bodenfliesen das Licht reflektierten und in alle Richtungen streuten. Kein Staubkörnchen fand sich auf dem spärlich aufgestellten, in der Hauptsache gläsernen Mobiliar, nicht eine einzige Spinnwebe zog sich durch die Zweige einer künstlichen Palme, deren Wedel sich durch den Luftstrom der darüber angebrachten Klimaanlage stetig bewegten. Die Büroräume Salvatore Gibaldis spiegelten die Firmenpolitik des Konzerns wider: steril, kalt, herzlos. Tiago schlenderte zurück zur Sitzecke und nahm wieder Platz. Wenn Onkel Salve nicht gleich Zeit für ihn hätte, müsste er das Gespräch auf einen späteren Zeitpunkt verlegen. Denn heute war noch mehr als genug zu erledigen. Wenn er an seine Pläne für den späten Abend dachte, daran, dass er mit François und Robert gegen Mitternacht Lucille abholen würde, spürte er ein Kribbeln in seinem Magen.

»Tiago!« Charlize war aus dem gegenüberliegenden Büro getreten. »Hab ich vorhin doch richtig gehört, als ich meinte, deine Stimme vernommen zu haben. Schön, dass du mich besuchst, obwohl du Urlaub hast.« Sie drehte ihm den Rücken zu, blickte prüfend zur Empfangstheke und reckte den Hals. »Arlette macht Pause?«

»Vor ein paar Minuten ist sie gegangen, ja.«

Sein Blick glitt über ihre Rückansicht, die hochgesteckten, seidig glänzenden Haare und den tiefen Schlitz im Verschluss ihrer lindgrünen Bluse.

Sanft schmiegten sich ihre runden Hüften an den wie maßgeschneiderten hellgrauen Bleistiftrock, der ihre langen Beine spektakulär in Szene setzte. Als sie sich zu ihm umdrehte und auf ihn zukam, erschienen ihre Bewegungen noch geschäftig, fast so, als wäre sie in Eile, und bei jedem Schritt, den sie tat, machten ihre Brüste einen beachtlichen Hüpfer.

»Wovon träumst du?«, fragte sie in einem Tonfall, der verriet, dass sie davon ausging, seine Antwort zu kennen. Ihr Gang hatte sich verlangsamt, aufreizend setzte sie einen Fuß vor den anderen, wobei das Klackern, das ihre hochhackigen Pumps auf den Fliesen hinterließen, laut durch die klinisch kühle Leere des Raumes hallten.

»Ich weiß nicht, was du meinst.« Er zwang sich, ihr ins Gesicht zu sehen. Sie blieb vor dem Sessel, in dem er saß, stehen und schaute auf ihn herab. Ins tiefe Blau ihrer Augen hatte sich ein dunkler Ton gestohlen, der perfekt mit dem Violett ihres Lippenstiftes harmonierte. Mit Bedacht streckte sie eine Hand aus, legte sie an Tiagos Wange und tastete sich an seinem Ohr vorbei bis zu seinem Nacken, wo ihre Finger in seine Haare griffen.

»Das glaube ich dir nicht!«, hauchte sie.

Tiago kniff die Augen zusammen und schüttelte den Kopf. Er sollte Klartext mit ihr reden, anders würde sie es nicht verstehen. »Du interpretierst das falsch!«

»Ach ja?« Ihr leises Lachen erklang, und sie machte einen weiteren winzigen Schritt auf ihn zu, sodass ihre Knie die seinen berührten. Kaum merklich schob sie sich zwischen seine Beine, umfasste jetzt auch mit der zweiten

Hand seinen Nacken und ließ ihre Fingernägel kreisen. »Ich spüre deine Gänsehaut.«

»Charlize«, setzte er an, »wir sollten …«

Sie rückte nur Bruchteile von Sekunden von ihm ab, nachdem sich die Tür zu Onkel Salves Büro geöffnet hatte. Mit einem Mal war es totenstill. Tiago räusperte sich, blickte über seine Schulter und starrte geradewegs … in Lucilles weit aufgerissene Augen.

»Figlio!«, raunte Onkel Salve und drängte sich an ihr vorbei. »Mit Lucille Bouton hast du ja bereits Bekanntschaft geschlossen. Sie hatte um ein Gespräch gebeten, um mich über den bedauerlichen Gesundheitszustand ihrer Großtante zu informieren.«

Tiago beeilte sich, aufzustehen und ein Lächeln aufzusetzen. Charlize hatte sich in Richtung Empfangstheke verdrückt, wo sie ihre Ablage sortierte. Vielleicht tat sie auch nur so.

»Bonjour, Monsieur Gibaldi, es freut mich, Sie wiederzusehen!« Lucilles Begrüßung war nicht mehr als ein Krächzen. Ihr Blick huschte zu Charlize, und Tiago bemerkte, dass sie sie von oben bis unten musterte. Ein Ausdruck der Verachtung schwelte in ihren Augen, ihre Lider zogen sich zusammen, als speicherte sie jedes Detail ihres Gegenübers ab, um einschätzen zu können, mit welcher Art Gegner sie zu tun hatte.

Tiagos Kehle fühlte sich staubtrocken an, seine Zunge klebte am Gaumen. Hinter seiner Stirn machte sich ein dumpfes Klopfen bemerkbar. Eigentlich gab es keinen Grund für dieses Unwohlsein. Lucille und er waren schließlich kein Paar. Und doch war es ihm peinlich, sich mit ihr und Charlize in einem Raum zu befinden.

»Geht es Claire … ich meine … Ihrer Tante besser?«

»Sie erholt sich zurzeit bei einer Freundin außerhalb der Stadt. Aber ja, es geht ihr besser, danke der Nachfrage.« Lucille nickte ihm zu und wandte sich dann an Onkel Salve. »Monsieur Gibaldi, ich melde mich bei Ihnen, sobald meine Großtante wieder zu Hause ist. Ich rechne damit aber frühestens in einer, vielleicht auch erst in zwei Wochen. Dann können wir, wie vereinbart, über das weitere Prozedere sprechen.«

»Oh, ich bitte darum«, gab Onkel Salve zurück und schnalzte mit der Zunge, während er Lucilles Oberarm umfasste und sie zur Tür geleitete. Auf der Schwelle zum Hausflur drehte sie sich noch einmal zu Tiago um, kaum merklich. Jedwede Geringschätzung, die zweifelsohne Charlize gegolten hatte, war aus ihren Gesichtszügen verschwunden. Stattdessen hatte sich ein Schatten darübergelegt – ein Ausdruck, den Tiago nicht deuten konnte. Erst als sie sich abwandte, den Blick gesenkt und den Gurt ihrer Umhängetasche mit beiden Händen umkrampfend, beschlich ihn ein Verdacht, und er wusste nicht, ob er sich darüber freuen sollte.

Sie wirkte verunsichert.

»Was war das?«, zischte Charlize, kaum dass die Eingangstür geschlossen und Onkel Salve in der Küche verschwunden war. »Warst du darüber im Bilde?« Sie warf einen abfälligen Blick hinter sich und näherte sich Tiago dann wieder.

»Worüber im Bilde?«

»Dass die alte Finique sich in dieser Art und Weise vor der Unterschrift drückt. Da stimmt doch irgendetwas nicht …«

»Mademoiselle Finique ist eine ältere Dame. Dass sie nach einem Aufenthalt in einer Klinik eine Phase der Erholung benötigt, finde ich weder bedrohlich noch verwerflich. Vielleicht solltest du dein Urteilsvermögen einer Prüfung unterziehen!«

Kritisch hob Charlize ihre Brauen. »Du wirkst erhitzt!«, hauchte sie. Schon wieder passte nicht viel mehr als ein Blatt Papier zwischen sie und ihn. »Wir sollten unbedingt fortführen, zu dem wir uns schon vor Tagen entschlossen haben, findest du nicht auch?«

Tiago machte einen Schritt rückwärts und verschränkte die Arme vor seiner Brust. Er atmete auf, als Onkel Salve mit einem Teller Cornichons zurückkehrte und ihn in sein Büro wies. Dankbar, der Schieflage endlich zu entkommen, folgte er ihm und ließ Charlize zurück. Er hoffte inständig, sie würde nicht auf ihn warten. Seine Nerven hatten in der letzten Viertelstunde stark gelitten, er fühlte sich außerstande, zum jetzigen Zeitpunkt einen Strich unter das zu ziehen, was ihn mit Charlize verband. Oder verbunden hatte.

Er setzte sich und überschlug die Beine.

Sein Onkel gluckste leise. »Deiner Miene nach zu urteilen, könnte man den Eindruck gewinnen, du wärst über die Verzögerung das ManiFinique betreffend entsetzter, als ich es bin.«

»Nun, ein Unglück kommt selten allein, oder wie sagt man?!« Tiago hatte wenig Interesse, sich über Claires Café auszutauschen oder sich von der Niedertracht Onkel Salves noch weiter runterziehen zu lassen. Es war vonnöten, einen klaren Kopf zu bewahren und ruhig zu bleiben.

»Es geht um die Lieferung der Möbel für die Weinbar.« Nüchtern klärte er seinen Onkel über die Lieferverzögerung auf und stellte gleichzeitig die Option in Aussicht, problemlos auf einen anderen Hersteller umschwenken zu können. Glücklicherweise verlor Onkel Salve sich nicht in einen Tobsuchtsanfall, sondern trug ihm mit zerknirschter Miene auf, sich schnellstens um Ersatz zu bemühen und die Umbauarbeiten im Chez Gibaldi der Culotte-Brüder weiter zu überwachen. Trotz seines Urlaubs.

»Irgendetwas sagt mir, dass François und Roberts Loyalität der Firma gegenüber abgenommen hat«, murmelte er. »Es ist nicht das erste Mal, dass sie beim Thema Personalaufstockung aufmüpfig reagieren.«

»Was vermutlich dem Umstand geschuldet ist, dass die beiden sich seit Monaten verausgaben. Es ist eine Tatsache, dass sie Unterstützung benötigen. Ganz bestimmt, sobald die Weinbar eröffnet wird.« Tiagos Herz hämmerte in der Brust, als er den vorwurfsvollen Blick seines Onkels aufschnappte. Seine Meinung infrage zu stellen, stellte sich in der Regel als gefährliches Unterfangen heraus. So wunderte es Tiago nicht, dass Onkel Salve sich in seinem Schreibtischsessel aufrichtete, seine Augen schmal wie Schlitze, um ein Donnerwetter losbrechen zu lassen. Doch nichts dergleichen geschah. Stattdessen hielt er für einen Moment die Luft an und entließ sie mit einem tiefen Seufzer über seine Lippen.

»Weißt du, dass du mich gerade sehr an deinen Vater erinnerst?« Er legte die Finger aneinander und faltete sie dann, den Blick auf Tiago gerichtet.

Tiago fühlte sich wie vom Blitz getroffen. Hatte sein Onkel gerade wirklich über seinen Bruder, Tiagos Vater, gesprochen? Es musste Teil einer anderen Zeitrechnung sein, dass so etwas zuletzt vorgekommen war. Tiago konnte sich nicht einmal mehr daran erinnern.

»Ich ... ich verstehe nicht!«, stotterte er und lenkte seine Aufmerksamkeit auf eine hohe Glasvase ohne Inhalt, die auf einem Beistelltisch stand und fabelhaft in das unterkühlte, minimalistische Einrichtungskonzept der Büroräume passte. Onkel Salve lächelte schwach, erhob sich und schritt an die Fensterfront, durch die er zwar das Treiben auf der Rue Dégrasse verfolgen, von außen aber nicht gesehen werden konnte. Sein Blick wurde weit, als schwelgte er in längst begrabenen Erinnerungen, und wenn Tiago sich nicht täuschte, erkannte er einen Ausdruck der Schwermut in seinen ansonsten so unbarmherzigen, gebieterischen Gesichtszügen.

»Du hast dich verändert, Figlio! Abgesehen davon, dass du plötzlich Anspruch auf Urlaub erhebst.« Er ließ ein künstliches Lachen hören, das nach nur einem Atemzug verklungen war. Dann schlug er die Augen nieder und schien eingehend seine Schuhe zu betrachten. »Du denkst womöglich, es wäre mir nicht aufgefallen, aber ich muss dich enttäuschen: Mir entgeht nichts!«

Tiago spürte, wie sein Kehlkopf in seinem Hals hart auf- und absprang. Die Frequenz seiner Wimpernschläge hatte zugenommen. Das Bild, das sich vor seinen Augen zusammensetzte, flackerte in einem nervösen Rhythmus, gerade so, als würde jemand abwechselnd das Licht an- und wieder ausschalten.

Onkel Salve wandte sich ihm zu, verschränkte die Hände hinter seinem Rücken und kam näher. Ein Lachen erklang, das nichts mit Wohlwollen oder Herzlichkeit zu tun hatte und jegliche Melancholie aus seinem Gesicht verbannte. »In deinem Blick lese ich seit Neuestem von einer Abenteuerlust, die mir Sorgen bereitet, Tiago. Würde sie sich auf die Firma beziehen, würde ich mich nicht beschweren, ganz im Gegenteil. Tatkraft und Feuereifer sind die Basis eines jeden innovativen Unternehmens.« Er baute sich vor Tiago auf, seine Kieferknochen mahlten und seine Stimme nahm eine dunklere Färbung an. »Du scheinst eine Leidenschaft entwickelt zu haben, von der ich mich ernsthaft frage, wem oder was sie gilt. Ich sehe eine Wildheit in deinen Augen, die derselben Konzeptlosigkeit gleicht, die ich bei deinem Vater entdeckt habe, kurz bevor er und deine Mutter ... Opfer dieses furchtbaren Ereignisses wurden.«

In seiner Erinnerung, die grau und nebulös auf ihn wirkte und dennoch eine Wucht entfachte, die sein Herz stolpern ließ, sah Tiago sich in der Ruine des Hauses, das einmal seinen Großeltern gehört hatte. Verstaubt und verängstigt saß er in der verwitterten Küche, durch deren beschädigtes Dach ein scharfer Wind zog. Vorbei an einem Regal, auf dem bunt bemalte Tassen und Teller in Scherben lagen, starrte er in die Wildnis der einstigen Mandelplantage und zog seine Arme schützend an seinen Körper. Er vernahm Schritte. Jemand näherte sich dem Gebäude ...

Tiago kniff die Augen zusammen, zählte bis zehn und hob den Blick. Er durfte sich nicht im Chaos vergangener Tage verlieren. »Ich wäre dir verbunden, wenn du nicht weiter in diesen alten Geschichten herumwühlen würdest. Sie belasten mich«, sprach er leise und kam sich vor wie ein geschlagener Hund, der um Gnade winselte.

Der Schatten Onkel Salves verflüchtigte sich. »Und weil ich mir dessen bewusst bin und dich schützen will, ist es meine Pflicht, dich zu warnen!« Er fixierte Tiago aus Argusaugen. »Dein Vater setzte sein Vertrauen in die falschen Leute. Mach nicht den gleichen Fehler!«

Angestrengt und bedacht darauf, einer möglichen Hyperventilation zu entgehen, ließ Tiago seinen Atem kontrolliert über die Lippenbremse ausströmen. Er spürte einen festen Druck um seinen Rumpf, als schließe jemand seine Arme um ihn. »Bitte, hör auf!«

Onkel Salve beeilte sich, erneut an ihn heranzutreten, und ging vor ihm in die Knie. Väterlich umfasste er Tiagos Hände und drückte sie, während er sich vorbeugte und seinen Blick suchte. »Figlio! Was auch immer es ist, in das du dich verrannt hast, beende es! Ich brauche dich hier an meiner Seite. Du und ich«, er klopfte auf seinen Brustkorb und tippte anschließend auf Tiagos, »wir sind eine Familie!«

Es war halb eins in der Nacht, als Tiago den Lieferwagen auf den Innenhof des ManiFinique lenkte. Die Äste der Balsampappel warfen im Licht des fast vollen Mondes Schatten auf den sandigen Untergrund, die Temperatur war merklich abgefallen und bewegte sich im Rahmen des für eine Mainacht Erwartbaren. Es schien, als würde der Frühsommer eine Pause einlegen. Und mit ihm Tiagos Begeisterung für das Vorhaben, dessen Durchführung unmittelbar bevorstand.

»Ist sie das?«, fragte Robert und lehnte sich über das Armaturenbrett, um Lucilles schemenhafte Umrisse am Hintereingang des Hauses erkennen zu können. Die Scheinwerfer des Wagens huschten über ihr Gesicht, verfingen sich im Blond ihrer Haare und ließen das Grün ihrer Augen für eine Sekunde aufblitzen. Sie lächelte und hob ihre Hand, bevor sie sich in Bewegung setzte und auf den seitlichen Bereich des Transporters zusteuerte.

»Elle est ... trés jolie! Wirklich hübsch anzusehen. Das hast du uns verschwiegen, mein Freund.«

Aus dem Augenwinkel nahm Tiago das amüsierte Grinsen Roberts wahr und schnaubte. »Weil es völlig irrelevant ist!« Seine Stimme trug einen gereizten Beiklang, für den er sich normalerweise entschuldigen würde. Er unterließ es jedoch.

»Wenn du meinst!«, gab Robert zurück und sah über seine Schulter in den Laderaum des Transporters, wo

François sich daranmachte, die Schiebetür zu öffnen. Sein Lachen tönte bis in die Fahrgastzelle.

»Bonsoir, Madame!« Er reichte Lucille eine Hand und half ihr in den Wagen. »Schön, dich kennenzulernen, auch wenn es unter ... nun, nennen wir es ... eher brisanten Umständen geschieht.« Er suchte Tiagos Blick über den Rückspiegel und hob anerkennend die Augenbrauen.

Tiago ignorierte ihn und starrte stattdessen in die Finsternis. Er sollte froh sein, dass bis hierher alles so reibungslos gelaufen war. Die Culotte-Brüder hatten weitaus weniger überrascht reagiert als angenommen, als er sie bei einem Glas Rotwein über seine geheimen Pläne in Kenntnis gesetzt hatte. In der Tat hatte es keinerlei Überredungskunst gebraucht, als er ihnen erklärte, dass er es nicht übers Herz brachte, die Individualität des ManiFinique an die Regelkonformität der Chez-Gibaldi-Kette zu verheizen. Im Nu hatte er die Brüder nicht nur von der Notwendigkeit überzeugen können, sich von den Leitlinien der Firma zu distanzieren, François und Robert waren geradezu erleichtert gewesen, in Tiago einen echten Verbündeten zu wissen. Jemand, dem sie von nun an mit noch mehr Offenheit begegnen und dem sie ihre Sorgen und Nöte anvertrauen konnten. Ihr Verhältnis zueinander hatte zwar von jeher rein geschäftliche Parameter überschritten, doch hatten sie wohl stets abwägen müssen, ob und inwiefern sie Anliegen, die sich gegen die Arbeitsmoral oder die Bedingungen bei Chez Gibaldi richteten, an Tiago herantrugen. Blut war bekanntlich dicker als Wasser.

»Salut!« Lucille quetschte sich auf die vordere Sitzreihe und direkt neben ihn. Warm spürte er ihren Oberschenkel an seinem.

Tiago seufzte so leise, dass niemand es hörte. Als er Lucille am Nachmittag angerufen hatte, um sie über den Ablauf des Abends zu informieren, hatte sie zuerst noch distanziert gewirkt. Im Laufe des Gesprächs war ihre Zurückhaltung jedoch verflogen. Den Vorfall im Büro, bei dem sie gewittert haben musste, dass Charlize ihm deutliche Avancen machte, hatten sie beide nicht erwähnt.

»Ich möchte dir nochmals meinen Dank aussprechen«, fuhr sie fort. »Auch in Claires Namen. Sie war völlig aus dem Häuschen.« Lucille lehnte sich zu ihm heran und hauchte ihm einen Kuss auf die Wange.

Robert beugte sich vor und kicherte. »Völlig irrelevant, naturellement!«

Tiago hatte keine Kraft und keine Lust, die Ironie hinter Roberts Worten zu kommentieren. Den ganzen Tag schon hatten Zweifel ihn heimgesucht, war sein Vorhaben zu etwas herangewachsen, das ihm Übelkeit bereitete. Lucilles Geste, ihr zarter Kuss, der bittersüß auf seiner Haut prickelte wie eine frische Tätowierung, sorgte dafür, dass seine Empfindungen sich zu einem Tornado zusammenbrauten. Er musste diese Nacht, diese ganze Angelegenheit hinter sich bringen, bevor sein schlechtes Gewissen die Oberhand gewann und er sämtliche Erwartungen, die Lucille und Claire in ihn gesetzt hatten, enttäuschte. Wie war es ihm nur möglich gewesen, Versprechen zu geben, deren Einhaltung ihn an seine mentalen Grenzen bringen würden? Welch kindliche Bedenkenlosigkeit hatte seinen sonst so klaren Blick vernebelt und ihn dazu getrieben, sich so weit über einen Abgrund zu lehnen, dass er unvermeidbar abstürzen würde?

»Können wir los?«, fragte er und versuchte zu ignorieren, dass die Schärfe in seiner Stimme Lucille zusammenzucken ließ. Er vermied es, sie anzusehen. Er setzte den

Wagen rückwärts, passierte die Tordurchfahrt und fuhr auf die Rue de la Lune.

Während der etwa halbstündigen Fahrt in das Industriegebiet, das sich nördlich von Paris am Rande von Saint Denis befand, gab er vor, sich auf den Straßenverkehr konzentrieren zu müssen. Selbstverständlich folgte er dem Gespräch, das sich zwischen Lucille und den Culotte-Brüdern ergab, nahm die Sympathie wahr, die ihre Welten miteinander verband. Dennoch war es ihm unmöglich, sich in die Leichtigkeit der Unterhaltung einzuklinken und Trivialitäten auszutauschen, wo doch zwei Seelen in seiner Brust einen Machtkampf ausfochten, der an Unerbittlichkeit nicht zu überbieten war.

Als sie den Außenring von Paris hinter sich gelassen hatten und Robert ihn mithilfe der Onlinenavigation durch die Trostlosigkeit des Industrieparks lotste, fühlte Tiago sich vollends erschöpft. »François, könntest du übernehmen? Ich ... mir ist schwindelig.« Er fuhr rechts ran und betätigte bei laufendem Motor die Handbremse.

»Was ist los?«, fragte Lucille.

Die Sorge, die in ihrer Stimme mitschwang, berührte ihn tief. Er lehnte sich im Sitz zurück und drückte seinen Hinterkopf in die Stütze. Seine Gedanken kreisten, überschlugen sich. Das alles hier ist ein Fehler! Aber er konnte nicht aussprechen, was ihn umtrieb. Es war ihm unmöglich, sein Versagen in Worte zu fassen oder das Unvermögen zuzugeben, seinen Onkel weiter zu hintergehen. Niemand würde Verständnis zeigen. Wie auch, nachdem er die treibende Kraft dieser Unternehmung gewesen war? »Vielleicht brüte ich einen Infckt aus«, log cr und schloss für einen Moment die Augen.

»Sollen wir umkehren?« François war ausgestiegen, um den Wagen herumgelaufen und hielt die Tür der Fahrerseite weit geöffnet.

Der gräuliche Dunst der Abgase wirbelte ihm nach, setzte sich in Tiagos Luftwegen fest und ließ ihn husten. Für einen Augenblick war er gewillt, François' Angebot anzunehmen und den Nachhauseweg anzutreten. Es würde ihm Zeit verschaffen. Zeit, über alles nachzudenken, seine Prioritäten festzulegen und sich zu entscheiden, wo sein Platz war, wem seine Loyalität galt. Doch die drohende Ernüchterung, die in Lucilles Augen schimmerte, verbot es ihm. Einen Rückzieher würde sie ihm nicht verzeihen. Viel zu sehr setzte sie auf ihn und seine Unterstützung. Er hatte sich in eine dermaßen prekäre Lage manövriert, dass das Falsche zu tun sein einziger Ausweg war.

»Es wird schon gehen!«, keuchte er, rutschte vom Sitz und überließ François das Steuer.

Minuten später hielten sie auf einem Parkplatz; vor einem hell erleuchteten Nachthimmel malte sich der Verbund riesiger Lagerhallen ab.

»Und du bist sicher, dass der ganze Kram immer noch hier deponiert ist? Wenn wirklich das gesamte Inventar des ersten Cafés, das dein Onkel übernommen hat, hier untergebracht ist, dann ...«, Robert überlegte, »ist das mehr als zehn Jahre her. Glaubst du nicht, dass er das alte Zeug mittlerweile abgestoßen hat? Warum sollte er es so lange aufbewahren?« Robert zog sich seine Jacke über und betrachtete den Eingang des Gebäudes, der von einer Sicherheitsfachkraft bewacht wurde.

Tiago stieg aus, griff in die Tasche seiner Jeans und holte zwei silbrig glänzende Schlüssel hervor.

»Als ich irgendwann einmal auf die Schlüssel stieß, die er in einer Schublade voller Nichtigkeiten aufbewahrte, erzählte er mir, dass sie zu zwei Lagerräumen gehören. Er sagte, er sei das letzte Mal hier gewesen, als er mich gerade zu sich geholt hatte. Damals hatte er beschlossen, sein ›früheres Leben‹, wie er es nannte, hinter sich zu lassen und nicht mehr zurückzuschauen. So sentimental habe ich ihn seither nie mehr erlebt.« Mit Ausnahme des heutigen Vormittags, als die Verzweiflung ihn beinahe in die Knie gezwungen hätte, dachte Tiago, erwähnte es aber nicht. »Soviel ich weiß, sucht er dieses Lager niemals auf. Dass er Miete zahlen muss für die Räumlichkeiten, fällt nicht ins Gewicht. Ich habe keine Ahnung, was genau in den Hallen steht. Aber ein Blick in die Räume 15 und 16 wird uns Gewissheit verschaffen.«

Mit einer Sackkarre, die François vor sich herschob, betraten sie die Halle, die für Inanspruchnehmer von Lagerkapazitäten jederzeit zugänglich war. Tiago wurde angehalten, eine Unterschrift zu leisten und seinen Personalausweis vorzulegen. Unangenehme Fragen wurden nicht gestellt. Sein Nachname öffnete ihm sämtliche Türen – anders war es nicht zu erwarten gewesen.

»Abschnitt D«, wies der Nachtwächter sie an und zeigte nach rechts. »Immer den Flur entlang, bis Sie eine Stahltür erreichen. Klingeln Sie, ich werde Ihnen von hier aus öffnen. Von innen funktioniert die Tür vollautomatisch.«

Als sich besagte Stahltür hinter ihnen schloss, hatte sich die Deckenbeleuchtung peu à peu eingeschaltet. Neonröhren summten, einige flackerten.

»Kein schlechtes Setting für einen Horrorfilm«, unkte Lucille und nahm die Nummern, mit denen die Lagerräume gekennzeichnet waren, in Augenschein. »Wenn du mir nicht erzählt hättest, dass sich hinter diesen Türen altes Mobiliar befindet, bekäme ich jetzt ungutes Herzklopfen.«

Robert lachte herzhaft. »In alten Schränken lassen sich wunderbar Leichen verstauen. Wusstest du das nicht?« Grinsend zogen sie weiter, bogen um eine Ecke und dann um noch eine. Tiago hatte sich zurückgehalten, sich an den Späßchen der anderen nicht beteiligt. Es verlangte ihm alles ab, einen Fuß vor den anderen zu setzen und nicht davonzulaufen.

»Da wären wir.« Lucille klopfte an das Rolltor von Lagerraum 15. »Gehen wir zusammen rein, oder teilen wir uns auf?«

»Wie weitläufig sind die Räume eigentlich?«, fragte François. »Von außen kann man ja nichts abschätzen, aber eben im Vorraum habe ich gelesen, dass es unterschiedliche Größendimensionen gibt.«

»Ich weiß es nicht. Aber nach dem, was ich von Onkel Salve erfahren hab, befindet sich in dem einen das gesamte Mobiliar seiner ersten Wohnung.« Tiago fuchtelte mit seinen Händen und verbesserte sich. »Also nicht seiner allerersten Wohnung. Als Junggeselle hat er irgendwo hier in Saint Denis in einem Verschlag gehaust. Bevor das Konzept, alte Cafés aufzukaufen, geboren wurde. Aber später, als das Geld floss, besaß er zusammen mit seiner Frau ...«

»Salvatore Gibaldi ist verheiratet?« Lucille schien ihren Ohren nicht trauen zu wollen. »Die arme Frau!«

Tiago hielt den Kopf gesenkt. »Marlène ist seit vielen Jahren tot. Ich habe sie nie kennengelernt. Aber sie muss nett gewesen sein. Er ... hat sie sehr geliebt.«

»Entschuldige!«, raunte sie. »Ich wollte nicht ...«

»Schon in Ordnung.« Er steckte den Schlüssel in das Vorhängeschloss, drehte ihn und zog, begleitet von einem ratschenden Laut, die Rollläden nach oben. Kaltes Licht erhellte einen Raum von sicherlich dreißig Quadratmetern, der bis unter die Decke gefüllt war. Staub wirbelte durch die abgestandene Luft, ein muffiger Geruch schlug ihnen entgegen.

»Das sieht nicht nach dem aus, was wir suchen!«, bemerkte Robert. »Ich denke, hinter Tor Nummer 16 verbirgt sich unser Hauptgewinn.«

»Sollen wir schon mal nachschauen, Tiago?« François war an ihn herangetreten und beobachtete jede seiner Regungen. Oder besser gesagt: seiner Nicht-Regungen.

»Magst du mir den zweiten Schlüssel geben?« Vorsichtig berührte Lucille Tiagos Hand, streichelte sie und entkrampfte so seine zur Faust geballten Finger. »Ich bleibe bei ihm. Sagt Bescheid, sobald ihr fündig werdet«, richtete sie das Wort an François und übergab ihm den anderen Schlüssel. »Geh ruhig vor, Tiago!«

Er vernahm ihre Stimme gedämpft, als spräche sie zu ihm durch eine verschlossene Tür.

»Ich bin gleich hinter dir, falls du mich brauchst!«

War es so offensichtlich, dass ihn der Anblick, der sich ihm bot, in eine Art Schockstarre versetzte? Ihm war, als beträte er ein Reich der Vergangenheit, in dem abgespaltene Bruchteile verwandter Seelen auf ihre Wiedervereinigung warteten. Er tat einen Schritt nach vorn, spürte die Nachgiebigkeit seiner Beinmuskulatur und befürchtete, das Gleichgewicht zu verlieren.

»Komm, ich halte dich.«

Ihr Arm schob sich unter seinem hindurch. Er griff in ein Regal, umfasste einen zerbrochenen Bilderrahmen und nahm ihn an sich. Sein Atem ging flach, sein Herz hämmerte. »Das ist ... mein Vater.« Zärtlich strich sein Daumen über das Glas.

»Ein wundervolles Foto«, hörte er Lucille sagen, und er drehte sich zu ihr, sah sie an.

»Ich habe kaum Erinnerungen an die Zeit, als Onkel Salve und mein Vater sich noch gut verstanden haben. Ehrlich gesagt wundert es mich, dass es eine Zeit gegeben haben muss, in der mein Onkel Fotos unserer Familie aufstellte. Das hätte ich ihm nicht zugetraut.« Wieder strich er über das trübe Glas, stellte es dann zurück an seinen Platz.

»Willst du es nicht mitnehmen?«, fragte Lucille. »Es ist eine wertvolle Erinnerung.«

Tiago schüttelte seinen Kopf. »Es ist *seine* Erinnerung, nicht meine. Und sie gehört hierher.« Er ging weiter, schob sich durch einen Gang, vorbei an einer demontierten Sofalandschaft überdimensionalen Ausmaßes.

»Das sieht nach Schlafzimmermöbeln aus«, bemerkte Lucille und zeigte auf das Untergestell eines King-Size-Bettes, das hochkant und zwischen zwei Schränken aus Mahagoni an die Wand gelehnt war. Eine der Schranktüren stand offen und gab den Blick auf Kleidungsstücke frei, die zweifelsohne Marlène gehört haben mussten.

»Vor ein paar Jahren, als Onkel Salve und ich den Erwerb des Cafés auf der Rue Bergamotte ausgiebigst begossen haben«, sagte Tiago und lächelte, »erzählte er mir, dass Marlène in ihren letzten Lebenswochen nur noch gefroren hat. Die Medikamente, die den Krebs in Schach halten sollten, entzogen ihr jede Energie. Onkel Salve sagte, sie habe einen wollenen Winterpulli über dem anderen getragen, und dabei immer noch furchtbar dünn und zerbrechlich gewirkt.«

Lucille antwortete nicht.

»Weißt du, er war nicht immer so ein Monster«, flüsterte Tiago und steuerte ein antikes Küchenbuffet an. »Als ich jünger war, traf ich hin und wieder auf Menschen, die mir erzählten, wie zuvorkommend und freundlich sie Salvatore Gibaldi in Erinnerung hatten. Das ist ... eine Ewigkeit her.« Er öffnete eine Schublade und durchforstete deren Inhalt, zog einen Stapel Papiere hervor, die sich als Ansichtskarten herausstellten. Er überflog, was darauf geschrieben stand, stockte bei einigen und gab sie an Lucille weiter. »Meine Großeltern ... Sie schickten ihm Grüße von ihrer Mandelplantage auf Sizilien. Sie vermissen ihn, steht hier geschrieben.« Er wischte sich eine Träne aus dem Augenwinkel. »Und hier ...«, er betrachtete eine Karte, die ein Sanatorium inmitten einer Landschaft aus Laubwäldern zeigte, und las vor: »Geliebter, ich kann kaum erwarten, zu dir heimzukehren. Die Ärzte sind zuversichtlich, dass ich mich vollständig erholen werde. Ich bete, dass sie recht behalten, damit wir noch viele gemeinsame Jahre erleben dürfen.« Ein Schluchzen kam ihm über die bebenden Lippen. Tiago biss die Zähne hart aufeinander.

Lucille war neben ihm stehen geblieben und fixierte ihn. Er spürte ihren Blick auf sich, doch noch immer sagte sie nichts.

»Hey, Leute, schaut mal her!«, rief Robert plötzlich und winkte ihnen durch eine Lücke in dem Wust aus Möbeln, Lampen und aufgerollten Teppichen zu. »Der Ofen sieht einwandfrei aus. Außerdem haben wir noch eine tipptopp erhaltene Verkaufstheke gefunden, die um die Hälfte breiter sein dürfte, als die, die im ManiFinique steht. Wenn es wirklich so ist, dass dein Onkel nichts in diesen Lagerräumen je wieder anschauen, also niemals vermissen wird,

Tiago, würden wir vorschlagen, die Theke auch mitzunehmen.«

Lucille wandte Tiago den Rücken zu. Er hörte sie angestrengt ein- und ausatmen, als überlegte sie, etwas zu sagen, dass ihr auf dem Herzen lastete. Doch dann zwängte sie sich wortlos durch den schmalen Gang in den vorderen Bereich des Raumes und inspizierte die Errungenschaften der Culottes, allem voran den glänzenden Ofen, der bereits auf der Sackkarre festgezurrt war.

Tiago lehnte sich an das Küchenbuffet und wischte sich mit dem Ärmel über die tränennassen Wangen. Er wusste, dass er Lucille verwirrte. Nicht nur, weil er sich am Vormittag nicht klar von Charlize distanziert hatte. Auch was die Firma und seine emotionale Bindung zu seinem Onkel betraf, war er gehörig ins Wanken geraten. Und, wie es schien, hatte Lucille ihm das angemerkt. Sie machte sich Sorgen, das war ganz klar. Immerhin hatte er sie glauben lassen, dass er sich gegen die Machenschaften seines Onkels stellte, seine Attitüden größtenteils verabscheute und mit jeder Faser seines Seins hinter dem Plan stand, für Claires Sicherheit zu sorgen. Auch wenn das hieß, dass er sich früher oder später mit den Reaktionen seines Onkels konfrontiert sähe.

Tiago saß in einer Zwickmühle. Auf der einen Seite hatte das Gespräch vom Vormittag Zweifel bei ihm gesät, die Worte Onkel Salves hatten an den Festen seiner Loyalität geruckelt, und sein schlechtes Gewissen war wie aus einem Dornröschenschlaf erwacht. Immer und immer wieder hörte Tiago eine innere Stimme, die ihn ermahnte, die ihn erinnerte, dass er sich geschworen hatte, seinem Onkel auf ewig verbunden zu bleiben. Der Alte hatte recht: Sie waren eine Familie. Auf der anderen Seite hatte sich in Tiagos Leben innerhalb der vergangenen Wochen so viel verändert, seine Überzeugung hatte ihn Wege einschlagen lassen, deren Betreten er bis dahin für unmöglich erachtet hatte. Und ja – von Herzen ja! –, das Gefühl, nicht mehr unter Onkel Salves ständiger Kontrolle leben und sich nicht immer und überall seinem Willen unterwerfen zu müssen, berauschte Tiago. Die Zuversicht, allein etwas auf die Beine stellen zu können, beseelte ihn. Wogen puren Glücks tosten durch seine Adern, wenn er im ManiFinique zugange war, wo er sich, vielleicht zum ersten Mal, seit er seine Heimat verlassen hatte, am rechten Platz fühlte. Und dass er Lucille kennengelernt hatte, erschien ihm das größte aller Geschenke zu sein.

Ihre Art, sich ihm entgegenzustellen und alles zu hinterfragen, hatte bewirkt, dass er über sich selbst hinauswachsen wollte. Ihr Beschützerinstinkt, mit dem sie jeden auf den Mond beförderte, der sich ihrer geliebten Großtante in den Weg stellte, zeugte von genau jener familiären Bindung, die er so schmerzlich vermisste. Sie folgte dem Ruf der Selbstbestimmung.

Er hatte sich in sie verliebt.

Und vielleicht hatte sie sich auch in ihn verliebt.

Nur Gewissheit würde ihm die Richtung weisen.

Nur Gewissheit würde ihm Erleichterung verschaffen.

Nur Gewissheit würde ihm die Entscheidung abnehmen.

Lucille

Aus dem Radio tönte rau und heiser Janis Joplin. Die Regenwolken des Vortages hatten sich verzogen. Filmreif streichelten Sonnenstrahlen über die Mansardendächer, spiegelten sich in den Fenstern hoch gelegener Stockwerke und küssten junge Bougainvillea, die sich an den Geländern schwarz glänzender Balkone herabhangelten.

Lucille streckte ihr Gesicht dem Licht entgegen und schloss die Augen. Warm legte sich der helle Schein auf ihre Haut, kitzelte sie an der Nasenspitze und ließ ein wohliges Seufzen über ihre Lippen kommen.

»Chérie, deine Marmelade ...«, wisperte Claire.

Lucilles Blick fiel auf ihren Teller. Am Rand des ofenwarmen Croissants, das sie in ihrer Hand hielt, war dunkelrote Kirschmarmelade zu einer zentimeterdicken Anhäufung zusammengelaufen und drohte, auf ihre Finger zu tropfen. Schnell hob Lucille das Gebäck an ihren Mund und schleckte daran. »Nichts passiert!«

»Ist es das herrliche Wetter, das für das Funkeln in deinen Augen verantwortlich ist?« Claire goss Kaffee nach, tunkte ihren Löffel in goldgelben Honig und bestrich ihr Croissant so großzügig damit, dass sämtliche Blätterteigschichten bombenfest miteinander verklebten. »Warum dann die Sorgenfalten auf deiner Stirn?«, murmelte sie mit vollem Mund.

Lucille legte den Kopf schief und grinste. »Wieso nur werde ich das Gefühl nicht los, dass du dir längst einen Reim darauf gemacht hast?«

»Alors, das habe ich, meine Liebe!« Claire schmunzelte. »Aber was geht über die klare Bestätigung einer vagen Vermutung?«

»So vage ist sie nicht, nehme ich an.«

»Dann habe ich also recht?« Claire stützte ihre Ellbogen auf die Kante des kleinen Küchentisches. In ihren Augen glitzerte die Gespanntheit eines Kleinkindes kurz vor der weihnachtlichen Bescherung. »Du magst ihn!«

Lucille stieß ein tiefes Stöhnen aus. »Den triumphalen Gesichtsausdruck kannst du gleich wieder einmotten, Claire!« Sie rührte in ihrem Kaffee, schöpfte eine Pfütze davon auf ihren Löffel und ließ die Flüssigkeit zurück in die Tasse fließen. Aus der Mitte des entstandenen Ministrudels breiteten sich winzige Wellen bis zum Rand aus, die Lucille eingehend betrachtete.

»Das heißt, es gibt einen Haken an der Sache!«, folgerte Claire. »Welchen?«

Ein weiteres Stöhnen hallte durch die Küche. Frustriert schob Lucille ihr Gedeck von sich und verschränkte die Arme vor der Brust. »Wo soll ich anfangen?«

Claire rückte näher an sie heran. »Bei dem Punkt, der dir das ärgste Kopfzerbrechen bereitet!«

Lucille sah ihrer Großtante in die Augen, versuchte, Worte zu finden, die das Chaos in ihrem Herz beschrieben. Die deutlich machten, dass sie mit solch einem Durcheinander ihrer Gefühlswelt weder gerechnet hatte, noch davon ausgegangen war, dass es sich nicht im Handumdrehen korrigieren ließe. Sie war eine Meisterin darin, Türen zu schließen, die unvermeidbar in eine Richtung führten, die sie mit Verderben gleichsetzte. Diesen

Schachzug hatte sie früh für sich entdeckt, sie hatte ihn über Jahre perfektioniert, und er hatte sie stark gemacht und nahezu unbezwingbar.

Warum nur drohte diesem Mechanismus jetzt der Totalausfall?

»Buon giorno!« Die Tür im Erdgeschoss fiel ins Schloss.

Claire sah auf ihre Uhr und zwinkerte Lucille zu. »Sehr verlässlich, der Bursche! Hält, was er verspricht.«

Lucille machte sich auf den Weg nach unten und begrüßte Tiago, der im Türrahmen zur Backstube verweilte. »Du bist früher dran als vereinbart. Ist es das unbändige Verlangen nach dem Duft von Tapetenkleister und Wandfarbe, das dich so zeitig hierhertreibt?«

Er lächelte, doch die Befangenheit, die sie gestern in den Tiefen seiner Augen entdeckt hatte, schien auch heute noch nicht verflogen. Der Aufenthalt in der Lagerhalle, die Konfrontation mit dem, was ihn an seine Vergangenheit und die Familie erinnerte, hatte ihn Kraft gekostet. So viel Kraft, dass es Lucille nicht gewundert hätte, wenn er die ganze Aktion beendet und sich gegen eine Fortführung der Pläne entschieden hätte. Um ehrlich zu sein, war sie fest davon ausgegangen, dass er von allen Absichten, die mit seiner Unterstützung für das ManiFinique einhergingen, zurücktrat. Es war nicht leicht, sich gegen die eigene Familie zu stellen. Niemand wagte einen so alles verändernden Schritt aus einer temporären Krise heraus. Es brauchte Courage und Leidenschaft und Zuversicht, sich für sich selbst und seine Träume zu entscheiden. Den ausgetretenen Pfad zu verlassen. Sich durch die Wildnis eines neuen Daseins zu kämpfen, ohne den Rückhalt, der für andere so selbstverständlich war wie die Luft zum Atmen. Sie kannte all das. Hatte es überlebt. Tiagos anhaltender Wankelmut war sein ärgster Feind. Und einer der Gründe, warum Lucille es sich verbot, etwas zuzulassen, das sie unweigerlich an längst überschrittene Grenzen zurückbefördern würde. Unglücklicherweise kostete sie diese selbst auferlegte Pflicht mehr Energie, als sie vorgehabt hatte, dafür zu erübrigen.

»Wenn wir uns ranhalten, werden wir heute nicht nur die restliche Tapete kleben können, sondern auch den Anstrich hinter uns bringen.« Tiago trat einen Schritt näher an Lucille heran, sodass sie seinen Duft nach Sandelholz wahrnahm. »Am besten lassen wir dann morgen alles gut auslüften, bevor wir die Möbel für den Gastraum aufpolieren.«

»Klingt einleuchtend!«, pflichtete sie ihm bei und strich ihm gedankenverloren eine schwarze Locke hinter sein Ohr. »Vom wem hast du eigentlich dieses dicke krause Haar?« Lucille legte einen Finger an die Lippen. »Halt, verrate es nicht! Ich wette, von deiner Mutter. Das deines Onkels ist aalglatt und recht schütter, weshalb ich annehme, dass es bei deinem Vater ähnlich aussieht.«

Tiago presste seine Lippen aufeinander. »Richtig geraten.« Er hielt kurz inne. »Käme ich, was das betrifft, nach meinem Vater, hätte ich wahrscheinlich schon eine Halbglatze. Er hatte sehr dünnes Haar.« Er lachte, doch in seinen Augen glitzerte es verräterisch.

Lucille zog die Brauen zusammen. »Hatte?«

Tiago knetete seine Hände. »Ein Detail, dessen Erwähnung ich bislang ausgespart habe.«

»Was ... willst du damit sagen?« Lucille hielt die Luft an.

»Sie sind beide ... tot!« Er nickte, als müsste er sich selbst bestätigen, dass es geschehen war. »Auch meine Mutter.«

Lucille schwankte, ergriff seinen Unterarm und atmete stockend aus. »Das ist ja … schrecklich.« Ihre Finger umschlossen sein Handgelenk. »Wieso hast du nichts gesagt?« Es war eine dumme Frage, das war ihr bewusst. Warum hätte er ihr davon erzählen sollen? Warum tat er es jetzt?

»Alors, du hast nicht danach gefragt.«

»Es tut mir leid!«, brachte sie hervor und ohrfeigte sich innerlich für ihre Unverfrorenheit. Dafür, angenommen zu haben, sie besäße das Recht, über ihn und sein sonderbares Verhältnis zu seinem Onkel zu urteilen. Es änderte natürlich nichts daran, dass seine Beziehung zu ihm als ungesund eingestuft gehörte. Dennoch rückte der Umstand, dass Tiago eine Vollwaise war, einiges in ein anderes Licht.

»Es ist lang her.« Sanft entzog er ihr seine Hand, drehte sich um und ging in den Gastraum, wo er den Tapeziertisch vorbereitete. »Ich war fast noch ein Kind, als es passierte.«

Lucille rief sich die Unterhaltung zurück ins Gedächtnis, die sie geführt hatten, als sie die Möbel für den Außenbereich abholten. Er hatte ihr erzählt, dass er mit sechzehn nach Paris gekommen war. Dass sein Onkel ihn zu sich geholt hatte. »Ich bin ein Schaf!«, rief sie und folgte Tiago ins Café. »Ich hätte doch nur eins und eins zusammenzählen müssen.«

Tiago drehte sich zu ihr um und legte den Kopf schief. »Entschuldige, aber jetzt überschätzt du dich!« Er rollte eine Tapete auf den Tisch, beschwerte sie mit einem Holzscheit und rührte in einem Eimer mit Kleister. »Selbst wenn dir bewusst geworden wäre, dass ich im Zusammenhang mit meiner Familie nur von meinem Onkel, nie aber von meinen Eltern gesprochen habe, hättest du nicht wissen können, dass sie tot sind. Und was die genauen Umstände betrifft, wärst du erst recht im Dunkeln getappt.«

Lucille setzte sich auf den einzigen Stuhl im Raum. »Okay, der Punkt geht an dich.« Sie hatte erwartet, augenblicklich von Erleichterung durchflutet zu werden. Doch das mulmige Gefühl im Bauch blieb. »Und eigentlich geht es mich ja auch nichts an. Ich hoffe, du kannst wenigstens mit deiner Freundin darüber sprechen.« Nur für einen Moment sah sie in seine Richtung. Hatte er die Augenbrauen gehoben? »Weißt du, es ist wichtig, sich jemandem anzuvertrauen«, fuhr sie fort. »Hätte ich mich nicht an Claire wenden können, als ich das Haus meiner Eltern endgültig verließ, wer weiß, was aus mir geworden wäre.«

Tiago stellte den Eimer auf das mit alten Laken abgedeckte Parkett und kam auf Lucille zu. Er blieb eine Armlänge entfernt vor ihr stehen und sah sie an. Die Ernsthaftigkeit in seinen Augen jagte ihr einen Schauer über den Rücken. Zu Recht, dachte sie. Sie war zu weit gegangen, sie war nicht in der Position, ihm in solch privaten Angelegenheiten derart nahezukommen. Bestenfalls fragte er sich jetzt, warum sie ihn mit ihren alten Geschichten behelligte, wo sie doch bislang so vehement versucht hatte, das Thema auszuklammern.

»Ich gebe dir vollkommen recht. Sich mitzuteilen ist elementar. Aber es gibt Gründe, warum ich nicht mit jedem und sofort über meine Geschichte spreche«, sagte er leise.

Lucille setzte an, ihm beizupflichten, doch er winkte ab.

»Wenn ich erwähne, dass meine Eltern bei einem Brand ums Leben kamen, ist das schon ein schwieriger Einstieg. Gebe ich zu, dass mein Vater vor seinem Tod für eine sizilianische Untergrundorganisation gearbeitet hat, um die Finanzen der Familie aufzubessern, und dabei nicht immer alles glattlief, sind die meisten unangenehm berührt. Und wenn ich dann auch noch erzähle, dass ich als Sechzehnjähriger davon überzeugt war, dass der Brand absichtlich gelegt wurde, in diese Richtung aber nie etwas nachgewiesen werden konnte, beenden fast alle das Gespräch und wenden sich ab.« Er ging in die Hocke und legte Lucille beide Hände auf die Knie. »Wir beide stehen uns in nichts nach, wenn es darum geht, unsere Vergangenheit außen vor zu lassen.« Ein Lächeln huschte über sein Gesicht. »Und was deine Anspielung betrifft: Die Frau im Büro meines Onkels ist nicht meine Freundin. Auch wenn sie das gern hätte!« Langsam stand er auf und kehrte zum Tapeziertisch zurück.

Reglos verfolgte Lucille seine Bewegungen. Der innere Drang, Tiago für das, was ihm widerfahren war, in den Arm zu nehmen, war mindestens so stark, wie das Verlangen, einen tiefen Seufzer der Erleichterung auszustoßen, weil das Biest nicht an seine Seite gehörte. Letztlich saß der Schock über das Gehörte aber so tief, dass Lucille es nicht fertigbrachte, auch nur den kleinen Finger zu rühren. Ihre Füße schienen mit dem Parkett verwachsen, die Fersen waren eingesunken, die Zehen taub. Ausgehend von ihren Knien, genauer der Stelle, wo Tiago sie berührt hatte, schlängelte sich Hitze wie ein Strom von Lava über ihre Oberschenkel bis hoch zu ihren Hüften. Der Rest ihres Körpers war in Kälte erstarrt.

Es dauerte eine Weile, bis sich ihre Zunge vom Gaumen löste und sie den Mund öffnete, um nicht viel mehr als Gestammel hervorzubringen. »Du hast deine Eltern verloren. Als Jugendlicher.«

»So ist es!«, bestätigte Tiago, strich Kleister auf die Rückseite einer Tapetenbahn und tunkte den Pinsel wieder in den Eimer.

»Sie sind nicht einfach nur ... fort ... sie sind tot! Und du denkst, dass es kein Unfall war?«

»Zu jener Zeit war ich davon überzeugt. Aus heutiger Sicht habe ich wahrscheinlich einfach einen Schuldigen gesucht.«

»Aber wie kamst du auf diese Idee?« Lucille schüttelte den Kopf.

»Die Mandelplantage meiner Großeltern war heruntergewirtschaftet. Nach dem Tod meiner Großeltern hätte man investieren müssen. Mein Vater gab sein Bestes, aber es ließ sich nicht mehr viel damit verdienen. So arbeitete er zunehmend für Leute, die zwar unser Überleben sicherten, aber auch für ihre Kompromisslosigkeit bekannt waren, insbesondere wenn etwas nicht exakt nach ihren Vorgaben erledigt wurde.« Tiago hob die Schultern und ließ sie ernüchtert fallen. »So etwas endet selten glücklich. Das ist nicht nur in Hollywoodstreifen der Fall. Es gibt Menschen, die schrecken vor nichts und niemandem zurück. Nachdem meine Eltern verunglückt waren, wendete ich mich an die Polizei, gab allerlei Anschuldigungen von mir, eine haltloser als die andere. Ich war naiv und gefangen in meinen paranoiden Vorstellungen. Irgendwann hatte ich das Gefühl, man verfolgte mich. Ich litt unter Panikattacken, schlief nicht mehr, aß kaum noch. In diesem Zustand las mein Onkel mich auf ... und nahm mich mit nach Paris.«

Ein Zucken durchlief Lucilles Handinnenflächen, sodass sich ihr Schraubstockgriff um die Armlehnen des Stuhls lockerte. Zitternd holte sie Luft und presste sie in ihre Lungenflügel, die sich entfalteten, als täte sie den ersten

Atemzug ihres Lebens. »Ich kann kaum glauben, was du durchgestanden hast. Es ist mir ein Rätsel, wie du es schaffst, ein halbwegs geregeltes Leben zu führen. Ich ziehe den Hut vor dir, wirklich!« Lucille sah auf und zuckte mit den Schultern. »Und ich beschwere mich über die verkorkste Beziehung zu meinen Eltern. Das ist ... lächerlich!«

Tiago stemmte die Hände in die Hüften. »Das Letzte, was ich will, ist, dass sich jemand versteckt oder verstellt, weil meine Vergangenheit ein paar blinde Flecken aufweist.«

Es war die Untertreibung des Jahrtausends, fand Lucille. Sie packte sich an die Stirn und suchte nach Worten, während Tiago die Tapete zwischen Zeigefinger und Daumen klemmte und mit wenigen Schritten den Gastraum durchquerte.

»Und was die Sache mit dem Anvertrauen angeht«, fuhr er fort. »Ich bin jahrelang in psychotherapeutischer Behandlung gewesen. Doktor Conrad hat ganze Arbeit geleistet. Trotzdem gerate ich auch heute noch in Situationen, in denen gewisse Narben einem bedrohlichen Zug ausgesetzt werden.« Er strich die Tapete auf der grundierten Wand glatt und fuhr mit einem sauberen Handbesen darüber, um letzte Fältchen auszubügeln. »So ergeht es dir doch auch, oder?« Er drehte sich zu Lucille und lächelte.

Seine Aufrichtigkeit ihr gegenüber bewirkte, dass sie ihn weiterhin mit offenem Mund anstarrte. Immer noch konnte sie nicht begreifen, was ihn dazu gebracht hatte, sein Innerstes nach außen zu kehren. Ihr sein Herz auszuschütten. War der Zeitpunkt, der eine besondere Verbundenheit eingeläutet hatte, unbemerkt an ihr vorübergezogen? Oder – und diese Überlegung ließ sie innerlich schaudern – wäre sie vielleicht viel früher in den Genuss dieser freundschaftlichen Intimität gekommen, wenn sie sich ihm gegenüber anders verhalten hätte? Immerhin hatte er schon öfter versucht, sie aus der Reserve zu locken.

Sie atmete durch. Mehrfach. Dann stand sie auf und ging auf Tiago zu, bedacht darauf, nicht zu Boden zu gehen, bevor sie ihn erreichte. Ihre Beine gehorchten ihr kaum, es würde sie nicht wundern, wenn diese ihren Dienst gänzlich verweigerten. »Du hast recht. Und auch wenn ich der Meinung bin, dass das, was ich erlebt habe, nichts ist im Vergleich zu dem, was du ...« Sie seufzte, als er die Hand hob, um ihr Einhalt zu gebieten. »Nun gut«, lenkte sie ein. »Ja, es gibt sie. Die Vorkommnisse in meiner Kindheit und Jugend, bei deren Erinnerung es mich fast von den Füßen reißt, wenn ich nicht gehörig aufpasse. Und ja, auch mir fällt es schwer, darüber zu sprechen.«

»Weil es wehtut, nicht wahr?«

Lucille schluckte, aber in ihrem Rachen befand sich kein einziger Tropfen Speichel. Eine Verzweiflung, die sie in die tiefsten Abgründe ihrer Seele verbannt hatte, begehrte mit einem Mal auf, rumorte in ihren Eingeweiden, durchfuhr sie wie ein Donnergrollen. Was, um alles in der Welt, geschah hier?

Tiago hielt ihr beide Hände hin, und auch wenn ein kümmerlicher Teil von ihr sich immer noch weigerte, seine Unterstützung anzunehmen, ergriff sie sie, ließ sich in seine Arme sinken und legte ihren Kopf an seine Schultern. Dem Verlangen, sich ihm zu öffnen, gab sie nach, als sei es das Einzige, das Erlösung versprach.

»Es stimmt«, flüsterte sie. »Ich verdränge das gern ... und bis auf Claire weiß niemand, wie kräftezehrend es für mich war, wenn Maman und Papa mich in eine Form pressen wollten, die für sie Sinn ergab, für mich aber nichts als ein Gefängnis darstellte.« Ihre Schläfe ruhte an seiner Schulter, ihre Brust war seiner so nah, dass sie seinen Herzschlag spürte. Ruhig, kraftvoll, beständig. Sie ließ sich in dem stetigen Rhythmus fallen, erlaubte, dass eine angenehme Schwere ihren Körper erfasste. Sie fühlte sich wie kurz vor dem Einschlafen, wenn alles von ihr abfiel und sie dankbar einem Zustand mentaler und physischer Erholung entgegendriftete.

Es polterte in der Backstube. Als erwachte sie aus einem Traum, schlug Lucille die Augen auf und löste sich aus Tiagos Umarmung. Peinlich berührt wischte sie sich über die Lippen, um eventuell vorhandene Speichelfäden zu entfernen.

»Nichts passiert! Ich bin nur gestolpert«, tönte Claires Stimme aus dem Nebenraum. Beladen mit zwei Tellern, auf denen sich Baguette neben Schokolade türmte, betrat sie den Gastraum und sah sich um. »Bei ein wenig Tageslicht sieht es noch fantastischer aus. Die Farbe der Wände ... die Schattierungen auf der Tapete ...« Sie stellte die Teller auf den Stuhl und ging auf Tiago zu, küsste ihn auf die Wange und nahm sein Gesicht in ihre Hände. »Dein Geschmack ist wirklich formidable! Und wie du alles regelst. Du solltest dein eigener Herr sein.« Sie sah ihn an, als wäre er ihr Sohn und beschenkte ihn mit Blicken voller Stolz und Vertrauen.

Lucille merkte, wie ihre Mundwinkel sich nach oben zogen. Das Bild, das sich ihr bot, war einfach zu rührselig. Aber es gefiel ihr. Die Vertrautheit zwischen ihr und Tiago hatte in den letzten Tagen an Intensität gewonnen, sie arbeiteten Hand in Hand. Und alles, was sie gemeinsam planten und anpackten, schien von Erfolg gekrönt. Das

Café hatte eine Metamorphose durchlaufen. Die Veränderung war überall zu bestaunen, obwohl die Renovierung noch nicht abgeschlossen war. So hatte der Abschliff des Parketts Kratzer, Laufspuren und unansehnliche Verfärbungen ausradiert, damit die Holzmaserung im vollen Glanz zur Geltung kam und die frisch aufgezeichnete Triskele sofort ins Auge fiel. Die Längsseiten des Gastraumes waren oberhalb der Vertäfelung aus Eiche mit einer opalgrünen Tapete beklebt, die je nach Lichteinfall Schattierungen von Farn und Oliv zeigte. An den kurzen Seiten leuchteten die Wände kontrastvoll in einem Ton, der an Schilfgräser im Sommer erinnerte. Einige der gereinigten Vorhänge hatten Lucille und Claire bereits wieder aufgehängt. Das sanfte Blaugrün des Stoffes harmonierte perfekt mit der restlichen Farbgestaltung, die großen Blüten in Dunkelrot, Violett und Apricot erweckten einen dreidimensionalen Eindruck.

»Morgen können wir die Möbel aufstellen, nicht wahr?«, fragte Claire und klatschte begeistert in die Hände. »Ich habe sie gereinigt und ihnen eine Politur zukommen lassen. Ich wette, sie werden sich hervorragend in das Gesamtbild einfügen. Alles sieht so viel edler und doch nicht übertrieben aus. Ich bin sehr zufrieden!«

»Hast du deine Hängepflanzen schon von welken Blättern befreit?« Lucille steckte sich ein Stück Schokolade in den Mund. Seit sie aus Tiagos Armen hervorgeschossen war, fühlte sie sich leicht zittrig, und Süßigkeiten hatten bekannterweise eine beruhigende Wirkung.

»Das erledige ich morgen, wenn ihr mit den Möbeln beschäftigt seid. Heute kümmere ich mich um die Kacheln in der Backstube. Die haben es ja dringend nötig. Und danach wische ich den Boden. Wann sagtest du, Tiago, wollte der Elektriker kommen, um den neuen Ofen anzuschließen?«

Tiago zog sein Handy aus der Hosentasche und checkte einen Kalendereintrag. »Heute Nachmittag. Er wird auch einen Blick auf die Verkaufstheke werfen. «

»Das heißt, wir müssen nur noch in deinen alten Fotoalben nach Bildern aus der Anfangszeit des ManiFinique suchen. Ich schlage vor, das tun wir heute Abend gemeinsam. Vielleicht bei einer Flasche Rotwein?« Lucille zwinkerte und lachte. »Und ein bisschen Musik?«

»Das klingt nach einem perfekten Deal!«, antwortete Claire. »Tiago, du bist doch dabei?«

Der Ausdruck in seinen Augen erzählte von Unsicherheit, er schien einen Moment zu zögern. Doch dann warf er die Hände in die Luft und nickte überschwänglich. »Nichts lieber als das!«

Lucilles Herz hüpfte.

Das Licht im Flur und in der Backstube war gelöscht. Es war dunkel. Einzig der Schein einiger Kerzen, die auf einem der beiden zusammengeschobenen Bistrotische standen, erhellte den Gastraum, tauchte ihn in einen diffusen Schimmer. Als befänden sie sich unter einer beleuchteten Käseglocke in einem kleinen Universum, saßen Lucille, Tiago und Claire dicht gedrängt zusammen und blätterten in alten Fotoalben. Sie suchten nach Bildern, die die Vergangenheit des Cafés eingefangen hatten, den Flair der letzten Jahrzehnte, um sie auf Leinwände drucken zu lassen und damit das ManiFinique zu verschönern.

»Was für Schätze!«, hauchte Lucille und begutachtete Aufnahmen, die kurz nach der Eröffnung entstanden waren. Sie zeigten eine junge, bildschöne Claire, die auf dem

Trottoir der Rue de la Lune stand und mit stolzgeschwellter Brust auf das soeben angebrachte neue Ladenschild über dem Eingang des ManiFinique zeigte. Tiago lehnte sich weit vor und war damit Lucille so nah, dass sie ihre Finger mühelos in seinen schwarzen Locken hätte vergraben können.

Wenn sie gewollt hätte.

Wenn sie wollte.

Wollte sie?

Sie riss die Augen auf und rückte ihren Stuhl ein Stück nach hinten, erstaunt über die Irrwege, die ihre Gedanken bereit waren einzuschlagen. Sie musste zugeben, die Minuten in Tiagos Armen hatte sie genossen. Es war ihr vorgekommen wie ein Kurzurlaub, wenn man sich für eine absehbare Zeit von der Alltagswelt verabschiedete und eintauchte in Erholung, Rückzug und Stärkung. Tiago hatte ihr eine Atempause verschafft, ihr einen Moment der Selbstreflexion geschenkt, in dem ihr bewusst geworden war, dass bei der Erinnerung an ihre Kindheit der Boden unter ihren Füßen nur deshalb weniger schwankte, weil sie sich nicht mehr zugestand. Dass sie die Erlebnisse ihrer Vergangenheit nicht verarbeitet, sondern weggesperrt hatte, entpuppte sich als Erkenntnis, die gleichermaßen Kraft kostete und Erlösung in Aussicht stellte. Sie war nicht imstande zu benennen, wie Tiago es geschafft hatte, einen Lichtstrahl in die finsterste Ecke ihrer Seele zu entsenden. Er hatte es ja nicht mal darauf abgesehen. Aber es war schön gewesen.

Alles darüber hinaus wäre reine Interpretation. Und nichts lag Lucille ferner, als Luftschlösser zu errichten. Das überließ sie den Träumern dieser Welt.

»Auf solch hohen Absätzen Gäste zu bewirten, grenzt an Akrobatik!«, sagte Tiago und deutete auf ein Foto, auf dem Claire in Minirock und Overknee-Stiefeln mit Plateausohlen zu sehen war. »Wie hast du das nur fertiggebracht?«

Claire warf den Kopf in den Nacken und lachte herzhaft. »C'était un jeu d'enfant. Ein Kinderspiel war das. Ich bin den ganzen Tag darauf herumgelaufen, selbst Tanzen war kein Kunststück.« Vorsichtig löste sie das Bild von der Buchseite und legte es zu den anderen, die für die Leinwandabzüge infrage kamen. »Und apropos Tanzen …« Sie nickte Lucille zu, die die Playlist ihres Smartphones nach der passenden musikalischen Untermalung für diesen Abend durchsuchte und bislang wenig erfolgreich war. »Kannst du mal eine Platte auflegen, mit der auch ich etwas anfangen kann? Diese unmelodischen Stücke, die dich bei deinem Boxtraining bei der Stange halten, gehen mir langsam aber sicher auf die Nerven. Das ist doch keine Musik!«

Lucille grinste, klickte eine andere Playlist an und justierte die Lautstärke der Bluetoothbox nach oben. »Na, dann hoffe ich, *das* trifft deinen Geschmack!« Sie rückte den Stuhl beiseite und griff nach Tiagos Arm, als die ersten Klänge von Boney M.'s *Daddy Cool* durch den Raum wummerten. Claire ließ sich nicht zweimal bitten und gesellte sich sofort zu den beiden auf die improvisierte Tanzfläche mitten auf der Triskele. Das ungezähmte Lachen ihrer Großtante zu hören, während diese sich durchs Café wiegte, heute erstaunlich gut auf den Beinen, bereitete Lucille fast so viel Vergnügen, wie sich von Tiago im Kreis herumwirbeln zu lassen, bis ihr schwindelig wurde. Gemeinsam trällerten sie bekannte Liedtexte, schmissen die Beine in die Höhe, warfen die Hände über den Kopf und twisteten bis tief in die Hocke. Tiago war bester Laune und sprühte vor Energie, die Lucille auf eine unerwartete Weise einnahm, sich in ihr ausbreitete und etwas Verborgenes zum Flattern brachte. Ein Gefühl, das einer Mischung von Angst und Vorfreude glich. Fast so, als säße sie in einer Achterbahn und ratterte dem Himmel entgegen. Langsam, die Nerven auf maximaler Anspannung, gewann sie an Höhe, vollführten die Schmetterlinge im Bauch einen wilden Jive, doch der Moment, da sie in den Abgrund sehen würde, stand unausweichlich bevor.

Claire klatschte im Takt von Frank Zappas *Bobby Brown Goes Down*, während sie Lucilles und Tiagos wilde Zuckungen verfolgte und sich dann johlend auf einen Stuhl plumpsen ließ. »Mehr davon, Chérie, mehr davon!«, stieß sie aus, und Lucille war sich nicht sicher, was genau sie damit meinte. Dass das Glitzern in ihren Augen nicht nur der passenden Auswahl der Songs galt, stand für Lucille außer Frage. Sie kannte ihre Tante und deren Hang zur Zweideutigkeit lang genug, und sie hielt es für viel wahrscheinlicher, dass es in Claires Absicht lag, zu noch mehr ... Körperlichkeit zu animieren.

Zwischen zwei Umdrehungen, von denen die letzte sie in Tiagos Arme befördert hatte, warf Lucille Claire einen prüfenden Blick zu und kassierte ein Grinsen, das sich über das gesamte Gesicht ihrer Tante ausbreitete.

Habe ich also richtiggelegen, dachte sie und schüttelte amüsiert den Kopf. Dabei handelte es sich um eine Annäherung, die im Zuge ausgelassener Stimmung unumgänglich war. Miteinander zu tanzen bedeutete eben auch, auf Tuchfühlung zu gehen. Da war es völlig normal, dass sie Tiago anfasste, ihre Hände in der einen Minute auf seinen Hüften ruhen und in der nächsten die Rundung seines Hinterns erforschen ließ. Es war nichts Besonderes, dass er sich an sie drängte und ihr so erlaubte, jede Regung seines Körpers unmissverständlich wahrzunehmen. Es war legitim, dass ihre Blicke an Tiefe gewannen und Berührungen an Distanz verloren. Dass ein fiebriger Ausdruck in seine Augen trat und ihr Atem sich beschleunigte, wenn sein Mund dem ihren wie zufällig näher kam.

»Ich brauche eine Pause!«, keuchte Lucille und befreite sich von Tiagos Händen, die sich fest um ihre Taille gelegt hatten. Fester, als ihr lieb war. Die Achterbahn kam quietschend auf der Anhöhe zum Stehen.

»Ein Schluck Wein wird dir guttun, meine Liebe!« Claire hatte sowohl Tiagos als auch Lucilles Glas gefüllt und schob es ihnen entgegen, als sie sich beide an den Tisch setzten und sich den Schweiß von der Stirn wischten. »Im Übrigen denke ich, es ist an der Zeit, mich zu verabschieden. Mein Bett wartet.« Sie stand auf, gähnte herzhaft und streckte sich.

»Ich komm gleich nach!«, antwortete Lucille schnell. »Du kannst das Licht auf der Treppe eingeschaltet lassen.«

»Bist du dir sicher? Ihr habt es doch hier so ... lauschig.« Claire zwinkerte, grinste verwegen, und Lucille hoffte inständig, dass Tiago nichts davon mitbekam. »Wusstest du eigentlich, dass dein Tanzpartner ein Liebhaber alter Jazz-Stücke ist? Vielleicht überlässt du ihm zu so später Stunde die Auswahl der nächsten Lieder und ihr ... entspannt ein wenig, hm?«

Aus Tiagos Richtung war ein Räuspern zu vernehmen. Natürlich war auch ihm Claires Tonfall nicht entgangen, das anrüchige Wispern, das ohne Zweifel verriet, wovon ihr Geist schwärmte.

»Erde, tu dich auf!«, gab Lucille stöhnend von sich, während sie ihr Gesicht in den aufgestützten Händen verbarg.

»Tut nichts, was ich nicht auch tun würde!«, flötete Claire und entfernte sich leise lachend aus dem Gastraum. Und natürlich knipste sie auf ihrem Weg ins Obergeschoss sämtliche Lampen sofort wieder aus, sodass die anheimelnde Atmosphäre durch nichts gestört wurde.

»Entschuldige!« Vorsichtig lugte Lucille aus ihrem Versteck hervor und beäugte Tiago, der sich in seinem Stuhl zurückgelehnt hatte und sie ansah. Seine Augen spiegelten das Licht der Kerzen. In das satte Dunkelbraun stahlen sich Sprenkel, die nach jedem Wimpernschlag, den er tat, aufglühten wie Kohlen im Wind. Seine Lippen umspielte ein Lächeln, das Lucilles innere Hitze weiter anfocht, anstatt sie zu beruhigen. Er sah umwerfend aus, fand sie und schluckte. »Claire neigt zur Übertreibung. Falls es dir noch nicht aufgefallen sein sollte. Ich hoffe, du fühlst dich dadurch nicht ...«

»Ich fühle mich großartig!«, unterbrach er sie. »Und wie geht's dir?«

Lucille wandte den Blick ab, weil sie das Gefühl hatte, ihn keine Sekunde länger anschauen zu können, ohne in Flammen aufzugehen. Wieso um alles in der Welt reagierte sie plötzlich so auf ihn? Er war nett, er half ihrer Tante aus der Misere, er hatte sich ihr geöffnet, und ja, verdammt, im Moment sah er aus wie der südländische Abklatsch von Johnny Castle, kurz bevor er Baby in seinem Campingbett vernaschte. Lucille erinnerte sich lebhaft an die Szene aus *Dirty Dancing* und musste schmunzeln.

»Stimmt es, dass du gern Jazz hörst?«

Er nickte, langte über den Tisch und nahm ihr Handy an sich. Die Beatles verstummten. »Darf ich bitten, Lucille Bouton?«, flüsterte er und erhob sich, als die ersten Töne eines Liedes erklangen, das Lucille zwar unbekannt war, doch sie nach wenigen Takten tief berührte. Eine Big

Band aus Streichern und Bläsern spielte ein kurzes Intro, dem der weiche, emotionsgeladene Gesang einer Frau folgte. Ihre Stimme, die der einer Opernsängerin in nichts nachstand, verschlug Lucille augenblicklich die Sprache, und so umfasste sie wortlos Tiagos Hand und ließ sich von ihm zurück in die Mitte des Raumes geleiten. Seine Finger kreuzten sich mit ihren, sanft strich sein Daumen über jede Erhebung, und wie von selbst verringerte sich der Abstand zwischen ihnen, bis die Rundung ihrer Brust seinen Oberkörper streifte. Langsam ausatmend lehnte Lucille ihre Stirn an sein Kinn, spürte den warmen Luftzug, der seine Lippen verließ, an ihrem Haaransatz und rückte einen weiteren Zentimeter näher an ihn heran.

»Was sie singt, klingt traurig-schön«, murmelte sie am Ausschnitt seines T-Shirts. »Sie erzählt von einer Liebe, die nicht mehr ist, was sie war, n'est-ce pas?«

»Ja«, hauchte er. »So, wie es oft im Leben spielt. Man muss kein Paar sein, um etwas zu verlieren, das einst verband.« Seine Hände umfassten ihre Handgelenke, fuhren an ihren Unterarmen hoch und hinterließen eine Gänsehaut, die sich über ihre Schultern zu ihrem Hinterkopf fortsetzte und ein fast unmerkliches Schaudern verursachte. Sie hatte nicht angenommen, dass er ihre Regung bemerken würde. Doch er wich ein Stück zurück, um ihr in die Augen zu sehen, schien ihr Befinden zu prüfen.

»Es geht mir gut«, versicherte sie ihm, war sich aber des Quäntchens Lüge, das sich in ihrer Wahrheit versteckte, bewusst. »Es ist nur diese ... Musik.«

»Ich weiß«, gab er zurück und streichelte über ihren Rücken, drückte sie wieder fester an sich. »›Sie findet dich, und du kannst nichts dagegen unternehmen‹, sagte mein Vater immer. Und er hatte recht.«

Lucille legte ihren Kopf in den Nacken, um Tiago anzuschauen. »Deine Eltern fehlen dir sehr?«

»Mehr, als du dir vorstellen kannst.«

Sie presste ihre Wange an seine Brust, lauschte auf das Klopfen dahinter, tauchte ein in den Rhythmus, der sich in seltsamer Weise mit dem des Liedes synchronisierte und auch ihr Herz zu erfassen schien. Tiagos Atem ging langsam, seine Hände lagen fest auf ihren Schulterblättern. Sie brannte unter der Hitze, die von seinen Handinnenflächen ausstrahlte, glaubte, zu zerschmelzen im Fieber, das seine Berührung in ihr auslöste. Ihre Finger in die vorderen Taschen seiner Jeans eingehakt, um Halt zu finden und nicht kraftlos in die Knie zu gehen, schmiegte sie sich an ihn, ließ sich wiegen, sog jede Liebkosung, die er ihr schenkte, auf wie ein trockener Schwamm.

»Oh, diesen Song kenne ich!«, sagte sie, als das Lied zu Ende gegangen war und ein neues begann.

»Das glaube ich dir sofort! Es wurde schon oft und unterschiedlich interpretiert. Doch wie sie es singt ...« Ein Schwärmen tönte in seiner Stimme, bevor er die Worte der Sängerin aufgriff und sie leise an Lucilles Ohr drangen. »Summertime, and the living is easy. Fish are jumping and the cotton is high. Oh, your daddy's rich and your ma is goodlooking. So hush, little baby, don't you cry.«

Ein Rauschen jagte durch Lucilles Adern, verfing sich irgendwo in den Tiefen ihrer Eingeweide und löste eine Welle des Schmerzes aus, die jedes ihrer Organe befiel. Die Hände auf den Bauch gepresst, krümmte sie sich und spürte, wie Tränen ihre Augen fluteten.

Tiago schob sie von sich und hielt sie an den Oberarmen fest. Sorge trat auf seine Gesichtszüge. »Was ist passiert?«, fragte er und manövrierte sie in Richtung der

Stühle. »Geht es dir nicht gut? Möchtest du dich einen Moment hinsetzen?«

»Es geht schon«, stieß sie aus, atmete tief, bis das schneidende Gefühl nachgelassen hatte und ein langsam verebbendes Pochen zurückblieb. Tiago hatte ihr seinen Arm um die Schulter gelegt und stützte sie. Er beobachtete ihre Regungen, schien vorbereitet auf alles, das sich ihm zeigen würde, sagte aber nichts. Er gewährte ihr Zeit. Zeit, in der sie überlegte, ob und inwieweit sie ihm von den wahren Gründen für ihre plötzliche Traurigkeit erzählen konnte und wollte – denn das war es, was hinter der gerade überstandenen Schmerzattacke steckte. In dieser Hinsicht war es unnötig, sich selbst zu belügen. Nicht mehr zu belügen. Und war es nicht Tiago, dem sie diese Einsicht zu verdanken hatte? Der sie in seiner ganz ureigenen und so sanften Art auf eine Problematik aufmerksam gemacht hatte, die seit Jahren in ihr schwelte. Vor der sie sich versteckt hatte, die sie als nicht länger existent verbannt hatte. Doch Narben brachen auf, manchmal zu den unmöglichsten Zeitpunkten, und Gefühle, die verdrängt worden waren, klopften irgendwann an die Pforten der Seele. Sie ruckelten am sprichwörtlichen Türknauf, drängten sich mit aller Gewalt ins Bewusstsein, weil sie wahrgenommen werden wollten. Weil sie wahrgenommen werden *mussten*.

Lucille holte Atem und richtete sich zu voller Größe auf. »Die Zeilen, die du gesungen hast … sie drücken aus, was ich empfinde, wenn ich an meine Eltern denke. Die Worte passen, als hätte sie jemand für mich verfasst, zumindest an dieser Stelle des Liedes.«

Tiago runzelte die Stirn, nickte aber verständnisvoll.

»Erwähnte ich, dass meinen Eltern Geld und gesellschaftliches Ansehen extrem wichtig ist?«

»So etwas in der Art dachte ich mir schon.«

Sie sah ihn entgeistert an und neigte den Kopf zur Seite.

»Deine Abneigung Leuten gegenüber, die ... nun ja, wohlhabend sind, kannst du nicht verbergen.« Er druckste herum, betrachtete seine Schuhe.

Lucille sog hörbar Luft in ihre Lunge, als sie verstand. »Es ist ... es war dumm von mir, das zu generalisieren. Immerhin habe ich dazugelernt und weiß, es sind nicht alle gleich. Du bist ... anders.« Sie wischte sich eine Träne aus dem Augenwinkel. Es war an der Zeit, Tiago gewisse Dinge wissen zu lassen, er hatte es verdient. »Mein Vater ist Arzt. Er führte eine erfolgreiche Praxis im Erdgeschoss des Hauses, in dem ich aufwuchs. Er war beliebt, seine Patienten vergötterten ihn, weil er für all ihre Belange ein offenes Ohr hatte. Er nahm sie ernst, hörte sich an, was sie quälte, suchte gemeinsam mit ihnen nach Lösungen. Er beschäftigte sich mit den Menschen, untersuchte sehr gewissenhaft. Niemand musste je das Gefühl haben, durchgeschleust zu werden, wie es in vielen anderen Arztpraxen der Fall ist.« Lucille seufzte. »Er liebte seinen Beruf. Er liebte ihn von jeher. Als meine Maman mit mir schwanger wurde, war das für ihn ... ein Schock. Er wollte nie Kinder haben, sondern sich nur auf den Beruf konzentrieren, verstehst du? Er wollte mich nicht. Er hat mich nie gewollt! Ich war Ballast. Und das hab ich von klein auf gespürt. Es gab keine Nähe, es gab keine Streicheleinheiten, keine Liebkosungen. Alles war ... reserviert und kalt.«

»Was war mit deiner Mutter? Nahm sie das alles so hin?«, fragte Tiago im Flüsterton.

Lucille winkte ab. »Für Maman war es von Bedeutung, dass sie sich die tollsten Kleider, das beste Make-up und die angesagtesten Restaurants leisten konnte. Sie war die klassische Arztgattin und fühlte sich damit mehr als ausgelastet – obwohl sie nichts zu tun hatte, außer hübsch auszusehen. Mit mir beschäftigte sich allerhöchstens die Nanny. Und später natürlich Claire.«

»Und trotzdem wollten sie dich in eine Richtung zwingen, die du nicht anstrebtest?« Tiago schüttelte den Kopf, und Lucille sah ihm an, wie sehr er mit ihr fühlte.

»Es stellte sich heraus, dass ich gut in der Schule war und beste Noten mit nach Hause brachte. Zu diesem Zeitpunkt prahlten sie gern mit mir vor ihren Bekannten und im Freundeskreis. Ganz plötzlich war ich die Vorzeigetochter, die später einmal in die väterliche Praxis einsteigen und zu noch mehr Ansehen und Ruhm und Geld verhelfen würde.«

Tiago sah sie an, legte ihr eine Hand an die Wange und streichelte sanft darüber. »Aber durch diese Pläne hast du ihnen einen dicken Strich gezogen!« In seinen Worten klang Stolz mit, eine Wertschätzung, wie Lucille sie nur von Claire kannte. »Du hast getan, was *du* für richtig hieltest.«

»Oui«, hauchte sie. »Und das war der Anfang vom Ende. Ich habe meine Eltern seit einer Ewigkeit nicht mehr gesehen. Nicht mal gesprochen.«

Tiago drückte ihren Kopf an seine Brust und streichelte ihr übers Haar, wiegte sie zu den sanften Klängen, die durch das Café hallten. »Vermisst du sie?«

Lucille schmiegte sich an Tiago und umschlang ihn mit beiden Armen, damit sie ihm noch näher sein konnte. »Ich weiß nicht«, antwortete sie. »Ich glaube, ich vermisse nicht sie als meine Eltern, sondern als das, was sie für mich hätten sein können.« Es tat gut, es endlich auszusprechen. Zu beklagen, dass sich zwischen ihr und ihren Eltern nichts entwickelt hatte, das einer echten Bindung nahekam. Zuzulassen, dass der Verlust einer Beziehung, die nie eine gewesen war, hin und wieder schmerzte.

Tiago

Ihr Haar kitzelte zwischen seinen Fingern. Sanft streichelte er Lucille unentwegt über ihren Kopf, fuhr die Kontur ihrer Ohrmuschel nach und zeichnete unsichtbare Linien entlang ihres Kinns. Als seine Hand über ihre Wange fuhr, bemerkte er, dass sie weinte. Es war kein Heulkrampf, der sie schüttelte, sondern einzelne Tränen, die an ihren Nasenflügel entlangliefen und herabtropften.

»Kann ich irgendetwas für dich tun?«, fragte er und strich ihr in kreisenden Bewegungen über den Rücken. »Möchtest du dich setzen? Vielleicht etwas trinken?« Ganz sicher war es ihr schwergefallen, sich ihm gegenüber zu öffnen und über ihre Eltern zu sprechen. Wenn er sie richtig verstanden hatte, war die Anzahl derer, die über die Geschehnisse ihrer Kindheit und Jugend Bescheid wussten, sehr klein. Neben Claire gab es, wie er es einschätzte, kaum jemanden, der zu ihrem inneren Kreis zählte, weswegen es ihn mit Dankbarkeit erfüllte, dass sie ihn eingeweiht hatte. Endlich schien sie verstanden zu haben, dass ihm etwas an ihr lag, dass sie ihm vertrauen durfte.

»Nein«, murmelte sie an seiner Brust. »Ich möchte mich nicht setzen. Es geht mir gut, versprochen. Wenn du mit dem, was du da machst, einfach fortfahren könntest …«

»Hiermit?« Er stellte seine Fingerspitzen auf und malte Ornamente zwischen ihre Schulterblätter.

Sie schnurrte, presste sich an ihn. »Diese Musik bewegt etwas in mir.« Sie sah kurz auf, lächelte ihn an, ihre Augen leicht verengt. »*Du* bewegst etwas in mir. War das Absicht?«

»Ich habe gehofft, dass ich dir nicht egal bin.«

»Das bist du nicht.«

»Das klingt fast so, als wünschtest du, es wäre anders.«

»Was ich mir wünsche, willst du nicht wissen!«

Ihre Hände rutschten über seine Lendenwirbel und übten sanften Druck aus. Scharf sog Tiago die Luft ein und schloss seine Augen. In seinem Kopf hallte das Echo einer Stimme, die ihn aufforderte, alles auf eine Karte zu setzen. »Und wenn ich dich bitte, mir zu verraten, *was* du dir wünschst?«, fragte er. Ihre Haare dufteten wie ein Sommermorgen im Wald, Nuancen von Kiefer vermischten sich mit dem Hauch sich entfaltender Blüten. Ein betörender Geruch. Die Frequenz ihres Herzschlages hatte sich verdoppelt, deutlich spürte er das schnelle Pochen an seiner Brust, empfing die Wärme ihres Atems durch den Stoff seines T-Shirts. Sie rückte ein Stück von ihm ab. Ihre Schultern hoben und senkten sich, sie schien aufgeregt und um Worte ringend. Vorsichtig führte er seine Hand unter ihr Kinn und hob es an. »Alles darf, nichts muss«, flüsterte er, und es war genau so gemeint, wie er es ausgesprochen hatte. Die Spannung, die in der Luft lag, könnte sich sowohl in die eine als auch in die andere Richtung entladen. Er war zu allem bereit. Doch die Entscheidung wollte er ihr überlassen.

»Normalerweise bin ich nicht so zimperlich.« Ein nervöses Lachen entrang sich ihrer Kehle, in ihren Augen schimmerte ein Ausdruck, den Tiago als Unsicherheit deutete. Sie wirkte gehemmt.

Behutsam umfasste er ihr Gesicht mit beiden Händen, strich über ihre Schläfen, fuhr den Bogen ihrer Brauen nach. Sie zitterte unter seiner Berührung und schloss die Augen, drückte ihre Wange in seine Handinnenfläche.

»Ich möchte dich küssen«, flüsterte sie plötzlich, und ihre Lider flatterten. »Küssen, als hätte ich noch nie jemanden geküsst.«

Ein Laut des Erstaunens kam über seine Lippen, obwohl er sich danach gesehnt hatte, sie möge genau diese Worte an ihn richten. Er hatte davon geträumt, seit sie sich das erste Mal begegnet waren. Und doch war es ihm unwahrscheinlich erschienen, jemals einen solchen Moment mit ihr teilen zu dürfen. »Ich werde dich sicher nicht davon abhalten.«

Ihre Augen flogen auf, als hätte sie mit einer anderen Antwort gerechnet. Als hätte sie angenommen, er würde sich abwenden. War ihr nicht klar gewesen, dass er sich nichts mehr wünschte, als ihr nah zu sein? Seelisch wie körperlich?

»Lucille«, wisperte er und strich mit seiner Nasenspitze über ihre, spürte ihren Atem an seinem Mund. Sein Blick fiel auf ihre geöffneten Lippen, auf denen sich ein Lächeln zeigte, das in seinem Bauch einen Schmetterlingsaufruhr auslöste. »Lucille Bouton, du bist mein wahr gewordener Traum. Mach mit mir, was immer du willst!« Er löste seine Hände von ihrem Gesicht, ließ sie langsam an ihrem Hals entlanggleiten, folgte der Kurve ihrer Schultern und umfasste ihre Oberarme. Als er die feste Struktur ihrer Muskeln unter seinen Fingern spürte, straffte sich sein gesamter Körper. Es war, als würde sich ihre Spannung auf ihn übertragen, als bildete sich ein Wechselkreislauf, bei dem elektrische Impulse in rasender Geschwindigkeit von einem Pol zum anderen sprangen. Würden Blitze zwischen ihnen hin- und herzucken, es hätte ihn nicht gewundert. Seine Hände wanderten weiter an ihren Armen herab, spielerisch verschlangen sich seine Finger mit ihren, hielten sie fest und lösten sich wieder.

»Also darf ich?«, hauchte Lucille, und ihre Lippen öffneten sich einen Spalt mehr.

»Dass du überhaupt um Erlaubnis fragst.« Er schmunzelte und legte den Kopf schief.

»Bei dir ... ist es anders.«

»Ich fasse das als Kompliment auf.«

»Das solltest du auch, Tiago Gibaldi.«

Ihr leises Lachen erklang, und wenn es möglich war, drängte sie sich noch näher an ihn heran, ihr Gesicht keinen Zentimeter mehr von seinem entfernt. Heiß streifte ihr Atem seine Haut, streichelte sie. Und noch bevor sich seine Lippen auf die ihren legten, wusste er, sie würde nach Apfel schmecken. Frisch, spritzig, abenteuerlich.

Seine Zunge stieß an ihre, drang vor, zog sich zurück.

»Hör nicht auf damit!«, keuchte sie, als er ihre Mundwinkel küsste und seine Zähne über die Haut an ihrem Hals kratzen ließ. »Das fühlt sich zu gut an, um es je wieder zu beenden.«

»Keine Sorge, ich habe nicht vor, irgendetwas zu beenden – wo wir doch gerade erst angefangen haben.« Seine Hände erkundeten die Rundung ihres Pos, legten sich auf den Übergang zu ihren Oberschenkeln ab und griffen zu. Mit einem Ruck saß sie auf seinen Hüften, schlang ihre Beine um ihn und hielt sich an seinem Nacken fest. Wieder und wieder suchten und fanden ihre Lippen seine, antwortete ihr Körper ihm mit dem gleichen Verlangen, das er empfand. Ihre gegenseitige Hingabe glich einer

Spurensuche. Sie lasen Krumen der Leidenschaft auf, die der jeweils andere hinterließ, labten sich daran wie ausgehungerte Tiere.

»Wohin entführst du mich?« Lucille sah sich um, als Tiago sie durch den Gastraum in Richtung Backstube trug, wo er im Vorbeigehen eine kleine Lampe einschaltete, die für schummriges Licht sorgte.

»Dahin, wo ich dich auf einem stabilen Tisch absetzen kann.«

In ihre Augen, die im Halbdunkel zu glühen schienen, mischte sich ein Ausdruck von Verwirrtheit, der Tiago schmunzeln ließ.

»Um was zu tun?«

»Ganz schön ungeduldig«, flüsterte er und steuerte den Tisch an, an dem er sich zum ersten Mal mit Lucille und Claire unterhalten hatte. Er ließ Lucille von seinen Hüften auf die Tischplatte rutschen, blieb zwischen ihren Beinen stehen und sah sie an. »Ich hoffe, du hast nichts dagegen …«

Ihr Blick fiel auf seine Hände, die sich am Bund ihrer Hose zu schaffen machten. »Nicht das Geringste!«, antwortete sie und hob ihr Becken an. Jeans und Slip landeten auf dem Boden, ihr Shirt und der BH folgten.

Tiago umfasste ihre Knie, die sie an ihren Körper gezogen hatte, und spreizte sie langsam. Ihre Zehen krallten sich um die Tischkante. Er beugte sich vor, liebkoste Lucilles Hals, streifte mit der Hand eine ihrer Brüste und fühlte die aufgerichtete Brustwarze. Er umfasste sie mit Daumen und Zeigefinger, strich sanft über die pralle Erhebung und hauchte seinen Atem darauf. Als seine Zunge die Spitze berührte, bäumte sich Lucille unter ihm auf. Ein Zittern durchfuhr sie. Ihre Muskeln spannten sich an, zuckten und gaben die Erregung wellenartig weiter.

»Du bist so schön«, sagte er und ging in die Hocke, ließ seine Zunge über die Innenseite ihrer Oberschenkel gleiten, schob eine Hand unter ihr Hinterteil und fand mit der anderen den Weg in ihre Mitte. Er massierte sie, kostete von ihr, genoss die fordernden Bewegungen, die bestätigten, dass ihr gefiel, was er tat. Von oben griffen ihre Hände nach ihm, und er hörte ihren schnellen Atem, nahm aus dem Augenwinkel wahr, dass sie sich aufgerichtet hatte, um ihn zu beobachten. Sie keuchte seinen Namen, schob ihm ihr Becken entgegen, und sein Sehnen, sie ganz für sich zu beanspruchen, wuchs ins Unermessliche.

»Geh nicht weg!«, wisperte er, als sie mit einem Mal aufstand und sich an ihrer Handtasche zu schaffen machte, die an einem Stuhl hing.

»Das habe ich nicht vor!« Mit einem Augenzwinkern hielt sie ihm ein Kondom hin und lächelte. »Ganz im Gegenteil!«

Schwer atmend riss er das Päckchen auf und wandte sich für einen Moment ab, bevor er sie an die Hand nahm und mit ihr zurück ins Café ging, wo er sich in die Mitte der Triskele auf den Boden setzte. Behutsam zog er Lucille auf seinen Schoß. Im Schein der flackernden Kerze tanzten Licht und Dunkelheit auf ihrem nackten Körper, malten Konturen, schmiegten sich an die knöchernen Fortsätze ihre Hüften und Schultern. Tiago schloss die Augen, als sie ihn umfasste, um ihn zu lenken, sodass er mühelos in sie hineinglitt. Sie so nah zu spüren, sie auszufüllen und zu empfangen, was sie zu geben hatte, bewirkte, dass alles um ihn herum verschwamm. Zeit und Raum wurden eins, vereinigten sich zu einer Dimension, in der nur noch der Moment zählte.

Alles, was er brauchte, war sie.

Alles, was er wollte, war sie.

Und gemessen an der Geschwindigkeit, mit der sie ihn ritt, stand ihr Begehren dem seinen in nichts nach. Wenn sie so weitermachte ...

Sie ließ ihre Hände auf seine Brust sinken, stützte sich ab und hakte ihre Füße unter seine Waden, als wollte sie dem Gipfel entgegenstürmen. Doch in einer geschmeidigen Bewegung drehte er sie auf den Rücken, sodass es nun an ihm lag, das Tempo zu bestimmen. Langsam zog er sich aus ihr zurück, nicht vollständig, aber genug, um sich dann erneut vorzutasten. Er betrachtete sie, ihren geöffneten Mund, aus dem ihr Atem keuchend entwich. Ihre Augen, die zu ihm aufblickten, schimmerten, entließen Tränen.

Tiago hielt inne, streichelte über Lucilles Wange. »Ist alles in Ordnung?«

»Ja!«, antwortete sie und lächelte. »Du bist ...«

Er grinste. »Unverschämt sexy? Das Beste, was dir je passiert ist?«

»Mein fehlendes Puzzlestück.«

Sie stützte sich auf ihre Unterarme, richtete sich auf und küsste ihn. Langsam, als müsste sie sich die Konturen seiner Lippen einprägen, dann fordernder, bis sie sich wieder zurücklehnte und in eine Position brachte, die Tiago unmissverständlich deuten konnte. Sein Herz pochte wild in seiner Brust, als seine Bewegungen schneller wurden und zu einem Rhythmus fanden, der ihre Körper durchschüttelte.

»Das ist Folter«, stöhnte sie und stemmte sich ins Hohlkreuz, überstreckte ihren Kopf. Beide Arme dehnte sie nach hinten, ihre Finger ineinander verschränkt. »Hör niemals auf!« Ihre Bitte glich einem Flehen, ihre Stimme einem Wimmern.

Seine Hände packten ihre Hüften, schoben sie seinen Stößen entgegen. Er konnte nicht mehr warten. Er wollte sie mitnehmen, ihr geben, worauf sie wartete.

Sie erlösen.

Sich erlösen.

Ihr gesamtes Inneres schien sich um ihn zu schließen, als die Druckwelle sie beide erfasste und er in eine Million Einzelteile zerfiel.

Die Musik war verstummt. Und als er die Augen öffnete, sein Gesicht direkt über dem ihren, lächelte Lucille ihn an. Es war kein Lächeln, das aus einer herkömmlichen Zufriedenheit heraus entstand. Es war kein Ausdruck von guter Laune oder die mimische Bestätigung für den fantastischen Sex, der hinter ihnen lag. Für Tiago war es viel mehr als das. Er las in ihrem Lächeln von einer Zuneigung, deren Tiefe er nie für möglich gehalten hatte. Von einer Liebe, die gerade erst ihre zarten Anfänge erlebte und sich für all das Wunderbare öffnete, das ihnen bevorstand. Es war das schönste Lächeln, das er je bei einem Menschen bestaunt hatte.

Er legte sich neben Lucille und ließ sie sich in seine Armbeuge kuscheln. Ihre Haarspitzen waren feucht und kringelten sich leicht.

»Du hast Locken?«, fragte er und blickte auf ihren blonden Schopf hinab.

»Wenn meine Haare länger wären. Aber ich hab mich von der Mähne verabschiedet, als ich vierzehn wurde, übrigens sehr zum Missfallen meiner Eltern.«

»Weil es dir nicht gefiel oder weil du eine Rebellion anzetteln wolltest?«

Sie lachte. »Wahrscheinlich beides.« Sie drehte sich auf die Seite, damit sie ihn anschauen konnte. »Ich glaube, ich war es leid, wie ein typisches Mädchen auszusehen.«

»Und da hast du dir gedacht, Kickboxen würde das Ganze in angemessener Weise unterstreichen.«

»Alors, das kam später. Ich glaube, meine Mutter wäre einem Herzinfarkt erlegen, hätte ich damals schon mit dem Kampfsport angefangen. Bis es so weit war, tat ich noch einige Schritte, die sie maßlos enttäuschte.«

»Ich finde, du hast alles richtig gemacht.«

Sie schluckte hörbar. Erneut füllten sich ihre Augen mit Tränen und eine ihrer Hände wanderte an Tiagos Wange. Zärtlich streichelte sie darüber, reckte ihren Hals und küsste seine Mundwinkel. »Was tust du nur mit mir?« Verzweiflung klang in ihrer Stimme mit.

»Ich schenke dir alles, was ich bin, und alles, was ich habe.«

»Das hast du süß gesagt«, murmelte sie, verbarg ihr Gesicht an seiner Achsel und wickelte ihren Arm um seine Taille.

Süß gesagt? Ein Stirnrunzeln legte sich über Tiagos Brauen, doch er äußerte nichts von dem Unbehagen, das sich irgendwo in seiner Magengrube als unnachgiebiges Ziepen bemerkbar machte. Er zog es vor, den Augenblick zu genießen. Den Moment, in dem er und Lucille eng umschlungen auf dem Boden dieses wundervollen Cafés lagen, unter sich die Triskele, die durch ihre Hände entstanden war. An Perfektion waren die vergangenen Stunden kaum zu überbieten. Warum sollte er ihre Zweisamkeit jetzt infrage stellen, indem er auf einer Formulierung herumritt, die sie im Halbschlaf von sich gegeben hatte?

Vorsichtig senkte er sein Kinn, blickte Lucille an und versuchte auszumachen, ob sie eingeschlafen war.

»Ich bin hellwach!«, gab sie von sich und grinste.

»Natürlich!«

»Das nennt man postkoitale Entspannung, falls du es nicht weiß.«

»Oh, ich bin bestens informiert.« Er drückte seine Lippen an ihre Stirn und küsste ihre noch feuchte Haut. »Wollen wir uns dafür ein gemütlicheres Plätzchen suchen?«

»An was hast du gedacht?«

»Glaubst du, deine Tante wäre sehr schockiert, wenn ich morgen früh aus deinem Zimmer käme?«, stellte er eine Gegenfrage.

Lucilles Lachen schallte laut durch den Raum. »Sie würde eher auf die Knie fallen und wem auch immer dafür danken, glaub mir!«

»Na dann ...« Er entzog ihr seinen Arm und setzte sich auf, sie aber blieb liegen. »Oder ist es dir nicht recht?«

Ihr Atem ging langsam, die Bauchdecke hob und senkte sich gleichmäßig, ihre Augen hielt sie immer noch geschlossen. Sie erweckte den Eindruck von Losgelöstheit. Doch ihre Kieferknochen mahlten. »Ich bin doch kein Unmensch!«, antwortete sie und kam schneller in den Stand, als es Tiago lieb war.

Sie zogen sich ihre Unterwäsche an, pusteten die Kerze im Café aus und löschten das Licht in der Backstube. Den Rest ihrer Kleidung an sich gepresst, stiegen sie im Dunkeln die Treppe zum Obergeschoss empor, bedacht darauf, Claire nicht zu wecken. Tiago folgte Lucille Stufe um Stufe, zwei Finger in den Bund ihres Slips eingehakt, um sich in der gnadenlosen Finsternis des Hausflures zurechtzufinden. Als sie oben angekommen waren und die Diele entlangschlurften, führte Lucille ihn an eine Tür vorbei, hinter der ein gut vernehmbares Schnarchen erklang.

»Sie schläft den Schlaf der Gerechten«, flüsterte sie. »Übrigens erst, wie sie betont, seit du in ihr Leben getreten bist. Also Kompliment an dich!« Lautlos klatschte sie ihm Beifall und zwinkerte, was er im Schein einer schwachen Lichtquelle, die sich vor ihnen befinden musste, erkennen konnte. Er verneigte sich und lächelte, bevor er einen Blick in das Zimmer rechts von ihm warf, aus dem ein süßlicher Geruch an seine Nase drang.

»Raucht Claire etwa Pot?«

Lucille lachte leise. »Hin und wieder. Hast du von einer Hippietante etwas anderes erwartet?«

Ihr darauf zu antworten war überflüssig. Stattdessen amüsierte er sich still, während er sich die alternde Claire Finique mit einem Joint zwischen den beringten Fingern vorstellte.

Abrupt blieb er stehen und zeigte auf etwas neben der Tür, die Lucille gerade öffnen wollte. Um den beachtlichen Penis einer Gipsfigur war eine Lichterkette gewickelt, die im Sekundentakt bunt aufleuchtete.

Lucille grinste. »Darf ich vorstellen: Humbert. Einstiges Model und angebeteter Verflossener meiner Tante. Und bevor du dich wunderst: Die Deko ist volle Absicht. Sie wechselt sogar von Zeit zu Zeit. Bis vor Kurzem war eine rote Schleife darumgebunden.«

Tiago gluckste.

»Kommst du oder musst du den Schock erst noch überwinden?«

»Ich bin schon da«, flüsterte er, folgte Lucille ins Zimmer und schlüpfte sofort zu ihr ins Bett.

In dieser Nacht wunderte ihn gar nichts mehr.

Sonnenlicht drang durch seine geschlossenen Augenlider. Kleine rote Kreise funkelten hinter dem samtenen Vorhang, den er zu öffnen noch nicht bereit war. Wohlig drehte Tiago sich auf die Seite, streckte seine Hand aus und erwartete, Lucilles warmen Körper unter seinen Fingern zu spüren. Doch was er zu greifen bekam, war die Umschlagkante eines kalten Lakens.

Er seufzte und öffnete seine Augen. Sein Blick fiel auf ihre Jeans, die er ihr gestern von den Beinen gestreift hatte, bevor er ...

Das Kribbeln in seinen Leisten erinnerte ihn an die Lust, die er verspürt hatte. Die Nähe, die sich zwischen ihm und Lucille entwickelt hatte. Langsam setzte er sich auf und sah auf seine Armbanduhr.

»Oh, du bist wach!« Lucille schloss die Tür hinter sich und balancierte ein kleines Tablett vor sich her. »Kaffee?«

»Liebend gern!« Er nahm die dampfende Tasse entgegen und lehnte sich mit dem Rücken an die Wand. Lucille setzte sich zu ihm aufs Bett und genoss den starken Duft ihres Espressos. Sie trug eine Latzhose, an der Sand klebte, und ein weißes T-Shirt. Ihre Haare waren in Form gelegt, auf ihren Wimpern schimmerte Mascara.

»Bist du schon lange auf? Ich habe dich vermisst.« Dass sie nicht erst vor zwei Minuten dem Bett entstiegen war, lag auf der Hand. Er fragte trotzdem nach, um ein Gespräch in Gang zu bringen.

Sie schüttelte den Kopf und nippte an ihrem Tässchen.

Vielleicht war sie müde, weil sie nicht genug geschlafen hatte. Weil sie beide mit anderen Dingen beschäftigt gewesen waren. Dingen, die sein Herz auch jetzt noch stolpern ließen.

»Wollen wir uns noch ein paar Minuten hinlegen? Es ist ziemlich gemütlich.« Er grinste sie an und lüpfte die

Decke ein paar Zentimeter. Beim Gedanken daran, über ihre festen Rundungen zu streicheln, breitete sich die Hitze in seinem Schoß weiter aus, füllte sich sein Herz mit dieser allumfassenden Liebe. Ja, dachte er, ich liebe sie. Eine andere Erklärung hatte er nicht für das Gefühl, das ihn überkam, wann immer sie in seiner Nähe verweilte. Für das Band, das sie geknüpft hatten in der Zeit, die sie miteinander verbracht hatten. Angefangen bei der zartesten aller Berührungen in Claires Küche bis hin zu dem sinnlichen Feuerwerk, das sie in der letzten Nacht erlebt hatten.

Tiago bemerkte, dass seine Mundwinkel sich scheinbar ohne sein Zutun nach oben bewegt hatten, und er befürchtete, das dämlichste Lächeln auf den Lippen zu tragen, das die Welt je gesehen hatte.

»Lieber nicht«, gab sie zurück. »Claire und ich haben angefangen, die Möbel für den Außenbereich zu säubern.« Sie zeigte auf die sandigen Stellen an ihrer Latzhose. »Ich will sie nicht zu lange warten lassen.«

Er nickte, auch wenn sich Enttäuschung in ihm breitmachte. Aber der Tag hatte gerade erst angefangen. Lucille und er hatten mehr als genug Zeit, die vor ihnen lag. Gemeinsame Zeit.

»Ich habe nachgedacht«, sagte er, als sie aufgestanden war und ihre Kleidung von gestern Abend sortierte. »Was hältst du davon, wenn wir es gleich deiner Tante erzählen?«

»Ihr was erzählen?«, fragte sie und sah auf, offene Verwunderung in ihrem Blick.

»Na, das mit uns. Dass wir ... du weißt schon.«

»Dass wir miteinander geschlafen haben?« Sie lachte kurz auf. »Ich glaube nicht, dass sie das erfahren muss.

Ich bin ihr keinerlei Rechenschaft schuldig. Du natürlich erst recht nicht.«

Tiago rückte auf die Bettkante vor, platzierte beide Füße auf dem Boden. Der Kontakt mit einem festen Untergrund schien ihm hilfreich. »Seien wir mal ehrlich: Ich kann mir nicht vorstellen, dass sie es nicht längst schon weiß.« Er kniff seine Augen und schmunzelte. »Du warst ziemlich laut gestern!« Seine Brauen bewegten sich in einer schnellen Abfolge auf und ab.

Lucille zwinkerte ihm zu und fuhr fort damit, ihr Zimmer aufzuräumen, reichte ihm seine Hose und sein Shirt und lehnte sich abwartend an den Schreibtisch. Gut, sie war mit den Gedanken bei der Arbeit auf dem Innenhof. Vielleicht musste er deutlicher werden?

»Im Übrigen meinte ich, dass wir ihr *von uns* erzählen sollten.« Er zeigte auf sie und auf sich. »Also von der Tatsache, dass wir ... zusammen sind.« Er schlug die Bettdecke zurück, stieg in seine Jeans und grinste. »Wenn sie tatsächlich so begeistert ist, wie du annimmst, schlägt sie uns vielleicht vor, demnächst das Studio im obersten Stockwerk zu beziehen. Es steht ja seit Jahren leer. Fürs Erste wäre das für uns bestimmt genau das Richtige.«

Lucille lachte. »Da hast du vollkommen recht. Wir können uns ja immer noch etwas Größeres suchen. Spätestens, wenn wir ein Kind bekommen, wird das Studio nicht mehr reichen. Wo sollten wir da oben ein Kinderbettchen und eine Wickelkommode unterbringen ...«

Tiago hatte sein Tun unterbrochen. »Ehrlich, Lucille!« Er breitete seine Arme aus und machte einen Schritt auf sie zu. »Wir zwei sind wie füreinander geschaffen.«

Lucille legte ihre Stirn in Falten, ihre Lippen öffneten sich einen Spaltbreit, als wollte sie etwas sagen, brachte es aber nicht sofort heraus. Sie schüttelte den Kopf, erhob ihre Hand in einer Geste der Abwehr und streckte sie Tiago entgegen. »Du ... du sprichst von all dem fast so, als meintest du es ernst.« Ein künstliches Lachen ertönte. »Das ist doch nicht so, oder?« Sie sah ihn an, durchbohrte ihn mit ihren Blicken.

»Na ja, ganz abwegig ist es ja nicht«, stammelte Tiago und kam einen weiteren Schritt näher. Wieso hielt sie ihn auf Abstand? Was sollte der Unsinn, so zu tun, als müsste sie sich vor ihm schützen?

Sie drehte sich weg und fuhr sich mit beiden Händen durch ihre Haare, packte ihren Nacken und hielt sich daran fest. »Bitte sag mir, dass du Witze machst! Du kannst unmöglich Pläne geschmiedet haben, die so weitreichende Konsequenzen mit sich bringen.« Ihr Kopf ruckte hoch, in ihren Augen ein Funkeln, das ihn erschauern ließ.

»Ich soll ... was?«

»Bin ich das Opfer von *Die Versteckte Kamera*? Gibt's dieses Format überhaupt noch?« Lucille ging in ihrem kleinen Zimmer auf und ab und erweckte dadurch den Eindruck einer eingesperrten Löwin. Einer hungrigen Löwin. Einer angriffslustigen Löwin.

»Cilly, ich ...« Tiago näherte sich ihr, legte seine Hand auf ihre Schulter.

»Nenn mich nicht so!«, fauchte sie und wich vor ihm zurück.

Er stemmte die Hände in die Hüften und sah sie an. »Kannst du mir erklären, was diese Szene jetzt soll? Ich habe nämlich keine Ahnung, wieso du dich im Moment so benimmst. Ich meine, wenn wir wegen solcher Nichtigkeiten aneinandergeraten, wie soll es dann erst werden, wenn wir richtig streiten? Und ich verspreche dir, Lucille, jedes Paar streitet sich irgendwann mal ...«

»Eine Szene? Ich mache dir eine Szene?« Ihr Tonfall hatte eine schrille Färbung angenommen.

»Genau! Oder wie würdest du das nennen? Ich verstehe überhaupt nicht, was du hast!«

Lucille starrte ihn an, ihre Lippen bildeten nicht mehr als eine gerade, dünne Linie. Dass sie Wörter dazwischen hervorquetschte, war ein Kunststück für sich. »Halt. Den. Mund!« Sie drehte sich auf dem Absatz um, riss die Tür auf und stürmte durch den Flur.

Auf nackten Füßen rannte Tiago ihr hinterher, stolperte fast über ...

»Dannazione!«, fluchte er und hatte alle Mühe, zurück ins Gleichgewicht zu finden. »Lucille, jetzt warte gefälligst!«

»*Gefälligst?* Was meinst du eigentlich, wer du bist?«, schrie sie ihm vom Treppenaufgang unten entgegen.

Er schnaubte. Was in aller Welt war passiert zwischen gestern und heute? An welcher Stelle war ihm ein entscheidendes Detail entgangen?

Er folgte ihr durch die Hintertür und quiekte im nächsten Moment auf. Diese verdammten Steinchen! Sie bohrten sich in seine Fußsohlen, sodass er lief wie auf Eiern. »Wäre es möglich, dass wir ein Gespräch führen, wie es unter Erwachsenen üblich ist?«

Sie blieb stehen, befeuerte ihn mit Blicken, die alles über ihren Gemütszustand verrieten, nicht aber, was sie dazu gebracht hatte, sich derart übertrieben aufzuführen.

»Du sprichst mit mir, als wäre ich deine Untergebene. Als wärst du in der Position, über mich und mein Leben zu bestimmen. Ich sag dir was!« Sie hob ihren Zeigefinger in einer Drohgebärde und kam ein paar Schritte auf ihn zu. »Niemand! Absolut niemand wird mir je wieder auferlegen, was ich zu tun oder zu lassen habe.«

»Kann mir bitte einer erklären, was hier vor sich geht?«

Tiago hatte Claire bisher nicht wahrgenommen, doch jetzt drehte er den Kopf und sah sie zwischen zwei Stühlen stehen, in der einen Hand einen triefenden Schwamm, in der anderen ein Frotteetuch. Er hob seine Schultern an. »Sag du es mir! Ich habe keinen Schimmer. Sie …«, verzweifelt deutete er auf Lucille, die beide Arme fest vor der Brust verschränkt hielt und Blitze aus ihren Augen abfeuerte, »dreht durch! Vielleicht kannst du sie zur Vernunft bringen.«

»Ich muss nicht zur Vernunft gebracht werden!« Ihr Keifen von vorhin war in ein Knurren übergegangen. »Und Claire lässt du aus dem Spiel!«

»Herrlich, wie das ausartet. Wirklich!«, murmelte Tiago und ließ den Kopf hängen.

»Oh, ich kann dir mehr davon bieten. Du musst mir nur weiter vorschwärmen, wie du meine Zukunft verplant hast. Wie es aussieht, bist du davon überzeugt, dass meine Lebensaufgabe darin besteht, Macarons zu backen oder Madeleines zu spritzen, hinter die Ladentheke zu huschen und Kartons mit Kuchen zu befüllen. Und wenn mein Arbeitstag zu Ende ist, hüpfe ich zu dir ins Bett, wo du mich zur Belohnung dann ordentlich …«

»Cilly!«, ging Claire dazwischen. »Ich weiß genau, wie der Satz enden wird. Aber jetzt reiß dich zusammen. Siehst du nicht, dass Tiago nicht versteht, wovon du redest?«

»Wenn er das nicht versteht, ist er reichlich blöd!«

Tiago zuckte zum wiederholten Male zusammen. »Ich weiß nicht, was so schlimm daran wäre«, sagte er kleinlaut. Zwei Augenpaare richteten sich auf ihn, in dem einen ein Ausdruck der Ungläubigkeit, in dem anderen der von überschäumender Wut. Er schluckte. Wie war es möglich, dass alles schieflief, was schieflaufen konnte? Und das, nachdem gestern alles perfekt schien. Perfekt *war*. Ein tiefes Seufzen kam über seine Lippen. »Ich weiß nicht, was so schlimm daran wäre, in der Backstube zu stehen oder den Leuten Eclairs zu verkaufen. Dieses kleine Unternehmen zu führen, das Café mit Menschen zu füllen, die eine Insel darin vorfinden, eine Ablenkung vom Alltag ... Ich kann mir nichts Schöneres vorstellen, als dem ManiFinique zu einem zweiten Frühling zu verhelfen. Und ja, am liebsten mit dir an meiner Seite, Lucille. Das wäre mein Traum!«

Lucille verzog den Mund. »Und genau an dieser Stelle liegt der Denkfehler, Tiago! Es ist dein Traum, nicht meiner!«

»Es wäre von Vorteil, wenn ihr euch zusammensetzt und ganz in Ruhe darüber sprecht. Hier draußen ist nicht der richtige Ort für solche Diskussionen. Und erst recht nicht unter dem Einfluss dieser kindischen Hitzköpfigkeit, die über euch beide hereingebrochen ist.« Claire machte ein paar Schritte auf den Hintereingang zu. »Jetzt kommt rein! Ich mach euch einen kräftigen Kaffee. Oder besser noch: einen Cognac. Ach, am besten schütten wir beides zusammen!«

»Kein Bedarf!«, zischte Lucille und kickte Steinchen vor sich her.

»Ich verstehe nicht, was ich falsch gemacht habe.« Tiago schüttelte den Kopf. »Es tut mir leid, wenn ich missverständlich herübergebracht habe, dass ich ...« Er wollte ihr seine Liebe gestehen, ihr mitteilen, dass es für ihn kein größeres Glück gab, als mit ihr zusammen zu sein. Doch der Zeitpunkt, seine Gefühle zum Ausdruck zu bringen, was verstrichen. Alles prallte an ihr ab.

»Missverständlich war daran gar nichts!« Sie sah ihn an, in ihren Augen schimmerten Tränen. »Du hast angenommen, mich um ein paar traurige Erinnerungen aus meiner Kindheit zu erleichtern, schweißt uns zusammen. Du hast gedacht, mich zu dieser beknackten Jazzmusik durchs Café zu wirbeln, würde mich dir unwiderruflich nahebringen, sodass ich dir mein Herz zu Füßen lege. Du hast geglaubt, wenn wir miteinander schlafen, kommt das einem verdammten Gelöbnis nahe. Aber, surprise, surprise, so läuft es mit mir nicht!«

»*Du* hast mir gesagt, ich sei dein fehlendes Puzzlestück.«

Sie senkte den Blick, wischte sich mit der Hand über die Augen und schniefte. »Tja, was man so alles sagt, wenn man sich sein Gegenüber warmhalten will ...«

Er konnte nicht glauben, was sie da sagte. Er *wollte* es nicht glauben. »Du sprichst von Manipulation? Deiner Meinung nach war es nötig, mich zu manipulieren, damit ich mit dir schlafe? Lucille, du bist alles für mich!«

»Das will ich aber nicht sein! Und was die Manipulation betrifft: Womöglich hast du auch mich verbogen. Wer weiß das schon?«

»Jetzt gehst du zu weit!«, mischte Claire sich ein, doch Tiago hob gleich die Hand.

Er konnte sich selbst verteidigen. »Okay, du bist also der vollen Überzeugung, ich habe dich in die Irre geführt. Wow, das ist harter Tobak!«

»Ach ja?« Ihr Tonfall gewann erneut an Schärfe, ihre Stimme an Lautstärke. »Wessen Onkel will sich denn das ManiFinique unbedingt unter den Nagel reißen? Wessen raffgieriger Verwandter baut den braven Neffen zum Nachfolger seines Imperiums auf?«

Tiagos Herz raste, seine Beine drohten unter ihm nachzugeben, als er begann, die Ausmaße dieses Konflikts zu begreifen. »Du weißt genau, dass ich mit vielem, was mein Onkel tut, nicht einverstanden bin. Aber er ist und bleibt mein Onkel. Ich bin es ihm schuldig, an seiner Seite zu stehen. Mit meinem Einsatz fürs ManiFinique oder meiner Zuneigung zu dir hat das nichts zu tun.«

Lucille atmete schwer aus. Langsam kam sie auf ihn zu, ließ ihn nicht aus den Augen. Tiagos Atem beruhigte sich. Vielleicht war er endlich zu ihr durchgedrungen. Vielleicht hatte seine Wahrheit sie am Ende überzeugt.

»Es wird nicht funktionieren«, hauchte sie, als sie bei ihm angekommen war und federleicht ihre Hände um sein Gesicht legte. »In meiner Welt muss sich niemand einem anderen verpflichtet fühlen. Güte, Freundschaft, Liebe fallen nicht unter das Gesetz des Handels. Man verschenkt sie, ohne eine Gegenleistung zu erwarten.«

Er drückte seine Wange in eine ihrer Hände, schmiegte sich an ihre Haut. »Ich kann nur wiederholen, was ich bereits sagte: Ich bin bereit, dir alles zu schenken.«

»Darum geht es nicht, Tiago!« Sie ließ ihre Arme sinken, drehte sich um und ging.

Er sah ihr nach, wie sie in gebückter Haltung über den Innenhof schlich, den Kopf eingezogen, die Schultern tief.

»Ist das alles?«, rief er, als sie durch den Torbogen in Richtung Rue da le Lune verschwand. Er musste ihr folgen und sie zur Rede stellen. So durfte es nicht enden.

»Lass sie!« Claire war neben ihn getreten und hielt ihn fest. »Sie braucht Zeit. Genau wie du.« Zärtlich und doch bestimmend zog sie ihn mit sich, führte ihn wie einen Greis durch den Hausflur ins Café, wo sein Blick auf den Bistrotisch fiel, an dem sie gestern zusammengesessen hatten.

Gestern, als die Welt noch in Ordnung gewesen war.

»Ich verstehe es nicht.« Er ließ sich auf einem der Stühle nieder und betrachtete die Triskele. Hätte das Symbol ein Gesicht, es würde hämisch lachen – dessen war Tiago sich sicher. »Wir waren zusammen.« Er zeigte auf den Boden und sah dann Claire an. »Hier. Genau hier haben wir ... uns geliebt. Sie hat sich mir geöffnet, hat mich teilhaben lassen an dem, was in ihr vorgeht. Dem, was sie vor der Welt versteckt, aber vor allem vor sich selbst. Sie war mir so nah. Ich meine, *wirklich* nah. Ist ihr das alles plötzlich egal?«

Claire setzte sich neben ihn, strich mit sanften Zügen über seinen Rücken. »Du hast sie tief berührt, Tiago. So tief, wie es schon sehr lange niemand mehr geschafft hat. Ist jemandem etwas gleichgültig, reagiert er nicht so, wie sie es gerade getan hat.«

Er seufzte. Wahrscheinlich war das eine dieser kryptischen Botschaften, die Claire für ihre Umwelt in petto hatte. Wofür sie so hoch angesehen und geschätzt wurde. »Sie schaut dir in die Seele«, hatte sein Tischnachbar damals gesagt. Aber was, wenn sich in seinem Inneren nur noch ein dunkler Abgrund zeigte?

Lucille

Lucille saß in der Backstube, stierte in ihr Glas Limonade und stützte beide Ellbogen auf den Tisch. Dass sie Tiago stehen gelassen hatte, lag beinahe achtundvierzig Stunden zurück, und er war ihr seitdem mit äußerster Zurückhaltung begegnet. Trotzdem hatte sie sich innerlich noch nicht ausreichend beruhigt, um ihm wieder in die Augen zu sehen. Er war zu weit gegangen. Viel zu weit. Egal, ob seine Aussagen nun zu einhundert Prozent seine Pläne widerspiegelten oder er selbst vielleicht etwas übertrieben hatte: Es hatte sie zutiefst erschreckt, mit welcher Selbstverständlichkeit er eine gemeinsame Zukunft in Betracht gezogen hatte. Was solch bahnbrechende Entscheidungen betraf, vermied sie es, sich den Kopf zu zerbrechen. Ihre eigene Geschichte hatte sie Vorsicht gelehrt, weshalb sie Überlegungen zur Familienplanung weit von sich schob. Zumal es dazu einen geeigneten Partner bräuchte. Hier biss sich die Katze in den Schwanz. Lucille glaubte nicht an die ewige Liebe. Sie glaubte an Selbstbestimmung und Freiheit und Unabhängigkeit.

»Tiago, bitte fasse doch zusammen, was dir für die Wiedereröffnung am Tag des Frühlingsfestes vorschwebt.« Claire nahm auf dem Stuhl neben Lucille Platz und warf ihr einen mahnenden Blick zu. Erst vorhin hatte sie zu verstehen gegeben, dass sie es nicht nur begrüßen würde, wenn sich alle Beteiligten zusammenrissen, sie erwartete es. »Ich kann dich nicht zu deinem Glück zwingen, Cilly«, hatte sie gesagt, »aber du wirst mich jetzt nicht sitzen lassen. Nicht, wo wir fast am Ziel angelangt sind.« Und ja, sie hatte insofern recht, dass beinahe alles geschafft war, was sie sich vorgenommen hatten. Lucille freute sich sogar ein bisschen darauf, später den Gastraum fertig einzurichten, die Dekomaterialien zu verteilen und die Hängepflanzen an der Decke zu befestigen. Sie konnte es kaum abwarten, den Innenhof zu verschönern und alles bereitzustellen, damit der Betrieb im ManiFinique in einer Woche wieder starten konnte. Wonach ihr der Sinn aber ganz und gar nicht stand, war Backen!

Tiago lehnte an der Anrichte, seine Gesichtszüge verhangen, beide Hände tief in den Hosentaschen vergraben. »Tatsache ist, wir werden das Rad nicht neu erfinden. Dein Anliegen, Claire, dich auch weiterhin auf den Verkauf von Macarons zu konzentrieren, manövriert uns vor eine Hürde. Denn es gibt bereits sämtliche Varianten in jeder denkbaren Geschmacksrichtung.« Er erwachte förmlich zum Leben, gestikulierte mit den Händen. Nicht übertrieben, aber auch nicht zurückhaltend. Er war Geschäftsmann und wusste zu verkaufen. Er fand das richtige Maß, mit dem er es fertigbrachte, seine Überzeugung mühelos an den Mann zu bringen. Oder an die Frau.

Lucille verzog den Mund und senkte den Blick.

Tiago fuhr fort: »Es ist vertane Liebesmüh, etwas nie Dagewesenes vollbringen zu wollen. Wir werden also auf Altbewährtes zurückgreifen müssen. Deshalb habe ich vor, das Standardrezept, nach dem du, Claire, seit Jahren deine Macarons bäckst, ein wenig zu verändern und zusätzlich ...« Er kam an den Tisch und setzte einen Karton darauf ab.

Lucille beugte sich vor und schaute in die Pappschachtel. Sechs Macarons lagen darin, je drei in zwei Reihen. »Excuse-moi, aber was bitte ist daran spektakulär?«

Tiago lächelte, griff in seine Tasche und holte etwas hervor. »Wie ich bereits sagte, etwas Exklusives werden wir mit den uns zur Verfügung stehenden Mitteln nicht kreieren. Doch das bedeutet nicht, dass wir Erprobtes nicht in ansprechender Form präsentieren können.« Nacheinander legte er verschiedenfarbige Papierschnipsel auf die Macarons und positionierte sie jeweils mittig. »Et voilà!«

Claire klatschte sofort in die Hände und warf Lucille einen Blick zu, der sie unmissverständlich aufforderte, Begeisterung zu zeigen.

»Die französische Flagge! Sehr originell!«, stotterte Lucille und nickte bekräftigend.

»Ganz recht. Wir werden die Macarons entsprechend der Trikolore einfärben, wobei die Füllungen selbstverständlich sowohl farblich als auch geschmacklich angepasst werden. Die Gäste werden uns diese Kreation aus den Händen reißen.« Er wiegte seinen Kopf und spitzte die Lippen. »So jedenfalls der Plan!«

Claire erhob sich von ihrem Stuhl. »Melde mich zu Diensten, Monsieur Gibaldi!«

Wieder bedachte sie Lucille mit einem warnenden Blick, sodass auch sie aufstand. Nicht aber, ohne einen laut vernehmbaren Seufzer auszustoßen. »Ich mache mich daran, Mandeln und Staubzucker miteinander zu verheiraten.« Sie schüttete ganze Mandeln aus einer großen Edelstahlschüssel in den Multizerkleinerer.

»Unbedingt!«, sagte Tiago und eilte ihr zur Hilfe. »An dieser Stelle weichen wir nicht vom Rezept ab.«

»Wieso bleiben wir nicht einfach bei der Zusammensetzung, die sich seit vielen Jahren bewährt hat?« Claire schaute leicht verdrießlich aus der Wäsche. Sie hatte zwar zugestimmt und zeigte sich für Neuerungen offener, als Lucille sie dahingehend kannte. Dennoch schien sie an einigen Abläufen festhalten zu wollen.

»Ich denke, Tiago möchte dir italienische Meringue schmackhaft machen.« Lucille lächelte, während sie die Mandeln unter einem Berg Puderzucker begrub und die Maschine in Gang setzte. Dass viele Patissiers die italienische Art, Baiser herzustellen, bevorzugten, hatte sie schon mal gelesen. Die Gründe dafür waren ihr jedoch entfallen. Wahrscheinlich weil sie sich fürs Backen so überhaupt nicht erwärmen konnte.

Tiagos Augen weiteten sich. »Exactement! Ich bin erstaunt, dass du darüber Bescheid weißt!«

»Und ich erst!«, schnaubte Claire. »In welchem Land leben wir hier noch gleich?«

Tiago verdrehte spaßeshalber die Augen »Mir ist bewusst, dass die Herstellung französischen Baisers damit punktet, dass sie leicht und weniger zeitintensiv ist. Und ja, du hast recht, Claire: Bislang bist du mit deinem gewohnten Rezept gut gefahren. Ich will es dir auch nicht schlechtreden.«

Liebevoll strich er ihr über den Rücken, was Lucille mit einer gewissen Rührung zur Kenntnis nahm. Dass sich ihre Aufmerksamkeit in den letzten Minuten gesteigert hatte und sie Tiagos Tun verfolgte, musste an dem ansteckenden Enthusiasmus liegen, den er versprühte und den sie ... irgendwie süß fand. Das hieß ja nicht, dass sie ihm seinen Fauxpas in Sachen Zukunftsvisionen verzieh!

»Die französische Meringue birgt einen ausschlaggebenden Nachteil. Sie ist wesentlicher instabiler. Was bedeutet …«, er schaltete den Zerkleinerer aus und gab das feine Mandel-Zucker-Gemisch zurück in eine Schüssel, »dass sie sich mit den anderen Zutaten schlechter verbindet. Die Macarons gehen beim Backen nicht perfekt auf, sind am Ende zerbrechlicher.« Er bat Claire, Eischnee herzustellen, und sah ihr beim Befüllen des Rührwerks zu.

»Ist es so recht, Chef?«, fragte sie kichernd. Seltsamerweise schien es Claire nicht im Geringsten zu stören, dass ihre Backkünste von jemandem überprüft wurden, der nicht mal halb so alt wie sie war und dessen Metier kaum Parallelen mit dem ihren aufwies.

»Bis hierher unterscheiden sich die Meringues nicht wirklich voneinander. Aber das bleibt nicht so …« Er setzte einen mit Wasser gefüllten Topf auf den Herd und maß Zucker ab. Seine Brauen heruntergezogen, kniff er die Augen zusammen und inspizierte das Einrieseln der Kristalle, als handelte es sich um die Zugabe von edlen Safranfäden. Lucille konnte sich ein Grinsen nicht verkneifen.

»In meiner Heimat kochen wir einen Sirup aus Wasser und Zucker, den wir dem schaumig gerührten Eiweiß zulaufen lassen. Die Masse wird weitergeschlagen, bis ein kompakter Eischnee entstanden ist. Daraus lassen sich formstabile, größere Macarons zaubern.« Er rührte den Zucker ins Wasser und ließ das Gemisch aufkochen, bis es nahezu durchsichtig war. »Wichtig ist die exakte Temperatur des Sirups. Ein kleines, aber bedeutsames Detail.« Er kontrollierte das Zuckerthermometer und nickte zufrieden.

Claire und Lucille folgten Tiago zur Rührmaschine, wo er einen Teil des heißen Zuckersaftes langsam in den Eischnee fließen ließ.

»Ein bisschen rotes Lebensmittelpulver hinzu, und schon ist ein Drittel der französischen Flagge in der Mache.«

»Sagtest du nicht, dass deine Großeltern eine Mandelplantage besaßen?«, hakte Lucille nach, weil sie sich wunderte, woher Tiago so viel über das Handwerk des Patissiers wusste.

»Si, so ist es!« Er prüfte die Geschwindigkeit, mit der das Ganze durchmengt wurde, und regulierte diese, bevor er das Gerät stoppte und die Masse umfüllte. Nach der Reinigung der Maschine wiederholte er den Mischvorgang mit der gleichen Menge Eischnee und Sirup, gab aber jetzt blaues Pulver und im nächsten Durchlauf weiße Lebensmittelfarbe hinzu. »Als Kind spielte ich in den Mandelhainen und half bei der Ernte. Für mich war es das Größte, meinem Großvater dabei zuzusehen, wie er alte Mandelbäume mit jungen Sorten veredelte. Wir hatten Bäume, die mehr als 150 Jahre alt waren. Wir ließen sie in der Erde, bis sie starben, auch wenn sie schon lange vorher wenig Früchte trugen. Meine Großeltern bedachten alles, was sie hatten und alles, was sie taten, mit tiefem Respekt. Sie waren wunderbare Menschen, genau wie meine Eltern.«

»Das glaube ich dir sofort«, murmelte Lucille und wunderte sich über sich selbst. Wie auch immer Tiago es anstellte, es dauerte nie lang, bis sich eine Friedfertigkeit in ihr ausbreitete, die eine angenehme Grundentspannung nach sich zog. Ihre so lang gepflegte Habacht-Stellung gegenüber anderen Leuten, die Angst, sich in Gefahr zu begeben, wenn sie ein Fitzelchen ihres Inneren preisgeben würde, all das geriet mehr und mehr in den Hintergrund, wenn Tiago sich in ihrer Nähe aufhielt. Und trotzdem ...

»Jetzt gibst du Vanille und rohes Eiweiß zum Mandel-Zucker-Puder«, fuhr Tiago mit seinen Anweisungen fort und überreichte Claire eine Kanne, die sie in die Schüssel entleerte. Beherzt vergrub er seine rechte Hand darin und vermengte die Zutaten zu einem homogenen Teig.

»Willst du auch mal?« Er grinste Lucille an, die sich beim Anblick des Ganzen schon mehrfach geschüttelt hatte. »Es ist sehr befriedigend!«

Claire lachte laut auf und hielt sich den Bauch. »Du kennst sie fast so gut wie ich, mein Lieber.«

Lucille zog eine Grimasse, stimmte aber ins Gelächter ein. Ihre schlechte Laune hatte sie ohnehin nicht mehr beibehalten können, sie war längst verflogen. »Von wem hast du dir die Rezepturen abgeschaut? War es deine Großmutter?«, fragte sie.

Tiago nickte. Seine Gesichtszüge wurden weich, seine Augen glänzten. »Ich liebte es, meiner Nonna bei der Verarbeitung der Mandeln zuzusehen.« Mit einem Spatel strich er den zuckrigen Eischnee aus dem Kessel und vermischte ihn mit dem Teig. Mehrfach kontrollierte er die Festigkeit des neu entstandenen Gemischs, gab kleine Mengen Eischnee nach und prüfte erneut. »Es ist von äußerster Wichtigkeit, wie der Teig beschaffen ist«, sagte er und wies Claire an, die behandschuhten Hände in die Masse zu versenken. »Du musst es fühlen!«

Nicht nur, um zu vermeiden, dass er auch sie dazu anhalten würde, mit der klebrigen Pampe auf Tuchfühlung zu gehen, lenkte Lucille das Gespräch zurück auf Tiagos Großmutter. »Was hat deine Nonna aus den Mandeln gemacht?«

»Mio Dio!« Er lachte. »Eine Menge. Aber was ich besonders mochte, waren ihre Paste di Mandorla, eine Art Marzipanplätzchen aus gemahlenen Mandeln, Zucker, ein bisschen Zitrone, Ei und Honig. Die könntest du übrigens prima im Winter anbieten, Claire! Ihr Duft verbreitet im Nu weihnachtliche Stimmung.«

Claires Wangen hatten eine rötliche Färbung angenommen, und sie pflichtete Tiago begeistert bei. Lucille kam nicht umhin, in den beiden das perfekte Paar zu sehen – wenn man vom Altersunterschied mal absah.

»Hast du schon einmal Mandelmilch probiert, Lucille?« Er lächelte sie an. »Ich meine, *richtige* Mandelmilch?«

»Aus der Packung, ja, die kenne ich. Aber wahrscheinlich verstehst du unter richtiger Mandelmilch etwas anderes.«

»Es geht nichts über eine frisch zubereitete Latte di mandorla. Meine Nonna zerstieß die Mandeln mit einem Mörser, gab sie in ein sauberes Leinentuch und tunkte das Bündel in Trinkwasser. Dann musste sie es nur noch in eine andere Schüssel hinein auswringen, und schon hatten wir beste Mandelmilch. Man kann ein wenig Zucker oder abgeriebene Zitrone hinzugeben, aber das ist nicht unbedingt nötig. In Sizilien gilt Latte di mandorla als köstliche Kostbarkeit, denn sie stillt Hunger und Durst zugleich.«

Tiago füllte Teig in drei Spritzbeutel und gab zwei davon an Claire und Lucille. »Los geht's!«

Die kleinen Häufchen auf die vorbereiteten Bleche zu geben, machte Lucille nichts aus. Ihre Hände kamen mit dem Teig nicht in Berührung. »Wenn du von deiner Heimat erzählst, aus deiner Kindheit, dann klingt es so … harmonisch und familiär«, sagte sie.

»Si. Weil es genau so war.«

Jetzt war es an Claire, ihm beruhigend über den Rücken zu streicheln. »Und in deinem Herzen ist dieses Juwel der Erinnerung sicher aufbewahrt.«

Lucille drehte sich weg, zog ihre Handschuhe aus und suchte nach einem Taschentuch. »Hier«, flüsterte sie und reichte eines an Tiago weiter. Mit dem anderen tupfte sie sich selbst ein paar Tränen aus den Augenwinkeln. Wie sehr wünschte sie, auch sie könnte von solch wunderschönen Erinnerungen erzählen. Doch im Grunde konnte sie das. Dabei handelte es sich zwar nicht um Begebenheiten, die mit ihren Eltern oder Großeltern zu tun hatten. Doch was Claire anging, gab es ausschließlich Schönes, das ihr einfiel, wenn sie an frühere Zeiten zurückdachte. Ihre Großtante war wie ein Licht gewesen, das ihr den Weg geleuchtet hatte. Durch die Finsternis, durch die Einsamkeit, durch alle Zweifel hindurch.

»Ist alles in Ordnung, Cilly?« Claire klopfte unter die Bleche, sodass sich der Macaronteig setzte, und stellte sie dann zur Seite, um dem Gebäck eine kurze Ruhepause zu gönnen, bevor es in den Ofen geschoben wurde.

Lucille rümpfte die Nase und kniff die Augen zusammen. »Es ist nur ...« Ihre Stimme drohte zu versagen. Sei räusperte sich und schluckte hart. »Je t'aime!« Sie schlang ihre Arme um Claire und vergrub ihr Gesicht an ihrer Schulter. »Und ich danke dir für alles, was du je für mich getan hast.«

»Chérie! Du tust gerade so, als sei dies das Ende.« Claire legte Lucille beide Hände an die Wangen und sah sie eindringlich an. »Wir haben noch viel vor, du und ich.«

Lucille nickte, obwohl etwas in ihrem Inneren sich wand. Der Tag, den sie für ihre Abreise vorgesehen hatte, rückte näher, und niemandem hatte sie bislang von ihren Plänen erzählt. Jedenfalls nicht en détail.

Erst vorgestern hatte sie eine erneute Anfrage von Gilbert dahingehend bestätigt, dass sie pünktlich zum 22. Mai ihre Arbeit im Le Havre wiederaufnehmen würde.

Zwar hatte er versucht, ihr eine um einen Tag frühere Anreise ans Herz zu legen, damit sie den Wettkampf zwischen Veronique aus einem befreundeten Kampfsportstudio und Gabriella aus den Reihen des Le Havre nicht verpasste. Doch Lucille hatte allein den Gedanken daran, Claire – und Tiago! – darüber zu unterrichten, nicht ertragen. Tiago war nicht einmal darüber informiert, dass sie Paris in Kürze wieder verlassen würde. Es war einfach nicht zur Sprache gekommen. Alors, in Wahrheit hatte sie es vermieden, auch nur ein Wort darüber fallen zu lassen, selbst als Tiago ihr Fragen zu Lyon gestellt hatte. Fakt war, sie mochte ihn. Sie mochte ihn sehr. Ach, verdammt, ihre Gefühle für ihn hatten ihre Weltanschauung, ihre Überzeugung kräftig ins Wanken gebracht. Aber war sie deshalb auch bereit, aufs Ganze zu gehen?

Kaum merklich schüttelte sie ihren Kopf.

»Genug Tränen vergossen!«, rief Tiago und riss sie aus ihren Gedanken. »Das hier sollte kein Trauerspiel werden. Zumindest hatte ich das nicht im Sinn.«

»D'accord!«, bestätigte Claire und machte sich daran, die voll belegten Bleche in ihren neuen Ofen zu schieben. »Vierzehn Minuten, Tiago. Dann werde ich mein Urteil darüber abgeben, ob die französische oder die italienische Baiser-Herstellung die besseren Macarons hervorbringt.«

Sie lachten, und Lucille verdrängte jeden weiteren Gedanken an den Abschied.

Die Verköstigung der nach italienischem Rezept zubereiteten Macarons fiel – Lucille hatte mit keinem anderen Ergebnis gerechnet – zu Tiagos Gunsten aus. Claire gab ohne Umschweife zu, dass sie fortan nach genau diese Methode vorgehen würde, und klopfte Tiago anerkennend auf die Schulter. »Merci beaucoup, mein Junge. Hast du noch mehr solcher Tipps auf Lager?«

Tiago verbeugte sich und grinste. »Nun, was die Füllungen angeht, werde ich dir wohl nichts beibringen können. Ich habe hier an eine Himbeer-Buttercreme für die weißen Macarons gedacht. Die Blauen bekommen ein Zitronen-Frosting verpasst, die Roten glänzen mit einer Schokoganache. Bist du einverstanden?«

Claire wiegte ihren Kopf hin und her. »Wollen wir der Ganache noch einen besonderen Pfiff verpassen? Dann würde das Ganze weniger schwer schmecken.«

»Natürlich. An was hast du gedacht?«

Claire verschwand zur Hintertür und kehrte mit einigen Blättern frischer Pfefferminze zurück. »Ab und an habe ich Gäste, die einen Teeaufguss wünschen. Seitdem habe ich immer Minze in einem Topf auf dem Hof.« Sie rieb an den Blättern und hielt sie Tiago unter die Nase.

»Fantastisch!«, schwärmte er. »Wir lassen die Blätter in Sahne ziehen, bevor wir die Schokolade hinzufügen. Die frische Note wird gut ankommen. Eine tolle Idee, Claire.«

Claire lächelte bis über beide Ohren und machte sich daran, saubere Schüsseln bereitzustellen. »Absolute! Ich finde es übrigens gut, dass die Füllungen unkompliziert herzustellen sind. Schwerstarbeit ist für Damen in meinem Alter nicht mehr wirklich von Vorteil. Ich sollte lernen, mit meinen Kräften hauszuhalten. Apropos ... ich bin gleich wieder da.« Sie winkte mit einer Packung Zigaretten und verschwand nach draußen.

»Sie erscheint mir einsichtig.« Tiago hatte sich Lucille genähert und gab ihr die letzten Zutaten für die Schokoladenfüllung an. »Oder täusche ich mich?« Er schaute über seine Schulter Richtung Flur, um sich zu vergewissern, dass Claire das Haus verlassen hatte.

»Darüber habe ich auch eben nachgedacht«, sagte Lucille, während sie die Festigkeit der Creme prüfte und fand, dass sie viel zu flüssig war, um sie weiter zu verarbeiten.

Tiago las in ihrem Gesichtsausdruck. »Die Ganache muss kalt gestellt werden, bis sie die richtige Konsistenz angenommen hat. Dann ist das Verteilen auf den Macaronschalen kein Problem mehr.«

Lucille nickte und rührte. »Claire hat verstanden, dass sie Abläufe umstrukturieren muss. Ich hoffe nur, sie findet bald Unterstützung für Backstube und Bedienung. So erfreulich es ist, dass das ManiFinique wiedereröffnet, es gibt weitere Baustellen, denen sie sich widmen muss.« Lucille füllte einen Teelöffel mit etwas Ganache und hielt ihn Tiago an die Lippen, während Claire die Backstube wieder betrat und ein entzücktes Lächeln zeigte.

»Vorzüglich!«, lobte er, nachdem er probiert hatte, nahm ihr die Schüssel ab und stellte sie in die Kühlkammer. »Und was die Baustellen betrifft, von denen du sprachst …« Er legte ihr eine Hand auf den Arm und führte sie aus der Backstube auf den Innenhof, wo sie sich auf zwei der neu beschafften Stühle setzten und für eine Weile in die Sonne blinzelten.

»Was wolltest du vorhin sagen?«, erinnerte Lucille ihn. »Stichwort Baustellen!«

Tiago richtete seinen Oberkörper auf und spielte mit einem Feuerzeug, das Claire bei ihrer letzten Zigarettenpause auf dem Tisch liegen gelassen hatte. »Ich habe nachgedacht, Lucille!« Er sah sie unvermittelt an. »Ich bin sehr froh darüber, dass wir uns heute wieder etwas annähern konnten.«

Lucille spürte, wie ein Grollen in ihr aufstieg. Augenblicklich verkrampfte sich ihre gesamte Muskulatur, und sie machte sich bereit, zum Gegenschlag auszuholen. Hatte er denn nichts von dem, was sie ihm hatte vermitteln wollen, verstanden? Glaubte er tatsächlich, sie habe ihre Meinung geändert?

»Beruhige dich!«, kam er einem Wutausbruch ihrerseits zuvor. »Es gibt keinen Grund, mich ungespitzt in den Boden zu rammen.«

»Da bin ich mir momentan nicht so sicher!« Ihre Stimme bebte.

Sein Blick schweifte über den Hof. Er betrachtete die Möbel, erinnerte sich wahrscheinlich an seine Fahrt mit Lucille, schwelgte möglicherweise in der Erkenntnis, dass sie, Lucille, ihn an jenem Tag zum ersten Mal mit anderen Augen gesehen hatte. Daran jedenfalls dachte sie gerade. Und merkte, dass sich ihre zu Fäusten geballten Hände entspannten.

»Dass die einzige Option, mein eigenes Potenzial zu leben, jene ist, mich von meinem Onkel abzusetzen, ist mir bewusst!«

Lucille atmete tief aus, ließ alle Luft aus ihrer Lunge entweichen und spürte, wie sich ihr Herzschlag verlangsamte. Der Vulkan in ihr rauchte lediglich, er spuckte keine Lava.

»Ich weiß, dass mich der Umstand, dass er ... meinem Leben eine gänzlich andere Richtung gab als jene, die mich in meiner Heimat erwartet hätte, nicht länger einschränken darf. Ja, er hat mich zu sich genommen, mir eine schulische und berufliche Ausbildung ermöglicht, mich mit Annehmlichkeiten, sogar Reichtümern überhäuft. Und doch bin ich mir sicher – war ich mir schon immer –, dass er dies nicht aus reiner Nächstenliebe tat.«

Lucille streckte ihre Hand aus, zog sie dann aber wieder zurück. Gern hätte sie ihre Finger mit seinen verschränkt, doch sie wusste, er würde dieses Signal falsch deuten. »Vielleicht fühlte er sich seinem Bruder gegenüber in der Pflicht. Sie hatten nicht das beste Verhältnis, so viel habe ich deinen Erzählungen entnommen, und doch ist vielleicht eine gewisse Verbundenheit geblieben. Manchmal tut man Dinge, die man eigentlich nie für möglich gehalten hätte, zu denen man sonst nie bereit gewesen wäre.« Sie lächelte ihn an. »Dass dein Onkel dich zu sich nahm, obwohl seine Frau gerade erst verstorben war und er ganz bestimmt genug mit seinem eigenen Leben zu tun hatte, darfst du ihm weiterhin hoch anrechnen. Es ist in Ordnung, Dankbarkeit zu zeigen, Tiago. Aber daraus darf keine Abhängigkeit entstehen. Du musst nicht tun, was er für richtig hält. Du musst tun, was du für richtig hältst!«

Tiago legte den Kopf in den Nacken und schaute durch das Geäst der Balsampappel in den meerblauen Himmel. »Ich weiß!«, sagte er. »Doch es ist eine Sache, zu einer Erkenntnis zu gelangen, und eine andere, sein Tun danach auszurichten.« Sein Blick ruhte wieder auf ihr, in seinen Augen funkelte es. »Trifft das nicht auch auf dich und deine Situation zu?«

Ihr Puls stolperte, und innerhalb von Sekunden schoss ihr Hitze übers Dekolleté ins Gesicht. Sie schluckte. »Ich habe keine Ahnung, wovon du sprichst. Aber ich bin mir sicher, du klärst mich auf.« Das klang überheblicher – und unsicherer –, als sie es eigentlich hatte klingen lassen wollen. Was zum Teufel meinte er mit dieser kryptischen Aussage? Sie konnte es nicht leiden, wenn jemand in Rätseln sprach. Sie war ein Mensch, der Klarheit und Direktheit bevorzugte. Hatte er das etwa noch nicht bemerkt?

Tiago stand auf und ging vor ihr in die Hocke. »Ich glaube, du weißt, wovon ich spreche. Ebenso, wie ich verstanden habe, auf was *du* hinauswolltest, als wir uns gestritten haben und du weggelaufen bist. Vielleicht brauchen wir beide einfach noch ein bisschen, um das, was unseren Herzen längst klar ist, ins Leben zu tragen.« Ohne das Wort noch mal an sie zu richten, verschwand er durch den Hintereingang ins Haus.

Lucille sah ihm nach und schüttelte den Kopf. Was bildete er sich ein? War er wirklich der Auffassung, dass sie sich auf dem Holzweg befand, wenn sie sagte, dass sie genau das Leben führte, das sie zu führen wünschte? Seine Worte, sein gesamtes Verhalten sollte sie in Aufruhr versetzen, damit sie ihm nachhetzen und ihm auf ihre vorlaute und unmissverständliche Art die Meinung geigen konnte.

Stattdessen blieb alles in ihr still.

»Magst du die Lavalampen von oben holen, Cilly? Ich habe sie abgewaschen und auf die Spüle gestellt.« Claire streichelte Lucille über die Wange, als sie sich im Flur begegneten.

»Oui, natürlich.«

»Habt ihr noch mal gesprochen, du und Tiago?«

Lucille bemerkte die Funken der Hoffnung, die in den Augen ihrer Tante glühten. Und sie konnte es ihr nicht mal verübeln. Claire hatte richtig gelegen mit ihrer frühen Einschätzung, dass es zwischen Tiago und Lucille eine ... Verbindung gab. So sehr sie sich anfangs bekämpft hatten, der Entwicklung ihrer Freundschaft hatten sie beide nichts entgegenstellen können.

»Haben wir.« Lucille legte ihre Hand auf Claires, schmiegte ihre Wange in die warme Innenfläche und schloss für einen Moment die Augen. »Aber ich kann jetzt keine Entscheidung treffen.«

»Chérie, die Entscheidung ist längst gefallen.«

Lucille riss die Augen auf. »Was meinst du damit?«

Claire lächelte, doch etwas Undefinierbares verdunkelte ihren Blick. War es Wehmut? Hatte sie abgelassen von ihrer Überzeugung und eingesehen, dass ... ja ... was? »Ich besorge die Lampen.«

»In Ordnung«, flüsterte Claire und ging zurück in den Gastraum, wo sie Tiago half, ein Sideboard an die Wand zu schieben.

»Diese Dinger sind wirklich ein Traum!«, stieß Lucille aus und steckte sich einen der frisch gebackenen Macarons in den Mund. »Das wird der Verkaufsrenner auf dem Frühlingsfest. Daran führt gar kein Weg vorbei!«

»Stimmt!«, pflichtete Claire ihr bei und klopfte Tiago auf die Schulter. »Du solltest deine Berufswahl dringend überdenken!« Sie klatschte in die Hände und drehte sich im Kreis. »Das sieht alles so wunder-wunderschön aus.«

Lucille nickte und sah sich um. Stunden hatten sie damit verbracht, den Gastraum einzurichten und letzte Aufräumarbeiten hinter sich zu bringen. Zwei Tische und ein paar Stühle hatten aussortiert werden müssen, eines der Holzschränkchen war beim Anstreichen aufgequollen, sodass Claire sich auch davon getrennt hatte. Doch der Rest des alten Mobiliars, an dem Claire so sehr hing, würde hoffentlich noch einige Jahre durchhalten. Mit ihrem Neuanstrich in Blau- und Grüntönen harmonierte die Ausstattung perfekt mit den Farbnuancen von Wand und Tapete. Die Polster und Gardinen fügten sich stimmig ins Konzept ein und bildeten mit den abgestaubten und zum Teil neu gesetzten Grünpflanzen ein Bild, das jedem Betrachter im Gedächtnis bleiben sollte. Bunt bemalte Vasen, Dekomaterialien aus Holz und Bast sowie Claires heiß geliebte Lavalampen zierten die freien Flächen und zauberten eine gemütliche Atmosphäre. An den Wänden, zwischen einigen Frauenbüsten, die Claire wieder hatte anbringen wollen, konnten Leinwände bestaunt werden, die die Geschichte des ManiFinique widerspiegelten.

»Ich bin ihm heute noch dankbar für diesen Schatz!« Mit einem Schimmern in den Augen betrachtete Claire das Bild, das ihren Vater zeigte, stolz in die Kamera lächelnd, hinter sich die Fensterfront des La Belle Finique. Ein Schnappschuss aus den frühen 60er-Jahren. »Würde er noch leben, er wäre beeindruckt davon, zu was dieses alte Haus, dieses heruntergekommene Café es gebracht hat.«

»Zu was *du* es gebracht hast!« Tiago legte seinen Arm um Claires Schulter und drückte sie an sich.

»Dem kann ich nur zustimmen!«, sagte Lucille und gesellte sich zu den beiden. »Und was in den letzten Wochen passiert ist, hat dem Ganzen die Krone aufgesetzt. Das ManiFinique hat nie mehr gestrahlt als heute. Die Wiedereröffnung kann nur ein Erfolg werden!«

»Dank eurer Hilfe, ihr beiden. Nur dank eurer Hilfe.« Claire wischte sich kurz über ihre dunkel geschminkten Lider. »Und darauf werden wir jetzt trinken! Ich habe eine Flasche Champagner kalt gestellt.« Sie huschte wie eine Elfe durch den Gastraum, vorbei an der neuen Verkaufstheke und durch die generalüberholte Backstube, in der immer noch der nussige Duft nach Tiagos Macarons hing.

»Dass Claire bald siebzig wird und ihre Hüfte ihr das Leben schwer macht, ist ihr momentan nicht anzusehen.« Lucille freute sich, dass die Veränderungen im und um das Café auch Auswirkungen auf die Lebensqualität ihrer Großtante mit sich brachten. Wenn sie daran zurückdachte, welch flehenden Unterton Claires Nachrichten vor einigen Wochen in sich trugen, als Lucille ihr Handy am Ufer der Rhône in die Hand genommen hatte, konnte der Unterschied zu ihrem heutigen Auftreten nicht deutlicher ausfallen.

»Das ManiFinique ist ihr Zuhause«, sagte Tiago. »Sie verbindet Tausende von Erinnerungen mit diesem Ort. Ich glaube, hat man sich einmal wirklich niedergelassen und für sich begriffen, dass man angekommen ist, sorgen kein noch so verlockendes Abenteuer in der weiten Welt und auch die tollste Reise nicht für solch tief empfundene Zufriedenheit.«

»Da könntest du recht haben«, wisperte Lucille und sah ihn an. Auf seinen Gesichtszügen zeigte sich etwas, das sie innehalten ließ, obwohl sie eigentlich noch etwas hatte sagen wollen. Er lächelte, zuerst zaghaft, dann intensiver, und als sein Lächeln seine Augen erreicht hatte, sprühten sie nur so über von Überzeugung und Freude.

»Ich glaube, ich weiß jetzt, was ich zu tun habe!« Sein Grinsen wurde noch ein bisschen breiter.

Lucille machte einen Schritt nach vorn und positionierte sich direkt vor Tiago. »Muss ich mir Sorgen machen?« Bei seinem Ideenreichtum würde es sie nicht wundern, wenn er ...

»Ich kündige!«

Zwei Worte. Kurz und bündig. Eine Feststellung, die Lucille schon mehrfach in ihrem Leben von unterschiedlichen Menschen und begleitet von nicht immer identischen Gefühlsregungen vernommen hatte. Es gab Gründe, warum Leute ihren Arbeitsplatz wechselten. Oftmals gute Gründe. Und niemals, wenn für jemanden aus ihrem Umfeld eine solche Entscheidung gefallen war, hatte dies Lucille innerlich aufgewühlt.

Bis jetzt.

»Sag das ... noch mal!«, stotterte sie und griff sich an die Stirn.

»Ja, sag das noch mal!«, meldete sich nun auch Claire, die just in diesem Moment den Raum wieder betreten hatte.

Tiago hob die Schultern und zog die Brauen bis unter seine widerspenstigen Locken. »Ich werde Chez Gibaldi verlassen!«

Claire stieß einen Jubelschrei aus und stürzte sich in Tiagos Arme. Sie hing an seinem Hals, küsste ihn auf die Wangen und drückte ihr Gesicht fest an seines. »Herzlichen Glückwunsch, mein Junge. Das ist die absolut richtige Entscheidung!«

Die richtige Entscheidung? Was für einen Unsinn redete sie da? Lucilles Sichtfeld verkleinerte sich bedrohlich. Wie Vorhänge, die sich von beiden Seiten zuzogen, nahm sie ihre periphere Umgebung nur noch als schwarze Balken wahr. Das Klopfen ihres Herzens trommelte in ihren Ohren, der Nachhall in ihrem Kopf klang wie Hammerschläge auf Stahlnägeln. Schwindel ließ sie straucheln, Halt suchend wiegte sie sich vor und zurück, streckte ihre Hände nach etwas aus, das sie vor dem Fall bewahren würde.

»Ist das nicht eine fantastische Neuigkeit?«, hörte sie Claires Stimme wie von weit her. »Ist das nicht großartig, Cilly?«

Ihre Finger bekamen die Lehne eines Stuhls zu fassen und krallten sich darum fest. Tief atmete sie ein und aus, versuchte zu beruhigen, was auch immer sie so aus der Fassung brachte.

»Hey, geht es dir nicht gut?« Tiago stand plötzlich neben ihr, und auch Claire war näher getreten.

»Es geht schon wieder«, stammelte sie. »Wahrscheinlich hab ich zu wenig getrunken.«

Langsam ließ sie sich nieder, lehnte sich zurück, wartete sehnsüchtig darauf, dass das Summen in ihrem Schädel an Unerbittlichkeit verlor. Was zur Hölle war nur mit ihr los?

»Entschuldigen Sie bitte!« Eine fremde Stimme drang an ihr Ohr. »Bitte verzeihen Sie, dass ich hier so hereinplatze. Die Tür stand offen.«

Lucille hob den Blick, konnte aber nichts erkennen, da Claire ihr die Sicht versperrte.

»Ja bitte?«, antwortete Claire und trat einen Schritt zur Seite, sodass Lucille eine schemenhafte Gestalt am Durchgang zur Backstube ausmachen konnte.

»Mein Name ist André Jacomande. Ich bin auf der Suche nach Lucille ... Lucille Bouton.«

Tiago

Tiagos Blick wanderte zwischen Lucille und dem breitschultrigen Kerl hin und her. Während sie ihn mit weit aufgerissenen Augen anstarrte, als wäre er ein menschgewordener Albtraum, stand er reglos im Türrahmen. Obwohl nichts an seinem Äußeren darauf schließen ließ, überkam Tiago das seltsame Gefühl, Lucille könnte sich in Gefahr befinden. Angestrengt ließ er ihre Unterhaltungen Revue passieren, versuchte, sich an Gesprächsfetzen zu erinnern, in denen Lucille ihm womöglich etwas anvertraut hatte, das ihn hätte aufhorchen lassen müssen. Sie hatte ihm gesagt, dass sie in Lyon allein lebe, aber was hieß das schon? Würde sich dieser André als verschmähter Liebhaber entpuppen, als hintergangener Partner, der Lucille aufgespürt hatte, um sich an ihr zu rächen? Instinktiv legte Tiago seine Hand auf Lucilles Schulter. Das Beben ihrer Muskulatur schickte Schauer über seinen Rücken, ihr hastig ein- und ausströmender Atem ließ seine Fingerspitzen kribbeln.

»Kann ich Ihnen helfen?«, fragte er, und seine Stimme hallte von den Wänden des Gastraumes wider, als befänden sie sich in einer Kathedrale und nicht in einem voll möblierten Raum.

Der Kopf des Fremden ruckte zu ihm herüber. Ungewöhnlich blaue Augen fixierten ihn. Über Sekunden geschah nichts. Dann plötzlich polterte Lucille aus ihrem

Stuhl, hechtete auf den Mann zu, und bevor Tiago ausmachen konnte, welche Intention sie verfolgte – stürzte sie sich vielleicht auf ihn, um ihm etwas anzutun? –, hatte sie ihre Arme bereits um seinen Hals geschlungen und drückte ihren Körper an seinen.

Für einen Moment noch verblieb Tiago in Alarmbereitschaft, dann realisierte er, dass er Lucille vor niemandem schützen musste. Erst recht nicht vor diesem ... André. Wie eine Ertrinkende klammerte sie sich an ihn, verschränkte ihre Finger an seinem Nacken und presste ihr Gesicht an seine Brust. Die Worte, die sie murmelte, verstand Tiago nicht. Doch waren es zweifelsohne keinerlei Anschuldigungen, die über ihre Lippen kamen. Andrés große Hände ruhten auf Lucilles Schulterblättern, rutschten allmählich tiefer, glitten entlang ihrer Taille und umfassten ihre Hüften.

Tiagos Anspannung verpuffte. Als hätte jemand ein Ventil geöffnet, strömte sämtliche Energie aus ihm, wich die Verkrampfung von Armen und Beinen einem Gefühl totaler Auflösung.

»Du wirst jetzt nicht in die Knie gehen!«, zischte Claire neben ihm und trat einen Schritt näher.

Tiago schluckte. »Ich tue mein Bestes ... aber ich muss sagen, dass ich ...«

»Ich bin ebenso überrascht!« Claire hielt sich eine Hand vor den Mund, um ihre Stimme zu dämpfen. »Wir sollten den Teufel nicht an die Wand malen. Vielleicht wird sich diese Misere gleich aufklären.« Sie ging auf Lucille und André zu und blieb erst in deren unmittelbarer Nähe stehen.

»Claire!« Lucille drehte sich zu ihrer Großtante. »Du hast mich erschreckt.«

»Oh, du mich auch!«

Die gute Claire war sich tatsächlich für nichts zu schade. Tiago konnte sich trotz des Schocks, der ihm noch in den Knochen saß, ein Grinsen nicht verkneifen.

»Willst du uns vielleicht darüber in Kenntnis setzen, wer dieser geheimnisvolle Fremde ist?«

Lucille lächelte, doch es sah aufgesetzt aus. Die Situation war ihr peinlich, daran gab es keinen Zweifel, und doch wich sie keinen Zentimeter von der Seite des Mannes.

»André und ich arbeiten zusammen in Lyon. Er ist Karatetrainer im Le Havre, dem Sportstudio, in dem auch ich …«

»Ach wirklich?« Claire stemmte die Hände in die Hüften und legte den Kopf schief. »Für einen Augenblick sah es danach aus, als hättest du deinen verschollen geglaubten Liebhaber wiedergefunden. Nichts für ungut, Monsieur.« Sie nickte André entschuldigend zu und warf einen Blick über ihre Schulter. Tiago fuhr sich mit den Fingern durch seine Locken und trat von einem Fuß auf den anderen. Ein Kloß steckte in seinem Rachen fest, und egal, wie angestrengt er versuchte, ihn wegzuschlucken, er blieb.

»Wir … Nein, Madame!«, wand André sich und streckte Claire seine Hand entgegen.

»Mademoiselle!«, verbesserte Claire ihn und schüttelte Andrés Hand. »Ich bin unverheiratet!«

»Oui, naturellement.« André schaute Lucille an und erweckte den Eindruck, als suchte er in ihren Gesichtszügen nach etwas, das ihm Sicherheit vermitteln würde. Doch Lucille war offensichtlich damit beschäftigt, Tiagos fragenden Blicken auszuweichen.

»Was, sagten Sie doch gleich, Monsieur Jacomande, ist der Grund für Ihren unerwarteten Besuch?«

»Claire, ich glaube, wir sollten André erst einmal ankommen lassen!« Vehement schritt Lucille zwischen André und ihre Tante, nicht aber, ohne Claire einen glühenden Blick zuzuwerfen. Dann griff sie nach Andrés Händen. »Hast du Hunger? Komm, es gibt noch Baguette oben. Und dann reden wir.« Ohne sich noch einmal umzusehen, zog sie André durch die Backstube und die Treppe hinauf ins Obergeschoss.

Eine Tür fiel lauter, als es nötig gewesen wäre, ins Schloss.

Claire atmete hörbar aus. »Geht's?« Sie kam auf Tiago zu und lächelte milde.

»Ich bin mir nicht sicher, was das gerade war … was es womöglich *ist*?« Er fuhr sich durchs Haar, versuchte, das Chaos, das in seinem Kopf entstanden war, zu beruhigen, das Karussell zum Stillstand zu bringen. »Ist er … ihr Freund?«

Sie seufzte. »Dass er nur der Arbeitskollege ist, als den sie ihn uns vorgestellt hat, denke ich jedenfalls nicht. Im Zeitalter von Handy und Computer hätte er sie sehr viel einfacher erreichen können, wenn es um etwas ginge, das rein geschäftlicher Natur ist. Das hier ist … mehr – so ungern ich das sage, Tiago.«

Er winkte ab. Es war in Ordnung, dass Claire ihm ihre ehrlichen Empfindungen mitteilte. Etwas anderes hätte er von ihr nicht erwartet. In seinem Bauch rumorte es. Ein Gefühl der Leere machte sich breit, erfasste von seiner Mitte aus seinen ganzen Körper und hinterließ … nichts. Weniger als nichts.

»Falls dir Ablenkung hilft«, Claire strich ihm über die Wange und zupfte ein paar seiner wilden Strähnen zurecht, »können wir auf dem Innenhof noch ein paar Dinge erledigen. Ich hätte aber auch Verständnis, wenn du lieber allein sein möchtest.«

Tiago musste nicht lang überlegen. Er hatte gelernt, sich in Arbeit zu stürzen, wenn seine innere Festung einzustürzen drohte. »Ich rücke die Möbel zurecht und kümmere mich um die alten Sonnenschirme, die ich in der Garage ausfindig gemacht habe. Dann kannst du dich mit der Bepflanzung der Kübel befassen.« Er schob das innere Brodeln zur Seite und legte Claire beide Hände auf die Schultern. »Wir sind fast fertig und sollten uns jetzt von nichts aus der Ruhe bringen lassen!«

»Sehe ich genauso!«, bestätigte Claire und schenkte ihm ein aufmunterndes Lächeln. »Und du lässt dich nicht unterkriegen, hörst du!?«

Er nickte und setzte eine Miene auf, die Zuversicht und Zielstrebigkeit ausdrücken sollte. Dass Claire das Zittern seiner Finger registrierte, war ihm bewusst, und er konnte gut damit leben.

Tiago verbrachte den Rest des Nachmittags damit, mit Claire auf dem Hof für Ordnung zu sorgen. So harkten sie den Kies, zupften Unkraut und schleppten mehrere Säcke Blumenerde sowie Container mit Sommerblühern von hier nach dort. Acht quadratische Tische mit jeweils vier Stühlen fanden Platz in dem Terrain, das sie in Kürze zusätzlich zum Café bewirten würden. Die Fläche erstreckte sich von der Toreinfahrt, über den Bereich unter der Pappel bis in die Nähe des Hintereingangs. Zwei große dunkelgrüne Sonnenschirme, deren Tuch zwar etwas ausgeblichen wirkte, die aber ihren Zweck dennoch erfüllten, stellte Tiago rechts und links des Baumes auf.

Mit einer Limonade bewaffnet setzte sich Claire in den Schatten und hievte ihre Unterschenkel auf die Sitzfläche eines Sessels, den sie sich herangezogen hatte. Sie zündete sich eine Zigarette an und studierte Tiagos Gesicht. »Woran denkst du?«

»Rate mal!« Er sah sie an, setzte sich zu ihr und nahm ihr die Zigarette aus der Hand. Er nahm einen tiefen Zug und stützte die Ellbogen auf seinen Knien ab. Sein Blick glitt in die Ferne, ohne sich auf etwas Bestimmtes zu fokussieren. »Ich frage mich, ob ich wissen will, was die beiden da oben anstellen.«

Claire gab einen grunzenden Laut von sich und griff erneut zur Zigarettenschachtel. »Ich glaube, diesen Zahn kann ich dir ziehen!«, sagte sie und blies eine Rauchwolke in die flirrende Luft. »Dass sie in ihrem Zimmer … du weißt schon … kann ich mir zumindest nicht vorstellen.«

Tiago kickte Steinchen über das Wurzelwerk der Pappel und lehnte sich zurück. »Fakt ist, sie stehen sich näher, als Arbeitskollegen es tun. Und das beunruhigt mich.«

»Das kann ich gut verstehen. Mir entlockt es auch kein Jubelgeschrei, das kannst du mir glauben. Ich würde es wahrlich lieber sehen, wenn …« Claire stockte und folgte Tiagos sehnsuchtsvollem Blick in die Blätterkrone des Baumes.

»Ich meine, was sich eben da drin abgespielt hat, war nahezu filmreif, n'est-ce pas? Wie es sie schockiert hat, als ich ihr eröffnete, dass ich die Anstellung bei meinem Onkel kündigen werde. Zuerst dachte ich, sie freut sich für mich. Doch darin habe ich mich wohl getäuscht.« Er schüttelte den Kopf und sah Claire an. »Kannst du dir darauf einen Reim machen?«

Die alte Dame stand stöhnend auf, hielt sich ihre Hüfte und machte einige watschelnde Schritte, um wieder in Gang zu kommen. Dann bückte sie sich und begann, tiefrote Taglilien in einen Steinkübel zu pflanzen. »Alors, ich hege die Vermutung, dass Lucille deinen Entschluss zu kündigen zwar herbeisehnte, weil sie ihn für dich und dein Seelenheil als unumgänglich betrachtet.« Sie richtete sich auf und streckte den Rücken durch, sodass es an ihrer Wirbelsäule knackte. »Doch in dem Moment, da du es ausgesprochen hattest, wurde aus ihrem Wunsch, du mögest deinen Weg finden, eine Realität, mit der sie sich selbst direkt konfrontiert sah.«

Tiago verzog den Mund und lehnte sich weit nach vorn. »Du denkst also, sie hat nicht wirklich damit gerechnet, dass ich es durchziehe?«

»Doch, das hat sie vielleicht. Was ihr möglicherweise aber Angst eingejagt hat, war, dass du deiner Wahrheit ins Auge blickst und die nötigen Konsequenzen ziehst. Sie hingegen ...« Claire beschaffte sich blühenden Nachschub und bepflanzte einen weiteren Kübel. »Sie wehrt sich!«

Tiago zog seine Stirn in Falten und rieb sich über die Schläfen. Er zweifelte daran, Claires Worte so zu verstehen, wie sie sie meinte. Aber im Endeffekt waren Erklärungsversuche längst hinfällig. Hatte es jemals die Aussicht auf ein gutes Ende gegeben, so war sie in jenem Moment zunichtegemacht worden, als dieser Muskelberg das ManiFinique betreten hatte. »Wie sie sich an ihn geschmiegt hat!« Tiagos Stimme hatte einen verächtlichen Ton angenommen, er spie die Worte aus wie Gift, das von seinen Lippen tropfte. »Als wäre er ihr ... ihr ...«

»Ihr Schlupfloch!« Claire zog die Augenbrauen hoch, als sie zu ihm herüberschaute. »Er ist ihr Ausweg, das Hintertürchen, die Gelegenheit, sich aus dem Staub zu machen und die Flucht zu ergreifen. Nenn es, wie es dir beliebt!« Sie hob die Schultern und ließ sie tief fallen.

»Das Schlimme für dich ist, dass du sie nicht wirst aufhalten können.«

Sein Blick ging zum Haus, das Rumoren in seinem Inneren meldete sich kräftiger als zuvor zurück. Es stach zwischen seinen Eingeweiden, quetschte sein Zwerchfell nach oben und raubte ihm die Luft zum Atmen. Er fühlte sich wie ein Käfer, der auf dem Rücken lag, bereit, sich dem Schicksal zu ergeben. Was blieb ihm anderes übrig?

In seiner Hosentasche summte es. Genervt zog er sein Smartphone hervor und überflog die Pop-up-Nachrichten auf dem Display. Zwei WhatsApps von seinem Onkel, drei von Charlize. Er nahm sie zur Kenntnis, wie er schon ihre letzten Aufrufe, sich zurückzumelden, zur Kenntnis genommen hatte. Wahrscheinlich wollten sie ihn an die Eröffnung der Weinbar erinnern, die für Sonntag geplant war und zu der er – auch wenn es sein letzter Urlaubstag war – zu erscheinen hatte.

Eine weitere Nachricht poppte auf:

Salut, Tiago. Robert und ich sind morgen in Marais unterwegs. Hast du Lust, dich mit uns zu treffen? Vielleicht am Place des Vosges gegen 12? Wir haben Neuigkeiten. Gruß, François.

Tiago zögerte. Morgen war Samstag. Am Wochenende und zu dieser Jahreszeit waren François und Robert in der Regel gemeinsam im Café eingeteilt. Soweit er informiert war, hatte Onkel Salve ihnen erst für den Herbst ein paar freie Tage genehmigt.

»Claire, ist es in Ordnung, wenn ich morgen im Laufe des Tages wieder herkomme? Ich bin ... ziemlich erledigt, und ich glaube, mit den restlichen Blumen kommst du allein zurecht. Ich gehe nur noch meine Jacke holen.«

»Aber natürlich!« Sie warf ihm eine Kusshand zu und winkte, während er den dunklen Hausflur betrat. Mit wenigen Schritten hatte er ihn durchquert und die Backstube erreicht, wo er seine Jeansjacke fand. Er schlüpfte hinein und lehnte sich an den Durchgang zum Gastraum, betrachtete das fertige Café, durchlebte in Gedanken jeden einzelnen Arbeitsschritt, den er mit Lucille und Claire begangen hatte, und erinnerte sich an jene Nacht, da er geglaubt hatte, in Lucille die Liebe seines Lebens gefunden zu haben. In Wahrheit hatte er sich von ihr an der Nase herumführen lassen, war den Wallungen seiner Hormone erlegen und hatte in keiner Sekunde hinterfragt, ob Lucille ihre Begegnung nur als Abenteuer betrachtete, als Chance auf Zerstreuung ... eine heiße, doch sehr kurzlebige Affäre. Er hatte es verpasst zu beleuchten, ob auf eine attraktive und selbstständige Frau wie sie nicht irgendwo jemand wartete.

Tiago schüttelte den Kopf und gab einen schnaubenden Laut von sich. Er fuhr sich durch seine Haare, packte seine Nasenwurzel mit Daumen und Zeigefinger, massierte sie und strich über seine Augenlider. Der Zeitpunkt der Kapitulation war gekommen. Und mit ihr eine allumfassende Müdigkeit, die ihn straucheln ließ.

Gesprächsfetzen und leises Lachen aus dem Hausflur drangen an seine Ohren. Er horchte auf, stemmte die Hände in die Hüften und senkte den Blick. Ihm blieb heute wohl nichts erspart. Betont langsam drehte er sich um und hob das Kinn, als Lucille und André gerade den unteren Treppenabsatz erreichten.

»Ihr geht aus?«, fragte Tiago.

Lucille trug ein Kleid und hohe Schuhe. In dieser Aufmachung hatte Tiago sie noch nie gesehen, und obwohl er Jeans und Shirt an ihr bevorzugte, raubte ihm ihr makelloser Anblick den Atem, traf ihn so unvorbereitet wie ein eiskalter Schneeball. Er versuchte, durch sie hindurchzuschauen. Oder an ihr vorbei. Was sich als falsche Entscheidung herausstellte, denn gleich neben ihr – jetzt in Chinohose und Oberhemd gekleidet, die Stoffe eng an seine Muskulatur geschmiegt – wartete André und hielt ihre Hand.

Tiago spürte Magensäure seine Speiseröhre hochkriechen.

Lucille räusperte sich und schloss für einen Moment die Augen.

»Ich war noch nicht oft in Paris«, antwortete André an ihrer Stelle und nickte. »Wir gehen einen Happen essen und werden es uns dann wohl irgendwo in einem Park oder an der Seine gemütlich machen. Die Luft ist herrlich mild.« Er schenkte Lucille ein strahlendes Lächeln.

Tiago verzog seinen Mund und rollte mit den Augen. »Wie romantisch!«

»Wir müssen reden!«, flüsterte Lucille und obwohl es völlig unklar war, von wem sie sprach, winkte Tiago bereits ab.

Sollte sie die undurchsichtige Situation, ihn und sie betreffend, meinen, so fühlte er sich außerstande, ihr hier und jetzt zuzuhören. »Dann wünsche ich euch ... viel Spaß!« Für ein paar Sekunden schaffte er es, Lucille zu fixieren. Dass sie seinem Blick nicht standhielt und am Saum ihres Kleides nestelte, erfüllte ihn zwar mit einer gewissen Genugtuung. Doch schon Momente später, als André sie mit sich zum Hinterausgang zog und die beiden über den Hof verschwanden, kehrte das schmerzhafte Ziehen in seiner Magengegend zurück.

Tiago verließ die Metrostation und trat ins gleißende Sonnenlicht. Die Temperaturen waren erneut gestiegen, die Luft über den aufgeheizten Straßenbelägen flimmerte, und zum wiederholten Male wischte er sich den Schweiß von der Oberlippe. Er fühlte sich matt, weil er gestern bis in die Nacht durch die Stadt gezogen war. Claire hatte versucht, ihn telefonisch zu erreichen, doch er hatte nicht die Energie gehabt, sich ihren Tröstungsversuchen zu stellen, und ihr nur eine kurze Nachricht hinterlassen, dass er sich später bei ihr melden würde. Die erneuten Anrufe Onkel Salves und Charlizes hatte er weiterhin ignoriert, das Handy sogar ausgeschaltet. Erst spät hatte er sich durch den Hausflur in seine Wohnung geschlichen, erleichtert darüber, dass niemand sein Ankommen bemerkt hatte und alles im Dunkeln gelegen war.

Schlafen hatte er nicht können, weshalb er das Haus in aller Früh wieder verlassen hatte, um auswärts zu frühstücken und spazieren zu gehen. Doch nichts hatte ihm Erleichterung verschafft. Er konnte nicht klar denken. In seinem Kopf dröhnte der Verkehrslärm in einer Lautstärke, die an seinen Nerven zehrte, die Berührungen anderer Passanten hinterließen ein unangenehmes Kribbeln auf seiner Haut, sodass er sich pausenlos kratzte und über seine Arme rieb. Er bezweifelte, dass es eine gute Idee gewesen war, dem Treffen mit François und Robert zuzustimmen. Doch in Ermangelung anderer Optionen und der Gewissheit, dass er sich den Kopf zerbrechen würde, bliebe er in der Abgeschiedenheit seiner Wohnung, hatte er schließlich zugesagt. Vielleicht würde ihm die Ablenkung guttun. Vielleicht würden die Culotte-Brüder in auf andere Gedanken bringen und seine Stimmung heben. Es war zumindest einen Versuch wert. Die Chance, in seinem Selbstmitleid zu versinken, würde sich ihm ohne Zweifel am Nachmittag erneut offerieren, wenn er zur Rue de la Lune zurückkehrte, um Claire bei den letzten Arbeiten auf dem Hof zur Hand zu gehen. Dass er dabei

Lucille und höchstwahrscheinlich auch ihrem Fitnessguru-Freund über den Weg laufen würde, stand außer Frage.

Tiago hielt sich zunächst im Schatten unter den Arkaden auf, da bis zur verabredeten Uhrzeit noch einige Minuten vergehen würden und er sich immer noch nicht sicher war, ob er heute nicht besser für sich geblieben wäre. Er betrachtete die dreigeschossigen Gebäude aus rotem Backstein, die rings um die mit Springbrunnen, Sitzgelegenheiten und Statuen versehene Grünfläche des Place de Vosges errichtet worden waren. Der Park war unter Einheimischen und Touristen gleichermaßen beliebt. Es verging kaum ein Tag, an dem sich nicht eine Vielzahl von Besuchern auf den Bänken tummelte oder bunte Decken auf der Wiese ausgebreitet lagen. Tiago seufzte, trat aus der schützenden Dunkelheit hervor und überquerte die Straße. Gelächter und Gespräche vereinten sich zu einem Summen, das das Gezwitscher der Vögel übertönte, sobald er das Tor zum Park durchschritten hatte. Er folgte dem sandigen Weg, ließ seinen Blick über Wasserfontänen schweifen, die aus mehreren Springbrunnen in den wolkenlosen Himmel hinaufschossen, und atmete auf, als sich der Schatten der Bäume, die in der Mitte der Anlage ein kleines Wäldchen bildeten, über ihn legte.

Die steinerne Reiterstatue von Königs Ludwig XIII., ihr Treffpunkt, rückte in sein Sichtfeld, doch François und Robert waren noch nicht zugegen. Tiago lehnte sich an die Umzäunung und steckte seine Hände tief in die Seitentaschen seiner Shorts. Lustlos schob er Sandhäufchen mit den Schuhspitzen seiner Sneaker zusammen und kickte den ein oder anderen Kiesel davon. Inmitten des pulsierenden Lebens, das um ihn herum stattfand, im Zentrum guter Laune und der Vorfreude auf den nahenden Sommer, fühlte Tiago sich verlorener denn je. Er hätte nicht herkommen sollen. Er würde keine gute Gesellschaft für die stets aufgeschlossenen und fröhlichen Brüder abgeben. Seine Niedergeschlagenheit würden ihnen nur den Tag versauen, und am Ende wäre weder ihm noch François und Robert damit gedient.

Tiago wollte gerade eine Absage in den Chat tippen, als er zwischen dem Gemurmel der Fremden zwei bekannte Stimmen vernahm und aufblickte.

»Entschuldige die Verspätung!« François warf einen Blick auf seine Armbanduhr und hob die Brauen. »Maman wollte uns einfach nicht gehen lassen. Sie sieht uns nicht besonders oft. Du weißt schon ... die Arbeit.«

»Kein Problem!«, log Tiago und wünschte, er hätte sich ein paar Minuten eher dazu entschieden, nach Hause zu fahren. Seine Ambitionen, hier und jetzt Small Talk zu betreiben, sanken auf ein Minimum.

»Ich habe tatsächlich eine freie Bank im Visier!«, raunte Robert und zeigte zwischen eine Baumgruppe. »Wenn wir uns ranhalten ...« Schnellen Schrittes steuerten sie die Sitzgelegenheit im Schatten an und ließen sich darauf nieder.

»Wir haben Wasser dabei. Möchtest du einen Schluck?« François reichte Tiago eine Flasche und öffnete auch für sich und seinen Bruder eine. »Bei der Wärme keine unwichtige Angelegenheit.«

Tiago zog die Stirn kraus. François und Robert machten einen leicht nervösen Eindruck, was er ihnen nach wenigen Augenblicken bereits angemerkt hatte. Dass sie sich jetzt über die Wetterverhältnisse unterhielten, erhärtete sein Empfinden.

»Ist alles okay bei euch?«, fragte er geradeheraus und beobachtete, wie Robert einen kurzen Seitenblick mit seinem Bruder austauschte. »Ich werde das Gefühl nicht los, dass irgendetwas im Busch ist. Und ihr meintet doch, ihr hättet Neuigkeiten zu erzählen …«

François seufzte und sah in die Ferne. »Es hat wohl keinen Zweck, es hinauszuzögern.«

»Jetzt machst du mich neugierig!«, meinte Tiago.

»Wir wollten es zuerst mit dir besprechen«, begann Robert.

»Du bist zwar auch unser Vorgesetzter«, fuhr François fort, »aber wir kommunizieren auf einer anderen Ebene. Und die Aktion mit dem Ofen für Claire Finique … dass du dich uns anvertraut hast …«

»Das zeigte uns, dass uns viel mehr verbindet als nur eine stabile geschäftliche Beziehung. Du bist für uns ein Freund geworden, Tiago.« Robert sah Tiago an und lächelte. Aufrichtigkeit und Wertschätzung lagen in seinem Blick.

Tiago freute sich über das entgegengebrachte Vertrauen, zumal er ähnlich empfand, doch konnte er nicht verbergen, dass ihn die Geheimniskrämerei der Culottes nervös machte. Er war aufgestanden und ein paar Schritte auf und ab gelaufen. »Wenn ihr jetzt nicht bald herausrückt mit der Sprache …«

»Wir werden kündigen!«

Tiago blieb abrupt stehen und starrte François und Robert an.

»Alors«, stammelte Robert, »es ist so, dass dein Onkel uns kein zusätzliches Personal zur Verfügung stellen wird.«

»Und du weißt, Tiago, die Eröffnung der Weinbar wird für noch mehr Zulauf sorgen. Wir sind oft am Ende unserer Kräfte, aber es war letztlich diese Verweigerung Monsieur Gibaldis, die den Stein ins Rollen brachte.« François hob resigniert die Schultern.

Für einen Moment kehrte Stille ein. Es schien, als würde jeder auf eine Reaktion des anderen warten. Ungewissheit lag in der Luft, eine Anspannung, die sich auf den Gesichtern der Brüder zeigte. Sie hielten buchstäblich die Luft an.

Dann durchbrach Tiago mit einem schallenden Lachen das Schweigen. Er warf den Kopf in den Nacken und sah zwischen den Ästen und Zweigen in den Himmel. »Das ist ...«

»Es tut uns leid!« François erhob sich und kam näher. »Wir werden die Eröffnung noch abwarten, aber spätestens nächste Woche wollen wir uns auf die Suche nach neuen Anstellungen machen. Es war uns wichtig, dass du vorab Bescheid weißt. Vielleicht kennst du jemanden, der eine Arbeitsstelle sucht und ...«

»... und bei Chez Gibaldi einsteigen möchte?« Tiago schüttelte sich und sah die Culotte-Brüder mitfühlend an. »Jemanden dazu zu ermuntern, würde an Körperverletzung grenzen, oder?«

François und Robert tauschten verwunderte Blicke.

»Also gut, Spaß beiseite«, sagte Tiago und setzte sich wieder. »Ich danke euch, dass ihr mich zuerst informieren habt. Ich kann eure Entscheidung sehr gut nachvollziehen.«

»Daran haben wir nicht gezweifelt. Und doch ist es mit Schwierigkeiten verbunden, wenn wir beide aussteigen. Uns ist bewusst, dass es nicht einfach sein wird, zwei neue Patissiers zu finden, die den Anforderungen deines Onkels gerecht werden.«

»Das stimmt! Aber wisst ihr, was? Onkel Salve hat es nicht anders verdient. Doch wie ich ihn kenne, wird er sich aus der Schlinge ziehen. Er geht über Leichen.« Tiago lehnte sich zurück und überschlug die Beine. »Das muss nicht eure Sorge sein. Macht euch also keine Gedanken!« Er nickte den Brüdern zu. »Im Übrigen habe auch ich Neuigkeiten. Oder besser gesagt: Ich dachte, ich hätte Neuigkeiten. Im Moment bin ich mir nicht sicher, ob ich durchziehen kann, was ich mir vorgenommen habe.« Es tat gut, seine Überlegungen mit jemanden zu teilen, der nicht zum ManiFinique gehörte. Außerdem war es an der Zeit, François und Robert den gleichen Vertrauensvorschuss zu gewähren, den sie ihm soeben hatten zukommen lassen.

»Auch ich spiele mit dem Gedanken, das Unternehmen meines Onkels zu verlassen.«

»Bitte was?«, kam es gleichzeitig aus den Mündern der Brüder.

Tiago grinste. Ihre Verwunderung amüsierte ihn ein klein wenig. »Ihr habt richtig gehört: Die Entwicklungen der letzten Wochen ...« Das klang viel zu neutral, fand er und setzte neu an. »Jemand hat mir beigebracht, dass Dankbarkeit nicht mit Pflichtgefühl gleichzusetzen ist. Dass es in Ordnung ist, seine eigenen Wege einzuschlagen und sich von der Vergangenheit zu verabschieden. Um nach vorn zu schauen. Um das Leben zu führen, das man sich wünscht. Um Dinge zu tun, von denen man weiß, dass sie richtig sind.« Er atmete hörbar aus, kämpfte gegen aufsteigende Tränen. »Bis sich dann doch noch mal alles ändert.«

Er spürte François' Hand auf seiner Schulter und hörte Roberts Räuspern.

»Lucille ist eine wirklich besondere Frau. Energisch und weise zugleich. Sie weiß genau, was sie will. Und du hast recht, ihre Art kann man nur als absolut mitreißend beschreiben. Was ist passiert, dass du mit deiner Entscheidung haderst?«

»André ist passiert!« Tiago gab einen grunzenden Laut von sich und erzählte, was sich am vorherigen Nachmittag und Abend zugetragen hatte. Er genoss François' und Roberts volle Aufmerksamkeit. Als er geschlossen hatte, sah er die Brüder an. »Und nun weiß ich nicht, ob ich mein Vorhaben zu kündigen, nicht besser in den Wind schlagen sollte.«

»Es ist immer eine große Hürde, Sicherheit gegen Ungewissheit einzutauschen«, antwortete François. »Die Frage ist, was hat das eine mit dem anderen zu tun?«

Tiago blickte auf. »Ich verstehe nicht, was du meinst.«

»Du weißt nicht, ob und wie es mit Lucille weitergeht«, mischte Robert sich ein. »Aber selbst, wenn alle Chancen vertan sind und sie mit André in den Sonnenuntergang reitet ...«

Tiago nickte. Was Robert ihm zu erklären versuchte, war, dass seine angedachte Kündigung in keinerlei Verhältnis zu seinem Liebesleben stand. Es waren zwei voneinander unabhängige Baustellen, und es galt, Prioritäten zu setzen. Ein Schritt nach dem anderen.

»Wieso habt ihr überhaupt beide heute frei?«, lenkte Tiago das Gespräch um, weil er wusste, bei seiner Entscheidungsfindung würden François und Robert ihm nicht behilflich sein können.

»Nun, es rächt sich manchmal eben doch, wenn man den Hals nicht voll bekommt«, lachte François. »Die Eröffnung der Weinbar muss auf Dienstag verschoben werden, weil bei den Installationen für die Elektrogeräte ein Wasserrohr in der Wand beschädigt wurde. Dein Onkel springt derzeit im Dreieck.«

»Beziehungsweise über Pfützen!«, ergänzte Robert und versuchte, ein freches Grinsen zu unterdrücken. Was ihm nicht gelang.

Tiago fasste sich grübelnd ans Kinn. Der Grund für die vielen Versuche Onkel Salves und Charlizes, ihn zu erreichen, lag also höchstwahrscheinlich darin begründet, dass es enorme Probleme im Zeitplan gab. »Das heißt, ihr musstet nun doch schließen?«

»Bis Montag.«

Tiago erhob sich und verschränkte die Arme vor der Brust. Gegen das bisschen Schadenfreude, das in seinem Inneren tanzte, konnte und wollte er sich nicht wehren. Gleichzeitig stand aber auch fest, dass jetzt nicht der richtige Zeitpunkt war, um Onkel Salve über seine Kündigung in Kenntnis zu setzen. Zumal er darüber immer noch nachdenken musste. »Ich danke euch für eure Offenheit. Wenn es so weit ist, dass ihr einen Strich unter alles ziehen wollt, das mit Chez Gibaldi zu tun hat, lasst es mich wissen, und ich werde euch uneingeschränkt zur Seite stehen. Fürs Erste würde ich vorschlagen, dass wir die Eröffnung der Weinbar hinter uns bringen. Das wird auch mir Zeit verschaffen, meine nächsten Schritte zu planen.«

Robert und François hoben beide ihre rechte Hand und schlugen in Tiagos ein. »Und wie willst du vorgehen, was deine ... Unentschlossenheit betrifft?«

»Ich werde mit Lucille reden. Ich darf die Chance nicht verstreichen lassen, ihr zu erklären, dass sie mir alles bedeutet. Dass ich bereit bin, mein Leben in die Hand zu nehmen und ihr den Freiraum zu gewähren, den sie braucht, um atmen zu können, um glücklich zu sein. Doch vor allem ...« Er hörte auf das wilde Pochen hinter seiner Brust, das ihn antrieb wie die Pauke in einem Orchester. »Sie muss erfahren, dass ich sie liebe.« Auf dem Absatz machte er kehrt und eilte davon. »Entschuldigt!«, rief er über seine Schulter. »Wir sehen uns am Dienstag!«

»Viel Glück, mein Freund!«, hörte er François' Stimme zu ihm herüberwehen, kurz bevor er das Tor erreicht hatte und den Weg zur Metro einschlug.

Unterwegs zum ManiFinique schickte Tiago seinem Onkel eine Nachricht, in der er ihn darüber aufklärte, dass er von dem Malheur im Café der Culottes erfahren habe und sich bald mit ihm zusammensetzen würde. Eine Rückmeldung hatte er nicht abgewartet, sondern sein Handy sofort wieder abgeschaltet.

Als er jetzt durch den Torbogen auf den Innenhof des Cafés schritt, ging er gedanklich zum letzten Mal durch, was er Lucille sagen wollte. Die Nervosität hatte nachgelassen, was vermutlich an seinem festen Entschluss lag, alles auf eine Karte zu setzen. Er spielte ihr den Ball zu und würde jede Reaktion akzeptieren – wie auch immer sie ausfiel. Es gab kein Zurück mehr.

Er trat um die Hausecke und steuerte die Hintertür an. Ein Plätschern riss ihn aus seiner Konzentration, sodass er innehielt und seinen Blick schweifen ließ.

»Hallo, Claire!«, rief er, als er sie mit einer Gießkanne bewaffnet die fertig bepflanzten Kübel ablaufen sah. Langsam, viel zu langsam, drehte sie sich um, sah für einen Moment auf, antwortete aber nicht. Sie stand nur da, die Kanne in einem Winkel haltend, dass Wasser über ihre Schuhe lief. Tiago näherte sich, legte den Kopf schief und versuchte, in ihrem Gesichtsausdruck zu lesen. Doch alles, was er ihm verriet, war unendliche Traurigkeit, die aus ihren Augen floss. Er beschleunigte seine Schritte und hob seine Arme, als er bemerkte, wie unsicher Claire von einem Fuß auf den anderen wankte.

»Ich bin da!«, flüsterte er und fing sie auf, bevor sie das Gleichgewicht verlor. Behutsam manövrierte er sie in einen der Sessel, die unter der Pappel standen, und ging vor ihr in die Hocke. »Macht die Wärme dir zu schaffen?«

Claire schüttelte den Kopf. Noch mehr Tränen quollen aus ihren Augen, liefen über ihre Wangen, verschmierten das Rouge zu einem dünnen Brei.

»Soll ich Lucille holen? Ist sie drinnen?« Er stand auf und drehte sich zur Tür.

»Nein!« Claires Stimme glich einem Krächzen. Unbeholfen griff sie nach seiner Hand.

»Nein? Wieso nein?« Tiago ging erneut in die Knie, suchte in Claires Augen nach einer Antwort.

Ihre Finger legten sich an seine Schläfen, streichelten über seine Brauen und fuhren durch die Locken, die ihm in die Stirn gefallen waren. »Sie ist fort, Tiago. Mit André. Und sie wird nicht zurückkommen.«

Lucille

Aufwühlende Stunden lagen hinter Lucille. André war ihr am Vorabend mit ihrem Gepäck behilflich gewesen, hatte sie bis hoch in ihre Wohnung begleitet. Um sich erkenntlich zu zeigen, hatte sie ihn auf einen Wein eingeladen. Gemeinsam hatten sie auf ihrem winzigen Balkon gesessen, während die Sonne hinter den Dächern Lyons versunken und die Dämmerung rotgolden hereingebrochen war. Sie hatten eng beieinandergesessen, Schulter an Schulter, Knie an Knie. Mehrfach hatten sie Blicke getauscht, die Lucille darauf eingestimmt hatten, den Tag mit ihm in ihrem Bett zu beenden. Hätte nicht eine ungewöhnliche Aufgekratztheit eingesetzt, just in dem Moment, da sie sich wortlos geeinigt hatten, wäre es auf eine heiße Nacht hinausgelaufen. Ihre wachsende Nervosität hatte André dazu bewogen, sich bald zu verabschieden, damit Lucille nach der ungeplant zeitigen Abreise aus Paris und vor ihrem Wettkampf zur Ruhe finden konnte.

Doch das Gegenteil war der Fall gewesen.

Lucille hatte ihren Koffer ausgeräumt und bei dieser Gelegenheit auch gleich ihren Kleiderschrank ausgemistet. Bis spät in die Nacht waren Berge von Jeans, Sweatshirts und Tops auf ihrem Bett gewachsen, hatte sie nicht mehr Brauchbares in Tüten gefüllt und den Rest wieder in Regale eingeordnet. Jetzt erstrahlte ihre Kleidersammlung nach Saison und Farben sortiert, alles lag griffbereit auf sauber zusammengefalteten Stapeln. Dabei hatte sie bislang keinen gesteigerten Wert auf Penibilität dieser Art gelegt. Auch nicht darauf, wie ihre Möbel oder Dekomaterialien in ihrer Wohnung angeordnet waren – und trotzdem war sie heute früh dem inneren Drang erlegen, ihre Couch zu verrücken, den Teppich unter dem Esstisch zu entfernen und ihre Grünpflanzen neu zu arrangieren. Der Umräumaktion waren das Wienern sämtlicher Böden, das Abarbeiten ihrer E-Mails, eine Grundreinigung der Spülmaschine und der Wocheneinkauf gefolgt. Im Normalfall hätte sie Stolz empfunden, wenigstens Wohlbefinden. Aber so sehr sie auch versucht hatte, in ihren Handlungen einen Sinn zu sehen, der ihr Zufriedenheit bescheren würde, in Wahrheit hatte sie sich die ganze Zeit über gefühlt wie ein Reh auf der Treibjagd.

Zweifelsohne hätte sie die Unruhe auf das bevorstehende Wiedersehen mit ihren Kollegen und auf den Wettkampf schieben können. Die Vorfreude, schon bald wieder Teil der wundervollen Le-Havre-Familie zu sein und sich im Kampf beweisen zu dürfen, hatte in ihr ein Kribbeln hervorgerufen, das es ihr unmöglich gemacht hatte, auch nur für einen Moment still zu sitzen.

Erst jetzt, Minuten vor dem Fight, beruhigten sich ihre Nerven, wich die Ruhelosigkeit einer Konzentration, und sie war imstande, sich auf das zu fokussieren, was sie beherrschte und unter Kontrolle hatte. Durch das geöffnete Fenster wehte eine leichte Brise, durchtränkt von den vertrauten Aromen der Rhône. Lucille schloss ihre Augen und sog den Duft nach synthetischer Sportkleidung, Duschgel und einem Hauch Schweiß ein.

»Wie weit bist du?« Christophes Stimme klang aufgebracht, sein hastiges Ein- und Ausatmen war durch die

Tür zur Trainerumkleide zu hören. Vielleicht sorgte er sich, dass es um Lucilles Fitness nicht optimal bestellt war. Immerhin hatte sie es versäumt, sich in den letzten Wochen sportlich zu betätigen. Nicht einmal gejoggt war sie. Trotzdem war sie guter Dinge. Veronique war kein schwieriger Gegner. Zudem war es ein Freundschaftskampf, und es stand nicht viel auf dem Spiel. Allein deshalb schon hatte sie eingewilligt, Gabriella, die wegen einer Viruserkrankung ausfiel, zu vertreten.

»Ich komme sofort!«, antwortete sie Christophe, der immer noch vor der Tür herumlungerte und sprichwörtlich mit den Hufen scharrte.

»Mach voran jetzt, Veronique ist schon draußen. Und die Zuschauer werden ungeduldig.«

Mit einem Blick auf die Uhr, die an der Wand tickte, zog Lucille die Klettverschlüsse der schwarzen Schienbeinschützer fest und prüfte den korrekten Sitz am Fußspann. Zugegeben, sie war spät dran, aber sie würde die Besucher mit ihrer Darbietung fürs Warten entschädigen. Es tat gut und vermittelte ihr Sicherheit, nach den Irrungen der letzten Wochen in die ihr wohlbekannte Rolle von Lulu La Blonde zu schlüpfen. Ein leichtes Rauschen in ihren Ohren, das von der anschwellenden Vorfreude zeugte, übertünchte beinahe das wiederholte Pochen an der Tür.

»Ich bin da! Ich bin voll da, und ich werde gewinnen!« Schwungvoll öffnete sie, stülpte ihre roten Boxhandschuhe über die bandagierten Finger, ließ sie von Christophe festziehen und folgte ihm durch den breiten Flur. Vorbei an den Mitgliederumkleiden und den Duschen ließen sie die Trainingsräume links liegen und betraten den Eingangsbereich, der von der Theke des Bistros dominiert wurde und gleichzeitig als Empfang diente. Lucille grüßte

Fanny, die zwei Sportlern einen Elektrolytdrink mixte, und betrachtete im Vorbeigehen ihr Spiegelbild in den Glasfronten der Schaukästen. Federnd hüpfte sie von einem nackten Fuß auf den anderen und sah zu, wie ihre schmale, aber durchtrainierte Gestalt mit den Auszeichnungen und zahlreichen Fotos von Wettkämpfen und Mitarbeitern verschmolz. Zufrieden nickte sie.

»Die Besucher sind zahlreich gekommen. Und das Wetter könnte nicht passender sein.« Christophe blieb an der Tür zum Hinterhof stehen und suchte den stahlblauen Himmel nach Wolken ab. »Viel Erfolg, Lulu!« Er hielt ihr den Zahnschutz an den Mund. »Zeig, was man erwarten darf, wenn man im Le Havre trainiert!«

Lucille salutierte, boxte ein paar Mal in die Luft und nahm dann unter beachtlichem Beifall den Weg zum Boxring, der mitten auf dem Sandplatz auf der Rückseite des Le Havre aufgebaut war und in dessen blauer Ecke Veronique sich bereits vom Publikum feiern ließ. Nachdem zwei Helfer die Seile auseinandergezogen hatten, um ihr den Einstieg in den Ring zu ermöglichen, streckte Lucille ihre Faust in die Höhe und begrüßte die Zuschauer. Der Applaus schwoll an, die Menge reckte die Köpfe, und durch Lucilles Adern schoss eine Welle der Dankbarkeit. Es tat so gut, wieder hier zu sein und genau das zu tun, wonach ihr Herz sich sehnte. Wie hatte sie das Boxen vermisst, wie schmerzlich hatten ihr die Kollegen aus dem Le Havre gefehlt. Lächelnd warf sie André einen Blick zu, der in der ersten Reihe stand und sie ununterbrochen beklatschte. In seinen Augen glühte offene Bewunderung.

»Es macht mich glücklich, dich hier zu sehen. An meiner Seite«, hatte er geraunt, während sie gestern den Sonnenuntergang betrachtet hatten. In seinen ozeanblauen Augen waren die gleichen glitzernden Sprenkel zu sehen gewesen, die sie noch von ihrer ersten Begegnung in bester Erinnerung hatte. Er hatte ihr gebeichtet, dass er es kurz nach ihrer Abreise aus Lyon in Erwägung gezogen hatte, ihr hinterherzureisen. Gilbert hatte ihm das Vorhaben ausgeredet. Als Christophe aber dann vorgeschlagen hatte, Lucille vorzeitig zurückzubeordern, damit sie Gabriella vertreten konnte, war André nicht mehr zu halten gewesen. Dass hinter seinem Enthusiasmus mehr steckte, als Arbeit und Vergnügen zu vereinen, hatte vom ersten Moment, da er das ManiFinique betreten hatte, auf der Hand gelegen. Und obwohl Lucille seine wahren Absichten von Anfang an bekannt gewesen waren und sie zu keinem Zeitpunkt erpicht darauf gewesen war, sich Ketten anlegen zu lassen, hatte sie sein Auftauchen in Paris als Befreiungsschlag empfunden.

»Mesdames et messieurs, liebe Freunde, verehrte Gäste«, schmetterte der Schiedsrichter, ein Trainer aus einem befreundeten Kampfsportstudio, in sein Mikro und verbeugte sich vor dem jubelnden Publikum. »Begrüßen Sie mit mir in der blauen Ecke Veronique Desmilles aus dem Lyon Fit & Fight. Sie ist 27 Jahre jung, wiegt 54 Kilo und kämpft wie ihre heutige Gegnerin in der Klasse des Leichtgewichts.« Eine Woge der Begeisterung lief durch die Zuschauermenge, bevor der Unparteiische sich Lucille zuwandte. »Und in der gegenüberliegenden roten Ecke treffen wir die im Le Havre angestellte Lucille Bouton, in der Szene bekannt als Lulu La Blonde!«

Abermals war ohrenbetäubender Beifall zu hören, in dem Lucille sich sonnte.

»Lulu ist 25 Jahre jung, wiegt 53 Kilo und vertritt sehr kurzfristig ihre Kollegin Gabriella Fortadite, die wegen einer Erkrankung ausfällt. Für ihren Einsatz einen tosenden Applaus!«

Lucille verbeugte sich und lachte. Ihre Finger, die in ihren Lieblingshandschuhen steckten, begannen vor Vorfreude zu kribbeln, sie konnte es kaum erwarten, dass der Kampf startete und sie ihre angestaute Energie kanalisieren durfte.

Endlich gab der Schiedsrichter ihr und Veronique das ersehnte Zeichen. Lucille wartete nicht lang und ging in die Offensive. Sie fixierte Veronique, drehte Schulter und Hüfte ein und achtete darauf, dass sie den Arm nicht zu früh zurückzog. Ihr erster Schlag erfolgte explosionsartig und ohne, dass ihr Gegenüber ihn kommen sah. Blitzschnell kehrte Lucille in die Ausgangsposition zurück und holte zu einem Frontkick aus, der Veronique in den Bauch traf und sie kurz ins Wanken brachte. Das Publikum jubelte und bewegte sich ruckartig nach vorn. Faszination waberte über den Platz und erreichte Lucille wie eine Druckwelle, die sie genießerisch in jede Zelle ihres Körpers aufsog. Ein Zittern durchfuhr ihre Eingeweide, ihr Herz pochte in einem wilden Rhythmus, und sie wusste, nichts auf der Welt bereitete ihr diese Art von Hochgefühl.

Veronique tänzelte auf Lucille zu, schien den Moment für sich verwerten zu wollen, doch dann verriet sie ihren nächsten Schlag mit einem kaum wahrnehmbaren Zucken ihrer Schulter. Lucille presste ihren Ellbogen fest an den Körper, verlagerte ihr Gewicht und ließ ihre rechte Faust hervorschnellen. Sie war mehr in ihrem Element denn je, kostete jede Chance aus, die ihre Gegnerin ihr bot und nutzte ihre körperliche wie taktische Überlegenheit. Mühelos entschied sie Runde um Runde für sich, badete in den Zurufen und frühen Glückwunschbekundungen des Publikums, ließ sich tragen von Jubel und Hysterie.

Als der Schiedsrichter schließlich ihren Sieg ausrief und André sie durch die Seile so fest umarmte, dass sie beinahe keine Luft bekommen hätte, donnerte eine Flut von Endorphinen durch ihre Adern. Lucille fühlte sich, als könnte sie es mit allem und jedem aufnehmen. Selbstsicherheit paarte sich mit purer Erleichterung, und endlich fiel die Ungewissheit der letzten Wochen von ihr ab. Christophe klopfte ihr anerkennend auf die Schulter, während sie in die Hocke ging, das Gesicht in Andrés Halsbeuge vergraben, und Tränen der Erlösung weinte.

»Du hast es wieder mal geschafft! Ich bin stolz auf dich!«, rief André überschwänglich.

»Dass ich heute schon hier bin, habe ich dir zu verdanken.« Sie drückte ihm einen Kuss auf die Wange, roch den süßen Drink, den er sich vor dem Fight genehmigt hatte, und bemerkte, wie ein Ruck durch seinen Körper ging. Er umschlang ihre Taille und zog sie durch die Seile auf seine Hüften. Lucille hatte nicht viel Zeit, sich über seine überschießende Reaktion zu wundern, verbuchte sie aber unter großer Freude wegen ihres Sieges und ließ ihn gewähren, als er sie im Kreis umherwirbelte.

»Wir sollen feiern!«, flüsterte er in ihr Ohr und sah sie an.

In seinen Augen tobte ein Verlangen, das sie so noch nicht von ihm kannte. Nach seinem Rückzieher am Tag der offenen Tür vor einigen Wochen und ihrer ... Unpässlichkeit am gestrigen Abend, schien er die Gunst der Stunde nutzen zu wollen. Und wenn Lucille ehrlich zu sich selbst war, konnte sie sein Verhalten sogar nachvollziehen. Sie war ihm buchstäblich davongelaufen, als sie Claires Nachricht erhalten hatte. Er hatte sich weiterhin um sie bemüht, ohne aufdringlich zu werden, und war ihr schließlich nach Paris gefolgt – wobei Christophes Auftrag für ihn in erster Linie Mittel zum Zweck gewesen war. Sie hatten einen erfreulich gelösten Abend miteinander verbracht und viel gelacht. Zwar war daraus nicht mehr geworden, denn während Lucille in ihrem eigenen Bett geschlafen hatte, war André in ein Hotelzimmer gezogen. Dennoch waren sie sich auf eine unschuldige Art nähergekommen. Dass er nun daran festhielt und seine Chance ergreifen wollte, war nur verständlich. Die Frage war, wie sie darauf antworten wollte.

»Ich brauche dringend etwas zu trinken!« Sie löste sich aus seiner Umarmung, ignorierte das Unbehagen, das in seinem Blick aufflackerte, und stolperte zum Eingang des Gebäudes. »Fanny, Chérie, ich hätte gern eine eiskalte Coke!« Die würde vielleicht die plötzlich aufgekommene Mattheit verscheuchen und Lucille zu neuer Energie verhelfen.

»Mit Cola feiern Minderjährige!«, witzelte André und ließ sich neben Lucille auf einem Barhocker nieder.

Locker zu lassen stand für heute offensichtlich nicht auf seiner Agenda.

»Mag sein, aber ...« Lucille überlegte. Prinzipiell hätte sie gegen einen Drink nichts einzuwenden, aber aus irgendeinem Grund zog sie es vor, nüchtern zu bleiben. »Mir ist heute nicht nach Alkohol.«

André hob beschwichtigend die Arme. »Alors, kein Problem, ich will dich nicht verführen!« Es dauerte nur einen Atemzug, da wurde er sich der Zweideutigkeit seiner Aussage bewusst und schüttelte grinsend seinen Kopf.

»Schon in Ordnung. Ich weiß, was du meinst« Lucille platzierte eine Hand auf Andrés Unterarm und umfasste ihn mit leichtem Druck. Sein Blick folgte ihrer Berührung, und im gleichen Moment stellten sich sämtliche Härchen auf seinem Arm auf. Lucille bemerkte, wie extrem André auf sie reagierte, und entschied sich, ihre Hand zurückzuziehen. Fast schien es, als hätten sich ihre Rollen vertauscht, er mimte den Draufgänger, sie das schüchterne Mäuschen. Und obwohl es ihr befremdlich vorkam und sie ihre Zurückhaltung ernsthaft hinterfragte, wollte sich keine Antwort, keinerlei Erklärung auftun.

»Wollen wir ein Stück gehen?« André wandte sich ihr zu, fasste an ihre nackte Schulter. Und wieder dominierte in seiner Berührung jene Geradlinigkeit, die Lucille bislang eher sich selbst zugeschrieben hatte. Er schien ihre Verwirrung zu bemerken, schluckte hart und ging dazu über, mit seinem Daumen sanft über ihr Schlüsselbein zu streichen. »Ich kenne da eine hübsche Bank gleich am Wasser.«

Lucilles Blick fiel auf seine Lippen, die in dem schummrigen Licht an der Theke verführerisch weich und einladend wirkten. Etwas in ihr drängte sie, sich einfach herüberzulehnen, ihren Mund auf seinen zu pressen und sich mitziehen zu lassen. Wohin auch immer er sie entführen wollte. Stattdessen setzte sie ihr Glas geräuschvoll ab und rutschte von ihrem Hocker. »Sei mir nicht böse, aber ich bin hundemüde.«

Er zögerte einen Moment. Das Leuchten in seinen Augen verflüchtigten sich. »Absolut verständlich! Ich suche nur kurz meine Siebensachen zusammen, dann begleite ich dich. Ich würde mich wohler fühlen, wenn du nicht allein … «

Lucille lächelte. »Nein, wirklich, das ist nicht nötig. Wir sehen uns morgen.«

Der Mond stand groß und hell zwischen seiner Heerschar von funkelnden Sternen. Es hätte ein romantischer Abschluss des heutigen Tages werden können, wenn Lucille André erlaubt hätte, sie zu begleiten. Er hatte gebrannt für sie, ihr verständlich gemacht, dass er nicht vorhatte, sich zurückzuhalten, und bereit war, alles auf eine Karte zu setzen. Sein Feuereifer hatte ihr gefallen, sie hatte sich geschmeichelt gefühlt. Doch irgendetwas in ihr hatte sich quergestellt, ihr Zweifel aufgeladen und sie dazu veranlasst, sich allein auf den Heimweg zu machen. Sie war sich der Tatsache bewusst, André ein weiteres Mal vor den Kopf gestoßen zu haben, und nicht stolz darauf. Es war eine Menge Ungewissheit, die sie ihm aufbürdete – etwas, das mit ihrem typischen Verhaltensmuster kaum zu vereinen war. Nichtsdestotrotz war sie sich absolut sicher, richtig entschieden zu haben.

Aus welchen Gründen auch immer.

Sie atmete tief ein und aus, um das aufkommende Gefühl von Schwindel unter Kontrolle zu bringen. Hatte sie nicht ausreichend getrunken? Oder lag ihre Schwäche in ihrer wochenlangen sportlichen Abstinenz begründet? Ein trainingsfreies Intervall mit den kräftezehrenden Herausforderungen eines Kampfes zu beenden, war vielleicht einfach zu viel gewesen. Sie erklomm die Stufen hinauf in ihre kleine Wohnung und zitterte leicht, obwohl die Temperaturen tropische Ausmaße erreicht hatten. Die Muskulatur in ihren Beinen rebellierte, der Energieschub, der ihrem Körper nach einem Kampf normalerweise ein berauschendes Prickeln bereitete, war ausgeblieben.

Sie brauchte drei Anläufe, bis sie den Schlüssel ins Schloss gefummelt hatte und die Tür aufdrückte. Ihre Finger tasteten nach dem Lichtschalter, betätigten ihn aber nicht. Für jetzt fühlte sie sich in der Dunkelheit wohl. Unbeobachtet. Ungestört. Sie erkannte alles, schließlich wohnte sie seit fast sechs Jahren hier, und doch erschienen ihr das Mobiliar, die Bilder an den Wänden, das Geschirr auf der Spüle fremdartig. Als wäre sie nach einem jahrzehntelangen Auslandsaufenthalt zurückgekehrt und hätte Schwierigkeiten, sich in ihrer alten Umgebung zurechtzufinden. Als wäre ihr das Gefühl von Zuhause abhandengekommen. Sie dachte an Claire, an den Moment des Abschieds und an die Worte, die ihre Tante an sie gerichtet hatte, bevor sie mit André ins Taxi gestiegen war: »Ich will nicht undankbar erscheinen, Chérie, denn du hast mir in den letzten Wochen tatkräftig zur Seite gestanden. Aber überlege gut, ob es die richtige Entscheidung ist, Paris zu verlassen. Paris ... und alles, was dir hier widerfahren ist. Die Dinge passieren selten ohne Grund.«

Lucille schlich in ihr Wohnzimmer, das die Straßenlampen der Rue Rivière in einen diffusen Schimmer tauchten. Sie streifte ihre Sneaker ab und steuerte das Sofa an. Seufzend ließ sie sich in das weiche Polster sinken, zog ihre Beine heran und legte das Kinn auf ihre Knie. Ihre Augenlider wurden schwer, die Frequenz ihrer Wimpernschläge nahm ab, doch ins Bett zu gehen erschien ihr vollkommen abwegig. Sie verspürte weder die Lust, sich auszustrecken, noch den Drang zu schlafen. Und so huschten ihre Finger fahrig über das Display des Smartphones, riefen den Wetterbericht auf, kontrollierten den Eingang neuer Chat-Nachrichten und überflogen die aktuellen Meldungen zum Weltgeschehen. Nichts konnte Lucilles Aufmerksamkeit erregen, also öffnete sie den Streamingdienst für Musik, um sich berieseln zu lassen, und scrollte durch die zuletzt abgespielten Playlists. An dem Namen einer Interpretin blieb sie hängen, weil sie sich nicht entsann, ihn jemals in die Suchleiste eingegeben, geschweige denn das Album abgespeichert zu haben. Doch während sie das Verzeichnis der Songs durchging, dämmerte es ihr, und als sie dieses eine Lied anklickte und die ersten Takte den Raum zum Klingen brachten, zog sich ihr Magen schmerzhaft zusammen.

Summertime, and the living is easy. Fish are jumping and the cotton is high. Oh, your daddy's rich and your ma is goodlooking. So hush, little baby, don't you cry.

Binnen Sekunden fühlte sich Lucille rückversetzt in jene Nacht, da Tiago sie in die Welt des Jazz entführt hatte und mit ihr durch das noch leere Café ihrer Tante getanzt war. Sie erinnerte sich an seine Hände, den sanften Druck, den seine Finger ausgeübt hatten, als sie ihre Taille umfasst und sich auf ihre Hüften gelegt hatten. Die Wärme seines Atems an ihrer Stirn, die Zartheit seiner Lippen auf ihren. Es stimmte, er war ihr Puzzleteil gewesen – für diesen einen Moment. Sie hatte für Augenblicke angenommen, war überzeugt gewesen, dass er derjenige war, mit dem sie alles würde meistern können. Derjenige, durch den sie Frieden schließen würde mit sich, ihren elendigen Selbstzweifeln … ihrer Vergangenheit.

»Ich habe gehofft, dass ich dir nicht egal bin.«

»Das bist du nicht.«

»Das klingt fast, als wünschtest du, es wäre anders.«

Der Mond verschwamm zu einem hellen Fleck am Nachthimmel, als Lucille zu weinen begann. Sie bedauerte, dass es ihr nicht gelungen war, ausreichend Vertrauen in ihn und in sie beide zu setzen. Seine Selbstsicherheit hatte sie schwach gemacht, hatte sie sich und alles, was sie in ihrem bisherigen Leben als unverrückbar angesehen hatte, infrage stellen lassen.

Ein leichtes Zittern durchlief ihren Körper, als sich weitere Tränen ihren Weg suchten. Sie konnte sich nicht dagegen wehren. Eine Macht, die zu benennen ihr unmöglich war, beschwor Bilder herauf, ließ Gefühle aufleben, die sie verbannt hatte. Weil es gefährlich war, sich einzulassen. Weil es verletzbar machte, den Panzer abzulegen und sich zu zeigen, wie man wirklich war ... wer man wirklich war. Weil Liebe ein fragiles Gefäß war, das allzu leicht zerbrach.

Lucille wollte aufstehen, die Erinnerung abschütteln, doch sie verharrte in einer beinahe gespenstischen Reglosigkeit. Sie starrte zum Fenster hinaus, verfolgte Wolkengebilde, die mit dem Mond ineinanderflossen. Kein Umgebungslaut drang an ihre Ohren, nur ein Summen, das an- und abschwoll wie eine entfernte Sirene, echote irgendwo in ihrem Denken. Ohne es zu wollen, spürte sie ihrem Atem nach, tauchte ein in den stetigen Rhythmus, mit dem ihr Brustkorb sich hob und senkte. Etwas drängte sie, auf ihren Herzschlag zu hören, der wellenartig an ihrem Hals, an den Handgelenken und in ihrem Bauch pulsierte.

Hatte sie falsch entschieden?

Das Glockenspiel von St. Pierre ertönte. Zwölf dumpfe Schläge katapultierten Lucille aus ihrer Trance und holten sie zurück ins Hier und Jetzt. Sie stoppte das Abspielen des Songs und feuerte ihr Handy in die Sofakissen. Sie musste Abstand gewinnen. Vergessen, was in Paris vorgefallen war. Verdrängen, dass sie sich jemandem so bereitwillig geöffnet und damit die Enttäuschung in ihr Leben eingeladen hatte. Die damit verbundene Schwäche würde sie um Jahre zurückwerfen und alles, was sie sich mühevoll aufgebaut hatte, in Schutt und Asche legen.

Die Nacht hatte sich als wenig erholsam erwiesen. Die zerwühlten Laken und ein Blick in den Spiegel – Augenringe, die bis zum Kinn reichten – zeugten von Unruhe und wilden Träumen. Trotzdem hatte Lucille den Eindruck, als hätte sich der Nebel in ihrem Kopf ein Stück weit verzogen. Sie zuckte mit den Schultern, weil sie die Empfindung nicht einzuordnen wusste, wusch sich ihr Gesicht und zupfte ihre kurzen Strähnen in eine halbwegs akzeptable Frisur. Danach ging sie in die Küche, vereinte Wasser und Kaffeepulver im Porzellanaufsatz und sah zu, wie sich das Kännchen darunter langsam mit der herrlich duftenden Flüssigkeit füllte. Ihr Magen knurrte. Dass sie etwas gegessen hatte, war viele Stunden her. Sie musste dringend zu Kräften kommen, bevor sie am frühen Nachmittag ihre Schicht im Le Havre antreten würde. Also briet sie sich ein Ei, ließ es auf einen Teller rutschen, schnitt sich Tomaten und Gurken und bestrich ihr Croissant dick mit Butter und Konfitüre. Der Geruch von gezuckerten Aprikosen stieg ihr in die Nase, streichelte ihren Gaumen und förderte ihren Appetit, von dem sie zuvor nicht allzu viel gespürt hatte.

Es klingelte.

Lucille schaute auf die Digitalanzeige ihres Küchenradios und runzelte die Stirn. So früh erwartete sie keinen Besuch. Hatte sie sich gestern vielleicht mit einer Kollegin aus dem Studio zum Frühstück verabredet? War es möglich, dass sie einem Treffen für heute so geistesabwesend zugestimmt hatte, dass sie sich nicht daran erinnerte? Das wäre denkbar peinlich! Sie legte das Croissant ab, leckte sich über die verschmierten Fingerspitzen und hastete in die Diele, wo sie den Schalter für die Gegensprechanlage betätigte.

»Ja bitte?«

Es summte in der Leitung, das Geräusch eines vorbeifahrenden Autos war zu hören, aber niemand antwortete.

»Hallo?«, versuchte sie es abermals und wartete.

»Oui, Lucille, Bonjour! Ich bin's!«

Sie erkannte die männliche Stimme nicht sofort und musste nachhaken. »Wer ist *ich*?«

»André! Hier ist André.«

Lucille ließ den Schalter los und den Kopf hängen. Ihre Zähne gruben sich in ihre Lippe, bis es schmerzte. Es tat ihr leid, dass sie André gestern abserviert hatte, doch konnte sie beim besten Willen nicht behaupten, ihn heute sehen zu wollen, um sich dafür zu entschuldigen. Wenn sie in sich hineinhorchte, meldete sich sogar ein Widerstreben, ihm überhaupt gegenüberzutreten. Nicht, weil er ihr etwas angetan oder etwas versäumt hatte, sondern weil sich gestern, als sie gegangen war, zwischen ihr und ihm eine Art Abgrund aufgetan hatte, auf den keiner von ihnen bewusst zugesteuert war.

Es klingelte erneut. Lucille betätigte den Schalter, brachte aber kein Wort heraus. Eine Amsel tschilpte, ein Motor heulte auf. Dann vernahm sie einen Seufzer.

»Lässt du mich rein?«

»Natürlich. Entschuldige bitte!« Sie öffnete die Tür und lauschte auf die Schritte, die im Hausflur hallten. Einen Blick über das Geländer werfend konnte sie Andrés Haarschopf erkennen, verfolgte, wie seine Füße zuerst zwei Stufen auf einmal nahmen, dann schon bald jede einzelne. Er verlangsamte sein Tempo, blieb im Geschoss unter dem ihren kurz stehen und atmete tief durch.

»Geht es dir gut?«, rief Lucille und versuchte, scherzend zu klingen, obwohl es ziemlich unwahrscheinlich war, dass ein Karate-Ass wie André eine Pause einlegte, weil ihm die Luft wegblieb. Vielmehr schien es, als würde er es darauf anlegen, Zeit zu schinden.

Er setzte sich wieder in Bewegung und schaute zwei Sekunden später zu ihr auf. »Du sorgst dich um mich?« Sein aufgesetzter Humor traf ebenso auf taube Ohren wie der ihre, doch Lucille strengte sich an, darüber hinwegzuhören, und hielt die Tür weit auf. »Komm rein, ich habe frischen Kaffee, wenn du magst.«

»Das wäre ... fantastisch!« Er blieb vor ihr stehen und wartete, bis sie voranging.

»Es ist recht stickig hier oben, n'est-ce pas? Hat es abgekühlt? Es sieht fast danach aus, als ...« Sie öffnete die Tür zum Balkon, wich jedoch augenblicklich zurück, als ihr schwülwarme Luft entgegenschlug.

André lachte nervös. »Der Schein trügt! Es ist zwar bewölkt, aber die Hitze hat noch einmal zugelegt. In den Nachrichten sagten sie, dass Starkregen in Anmarsch ist.« Er ließ sich auf einem der Küchenstühle nieder, verschränkte die Hände im Schoß und knetete seine Finger. Sein Blick huschte durch den Raum wie ein Irrlicht, und erst, als Lucille ihm eine Tasse Kaffee vor die Nase stellte, schien er sich zu sammeln. Der Stress legte sich, der Eindruck von Unentschlossenheit blieb. Als würde er überlegen, etwas zu verschweigen, das er eigentlich hatte mitteilen wollen. Oder etwas zu sagen, das unter Umständen besser unausgesprochen blieb.

Lucille setzte sich auf den zweiten Stuhl, André gegenüber, umfasste mit ihren Händen ihre Tasse und biss sich erneut auf die Unterlippe. Die Spannung im Raum war deutlich zu spüren, es knisterte zwischen ihr und André, doch von Anziehungskraft – schon gar nicht einer sexuellen – konnte nicht die Rede sein. Lucille hatte eher das Gefühl, André entfernte sich weiter, je länger er ihr gegenübersaß. Oder war es umgekehrt? »Wir müssen reden!«, sagte sie schließlich, ohne zu wissen, welches Problem sie anzusprechen gedachte oder ob es überhaupt ein greifbares Problem gab.

Er schaute kurz auf und nickte zögerlich, bevor er in sich zusammensank, als rechnete er damit, eine Standpauke zu erhalten. »Ich glaube, es ist gut, wenn du beginnst.«

Lucille ärgerte sich, ihm nicht zuvorgekommen zu sein, denn wie sie etwas in Worte fassen sollte, das sich auf einer Ebene reiner Empfindung abspielte, hatte sich ihr noch nicht erschlossen. Gut möglich, dass André sie für verrückt erklärte. Und so schwieg sie, während ihre Gedanken Achterbahn fuhren. Sie legte ihr Kinn in ihre aufgestützte Hand und sah ihn an, bemerkte die dunklen Wellen in seinen Augen und die nach unten gezogenen Mundwinkel. Er ließ ihr Zeit, drängte sie zu nichts, und doch schwelte eine Erwartung in seinem Blick, eine schwindende Hoffnung.

»Wir beide ...« Lucille legte den Kopf schief und holte tief Luft. Es ergab keinen Sinn, es weiter hinauszuzögern, wo ihr die Wahrheit doch so auf der Seele brannte.

Er hob die Hand, vielleicht um abzuwehren, was sie zu sagen hatte. Sie konnte ihn verstehen, es hatte ihrerseits zu viele missverständliche Signale gegeben. Dass er davon ausgegangen war, aus ihrer Bekanntschaft würde sich eine Liebesbeziehung entwickeln, war ein Fehler, den sie allein sich zuschreiben musste. Ihn traf keinerlei Schuld. Wenigstens das musste sie ihm erklären.

»Es tut mir leid!«, flüsterte sie. »Es lag nie in meiner Absicht, dich in die Irre zu führen. Es fing alles so vielversprechend an, ich weiß.« Sie griff sich an die Stirn, hinter der sich ein leises Pochen zu einem gnadenlosen Hämmern erhoben hatte. »Der Abend mit dir beim Mitternachtsmahl, unser Zusammensein später auf der Wiese, das alles fühlte sich so ...«, sie suchte nach einem passenden Begriff und warf die Arme in die Höhe, »verdammt gut an!« Sie erinnerte sich an diese Ahnung, die André in ihr geweckt hatte, den Strom von Wärme, der ihr Innerstes umspült hatte. »Es war, als hättest du einen unsichtbaren Schalter umgelegt, und mit einem Mal erklang etwas hier drin.« Sie legte eine Hand auf ihr Herz. »Etwas, das ich schon lange auf stumm geschaltet hatte. Es war die Zuversicht, André, die Zuversicht, dass es sich lohnen könnte, mich für die Liebe zu öffnen.« Lucille senkte den Blick, fühlte heiße Tränen ihre Augen fluten. »Bis zu diesem Abend dachte ich, dass es mit zu viel Gefahren verbunden ist, dass ich nicht mehr imstande bin, jemanden so nah an mich heranzulassen. Aber du hast mich auf einen Weg gebracht – und ich danke dir dafür.« Sie hatte nicht weinen wollen, doch es brach förmlich aus ihr heraus, schüttelte ihren ganzen Körper, und als André sich erhob, um zu ihr zu kommen, war es an ihr, die Hand zu heben. »Nein, es geht schon. Du hast genug für mich getan.«

Er blieb stehen, reichte Lucille ein Taschentuch und trank einen Schluck von seinem Kaffee, der er bislang nicht angerührt hatte.

»Es tut mir leid, dass ich deine Zuneigung nicht erwidern kann«, flüsterte Lucille, als ihr Schluchzen langsam verebbte. »Ich würde mich selbst belügen … und dich.«

Der unschlüssige Ausdruck in seinen Augen hatte sich aufgelöst. Es schien, als hätte André sich mit seiner Niederlage abgefunden. Langsam schob er seinen Stuhl an den Tisch heran, nickte Lucille zu und wandte sich zur Diele.

»Wo … wo willst du denn hin?«

»Wo ich hinwill? Ist es nicht offensichtlich, dass es für mich an der Zeit ist, das Feld zu räumen? Vielleicht hätte ich es einsehen sollen, als du dich vor Wochen entschlossen hattest, mich am Ufer der Rhône stehen zu lassen …«

Lucille schnappte nach Luft. »Meine Großtante hatte mich um Unterstützung gebeten. Du willst mir doch jetzt nicht ernsthaft einreden, dass …«

»Ich will dir überhaupt nichts einreden, Lucille!«, unterbrach er ihren Ausbruch. Ein Schmunzeln kitzelte an seinen Mundwinkeln. »Du bist so temperamentvoll! Das mochte ich von Anfang an.« Er schaute aus dem Küchenfenster, schien sich auf etwas zu konzentrieren, das in weiter Ferne lag. »Es wäre ratsam gewesen, dich damals ziehen zu lassen. Mich nicht mit der Idee einzubringen, dich persönlich aus Paris abzuholen, als Christophe dich als Ersatz für Gabriella ins Auge gefasst hatte. Du warst dabei, deine Prioritäten zu setzen. Ich habe alles durcheinandergebracht.«

Lucille legte die Stirn in Falten und versuchte, sich über die Frage im Klaren zu werden, ob die Geschichte – ihre Geschichte – tatsächlich einen anderen Lauf genommen hätte, wäre André nicht im ManiFinique aufgetaucht. Passierten die Dinge tatsächlich nicht ohne einen Grund? Wobei es Lucille schwerfiel, in dem Chaos der letzten Tage und Wochen das Vorkommen von Logik zu erkennen. Wieso nur war alles so aus dem Ruder gelaufen? Sie verbarg ihr Gesicht hinter ihren Händen, wünschte sich ein Mauseloch, um sich zu verkriechen, und fand dann doch den Mut, André noch einmal anzusehen. »Es mag sein, dass du recht hast. Genauso gut könntest du aber auch komplett danebenliegen. Ich habe keine Ahnung. Aber eins möchte ich dir versichern: Ich wollte dich niemals verletzen.«

»Ich glaube dir!«, gab er zurück, und sie bestaunte die Sanftheit, die sich im Meerblau seiner Augen zeigte. »Du bist etwas Besonderes, Lucille. Ich hoffe, er weiß das zu schätzen.«

Die Tür fiel leise ins Schloss.

Es dauerte einige Minuten, bis Lucille ihre Fassung wiedererlangt hatte und die Erkenntnis sich auf bahnbrechende Weise Platz verschaffte. Endlich ergab alles einen Sinn. Der innere Drang, sich ununterbrochen zu beschäftigen, als sie am Samstag Paris verlassen und in Lyon angekommen war. Natürlich hatte es ihr ein Hochgefühl verliehen, sich wieder an jenem Ort zu befinden, den sie als ihr Zuhause bestimmt hatte. Es hatte ihr gutgetan zu boxen, ihrer sportlichen Leidenschaft nachzugehen, zu spüren, dass sie nach wie vor dafür brannte und es beherrschte. Doch mit ein wenig Abstand betrachtet, wurde ihr bewusst, dass ihre liebste Beschäftigung, ihre Profession, in diesen Stunden nicht mehr als reine Ablenkung gewesen war. Das Wiedersehen mit ihren Kollegen, der Kampf gegen Veronique, das alles hatte – für einen gewissen Zeitraum – verhindert, dass sie sich ihrer wahren Sehnsucht stellte. Sie war nicht mehr dieselbe, seit sie aus Paris zurückgekommen war, und ein Teil von ihr hatte das die ganze Zeit über gewusst, sie dazu gedrängt, nach innen zu schauen und zuzulassen, dass ihr Herz längst eine Entscheidung getroffen hatte. Was für André der letzte Strohhalm gewesen war, hatte sich für sie als finale Kurve vor dem Ziel herausgestellt.

Jetzt galt es zu handeln.

Sie spurtete ins Wohnzimmer, durchwühlte die Kissen auf ihrer Couch, schmiss die Wolldecke auf den Boden und fand in der Sofaritze schließlich, wonach sie suchte. Ihre Finger zitterten so sehr, dass sie es beinahe nicht fertigbrachte, die Kontaktliste ihres Smartphones durchzuscrollen und auf den Namen ihrer Großtante zu klicken. Als das Freizeichen ertönte, warf Lucille einen Blick auf die Uhr an der Wand und lachte im nächsten Moment über sich selbst. Sie hatte viel zu viel Zeit ins Land ziehen lassen.

Jetzt zählte jede Sekunde. Sie betete, dass Claire zu Hause war und baldmöglichst ans Telefon ging.

»Cilly?«, meldete sich die vertraute Stimme endlich, und Lucille bemerkte den besorgten Unterton. »Ist alles in Ordnung, Chérie?«

»Ich habe alles falsch gemacht, Claire! Du musst mir helfen!«

Tiago

François und Roberts Café platzte aus allen Nähten. Viele der älteren Herrschaften, die ihren freien Nachmittag gern mit einer Kaffeespezialität, Gebäck und einem Gespräch oder der Tageszeitung verbrachten, hatten gegen Abend das Feld geräumt. Stattdessen hatte sich das Chez Gibaldi in der letzten halben Stunde vornehmlich mit jungen Erwachsenen gefüllt. Der Geräuschpegel war angestiegen, was zum einen an den angeregten Unterhaltungen lag, die die Leute führten, während sie noch ein Stück Kuchen, eine Waffel oder ein Erfrischungsgetränk nach Feierabend genossen. Zum anderen war die Lautstärke der Musik, die aus den Deckenboxen ertönte, angehoben worden. Abgesehen davon war man dazu übergegangen, statt Klavierklängen und ruhiger Balladen ein Potpourri aus rhythmischer Popmusik und modernem Jazz abzuspielen.

Tiago rümpfte die Nase, als er von dem Remix eines Klassikers von Nat King Cole beschallt wurde, den er – musikalisch betrachtet – als total verunstaltet empfand. Außerdem trug der altbekannte Liedtext, an dem Gott sei Dank nicht herumexperimentiert worden war, nicht unbedingt zur Verbesserung seiner trüben Stimmung bei. Er rollte mit den Augen und bedeutete Carlos aus sicherer Entfernung, sein Tempo zu drosseln. Der Aushilfskellner wirkte zwar nicht mehr so überfordert wie am Anfang, dennoch rannte er immer noch zu aufgeregt durchs Café, sodass sich dem geneigten Besucher wenig Möglichkeit bot, eine Bestellung aufzugeben oder um die Rechnung zu bitten.

»Pur oder gemischt?«, fragte der Junge, als er atemlos zum Stehen kam und versuchte, das Tablett mit den Champagnergläsern auszubalancieren.

Tiago antwortete nicht, sondern nahm sich einen der tulpenförmigen Kelche und nickte kurz, woraufhin Carlos in gewohntem Tempo davonrauschte. Tiago sah ihm nach und ließ seinen Blick durch das Café schweifen. Es war kurz vor neunzehn Uhr. In wenigen Minuten würde Onkel Salve mit stolzgeschwellter Brust das Mikro zur Hand nehmen, um die Eröffnung der Weinbar feierlich kundzutun. Es war nicht so, dass es nicht allen Grund gab, die Neuerung anzupreisen. Der Umbau war, bis auf die Unterbrechung durch den kleinen Wasserschaden, ohne große Schwierigkeiten abgelaufen, und das Ergebnis konnte sich in der Tat sehen lassen. Schmale Neonröhren, die in einem helleren Ton des Chez-Gibaldi-typischen Bordeauxrot leuchteten, waren sowohl in das dunkle Mobiliar als auch in die Wände eingelassen worden. Geschmackvoll setzten sie das zuvor unscheinbare Areal in Szene und gewährten der Bedienung ausreichend Licht zum Arbeiten, ohne sie oder den wartenden Gast zu blenden. Spiegel und verspiegelte Flächen schafften die Illusion räumlicher Weite und sorgten für hübsche Effekte. Sauber aufgereiht auf einem dunklen Regalbrett und von zwei kleinen Strahlern beleuchtet, thronte eine stattliche Auswahl verschiedener Weine. Darunter, auf asymmetrisch angebrachten gläsernen Stellagen, umrandet von weiteren Neonröhren, fanden sich Weingläser in unterschiedlicher Größe und Form. In bordeauxrotem Marmor glänzten Theke und Anrichten, die Spül- und Abtropfflächen überzeugten in Edelstahl. Passend zu den Weinen konnte der Gast an der Bar Käse, Trauben und Salzgebäck ordern, während die Speisekarte des Cafés um gefüllte Galettes, Salate und belegte Baguettes erweitert worden war.

Annabelle war dabei, erste Gläser mit Rot-, Weißwein oder Rosé zu füllen, um dem sicherlich in Kürze startenden Ansturm entgegenzuarbeiten. Robert übernahm heute, wie so oft, den Part des Springers, was bedeutete, dass er genau da unterstützte, wo Hilfe gebraucht wurde. Im Normalfall hetzte er zwischen Küche, Verkaufstheke und den Gästen hin und her. Heute würde er zusätzlich seine Kollegin beim Weinausschank entlasten, falls sie allein nicht zurechtkam. François und Carlos kümmerten sich gemeinsam um sämtliche Belange der Besucher und halfen abwechselnd in der Küche aus, wenn Not am Mann war oder die Küchenkräfte mit den Bestellungen nicht hinterherkamen. Selten ging es für die Mitarbeiter im Chez Gibaldi der Culottes entspannt zu, aber heute würde sich alles überschlagen. Alle Angestellten arbeiteten, als wären sie auf der Flucht, und vollbrachten es dennoch, nach außen die Illusion von Harmonie und Eifer aufrechtzuerhalten. Dass François und Robert es leid waren, dieses Trugbild noch länger auf Kosten ihrer Gesundheit zu nähren, leuchtete Tiago ein. Auch ein allerletzter Anlauf, Onkel Salve von der Notwendigkeit der Personalaufstockung zu überzeugen, war im Sande verlaufen. Grund dafür waren unter anderem die Kosten für die vermeintliche Übernahme und nachfolgende Renovierung des ManiFinique, wovon selbstverständlich nur der innere Kreis rund um die Geschäftsleitung Kenntnis besaß. Unter seinen Stammmitarbeitern forderte Salvatore Gibaldi blindes

Vertrauen und höfliche Zurückhaltung, Erklärungen wurden nicht abgegeben. Wer nicht dazu bereit war, die Methodik zu akzeptieren, wurde ausgetauscht. Zumindest war dies Onkel Salves bevorzugte Herangehensweise, solange es sich um niedere Angestellte wie Kellner oder Küchenpersonal handelte. Kündigten hingegen die Patissiers, kostete ihn das zahlreiche schlaflose Nächte, was natürlich auch der Rest der Belegschaft zu spüren bekam. Fähige Feinbäcker, die den Anforderungen eines Salvatore Gibaldis gerecht wurden, gab es nicht wie Sand am Meer.

Es graute Tiago vor dem Moment, da Robert und François die Kündigung einreichen würden. Eigentlich hatte er nicht vorgehabt, bis dahin noch Teil des Chez-Gibaldi-Imperiums zu sein. Doch jetzt, wo Lucille ihn verlassen hatte und in die Arme dieses Muskelmachos aus Lyon geflüchtet war, wusste er nicht, ob sein Vorhaben noch Sinn ergab. Ob *irgendein* Vorhaben noch Sinn ergab. Mit ihr an seiner Seite war ihm alles so leicht von der Hand gegangen. Sie hatte ihm geistige Klarheit verschafft, die Schuldgefühle aufgelöst und ihm den Weg in eine selbstbestimmte Zukunft gewiesen. Eine Perspektive, in der sie und er gemeinsam durchs Leben gegangen wären. Er liebte sie. Auch jetzt, wo alles in ihm zerbrochen war. Er würde Zeit brauchen, um – vielleicht irgendwann – zurückzufinden zu seinem alten Ich.

Die Musik verhallte. Das Geplapper der Gäste verstummte, neugierige Blicke wanderten durch die Räumlichkeiten, ein paar Leute standen auf oder reckten die Hälse.

»Sehr verehrte Damen, guten Abend, meine Herren!«

Die Show begann. Onkel Salve, im maßgeschneiderten dunkelgrauen Anzug, ein kabelloses Mikro in der einen, ein gefülltes Weinglas in der anderen Hand, schritt in die

Mitte des Cafés und nickte lächelnd in die Runde. Tiago trank seinen Champagner in einem Zug und zog sich ein Stück weiter zurück in die Ecke, in der er sich vor einer guten Stunde bereits verkrochen hatte. Er hatte seinen Onkel gebeten, ihn bei seiner Ansprache außen vor zu lassen. Er fühle sich nicht besonders, hatte er gelogen und war froh gewesen, dass keine Nachfragen gestellt worden waren. Seine Anwesenheit hatte Onkel Salve vorausgesetzt, nicht aber, wie lange er zu bleiben hatte. Und so hatte Tiago sich fest vorgenommen, nach Hause zu gehen, sobald der offizielle Teil der Eröffnung als beendet galt. Höchstwahrscheinlich würde er sich ins Bett legen, eine Serie anschauen und Clementine kraulen. Die war in den letzten Wochen deutlich zu kurz gekommen, seit er sich beinahe Tag und Nacht im ManiFinique aufgehalten hatte. Doch das gehörte nun der Vergangenheit an. Irgendwie musste er versuchen, in seinen gewohnten Rhythmus zurückzufinden – zu Struktur und Organisation. Er musste sich sammeln, die zerbrochenen Stücke auflesen und in eine Form bringen, sodass er sich wieder sicher fühlen konnte. Möglicherweise würde er dann darüber sinnieren, was er mit sich und seiner Zukunft anfangen wollte.

Nur nicht jetzt.

Jetzt ließ er die leeren Worte seines Onkels vorüberziehen und bemühte sich, die Falschheit zu ignorieren, die über allem schwebte wie ein Tiefdruckgebiet.

»Ach, hier hast du dich versteckt!«

Charlize war unmittelbar vor ihm aufgetaucht. Er war scheinbar so in Gedanken versunken gewesen, dass er sie nicht hatte herannahen sehen. Bei ihrem Erscheinungsbild fast ein Kunststück. Sie fiel jedem ins Auge, ob man nun ernsthaftes Interesse an ihr zeigte oder nicht. Sie stellte sich neben ihn und beobachtete Onkel Salve, der nach einer Lobeshymne auf seine Firma dazu übergegangen war, den Gästen die neue Weinbar wärmstens zu empfehlen.

Ein Lächeln lag auf Charlizes apricotfarbenen Lippen. »Ich bewundere seine Art, diesem Betrieb zu einem Wohlstand zu verhelfen, der einfach allen zugutekommt!«

Tiago schielte zu ihr hinüber, doch sie schien ernst zu meinen, wovon sie gesprochen hatte, und zuckte nicht ein Mal mit den langen Wimpern. Es hätte ihn nicht wundern dürfen, dennoch hinterließ die bittere Wahrheit einen fauligen Geschmack. Aber was würde es bringen, eine Diskussion vom Zaun zu brechen? Er hielt Ausschau nach Carlos und seinem silbernen Tablett voller Champagnergläser. Diese Farce war nur betrunken zu ertragen. »Du auch?«, fragte er Charlize, als der Aushilfskellner neben ihnen abbremste.

Charlize gluckste. »Du hast schon bemerkt, dass ich bereits einen Wein in der Hand halte?«

Hatte er nicht. Das passierte, wenn man es vermied, mit jemandem in engeren Kontakt zu treten.

»Übrigens ein Rosé aus dem neuen Bestand. Herrlich fruchtig. Du solltest ihn kosten!«

»Bin versorgt!« Er prostete ihr halbherzig zu und wandte sich dann an Carlos: »Du machst das gut heute Abend. Lass dich nicht verunsichern!«

Der Kellner grinste erfreut, bevor er erneut davonsauste.

Jubelrufe und Klatschen schwollen zu einer Woge der Begeisterung an, als Onkel Salve seine Ansprache beendet hatte und sich aus der Raummitte zurückzog. Im gleichen Moment setzte die Musik wieder ein, ein fetziges Lied, dessen Titel Tiago nicht einfiel, das aber die Leute animierte, sich zu erheben und schwarmartig die Weinbar in Beschlag zu nehmen. Tiago bemitleidete Annabelle jetzt schon. Sie machte gute Miene zum bösen Spiel, doch die Schweißtropfen auf Stirn und Oberlippe straften sie Lügen.

»Weißt du, dass du mir gefehlt hast?« Charlizes manikürte Finger glitten über Tiagos Arm. »Dein Onkel sagte, du hättest viel unternommen, seist unterwegs gewesen. Allein?«

Tiago trat einen Schritt zur Seite. Als wäre sein Rückzug ein Versehen gewesen, schloss sie wieder zu ihm auf. »Ich denke, ich werde mich verabschieden. Es geht mir nicht so besonders. Entschuldige bitte!«

Blitzschnell fasste Charlize ihn an der Schulter und hielt ihn zurück. »O nein, ich bin dafür, dass du bleibst. Außerdem hast du zu viel getrunken.«

»Du weißt, dass ich meine Wohnung fußläufig erreiche, Charlize. Und bitte behandle mich nicht, als wäre ich halbwüchsig!«

»Mir scheint, du bist verwirrt!«, säuselte sie. »Wie sollte ich es sonst verstehen, dass du dich den Absprachen, die wir getroffen haben, entziehst?«

»Absprachen?« Tiago runzelte die Stirn und kniff ungläubig seine Augen zusammen. War sie vollkommen übergeschnappt?

»Als wir an jenem Abend auf meiner Couch saßen …«

Tiago holte tief Luft und drehte sich zur Seite. Sie sprach von dem Moment, da er ihr beinahe erlegen gewesen wäre. Die Minute, in der er überlegt hatte, seinem Verlangen nachzugeben. »Charlize!« Er wandte ihr sein Gesicht zu. »Das ist … lange her. In der Zwischenzeit …«

Ihr Daumen strich über seine Wange, dann über seine Lippen, schob sich dazwischen. »Ich bin erleichtert, dass wir endlich Nägel mit Köpfen machen.«

Er zuckte zurück, stieß mit dem Rücken an die Wand. »Wovon zum Teufel redest du?«

»Figlio! Ist alles in Ordnung?« Onkel Salve baute sich gebieterisch vor ihm auf, der freundliche Tonfall war aufgesetzt, in seiner Stimme klang ein verstecktes Grollen. »Ich hoffe doch, dass du dich nach deinem Urlaub wieder voll und ganz auf die Belange der Firma konzentrierst.«

Tiago antwortete nicht. Er war damit beschäftigt, das Chaos in seinem Kopf zu ordnen. Was könnte Charlize mit ihrer letzten Aussage gemeint haben? Jagte sie immer noch der Wunschvorstellung hinterher, zwischen ihr und ihm könnte sich etwas entwickeln?

Carlos lief an ihnen vorbei, wurde aber so unachtsam von Onkel Salve gestoppt, dass er beinahe über dessen Schuhe gestolpert wäre. Die Gläser auf dem Tablett klirrten aneinander, Champagner schwappte über die Ränder.

»Porca pottuna!«, zischte Onkel Salve und torpedierte den Hilfskellner mit giftigen Blicken. »Kannst du nicht aufpassen, Junge?«

Carlos sah Hilfe suchend in Tiagos Richtung, das Tablett wankte.

»Schon gut!«, beschwichtigte Tiago und sprach damit seinen Onkel und Carlos gleichermaßen an. »Eine Szene ist nichts, das wir heute Abend brauchen, n'est-ce pas?« Er schenkte Onkel Salve ein falsches Lächeln.

»Exactement!« Onkel Salve räusperte sich und griff beim Champagner zu. Ein Glas reichte er an Tiago weiter, das zweite behielt er für sich. Mit einem Nicken entließ er Carlos, der sich noch schneller als gewohnt von dannen machte.

Tiago spürte ein Rumoren in seinen Eingeweiden, das mit Unwohlsein nichts gemein hatte. Er wagte nicht, darüber nachzudenken, was sein Onkel verkünden würde, doch er war sicher, es würde ihm nicht gefallen. Charlize hingegen brachte sich in Position, als würde man ihr demnächst einen Orden verleihen. Unter dem hautengen Kleid, das jede ihrer Kurven betonte, zog sie ihren ohnehin schon flachen Bauch ein und streckte ihren Rücken durch, sodass ihre Brüste noch üppiger wirkten. Ihre Augen blitzten, als sie sich auf die Unterlippe biss und mit ihrer freien Hand nach Tiagos suchte.

Er schüttelte sie ab.

»Tiago, ich habe mir Gedanken gemacht. Das Geschäft läuft gut, davon muss ich dich nicht überzeugen. Du hast viel gelernt, kennst alle Abläufe und hast mich nie enttäuscht!« Onkel Salve legte den Kopf schief und lachte überheblich. »Nun, du bist vielleicht mal vom Weg abgekommen, aber ich bin zuversichtlich, dass du weißt, wo dein Platz ist.«

Tiago senkte den Kopf und starrte auf den Boden. In seinen Fingern zuckte es, im Wechsel streckte er sie oder ballte seine Hände zu Fäusten.

»Du weißt, dass ich auf dich zähle. Ich will nicht behaupten, dass du mir deine Treue schuldest. Schuld ist so ein starker, negativ behafteter Begriff, dass ich ihn nicht wirklich gebrauchen möchte. Dennoch solltest du dir hin und wieder in Erinnerung rufen, dass du ohne mein Zutun …«

»Was versuchst du mir mitzuteilen, Onkel?« Tiagos Stimme glich einem Fauchen. Zeitlupenartig hob er das Kinn und fixierte sein Gegenüber, als würde er zum Sprung ansetzen.

Charlize legte eine Hand auf seinen Rücken und lehnte sich an ihn heran. »Reiß dich zusammen!«, flüsterte sie, und aus dem Augenwinkel heraus bemerkte er, wie ihre Kieferknochen mahlten.

Onkel Salve sah sich um, trat einen weiteren Schritt näher. »Ich erwarte deine uneingeschränkte Unterstützung, Tiago. Du bist mein Sohn!«

Tiagos Herz zog sich schmerzhaft zusammen, und die Luft in seiner Lunge entwich auf einen Schlag. »Hör endlich auf, mich so zu nennen!«, keuchte er und richtete sich ein wenig auf.

Onkel Salve bleckte die Zähne. »Du weißt, wie ich es meine!«

»Das interessiert mich nicht!«, raunte Tiago.

Für ein paar Sekunden sagte niemand etwas. Es schien, als müssten sich alle am Gespräch Beteiligten sammeln.

Charlize war die Erste, die das Wort ergriff, doch ihre Stimme klang brüchig. Eine Spur Verunsicherung schwang darin mit. »Monsieur Gibaldi ... Salvatore ...«

Tiagos Kopf ruckte zur Seite. Seit wann sprach sie seinen Onkel mit Vornamen an? Dieses Privileg gestand er niemandem zu, nicht mal seinen Mitarbeitern der ersten Stunde – wovon es zugegebenermaßen nicht mehr viele gab.

»Oui, oui!«, antwortete Onkel Salve und nickte bedächtig, bevor er sich an Tiago wandte, die dunklen Augen von unergründlichem Ausdruck. »Charlize ließ mich wissen, dass ihr eine Übereinkunft geschlossen habt. Eine Abmachung, über die ich höchst erfreut bin. Es ist von enormer Wichtigkeit, das Bild, welches wir nach außen vermitteln, aufzupolieren. Viel zu lange schon werde ich von den Leuten beäugt, weil ich nach Marlènes Tod nicht fähig war, mir eine neue Frau zu suchen.« Er schluckte hart. »Es ist an der Zeit, die Familie zu erweitern und dir, Tiago, mehr Verantwortung zukommen zu lassen. Schließlich wirst du Chez Gibaldi eines Tages, vielleicht sogar schon in naher Zukunft ...«

»Die Familie erweitern?« Eine finstere Ahnung jagte Tiago einen Schauer über die Wirbelsäule. Er vernahm, dass Charlize neben ihm tief einatmete und spürte, wie ihre Hand erneut nach seiner griff.

»Salvatore meint, wir sollten ...«, fing sie an, wurde aber von Onkel Salve unterbrochen.

»Ihr solltet euch verloben!«

Tiagos Kehle schnürte sich zu, sodass er sich an den Hals packte und ohne Unterlass darüberstrich, als würde er den Luftstrom so wieder in Gang bringen können. »Ihr beide«, er stolperte zur Seite, stützte sich auf die Lehne eines Stuhls, »habt den Verstand verloren!«

»Es ist die logische Konsequenz aus einer Reihe von Ereignissen«, säuselte Onkel Salve. »Ich bin nicht mehr der Jüngste, Tiago. Und auch, wenn mir der Sinn noch nicht danach steht, muss ich mich mit dem Gedanken meiner Nachfolge beschäftigen. Dass du derjenige sein wirst, der Chez Gibaldi übernimmt, steht seit Langem außer Frage. Darauf haben wir hingearbeitet, dahingehend habe ich investiert. Darüber hinaus tut es dem Ansehen der Firma gut, wenn wir als Familie Zusammenhalt und Fortschritt demonstrieren. An dieser Stelle kommt Charlize ins Spiel. Sie ist eine ambitionierte junge Frau, die großartig in unser Unternehmen passt.«

Er schenkte Charlize ein warmherziges Lächeln, das sie mit einem Augenaufschlag quittierte, der Tiago Magensäure in die Speiseröhre trieb.

»Sie ins Boot zu nehmen, war eine der Entscheidungen, die sich in den letzten Jahren am meisten ausgezahlt haben. Eure Verlobung wird, gerade jetzt, wo wir den Umbau weiterer Cafés und die Übernahme des ManiFinque anstreben, für Aufmerksamkeit und positive Resonanz sorgen. Es wird allen zugutekommen, wenn du eine offizielle Verbindung mit ihr eingehst, Tiago.«

Onkel Salve kam so nah, dass Tiago seinen heißen Atem spürte.

»Hab dich nicht so! Ich meine, schau sie dir doch an! Und erzähle mir nicht, ich wüsste nicht, was das Beste für dich ist!«, schloss sein Onkel.

Tiagos Herz setzte aus, überschlug sich und raste dann in einem wilden Galopp. Seine Beine drohten unter ihm nachzugeben, und sein Sichtfeld verkleinerte sich mit jedem Wimpernschlag, den er tat. Hitze und Kälteschauer wechselten sich ab, seine Haut prickelte, und ihm war, als hörte er die Geräusche des Cafés nur noch aus weiter Ferne. Er wusste, worauf sein Körper zusteuerte. Zu oft schon hatte er dieses innere Chaos erlebt. Die Panikwelle rollte auf ihn zu, im Schlepptau eine Ohnmacht, deren Abkehr unvermeidbar schien. Tiago krümmte sich. Die Erinnerung an den Waisenjungen, der in der Ruine seiner Großeltern ausharrte, schob die Wirklichkeit beiseite, schickte ihn zurück in seine Vergangenheit und konfrontierte ihn mit allumfassender Einsamkeit.

»Herrgott noch eins, Tiago!« Onkel Salve griff unter seine schlaffen Arme, lenkte seine Schritte zu einer Tür, von der Tiago wusste, sie führte in den hinteren Teil des Cafés, wo die Anlieferungen von Waren entgegengenommen wurden. Charlize huschte an ihnen vorbei, hatte die Klinke schon in der Hand.

Da fiel Tiagos Blick auf jemanden, der mitten im Gastraum stand und ihn ansah. Im schummrigen Umgebungslicht setzten sich die Konturen der Person nur allmählich ab, vervollständigte sich das Bild zeitversetzt. Doch als Tiago endlich erkannte, dass es Claire war, stemmte er sich gegen die Bemühungen seines Onkels und befreite sich aus dessen Griff. Ihm war, als erwachte irgendwo tief in seinem Inneren der Widerstand. Eine Macht, größer und lebendiger als seine Angst, rauschte heran und flutete sein ganzes Sein. Sie vertrieb jegliche Lähmung und brachte eine Energie ins Fließen, die Tiago innerhalb von Sekunden aufrecht stehen ließ.

»Du erregst unnötig Aufmerksamkeit!«, knurrte Onkel Salve.

»Lass! Mich! Los!« Tiagos Stimme zitterte, doch war es nicht länger Ergebenheit, die aus ihr sprach. »Ich war jahrelang deine Marionette. Damit ist jetzt endgültig Schluss!«

»Wovon redest du?«, meldete sich Charlize, die Augen weit aufgerissen, die Mundwinkel nass von Speichelfäden.

Tiago brachte ein schwaches Grinsen zustande, weil ihm bewusst wurde, dass es nun an Charlize war, Panik zu verspüren. Und als lüftete sich ein letzter Schleier, begriff er, aus welchem Grund sie sich an ihn herangepirscht hatte, welch einzige Absicht hinter all den Anstrengungen gelegen hatte, ihn, Tiago, an sich zu binden. Er könnte ihr seine Meinung ins Gesicht schleudern, ihr vorhalten, dass er sie und ihre berechnende Art durchschaut hatte. Doch wenn er in sich hineinfühlte, merkte er, dass er keinerlei Kraft mehr verschwenden wollte. Stattdessen wendete er sich seinem Onkel zu, der ein seltsam bröckelndes Bild abgab. Als hätte er seine Niederlage akzeptiert und wartete nur noch auf den alles entscheidenden Schwerthieb, sah er Tiago aus trüben Augen an, die Schultern hängend und insgesamt von zusammengefallener Statur. »Du gehst?«

Tiagos Antwort durchschnitt das letzte Band. »Erwarte meine Kündigung!«

Er drehte ab und konzentrierte sich auf Claire, die mitten im tosenden Ozean wie ein Fels aufragte. Mitgefühl zeichnete sich in ihren Gesichtszügen ab, als sie beide Hände nach ihm ausstreckte und ihn mit sich zum Ausgang zog.

Bevor Tiago das Chez Gibaldi verließ, schaute er noch einmal über seine Schulter. Es wunderte ihn nicht, dass Charlize sich Onkel Salves bereits angenommen hatte.

Schwülwarme Luft schlug ihnen entgegen, verwehrte ihnen beiden den ersten Atemzug. Als müssten sie in kürzester Zeit möglichst viel Abstand zwischen sich und das Café der Culottes bringen, beschleunigten sie ihre Schritte, hetzten über das Trottoir und scherten sich nicht um die strafenden Blicke der Passanten, deren Schultern sie streiften.

»Ich weiß nicht, was du deinem Onkel und der jungen Frau gesagt hast«, schnaufte Claire und gebot Tiago, sein Tempo zu drosseln, »aber deine Darbietung ließ vermuten, dass du ein Machtwort gesprochen hast.« Sie hielt sich die Hüfte und ließ ihr schallendes Lachen hören.

Von Tiago fiel augenblicklich auch das letzte bisschen ab, das ihn beim Verlassen des Chez Gibaldi noch hatte belasten wollen. Er fühlte sich befreit und begrüßte den neu entfachten Tatendrang, der sich in ihm rührte. »Alors, ich habe wahr gemacht, wovon ich gesprochen hatte. Ich gehöre nicht mehr zu Chez Gibaldi«, sagte er stolz, ließ sich von Claire auf die Schulter klopfen und wagte einen Blick in das Schaufenster der Edelboutique, in dem er vor nicht allzu langer Zeit seinem jüngeren Ich begegnet war. Heute spiegelte sich darin die stärkste Version seines Selbst, die er je gesehen hatte, und er nahm sich fest vor, von nun an selbst darüber zu bestimmen, was das Beste für ihn war.

Sie überquerten die Straße und befanden sich auf direktem Weg zum ManiFinique, als Claire plötzlich stehen blieb und sich Tiago zuwandte. »Ich wusste von Anfang an, dass du dich selbst zurücknimmst, damit vor allem dein Onkel nicht unter deiner Präsenz zusammenbricht. Doch wie weit deine Hingabe reicht und welch weitere Fähigkeiten in dir schlummern, dessen wurde ich in den letzten Wochen gewahr.« Sie fasste ihn bei den Schultern und sah ihn eindringlich an. »Bei der Durchsicht aller Ausgaben, die für die Instandsetzung meines Cafés nötig waren, ist mir etwas aufgefallen.« Sie zog die Brauen in die Höhe und schürzte die Lippen. »Hätte ich gewusst, dass du sehr viel mehr aus eigener Tasche bezahlst, als du bereit warst, vor mir und Cilly zuzugeben, ich hätte dich gelyncht!« Sie drückte ihn an sich und vergrub ihr Gesicht für einen Moment an seiner Brust.

Tiago schloss seine Arme um ihren Körper, bettete sein Kinn in den Wust ihrer Locken. »Lass uns nach Hause gehen. Das ist alles, was ich jetzt will!«

Claire nickte an seinem Hemd, schluchzte noch einmal und zog ihre Nase geräuschvoll hoch. »Wenn du glaubst, ich hätte dazu nichts mehr zu sagen, schneidest du dich gewaltig, Chérie! Ich muss mich nur ein paar Minuten erholen.«

»Ich habe mit nichts anderem gerechnet!«, gab Tiago zur Antwort und reichte Claire den Arm, um sich bei ihm unterzuhaken, während sie zusammen den Torbogen zum Innenhof des ManiFinique durchschritten. »Aber sag, warum bist du überhaupt im Café meines Onkels aufgetaucht?«

»Das hat seine Gründe. Lass uns reingehen«, sagte sie und suchte sich den Weg durch den schwach beleuchteten Flur. »Ich muss dir etwas zeigen.«

Tiago kam ihrer Aufforderung nach, wenn auch mit einer Spur Verunsicherung. Gegen eine Tasse starken Kaffees hätte er nichts einzuwenden gehabt, doch wie es schien, musste er sich gedulden. Bestimmt hatte Claire weiteres Dekomaterial verteilt oder ein Möbelstück verrückt. Es erfüllte sie mit Stolz, wenn sie genügend Energie aufbrachte, um bei der Renovierung selbst tätig zu werden, und dass sie sich hin und wieder beweisen wollte, fand Tiago verständlich.

»Komm durch!«, wies sie ihn an und betrat den Gastraum, in dem alles für die Wiedereröffnung vorbereitet war. Jedes Schränkchen stand an Ort und Stelle, die Sitzgelegenheiten luden zum Verweilen ein, die Pflanzen, Bilder, Lampen und jeglicher Zierrat wartete darauf, bestaunt und bewundert zu werden.

»Es ist wundervoll!«, sagte Tiago und sah sich um. Nicht alles, was er zu Anfang bemängelt hatte, hatte sich regeln lassen. Neue Fenster zur Straßenseite, die Aufarbeitung der Fassade, ein neues Schild über dem Eingang waren auf der Liste nur ein paar der Punkte, die sich bislang nicht hatten realisieren lassen. »Du könntest bei der Eröffnung ein Spendenschwein aufstellen. Der Kaffeevollautomat ist nicht billig, aber du wirst ihn brauchen. Denk daran, es ist wichtig, mit der Zeit zu gehen und in Hilfsmittel zu investieren, die dir den Alltag erleichtern!«

»Absolute!« Sie grinste, nahm ihn bei der Hand und führte ihn zu einem der Bistrotische. »Ich weiß genau, was mir den Alltag erleichtern würde. Und damit wären wir beim Thema.«

»Claire, ich weiß nicht, wovon du sprichst, aber mich beschleicht das Gefühl, dass du gleich die Bombe platzen lassen wirst.«

Claire grinste und hob entschuldigend ihre Schultern. »Ich muss zugeben, ich bin nervös. Also bitte, wenn du mir einen riesigen Gefallen tun willst ...« Sie hielt inne und schüttelte ihren Kopf. »Nein, das ist Unsinn. Du musst es wollen. Ich meine, wirklich wollen. Alles andere würde keinen Sinn ergeben!«

Tiago lachte. »Wenn du mich jetzt bitte aufklären könntest ...«

Sie nickte noch einmal, und es machte den Anschein, als müsste sie sich selbst Mut zusprechen. Doch dann trat sie beiseite und gab den Blick frei auf den Tisch und das, was darauf zurechtgelegt worden war: ein Kugelschreiber und eine Handvoll bedrucktes Papier.

»Ich habe alles vorbereiten lassen. Natürlich kannst du ablehnen, aber ... ich hoffe, du tust es nicht.« Ihre Stimme zitterte.

Tiago nahm das oberste Dokument an sich, überflog es, las es. Und las es gleich noch einmal. Das konnte nicht ihr Ernst sein! »Du überschreibst das ManiFinique ... mir?«

Alles Blut wich ihm aus dem Gesicht und sackte in seine untere Körperhälfte. »Ist das der klägliche Versuch, mich an dich, dieses Haus und womöglich auch an deine Nichte zu binden?«

»Mon Dieu!« Claire war kreidebleich geworden. Sie fasste sich an die Brust, krallte ihre Finger in den Ausschnitt ihrer Bluse und nestelte am Stoff herum. »Natürlich nicht! Niemals würde ich es wagen, dich auf diese Art und Weise erweichen zu wollen.« Sie seufzte und kam näher. »Meine Beweggründe sind ehrenwerter Natur. Du hast so viel getan für dieses Café, Tiago. Niemand hat von dir verlangt, dass du dich dermaßen einsetzt, keiner hat damit gerechnet, dass du dein privates Vermögen investierst. Und trotzdem hast du dich mehr eingebracht, als irgendjemand anders es je getan hätte. Du hast diesem Ort deinen Stempel aufgedrückt und bist wie geschaffen dafür, das ManiFinique weiterzuführen. Du hast alles, was es dafür braucht, und das liegt nicht zuletzt daran, dass du die leckersten Macarons der Welt backst – neben mir, versteht sich! Dieses Haus besitzt eine Seele, es spricht zu mir, das hat es all die vielen Jahre getan. Und bitte, Tiago, glaube mir: Jetzt ruft es deinen Namen!«

Ihre Dramatik rührte und amüsierte ihn gleichermaßen, doch er musste klarstellen, dass er sich nicht würde ködern lassen. Schon gar nicht durch ihre Wunschvorstellung, zwischen ihm und Lucille würde sich alles wieder einrenken. »Du kannst mir also versichern, dass deine Entscheidung nichts mit deiner Nichte und mir zu tun hat? Du bist dir der Tatsache bewusst, dass ich einen Schlussstrich unter die Sache gezogen habe?«

»Ich brauche jemanden, der mein Café übernimmt«, kam ihre prompte Antwort. »Es liegt sowohl mir als auch Lucille am Herzen, dass sich dafür jemand findet, der eine Bestimmung darin sieht und nicht nur eine Verpflichtung, mit der sich bestenfalls Geld verdienen lässt. Du bist dieser Jemand, Tiago. Und nein, diese Ansicht vertrete ich völlig unabhängig von dem Desaster, das sich zwischen euch beiden abgespielt hat. Ich weiß, dir wurde jahrelang suggeriert, andere wüssten, was das Beste für dich ist. Ich aber werde mir solche Anmaßungen niemals erlauben. Es liegt mir fern, dich manipulieren zu wollen. Ich traue dir voll und ganz zu, dass du für dich sorgen kannst und imstande bist, eigenmächtig zu entscheiden.« Abwartend sah sie ihn an, die Knöchelchen ihrer ineinander verschränkten Finger traten weiß hervor.

Tiago konnte sich nicht dagegen wehren, dass sich eine vage Freude in ihm ausbreitete. Ein Hochgefühl, das an Wucht zunahm und es ihm schon bald unmöglich machte zu zögern, geschweige denn, Claires Angebot in den Wind zu schlagen. Alles in ihm war bereit für diesen Schritt, und ein passenderer Zeitpunkt würde nicht kommen.

Er griff nach dem Kugelschreiber und setzte seinen Namen auf die gepunktete Linie.

Claires Jubelschrei hallte durch das gesamte Erdgeschoss. »Das müssen wir begießen!« Mit Tränen in den Augen betrachtete sie seine Unterschrift, fuhr andächtig die Buchstaben nach und lächelte beseelt. »Ich habe oben in meiner Küche einen fabulösen Calvados. Lass uns auf den heutigen Abend anstoßen!«

»Ich weiß nicht«, begann Tiago und legte eine Hand auf seinen Bauch, in dem eine beachtliche Menge Champagner umherschwappte. Für einen Moment sah er in Claires Gesichtsausdruck etwas aufblitzen, das an Unsicherheit erinnerte, doch dann zogen sich ihre Mundwinkel in die Höhe.

»Ich verstehe.« Sie schob ihn vor sich her, durchquerte die Backstube und löschte das Licht hinter sich. »Dann also einen Kaffee!«

Als sie die obere Etage erreicht hatten und durch den Flur gingen, fiel Tiagos Blick unweigerlich auf Humbert und sein bunt beleuchtetes Gehänge. Es schien, als bewachte er Lucilles Zimmer, einen leeren, aufgeräumten Raum, gefüllt mit unaufgeräumten Erinnerungen. Claire verlangsamte ihr Tempo, mit dem sie die Diele durchschritt. Fast schien es so, als würde sie ihm Zeit zugestehen, etwas zu sagen. Doch er blieb stumm. Es war nicht so, dass er Lucille etwas Schlechtes wünschte. Dies zu tun entsprach nicht seiner Wesensart. Doch die Wut, die sich in ihm geregt hatte, wenn er in den letzten Tagen an sie gedacht hatte, die Enttäuschung, die ihn innerlich malträtierte, hielten ihn davon ab, freiwillig ein Wort über sie zu verlieren.

»Dass du die Geschichte vom Genesungsaufenthalt bei einer Freundin nicht länger wirst aufrechterhalten können, ist dir klar?«, fragte er und hoffte, damit ein Thema anzustoßen, das nichts mit Lucille zu tun hatte.

»Ich glaube nicht, dass dein Onkel Notiz von mir genommen hat. Er war ziemlich beschäftigt damit, dich aus der Gefahrenzone zu zerren.«

Tiago nickte. »Das mag sein. Dennoch ist es wahrscheinlich, dass du von irgendjemandem gesehen wurdest. Du bist schließlich kein unbekanntes Gesicht auf der Rue de la Lune. Und für gewöhnlich reden die Leute, vor allem, wenn Alkohol im Spiel ist. Dass Onkel Salve sich also demnächst nach deinem Gesundheitszustand erkundigen wird, steht außer Frage. Es ist sogar anzunehmen, dass er persönlich aufkreuzen wird und sämtliche Dokumente mitführt, die ihn als neuen Besitzer des ManiFinique ausweisen.«

»Glücklicherweise müssen wir uns mit dieser Option nicht mehr auseinandersetzen, Tesoro.« Claire machte nicht den Anschein, als bereitete es ihr Sorgen, würde Salvatore Gibaldi ihr einen Besuch abstatten.

Tiago grinste. Ihre Unerschrockenheit imponierte ihm immer wieder aufs Neue.

»Ich habe noch eine Ladung deiner Macarons gebacken, um mich vertrauter mit dem Rezept zu machen. Wenn du magst, darfst du dich gern davon überzeugen, dass ich mich genau an deine Anweisungen gehalten habe.« Sie humpelte durch das dunkle Wohnzimmer und weiter in die Küche, wo sie eine Kerze entzündete und einen Stuhl für Tiago unter dem Tisch hervorzog. »Setz dich doch!«

Er kam ihrer Aufforderung nach und verfolgte schweigend, wie Claire auf ihre ureigene Art frischen Kaffee aufbrühte und ihm die angepriesenen Macarons servierte. Appetit auf etwas Süßes verspürte er nicht, die Aufregung, die die letzten Stunden gebracht hatten, war ihm auf den Magen geschlagen. Dennoch nahm er sich einen der Mandelkekse und biss hinein. Er wollte Claire nicht deprimieren.

Endlich gesellte sie sich zu ihm an den Tisch, nippte an ihrem Kaffee und sah Tiago an. Sekunden vergingen, die wie Minuten abliefen.

»Sie hat angerufen. Gestern.«

Tiago stellte seine Tasse auf die Tischplatte und ließ den Kopf auf seine Brust sinken. »Ich möchte mich nicht über sie unterhalten. Ich dachte, das sei deutlich geworden.« Er zwang sich, kontrolliert ein- und auszuatmen. Claire sah ihn zwar an, versäumte es jedoch, auf seinen Einwand einzugehen. Ganz im Gegenteil. Sie legte den Kopf schräg und schürzte die Lippen. »Sie war aufgebracht. Es fiel mir schwer, ihr Gestammel überhaupt einzuordnen. Doch dann war recht zügig herauszuhören, dass …«

»Claire!« Tiago schüttelte den Kopf. Wie hatte er annehmen können, dass sie *nicht* von ihrer Nichte anfing? Ihr plötzlicher Fortgang beschäftigte sie, sie war verletzt und desillusioniert. Aber sein Mitgefühl ihr gegenüber bedeutete nicht, dass er bereit war, über Lucille zu sprechen.

Claire überging seinen zweiten Einspruch genau wie den ersten, griff nach seiner Hand und drückte sie. »Ich glaube, es gibt Grund zur Hoffnung!«

Sein Herz setzte einen langen Schlag aus. Er entzog sich ihrer Berührung und fuhr sich mit den Fingern durchs Haar, sein Atem kam ihm bebend über die Lippen. »Sie hat mich eiskalt stehen lassen, Claire. Sie ist mit wehenden Fahnen abgerauscht, zusammen mit jemandem, der aus dem Nichts aufgetaucht war. Ich bin abserviert worden, weil sie nicht mich wollte, sondern ihn. Soll ich etwa vor ihr auf die Knie fallen?

Claire riss ihre Augen auf und schüttelte den Kopf. »Davon kann gar keine Rede sein! Ich wüsste nicht, weshalb, Tiago. Du hast eingesehen, dass Lucille ihren Freiraum braucht und es zu früh ist, um ernsthafte Planungen anzugehen. Und du brauchst mich nicht anzuschreien. Meine Ohren funktionieren noch.«

»Den Eindruck hatte ich gerade nicht!«

Im Schein der Kerze blitzten ihre Augen, ihre Mundwinkel zuckten und sie fuhr unbeirrt fort. »Mit einem weiteren Problempunkt hast du vorhin aufgeräumt, als du deinem Onkel mitgeteilt hast, dass er deine Kündigung erwarten darf.«

»Diese Entscheidung hatte nichts mit ihr zu tun! Ich werde Chez Gibaldi verlassen, weil die Arbeitsmoral meines Onkels nicht der meinen entspricht.« Sein Puls raste. Er war kurz davor, aufzustehen und die Wohnung zu verlassen. Wieso ging es hier immer noch um ihn?

Claire sah ihn aus tiefschwarzen Augen an, ihr Mund nicht mehr als ein dünner Strich in einem Gesicht, das mit einem Mal eine Vielzahl von Falten aufwies. »Autonomie ist ein Segen. Schön, dass wir hin und wieder Menschen begegnen, die uns aufzeigen, wie stark wir in Wirklichkeit sind, n'est-ce pas?«

Tiago atmete hörbar aus.

»Wenn du glaubst, mir ist nicht bewusst, dass Lucille mir ... auf die Sprünge geholfen hat, dann liegst du falsch.« Claires Zorn schien genauso schnell zu verrauchen, wie er entflammt war. »Lucille hat sich wie du auf so manchem Irrweg verloren, obwohl ihr größtes Anliegen darin bestand, sich selbst zu finden.« Sie griff erneut nach seiner Hand. »Wenn du mit ihr abgeschlossen hast, werde ich kein Wort mehr über sie verlieren, Tiago. Aber solltest du irgendwo in deinem Inneren noch ein Glühen verspüren, einen Funken der Liebe, die zwischen euch entfacht war, dann überdenke, ob du ihr nicht eine letzte Chance zugestehen kannst. Eine finale Gelegenheit, dir zu zeigen, dass auch sie an den Herausforderungen der vergangenen Wochen gewachsen ist.«

Der Druck ihrer Hände ließ nach. Würde er seinem Impuls folgen und die Flucht ergreifen, sie würde ihn nicht aufhalten.

»Ich glaube nicht, dass ich das kann.«

Lucille

Lucille überquerte zum vierten Mal den Vorplatz der Notre-Dame. Sie war viel zu früh auf der Île de la Cité eingetroffen, hatte sich eingeredet, dass sie Zeit bräuchte, um sich vorzubereiten und zu sammeln. Doch die Worte, die sie sich zurechtgelegt und stetig wiederholt hatte, seit sie den Zug nach Paris bestiegen hatte, waren in ihrem Kopf zu einem Knäuel verrutschter Buchstaben zusammengewachsen. Keinen einzigen klaren Gedanken konnte sie mehr fassen.

Sie blieb stehen, befühlte den Sitz des weichen Gürtels, der den Bund ihres beigefarbenen Hosenrocks zusammenraffte. Schweißperlen hatten den Stoff durchfeuchtet, ihr Bauch fühlte sich an, als hätte sie ihn nach dem Duschen nicht richtig abgetrocknet. Dabei hatte sie Stunden im Bad und vor dem Spiegel verbracht. Sie wusste, dass Tiago keinen gesteigerten Wert auf ihren Kleidungsstil legte und er sich noch nie beschwert hatte, wenn sie weder Schminke noch Schmuck trug. Sie zupfte an der dünnen, ärmellosen Bluse, die sich durch ihren sanften Kakiton farblich perfekt mit dem Hosenrock hatte kombinieren lassen. Sie war von leicht durchscheinender Qualität, sodass Lucille beschlossen hatte, ein eng anliegendes Top darunter zu tragen. Normalerweise hatte sie kein Problem damit, wenn unter ihren Oberteilen der BH durchblitzte. Doch heute war der letzte Tag, an dem sie sich vorwerfen lassen wollte, mit zweifelhaften Mitteln um Tiagos Gunst zu werben.

Erneut blickte sie über den Vorplatz und zu den geöffneten Portalen der Kathedrale. Seit einer Dreiviertelstunde schon strömten keine Besucher mehr in das Bauwerk hinein, sondern nur noch sporadisch heraus. Die Schließung stand unmittelbar bevor. Lucille knetete ihre Hände und bewegte ihre Gelenke durch, als bereitete sie sich auf einen Wettkampf vor. Ihr Herz pumpte in rasender Geschwindigkeit, sie atmete schnell und tief, ihr ganzer Körper war in Alarmbereitschaft versetzt. Mit den Empfindungen, die mit einem Adrenalinrausch einhergingen, war Lucille vertraut. »Kampf oder Flucht, Kampf oder Flucht«, kam es ihr unentwegt über die Lippen, während sie auf- und abging, den konzentrierten Blick gerichtet sowohl auf die Uhrzeit als auch auf die Menschen, die aus der Kirche auf den Vorplatz traten und letzte Fotos von der Fassade machten. »Ich kann dir nichts versprechen, Cilly«, hatte Claire ihr beim Frühstück zugeraunt. »Ob er kommen wird, steht in den Sternen.« Sie hatte Lucille in ihre Arme geschlossen, sie wie ein eigenes Kind gewiegt und die Tränen getrocknet, die geflossen waren. Ihr Vermögen, das Leid anderer wahrzunehmen, ein paar Worte des Mitgefühls zu finden und im Gegenüber ungeahnte Energien freizusetzen, hatte Lucille schon immer als Gabe empfunden. Heute jedoch hatte sie in Claires Aufmunterungsversuchen vergeblich nach dem Quäntchen Motivation gesucht, das ihr so oft in ihrem Leben Mut gemacht hatte. Ihre Großtante hatte sich immer schon der Ehrlichkeit verschrieben. Daran änderte auch kein Verwandtschaftsverhältnis der Welt etwas.

Einige Minuten nach offizieller Schließungszeit verließ die offenbar letzte Besuchergruppe das Innere der Kathedrale. Als die drei Portale sich schlossen, machte Lucille sich auf den Weg. Langsam ging sie auf das Gebäude zu, ließ ihren Blick über die vielen Details gotischer Baukunst schweifen, fühlte sich beobachtet, als sie unter den Augen der Könige von Juda nach Norden abbog, wo sich an der linken Außenwand Notre-Dames der Eingang zu den beiden Türmen befand.

Claire hatte versichert, dass Malik, ein Sicherheitsmann, mit dem sie eine über viele Jahre andauernde Freundschaft verband, Lucille eine Viertelstunde nach Schließung an genau dieser Pforte erwarten würde. Doch von ihm war weit und breit keine Spur auszumachen. Die Tür war verriegelt, und als Lucille unliebsam daran ruckelte, wurde sie lediglich von vorbeischlendernden Passanten daran erinnert, dass erst morgen wieder der Aufstieg auf die Türme möglich sei. Sie wendete sich ab, ging ein paar Schritte und versuchte, das Chaos in ihrem Kopf zu besänftigen. Prinzipiell wäre es natürlich möglich, Tiago hier draußen gegenüberzutreten. Vorausgesetzt, er tauchte überhaupt auf. Doch Claires Idee, ihn auf der Galerie der Chimären zu treffen, hatte sich bei Lucille sofort als ultimativer Plan eingebrannt. Nicht nur, dass sie sich im Antlitz der Chimären von jeher einer Kraftquelle bedienen konnte, für die es keine rationale Erklärung gab. Die grotesken Figuren, die den Besucher in regelmäßigen Abständen auf der Balustrade begegneten und ihn direkt an der Außenfassade Notre-Dames vorbeiführten, versprühten darüber hinaus eine althergebrachte Magie. Legenden zufolge existierten sie seit dem 19. Jahrhundert als Ergänzung zu den fantasievollen Wasserspeiern, um das Gotteshaus vor bösen Geistern zu schützen und Unheil abzuwehren. Dass sie Lucille bei ihrem Vorhaben unterstützten, war zwar nicht viel mehr als eine kindliche

Hoffnung, dennoch wollte sie nichts unversucht lassen, weshalb es von enormer Bedeutung war, dass Malik seine Übereinkunft mit Claire nicht vergessen hatte.

Einige weitere Minuten vergingen, bis sich die Tür endlich öffnete und ein Mann mittlerer Statur Lucille heranwinkte. Woher er wusste, dass es sich bei ihr um Claires Großnichte handelte, war ihr ein Rätsel. Am wahrscheinlichsten war, dass er es an ihrem Gesichtsausdruck ablas, der panischer nicht ausfallen konnte, vermutete Lucille und schlüpfte mit einem letzten Blick über ihre Schulter an Malik vorbei.

»Sie kennen sich aus?«, fragte er und schloss die Pforte hinter ihr ab.

»Mehr als das!«, beteuerte sie, den charakteristischen Duft von Weihrauch und geschichtsträchtiger Nostalgie in der Nase.

»Lassen Sie sich Zeit. Ich bin bis morgen früh zugegen!«

Lucille lachte gequält. »Bis dahin sollte sich alles geregelt haben. So oder so.«

Malik nickte. »Ihre Tante sagte, dass eventuell ein junger Mann kurz nach Ihnen ankommen wird.« Er ging voraus, nahm ein paar Stufen und betrat dann den Raum, in dem sich die Kassen befanden und Souvenirs verkauft wurden. »Ich werde ihn dann zu Ihnen hochschicken.« Abschätzend sah er sie an und legte einen Finger an sein Kinn. »Sie sehen sportlich aus, Madame. Ich denke also nicht, dass ich mich sorgen muss, Sie könnten die zweihundertvierzig Stufen bis zur Galerie nicht meistern.«

»Seien Sie beruhigt, Monsieur. Darüber mache ich mir die wenigstens Gedanken.« Sie lächelte ihm zu, bevor sie sich der Wendeltreppe zuwandte und den Aufstieg begann. Die ersten Meter legte sie in einem beachtlichen

Tempo zurück, aber schon bald blieb sie stehen, stützte sich auf ihren Oberschenkeln ab und keuchte. An ihrer Kondition lag es nicht, dessen war sie sich sicher. Ihr war vielmehr so, als ob sich ihre alten Überzeugungen schmerzhaft von ihr lösten, je weiter sie sich nach oben bewegte. Es kostete sie Kraft, als sich die Szenen des Abschieds aus Lyon in ihr Gedächtnis drängten und sie zwangen, wieder und wieder innezuhalten. Am Mauerwerk Halt suchend, den Blick in die Höhe gerichtet und doch nicht mehr wahrnehmend als die nächste scharfe Biegung der Treppe, erinnerte sich Lucille daran, wie überrascht Christophe reagiert hatte, als sie ihn über ihren möglichen Fortgang informierte. Er war nicht der Einzige gewesen, der hinter Lucilles Verlautbarung, sie würde zumindest das Le Havre, eventuell sogar die Stadt verlassen, einen bösen Witz vermutete. André hatte sie um ein kurzes Gespräch unter vier Augen gebeten, bei dem er ihr versichert hatte, ihre Entscheidung gegen eine Beziehung mit ihm zu respektieren. Es lag ihm fern, ihr einen Anlass zu liefern, das Le Havre verlassen zu müssen. Lucille hatte sich bedankt, doch gleichzeitig darauf beharrt, dass für sie kein Weg daran vorbeiführte, in jeder Hinsicht neu anzufangen – ganz unabhängig von irgendwelchen Arrangements, die sie und André treffen könnten. Selbst unabhängig vom Ausgang des heutigen Wiedersehens mit Tiago.

Zu viel hatte sich verändert. *Sie* hatte sich verändert.

Ihr Brustkorb hob und senkte sich schmerzhaft, das Atmen fiel ihr auf den letzten Metern schwerer. Sie musste tief Luft holen, einen Moment Kraft tanken, ihre Lunge mit frischem Sauerstoff füllen. Doch der Wind, den sie am Ausgang auf die Galerie so sehnsüchtig erwartet hatte, wehte nur schwach und mit der gleichen Temperatur wie das Gebläse eines Föhns. Lucille lehnte sich an die Außenfassade des Turms, der hinter ihr in den Himmel ragte. Sie zerrte an ihrer Bluse, zog sie sich über den Kopf und wischte sich damit das Gesicht. Kurz schloss sie die Augen, ließ den Kopf hängen und zupfte sich mit einer Hand die gegelten Haare in Form. Erst dann schaute sie auf und richtete ihren Blick weit über die Balustrade. Schon in ihren Erinnerungen hatte das Bild, welches sich ihr bot, stets ein wohliges Schaudern hervorgerufen. Konkurrieren mit der Realität, mit der Schönheit des Augenblicks, wenn das Auge über die Dächer der Stadt streifte und man ihre eindrucksvollen Bauwerke erspähte, konnten sie nicht. Im Norden erhob sich der Hügel Montmartres und darauf die Basilica Sacré-Cœur, im Süden der Eiffelturm, hinter dem sich schwarze Wolken zu einer furchteinflößenden Wand formiert hatten. Lucille stockte der Atem. Für ein paar Sekunden drängte sie den inneren Aufruhr beiseite, genoss die Faszination, die der Ausblick in ihr hervorrief, bevor sie sich wieder auf den Grund besann, der sie hierhergeführt hatte.

Sie starrte auf ihre Armbanduhr und versuchte, den Angstkloß, der in ihrem Hals steckte, wegzuschlucken.

Jeder verspätete sich mal. Das konnte passieren.

Doch es entsprach nicht Tiagos Wesensart, zu spät zu einem Termin oder einer Verabredung zu erscheinen. Pünktlichkeit zählte für ihn buchstäblich zu den heiligen Tugenden. Was also, wenn er nicht auftauchte? Was, wenn der vereinbarte Zeitpunkt verstrich, sie unverrichteter Dinge wieder hinabsteigen und sich eingestehen musste, dass es wirklich vorbei war?

Ihr Herz zog sich krampfend zusammen, stolperte in einem unsteten Rhythmus, als würde es sich weigern zu fühlen, was der Verstand längst begriffen hatte. Zittrig legten sich Lucilles Hände auf die steinerne Balustrade, als sie den Vorplatz Notre-Dames nach Tiago absuchte. In Erwartung des Wetterumschwungs, der für heute Abend angekündigt war, hatten sich die Menschenmassen, die normalerweise den Bereich rund um die Kathedrale belagerten, verzogen. Es war niemand da, der die Kathedrale ansteuerte oder stehen blieb, um einen Blick in Richtung der beiden Türme zu werfen. Keiner wusste, dass sie hier oben so qualvolle Minuten verbrachte. Ausschließlich Tiago gestand Lucille eine leise Ahnung dessen zu, was sich in ihrem Inneren abspielte. Doch, wie die bittere Wirklichkeit demonstrierte, interessierte er sich offenbar nicht im Geringsten dafür.

Nicht mehr.

Lucille seufzte. Vielleicht war es an der Zeit, sich die Sinnlosigkeit einzugestehen, weiter auf etwas zu hoffen, das nicht eintreten würde. Vielleicht musste sie der Wahrheit in ihr hässliches Gesicht schauen, die Scherben zusammenfegen und weiterziehen. Es wäre nicht die erste Enttäuschung, die sie zu verwinden hätte. Das Leben hatte sie zu oft schon mit Dämpfern bedacht, als dass sie untergehen müsste, wenn sich die Dinge anders entwickelten, als sie es sich ausgemalt hatte. Sie würde auch diese Niederlage überstehen. Eine Wahl hatte sie nicht.

Lucille betrachtete den zerknüllten Stofffetzen, der einmal ihre sauber aufgebügelte Bluse gewesen war, und steckte sich einen Zipfel davon in den Bund ihres Hosenrocks, damit sie beide Hände für den Abstieg freihatte. In Gedanken schon bei Claire und ihrer unverwechselbaren Art, Trost zu spenden, vielleicht bei einem Café au Lait und dunkler Schokolade, erschrak Lucille, als es hinter ihr plötzlich laut vernehmlich krächzte. Ein Blick über die Schulter verriet, dass sich eine Dohle auf dem Geländer

der Galerie niedergelassen hatte. Ihre bleichen Iriden setzten sich markant vom Schwarz des Gefieders ab und verliehen ihren Augen einen stechenden Ausdruck. Der Vogel schien Lucille zu mustern. Dann breitete er seine Flügel aus und landete auf dem Kopf der Stryga, der Chimäre, die Lucille seit ihrer Kindheit am meisten verehrte.

»Ja, ich weiß«, flüsterte Lucille, trat dicht an das Sicherheitsnetz und hakte ihre Finger in die Verstrebungen. »Ich war so lang schon nicht mehr hier oben. Wenigstens du verdienst einen Moment meiner Aufmerksamkeit.« Als hätte die Dohle ihre Bestimmung erfüllt, erhob sie sich und verschwand in den verhangenen Himmel, während Lucille sich jener Faszination hingab, die die Stryga von jeher auf sie ausgeübt hatte. Den gehörnten Kopf auf die Hände gestützt, blickte das Ungeheuer, die Flügel locker zusammengefaltet, über Paris, als könnte es kein Wässerchen trüben. Gelangweilt streckte es der Bevölkerung sogar die Zunge heraus, verspottete sie und fühlte sich über alles und jeden erhaben. Doch verbarg sich, laut der Legende, hinter der Fassade von Unerschrockenheit etwas, das dem Ungeheuer immer dann schmerzlich bewusst wurde, wenn es mit seiner Sterblichkeit konfrontiert wurde. Es war abhängig davon, das Blut anderer Lebewesen zu trinken. Fand sich kein Opfer, war die Stryga in ihrer Existenz bedroht.

Nicht weit entfernt zuckten Blitze über die Mansardendächer der Stadt, Donner grollte, der Wind war merklich aufgefrischt.

»À bientôt!«, flüsterte Lucille, warf der Stryga eine Kusshand zu und wandte sich seufzend zum Eingang des Nordturms.

Sie erschrak.

Auf dem obersten Treppenabsatz, eine Hand am Mauerwerk, die andere auf seine Brust gepresst, stand Tiago und sah sie an. Sein Gesichtsausdruck verriet Skepsis, seine Körperhaltung Vorsicht. Fast schien es, als befürchtete er, zu Staub zu zerfallen, wenn er sich ihr näherte.

»Du bist gekommen!«, stammelte Lucille und widerstand dem Drang, auf ihn zuzustürzen und in seinen Armen zu versinken.

Er streckte seinen Oberkörper, presste die Schultern nach hinten und nickte. »Sieht ganz so aus.«

Ein paar Sekunden verstrichen, in denen der ums Gebäude pfeifende Wind das einzig zu vernehmende Geräusch war.

»Willst du etwa da stehen bleiben?«, platzte Lucille heraus.

»Warum nicht? Es wird jeden Moment zu regnen anfangen.«

»Wenn du ein Stück rücken würdest, bliebe auch ich trocken.«

Er antwortete nicht, machte keine Anstalten, sie zu sich zu bitten. An seine Seite. In sein Leben. Im Gegenteil. Alles an ihm signalisierte Abwehr.

»Alors, ich kann deine Zurückhaltung nachvollziehen.« Sie seufzte und ließ den Kopf hängen. »Wie ich dich behandelt habe, ist schwer zu entschuldigen.«

»Das«, er schüttelte seinen Kopf und verzog seinen Mund zu einem leidlichen Grinsen, »ist die Untertreibung des Jahrtausends.« Seine Stimme klang gefühllos, der zärtliche Unterton, den sie so liebte, war herausgewaschen.

Lucille schluckte hart. »Dennoch sollten wir das Ganze nicht so ...«

»Stehen lassen? Beenden?«

»Oui!«, flüsterte sie. »Obwohl ich finde, *beenden* ist ein brutaler Begriff, der Unabwendbarkeit demonstriert, und ich hatte gehofft ...«

»Lucille, du hast es beendet. Dies ist eine Tatsache. Es war dein Wunsch!« Endlich drückte er sich von der Mauer ab und trat auf die Galerie, hütete sich aber davor, die Distanz zwischen ihnen zu verringern. Eine Windböe verirrte sich in seinem Haarschopf, blies dunkle Strähnen in seine Stirn, und Lucilles Finger zuckten, so gern hätte sie ihm die Locke wieder hinter sein Ohr gestrichen. Stattdessen ballte sie ihre Hände zu Fäusten und drückte sie gegen die Außenseiten ihrer Oberschenkel.

»Es ist nicht nötig, mich daran zu erinnern. Ich kann an nichts anderes denken. Es war der größte Fehler meines Lebens fortzulaufen. Ich weiß das!«

Tiago verzog keine Miene. Schatten flogen wie Wolken über sein Gesicht, in seinen Augen wütete ein Sturm. Als ein Zucken durch seine Beinmuskulatur lief, dachte Lucille, er würde kehrtmachen und den Abstieg antreten. Doch er verlagerte nur sein Gewicht, verschränkte die Arme und suchte den Halt der Fassade in seinem Rücken. Immer noch sah es nicht danach aus, als ob er auf ihr Eingeständnis reagieren wollte. Seine Lippen waren fest aufeinandergepresst.

»Ich hätte nie gedacht, dass es den Einen für mich gibt«, wagte sie sich weiter vor, weil sie spürte, dass Tiago die Geduld verlor. Sie durfte nicht riskieren, dass er sich abwendete. Sie musste sich zwingen, die Worte auszusprechen, die in ihrer Kehle feststeckten wie ein Stück Brot, an dem sie sich verschlucken könnte. Sie räusperte sich und kam einen winzigen Schritt auf ihn zu. »Niemals hätte ich angenommen, diesem einen Menschen, dessen

Gegenwart mich ganz erfassen würde, überhaupt zu begegnen. Schon gar nicht auf dem Innenhof des ManiFinique.« Sie lächelte. »Als ich dich traf, war mir schnell klar, dass irgendetwas in mir auf dich reagierte. Natürlich wollte ich es mir nicht eingestehen. Viel zu sehr war ich versessen darauf, dich vom Grundstück meiner Großtante zu verscheuchen.« Ihr war bewusst, dass sie darauf spekulierte, Claire, ihr kleinster gemeinsamer Nenner, würde das Eis in ihm zum Schmelzen bringen. Doch nichts an Tiago regte sich. »Dass ich mich nur zwei Tage später in deiner Wohnung wiederfand, erschien mir seltsam – ich konnte mich und mein Tun nicht erklären –, und trotzdem ließ ich mich darauf ein. Ich ließ mich *auf dich* ein. Ich vertraute dir, dass du es gut mit Claire und dem ManiFinique meintest, und du musst zugegeben, die Tatsache, dass du ein Gibaldi warst, machte es mir nicht leicht.«

»Willst du meinen Onkel jetzt für diese Misere verantwortlich machen?« Aus Augen, die so eng wie Schlitze waren, funkelte er sie an.

Lucille seufzte. »Ich wusste damals nicht mehr von dir, als dass du der Neffe desjenigen warst, der das Café meiner Tante vereinnahmen wollte. Das machte dich zum Feind. Daran gab und gibt es nichts zu rütteln.« Sie breitete beide Arme seitlich aus und hielt ihm die blanken Handflächen entgegen. »Wäre ich meinem Instinkt gefolgt, hätte ich mich von dir ferngehalten. Denn glaube mir, sie waren da, die inneren Stimmen, die mich kontinuierlich anhielten, dich endlich links liegen zu lassen, dir keinerlei Beachtung zu schenken und mich auf das zu konzentrieren, was mir in all den Jahren Sicherheit vermittelte: die Erkenntnisse, die meine Vergangenheit mich lehrte.«

Eine kaum wahrnehmbare Gemütsregung veränderte Tiagos Gesichtszüge. Sein Kiefer mahlte, seine Nasenflügel blähten sich auf, er atmete angestrengt. Lucille hielt einen Moment inne, hieß die Einsicht willkommen, dass sie und Tiago sich genau in dieser Hinsicht ähnelten. Sie beide hatten entsprechend den Geschehnissen gehandelt, die ihr Dasein geprägt hatten. Sie beide hatten sich Strategien angeeignet, die ihnen das Überleben gesichert hatten – als Kinder schon, in einer Zeit, in der sie sich eigentlich völlig unbedarft hätten entwickeln sollen. In einem geschützten Umfeld, getragen von elterlicher Liebe und Fürsorge.

»Es war nicht einfach, den Vorhang der Illusion einen Zentimeter beiseitezuschieben und über den Tellerrand zu blicken. Ich war damit großgeworden, Vorsicht walten zu lassen, wenn es darum ging, mich anderen zu öffnen. Der Gefahr, verletzt und enttäuscht zu werden, wollte ich mich nicht mehr aussetzen. Ich hatte panische Angst davor, das Schild, das ich seit Ewigkeiten vor mir hertrug, sinken zu lassen. Doch dann hast du dich klammheimlich immer tiefer in mein Herz geschlichen, ohne mich zu irgendetwas zu drängen. Du warst einfach irgendwann mittendrin.« Tränen fluteten ihre Augen, als sie sich an die Momente erinnerte, in denen sich eine wohltuende Wärme in ihr ausgebreitet hatte, sich alles so leicht und richtig angefühlt hatte, wenn sie mit Tiago zusammen gewesen war. »Als wir unsere tiefsten Empfindungen miteinander teilten, uns erzählten, was uns umtrieb und welcher Ängste wir uns nicht entledigen konnten, fühlte ich mich – nach Jahren, in denen ich dieses Privileg nur Claire zugestanden hatte – verstanden, gehalten, respektiert. Du hast mich berührt, in jeglicher nur vorstellbarer Hinsicht.«

»Und trotzdem hast du dich abgewendet!« Seine Stimme war so leise, dass der Wind sie fast mit sich forttrug. Die Wut, die seine Gesichtszüge bis eben verzerrt hatten, war einem Ausdruck von Verletzlichkeit gewichen.

Lucille machte einen weiteren Schritt auf ihn zu, verringerte die Distanz, die zwischen ihnen lag, auf nicht mehr als eine halbe Armlänge. »Das stimmt, und es liegt mir fern, irgendetwas abzustreiten. Rückblickend weiß ich, dass der Grund für meine Abwehr in mir selbst begraben lag. Ja, du hast vielleicht ein wenig übertrieben, als du von einer gemeinsamen Zukunft gesprochen hast, über die ich in dieser Form nie nachgedacht hatte. Ich fühlte mich in eine Ecke gedrängt.«

Ein zaghaftes Lächeln bog seine Mundwinkel nach oben. Er schüttelte seine Hände aus, als wollte er die Anspannung loswerden, die seinen Körper so starr und emotionslos hatte erscheinen lassen. Lucille spiegelte ihm, wie erleichtert auch sie war, dass die Situation sich zu entkrampfen begann. Welches Ergebnis daraus hervorgehen würde, war dennoch ungewiss, und sie traute sich nicht, auf das Gedankenkarussell aufzuspringen, das sich immer noch in schwindelerregendem Tempo drehte. Also fuhr sie fort, ihre Gefühle in Worte zu fassen, und hoffte darauf, seine Blockade auf diese Weise zu erweichen.

»Was ich durch dich erlebt habe, raste wie eine Sturmwelle über mich hinweg, spülte mich ins offene Meer und ließ mich wie eine Ertrinkende zurück. Ich hatte mich in dich verliebt, und wehrte mich nach Leibeskräften dagegen.«

»Verliebt?« Tiago wischte sich einen Tropfen von der Wange, und Lucille überlegte kurz, ob der einsetzende Regen ihm ins Gesicht gepeitscht war oder ... ob er weinte. Ihr Herz stolperte.

»Dann war nicht alles gelogen, das du mir in der Nacht, als wir miteinander schliefen, gesagt hast?«

Lucille legte den Kopf schief. »Was genau meinst du?«

»Die Sache mit dem Puzzleteil.«

Sie zögerte keine Sekunde, ihre Antwort kam wie aus der Pistole geschossen. »Du bist mein fehlendes Puzzleteil, Tiago. Ansonsten stünde ich heute nicht vor dir.«

Eine Sturmböe erfasste die Bluse, die sie sich in den Bund ihres Hosenrocks gesteckt hatte, zerrte an ihr und riss sie mit sich. Lucille versuchte erst gar nicht, danach zu greifen, es wäre zwecklos. Das leichte Stück Stoff wehte über den Rand der Balustrade, wirbelte in die Höhe und verschwand hinter dem dichten Vorhang aus Regen. Lucille sah noch einen Moment ins Leere, bevor sie sich Tiago zuwandte, ihre Stimme gegen das Heulen des Windes erhebend. »Es tut mir leid, dass ich zu diesem Zeitpunkt nicht die Kraft oder den Mut besaß, meine Gefühle zu ordnen. Es war mir nicht möglich, mir einzugestehen, dass ich etwas, das mir einst mein Überleben sicherte, auf etwas projizierte, das so rein und unschuldig war wie unsere Zuneigung. Doch heute, heute weiß ich es. Du und ich ... Das ist alles, was ich will. Alles, was ich brauche.«

Tiago stemmte beide Hände in die Hüften und legte seinen Kopf in den Nacken. Er schien sich sammeln zu müssen, das soeben Gehörte zu verarbeiten. »Was ist mit André?«, stieß er hervor und sah Lucille unvermittelt an.

»Ich will dich nicht belügen«, antwortete sie. »André ist ein lieber Kerl, der in mir einen leisen Ton anschlug. Und ja, dass er das fertigbrachte, bewegte mich, weil ich plötzlich eine Ahnung davon bekam, dass das Leben möglicherweise mehr für mich bereithielt als lose Bekanntschaften und bedeutungslose Affären.«

Tiago schürzte seine Lippen und schüttelte den Kopf, sodass Lucille ihren ganzen Mut zusammennahm und die letzten Zentimeter zwischen ihnen überwand. Wenn sie jetzt nicht alles auf die Waagschale legte, nicht alles preisgab, das in ihr tobte, dann würde er ihre Worte falsch verstehen. Oder ihr Schweigen als Bestätigung seiner Befürchtungen auffassen, dass sie nicht imstande war, sich von alten Mustern zu befreien und eine ernsthafte Beziehung einzugehen.

»Ich weiß, warum Claire mich hier heraufschickte. Warum sie der Meinung war, dies sei der geeignete Ort, um dich um Entschuldigung zu bitten.« Ihr Blick richtete sich auf die Chimären entlang der Galerie. »Hier oben fühle ich mich mit mir verbunden. Hier fand ich schon als Kind Anschluss an all das, was mich ausmacht. Ich fühlte mich aufgefangen und geborgen, es fiel mir leichter, in meine inneren Abgründe zu schauen und Antworten auf Fragen zu finden, die ich niemandem zu stellen wagte.« Lucille sah über ihre Schulter und lächelte der Stryga zu, bevor sie sich erneut Tiago zuwandte: ›Wenn du nicht mehr weiterweißt‹, erklärte Claire mir damals, ›und du meinst, die ganze Welt ist gegen dich, dann suche Rat bei den Chimären. Sie hören dir zu, sie verraten keines deiner Geheimnisse, und manchmal flüstern sie dir die Lösung für deine ärgsten Sorgen in dein Herz. Und dann geht das Leben einfach weiter.‹«

Tiagos Finger streiften sie, behutsam legten sich seine Hände auf beiden Seiten ihrer Hüfte. Sie spürte sie kaum, so wenig Druck ging von ihnen aus, trotzdem wusste sie, dass er sie hielt. Ein bisschen fühlte Lucille sich, als schwenkte sie eine weiße Fahne, doch Empfindungen von Niederlage und Untergang blieben aus. Stattdessen strömte eine Erleichterung durch ihre Adern, die sie auf ungeahnte Weise berauschte. Sie spürte Tiagos Lippen an ihren, nahm den Luftzug seines Atems auf ihrer Haut wahr.

»Welche Wahrheit haben sie dir heute zugeflüstert?«, hauchte er, und seine Stimme schickte ihr einen Schauer über den Rücken, während seine Arme sich um ihren Körper legten.

»Dass ich dich liebe!«

Tiago

Endlich entsprachen die Temperaturen dem eines normalen Frühsommers. Die Schwüle hatte sich durch das Gewitter aufgelöst, die Luft am Morgen war klar und frisch. Der Tag versprach, sonnig zu werden, transparente Wolken schmückten wie Tupfer den königsblauen Himmel, und die Blätter der Balsampappel hatten sich zu ihrer vollen Größe ausgerollt. Im Schatten ihrer Krone wehten bunte Wimpel, ein im tiefen Geäst angebrachtes Windspiel verursachte leise Klänge, die über den Innenhof wehten.

Tiago lehnte im Rahmen der Hintertür und ließ seinen Blick über die ansprechend hergerichteten Tischgruppen schweifen, beobachtete Bienen, die sich an den Blüten der Taglilien labten, und Schmetterlinge, die zwischen den Rispen des Flieders spielten. In einer halben Stunde würde sich das ManiFinique der Öffentlichkeit präsentieren. Schon jetzt drang Stimmengewirr durch das noch verschlossene Tor, weil sich zahlreiche Touristen und Einheimische auf dem Trottoir der Rue de la Lune tummelten. Anlässlich des Frühlingsfestes war die Straße zu beiden Seiten mit Blumen geschmückt, Nationalfähnchen flatterten an langen Bändern. Boutiquenbesitzer hatten Sessel und Tische vor ihre Läden gestellt und sie mit besonderen Angeboten beladen. Zum Verweilen und Genießen luden Bistros ein, aus etlichen Streetfood-Wagen strömten exotische Düfte, und unter kleinen Pavillons priesen Händler ihre Neu- und Gebrauchtwaren an.

Tiago rieb sich die vor Nervosität erkalteten Hände und atmete tief durch, um sich zu beruhigen. Er konnte es kaum erwarten, die Türen des Cafés – *seines* Cafés – zu öffnen, und war darauf bedacht, bei Gästen und Besuchern den bestmöglichen Eindruck zu hinterlassen. Was dieses Anliegen betraf, gab es zwar keinen Grund zur Sorge, trotzdem entschied Tiago, dass ein letzter Kontrollgang nicht schaden konnte. In der Backstube traf er auf Claire, die am Tisch saß und Bastkörbchen mit Croissants, Butter und Konfitüre bestückte, die den ersten Besuchern als kostenfreier Frühstückssnack gereicht werden sollten. Die Färbung ihrer Wangen und die winzigen Schweißperlen auf ihrer Oberlippe verrieten ihre Aufregung, die für eine schlaflose Nacht gesorgt hatte. Nichtsdestotrotz hatte sie eben noch versichert, sich lang nicht mehr einer solchen Vitalität erfreut zu haben. Tiago wusste, es war vonnöten, gut auf Claire achtzugeben, damit sie sich nicht übernahm. Die Freude, aktiv gestalten und mithelfen zu können, wollte er ihr aber nicht nehmen.

»Tesoro«, sagte sie, als sie zu ihm aufsah und ihre graublonden Locken fröhlich wippten, »Pauline und Jolie haben im Vorratsraum zwei weitere Rollwagen mit fertig verpackten Macarons vorbereitet. Ich denke, für den ersten Andrang sollte das reichen.«

»Die zwei sind fleißig, n'est-ce pas? Sie lernen schnell.« Tiago hielt Ausschau nach den beiden erst gestern eingestellten Kellnerinnen und entdeckte sie in der Mitte des Gastraumes, wo sie Sektflaschen entkorkten und Kristallkelche mit Orangensaft befüllten.

»Ich bin froh, dass uns so kurzfristig Unterstützung zuteilwurde. Richte deinen Freunden allerherzlichsten Dank aus«, sagte Claire lächelnd.

»Es wird François und Robert freuen, dass sich Pauline und Jolie bei uns wohlfühlen. Sie hätten sie gern bei sich im Chez Gibaldi eingestellt, aber Onkel Salve ...« Tiago hob die Schultern an und ließ sie gleich wieder resigniert fallen. »Es wird ihn schwer treffen, nach dem Frühlingsfest die Kündigungen seiner beiden besten Patissiers entgegenzunehmen.«

»Das muss dich nicht tangieren«, murmelte Claire, während sie dazu überging, Servietten zu falten und Besteck darin einzuschlagen. »Ihm ist zurzeit einfach nicht zu helfen. Vielleicht wird er sich eines Tages auf die wirklich wichtigen Belange des Lebens besinnen. Und vielleicht ist es dir und ihm dann möglich, euch wieder anzunähern.« Sie zwinkerte ihm aufmunternd zu.

Tiago nickte, knirschte aber mit den Zähnen. Als er gestern die Bestätigung seiner – glücklicherweise fristlosen – Kündigung im Büro seines Onkels abgeholt hatte, war dessen aufgebrachte Stimme durch verschlossene Türen gedrungen. »Er ist zorniger als üblich«, hatte Arlette geflüstert und Tiago zum Abschied fest an sich gedrückt, »aber ich bin sicher, er wird sich irgendwann beruhigen, auch bezüglich deiner Übernahme des ManiFinique.«

Seine Wohnung in der Rue Dégrasse wollte Tiago vorerst halten. Er hatte zwar die beiden letzten Nächte bei Lucille verbracht, Clementine schnurrte auf Claires Sofa und alle schienen mit der Situation umzugehen, als sei sie nie anders gewesen. Dennoch hütete sich Tiago davor, die Dinge zu überstürzen.

»Soll ich dir behilflich sein?«, fragte er Lucille, als er an der Fensterfront des Gastraumes angekommen war und ihr beim Arrangieren einer Auswahl Madeleines und Eclairs sowie dem Stapeln von Macaron-Kartons zusah.

»Nicht nötig, ich bin fertig.« Zufrieden prüfte sie ihr Werk und kletterte dann vorsichtig aus dem Auslagenbereich des Schaufensters. »Die Farben der Trikolore hast du phänomenal hinbekommen. Sie leuchten viel intensiver als beim ersten Durchgang.« Sie drehte sich zu ihm und umarmte ihn. »Du bist ein Mann mit vielen Talenten, Tiago Gibaldi.«

»Wenn man glücklich ist, gelingt alles!« Zärtlich küsste er zuerst ihre Nasenspitze, dann ihre Mundwinkel und zum Schluss ihre Lippen. »Was meinst du, sollen wir Stellung beziehen? Es ist gleich zehn, und wenn ich das richtig sehe, wollen die Leute da draußen dringend erfahren, was es mit unseren *Vive la France*-Macarons auf sich hat.«

»Dann sollten wir es sie bei einer guten Tasse Kaffee herausfinden lassen!«, flötete Claire aus dem Hintergrund und näherte sich der Vordertür, um sie aufzuschließen. »Auf dass sich das ManiFinique wieder mit Leben, Liebe und Lärm fülle!«

Binnen Minuten war das Café bis auf den letzten Platz besetzt, und auch im Hof drängten sich zahlreiche Gäste. Die Renovierungsmaßnahmen wurden bewundert, Neuanschaffungen beklatscht. Der Verkauf von Gebäck und Getränken lief auf Hochtouren, Tiagos Macaron-Sets erfuhren Begeisterung und Lob. Zuhauf gingen die hübsch verpackten Boxen über die Verkaufstheke, wanderten als originelles Geschenk für Freunde oder Verwandte in mitgebrachte Taschen oder wurden an Ort und Stelle verköstigt.

»Stell dir vor, Tesoro!«, raunte Claire, die hinter der Theke stand und einen entzückten Gast nach dem anderen bediente, »ich musste bereits so viele Vorbestellungen entgegennehmen, dass du dich heute Nacht in der Backstube gehörig wirst austoben dürfen!«

Tiago lachte, während er ein silbernes Tablett voller Kaffeetassen über seinem Kopf balancierte. »Dann können wir uns bald weitere Modernisierungen erlauben. Und falls du nicht weißt, wovon ich rede: Ich sage nur Kaffeevollautomat!«

»Oui, oui, ich sehe es ja ein. Bei diesem Ansturm …«, brummelte Claire, zwinkerte ihm aber wohlwollend zu. »Außerdem hast du hier das Sagen. Du kannst tun und lassen, was dir beliebt.«

Tiago grinste über beide Ohren, hastete in die Backstube und nahm von Lucille ein neues Tablett voller Getränke entgegen.

»Tisch zwei und drei im Hof!«, ließ sie ihn wissen, bevor sie sich mit Pauline in die Vorratskammer begab, vermutlich, um sie zu plündern.

Tiago wusste kaum noch, wo ihm der Kopf stand, denn von solch überragend positiver Resonanz hätte er nie zu träumen gewagt. Sein wild pochendes Herz war erfüllt von Dankbarkeit und Liebe.

In der Mittagszeit kehrte ein wenig Ruhe ein. Die meisten Besucher des Frühlingsfestes widmeten sich hungrig den Bistros auf der Rue de la Lune oder versorgten sich an den Streetfood-Ständen mit ausgefallenen Leckereien.

Tiago, Lucille und Claire hatten der lokalen Presse ein kurzes Interview gegeben, in dem sie alle Fragen rund um die Wiedereröffnung beantwortet hatten. Im Moment ließ sich die nette Journalistin von Claire durch die Räumlichkeiten führen, um Fotos zu machen, während Tiago und Lucille eine Pause genossen.

»Geht's dir gut?«, fragte Tiago und ergriff Lucilles Hand.

Sie lächelte. »Absolute! Habe ich dir schon gesagt, dass es eine von Claires herausragendsten Ideen war, dir das Café zu übergeben? Ich kann mir nicht vorstellen, dass es auf dieser Welt jemanden geben könnte, der besser geeignet wäre als du.« Sie verschränkte ihre Finger mit seinen.

»Ein bisschen überrascht warst du aber schon, als wir von Notre-Dame zurückkehrten!«, erinnerte Tiago sie glucksend und dachte an Lucilles Gesichtsausdruck, als Claire ihr im Zuge ihres grenzenlosen Freudentaumels wegen der Versöhnung die unterschriebenen Dokumente gezeigt hatte.

»Na, hör mal!« Lucille grinste und nippte an ihrem Eistee. »Da verlasse ich Paris für ein paar wenige Tage, und sobald ich zurückkomme ...«

»Ist alles anders!«, vervollständigte Tiago ihre scherzhafte Beschwerde.

»Stimmt!« Lucille beugte sich vor und küsste ihn. »Welch ein Glück!«

»Da seid ihr ja!«, mischte sich Claire ein und durchquerte schnaufend die Diele. »Die Presse hätte gern noch ein Foto. Wir alle unter dem Eingangsschild vorn an der Straße. Vite, vite!«

Kopfschüttelnd folgten Tiago und Lucille ihr auf die Rue de la Lune und positionierten sich Arm in Arm mit Claire in der Mitte.

»Formidable!«, rief die Journalistin aus, verstaute ihre Kamera und hielt ihnen noch einmal das Aufnahmegerät unter die Nase. »Eine letzte Frage: Verraten Sie mir doch bitte, wo Sie sich oder das ManiFinique in zwei Jahren sehen!«

»Oh, ich bin überzeugt davon, dass Monsieur Gibaldi dem Café zu ungeahnten Höhenflügen verhelfen wird. Ich bin sehr glücklich, Zeuge dessen zu werden, während ich den wohlverdienten Ruhestand genieße, vermutlich mit einer Katze auf meinem Schoß!« Claire zwinkerte Tiago zu und übergab das Wort an ihn.

»Das klingt in der Tat nicht verkehrt! Mit der Übernahme des ManiFinique ging für mich ein Traum in Erfüllung, und ich weiß, diesen wahr gewordenen Traum werde ich hochhalten. Heute, morgen, in zwei Jahren und vielleicht für immer.« Er lächelte. »Ich glaube, das Wichtigste, das mich die letzten Wochen gelehrt haben, ist, dass es nötig ist, eigenverantwortlich zu handeln. Es ist schließlich nicht so, dass das Glück nie an unsere Tür klopft. Entscheidend ist, dass wir ihm öffnen.«

»Chapeau!« Die Journalistin nickte und wandte sich Lucille zu. »Und Sie, Madame Bouton, werden Ihren Partner tatkräftig unterstützen, nehme ich an?«

Lucille legte für eine Sekunde die Stirn in Falten, atmete dann aber tief durch und grinste. »Wenn Not am Mann ist, ganz bestimmt. Doch meine Zukunft sehe ich nicht hinter einer Verkaufstheke. Es ist mir ein großes Anliegen, Frauen jeden Alters zu unterstützen, damit sie sich stark fühlen und im Notfall effektiv verteidigen können. Deshalb habe ich mir vorgenommen, hier in Paris meine eigene Kampfsportschule zu gründen. Zu einem unverbindlichen Schnupperkurs lade ich Sie heute schon herzlich ein!«

ENDE

Danksagung

Es ist nicht selbstverständlich, dass Geschichten wie diese veröffentlicht werden. Auf dem Weg dorthin braucht es eine Menge guter Seelen …

Danke an meinen Mann Tim, der sich geduldig jede Version dieser Story angehört (ja, es waren einige!), mich motiviert und zum Lachen gebracht hat, wenn sich Verzweiflung breitmachen wollte. Der sich mit mir über jeden Schritt freute, war er auch noch so klein, und immer fest davon überzeugt war, dass ich meinen Weg finde.

Danke an meine Töchter Anja, Lena und Sara. Fürs Leise-Sein und Warten-Können, wenn ich hinter meinem Laptop verschwunden und nicht immer greifbar war. Fürs Zureden und Unterstützen, Inspirieren und An-mich-Glauben. Die drei sind die besten Kinder, die man sich wünschen kann.

Danke an meine Schwiegermutter Hilde, mit der ich bei Unstimmigkeiten im Text oder dem sprichwörtlichen Brett vor dem Kopf immer wieder phänomenale Lösungen gefunden habe. Natürlich bei Unmengen von Kaffee und dem ein oder anderen Stück Schokolade.

Danke an meine besten Freunde Danny, Karsten, Melanie und Alex, ohne die alles, auch diese Geschichte, nur halb so bunt ausfallen würde.

Danke an meine Eltern. Für alles, was sie mir von frühester Kindheit an in den Lebenskoffer gepackt haben.

Danke an die Litmedia Agency und insbesondere an meine Agentin Susanne Zeyse. Für den Glauben an mich und mein Tun, die unzähligen E-Mails und WhatsApps, die ehrliche Beratung und fortwährende Unterstützung.

Danke an meine Lektorin Julia Feldbaum, die mein Manuskript durch ihr professionelles Zutun am Ende zu dem machte, was es heute ist.

Und last but not least: Danke an den Piper Verlag. Für das Vertrauen in mich als Autorin und dafür, dass sie dieser Geschichte ein Zuhause schenken.